纸房

冉正万 著

广西师范大学出版社
·桂林·

纸房
ZHIFANG

图书在版编目（CIP）数据

纸房 / 冉正万著. --桂林：广西师范大学出版社，2021.10
　ISBN 978-7-5598-4163-6

Ⅰ．①纸… Ⅱ．①冉… Ⅲ．①长篇小说－中国－当代 Ⅳ．①I247.5

中国版本图书馆 CIP 数据核字（2021）第 161647 号

广西师范大学出版社出版发行
（广西桂林市五里店路 9 号　邮政编码：541004）
　网址：http://www.bbtpress.com
出版人：黄轩庄
全国新华书店经销
广西民族印刷包装集团有限公司印刷
（南宁市高新区高新三路 1 号　邮政编码：530007）
开本：889 mm×1 194 mm　1/32
印张：12.375　　字数：300 千
2021 年 10 月第 1 版　　2021 年 10 月第 1 次印刷
印数：0 001~4 000 册　　定价：62.00 元
如发现印装质量问题，影响阅读，请与出版社发行部门联系调换。

目 录

第一章 *1*

第二章 *10*

第三章 *17*

第四章 *23*

第五章 *33*

第六章 *45*

第七章 *52*

第八章 *60*

第九章 *66*

第十章 *78*

第十一章 *97*

第十二章 *104*

第十三章 *112*

第十四章 *123*

第十五章 *128*

第十六章 *149*

第十七章 *153*

第十八章 *159*

第十九章 *181*

第二十章 *189*

第二十一章 *197*

第二十二章 *203*

第二十三章 *213*

第二十四章 *220*

第二十五章 *233*

第二十六章 *245*

第二十七章 *255*

第二十八章 *265*

第二十九章 *272*

第三十章 *282*

第三十一章 *289*

第三十二章 *300*

第三十三章 *306*

第三十四章 *315*

第三十五章 *323*

第三十六章 *337*

第三十七章 *348*

第三十八章 *356*

第三十九章 *361*

第四十章 *369*

第四十一章 *375*

第四十二章 *382*

第一章

　　你知道纸房,你不一定知道鱼多垛。纸房是一个村子的名字,鱼多垛是村里人才知道的一片石林。他们欢迎你来纸房做客,但他们不想告诉你鱼多垛在哪里。

　　二老跳张献忠起义时,村里人在鱼多垛藏了三个月。道光年间,白号军拥朱明月当皇帝,村里人不想见他,在鱼多垛藏了半年,朱明月被捉住剖腹后才出来。与纸房一山之隔的寻羊坝就惨多了,护法黔军从前线返回贵州,各部选择要地驻扎,其中一旅驻遵义,招安各路土匪,一时间兵亦匪,匪亦兵,反复抢劫寻羊坝,因为寻羊坝是粮区。匪徒知道纸房有鱼多垛,没敢来。

　　鱼多垛远远看去像一座城堡,有三个出口,两个入口,里面有岩洞、有石林、有暗河、有天坑、有水塘,岩洞和暗河像乌龟肠子一样复杂。天坑不但多,还像牵尸鬼布置的陷阱一样防不胜防。村里人也不敢从出口进去,一旦走进岔道,有可能跌进深渊。从入口进去,也要懂得相应的记号才不致迷路。光懂记号还不行,还要牵一头大水牛。天坑又小又深,被茂密的野草遮得严严实实,里面十有八九还有毒蛇。人或动物掉进去,这些毒蛇就可以好好进餐了。只有大水牛知道天坑的位置，不是它的大蹄子有感应器，是它的身躯太大，脸盆大小的坑口对它没有威胁，踩空了可以爬起来。所以进去得牵村子里最肥壮的水牛。

有人说土匪不来是因为纸房太穷。不过无论如何，几百年来，纸房的山是青的，水是绿的，雨滴是干净的，下雪时，每一粒雪米都晶莹剔透，晶体里仿佛有一根细小的秒针在滴答作响。

直到有一天，山变样了，水干涸了，雨水浑浊。雪很少下，即使下一点也敷衍了事，还没落到地上就被漫天尘土裹挟而去，即使掉到地上，也担惊受怕似的往土缝里钻。

这些变化是从一个阳光灿烂的正午开始的。

王光线家屋后的山坡上，突然冒出一束光，光粒子纠缠着团结着汹涌地喷射着，像一根明晃晃的柱子，拔地而起，直指蓝天。

梁书的女人第一个看见，她去菜园摘茄子。手臂上挎着竹篮，脑子里想着杂乱无章的琐事，木头木脑地走着。一般人不会选这个时候去摘茄子，太阳把枝条晒蔫了，会扯伤茄枝的。她是那种头脑简单又总是自以为是的女人，做不完的家务，说不完的渣渣话，伤不完的脑筋。走路时脚步又快又碎，就像非要做出一副劳碌样才能符合她的身份。她无意中发现东边一片光亮，这个身材矮小的女人惊恐地叫了一声，稀薄的头发像刺一样奓开，再也说不出话来。她傻乎乎地把篮子倒扣在头上，就像天上会掉下烫人的铁片。

接下来好多人都看见了。刚开始还以为是王光线的房子着火了，烧起来了。细看才发现离王光线家还有几十丈远。

光柱向东倾斜。他们站在光柱的西面，这使他们心理上觉得安全。

"地下冒火了！"有人说。要笑不笑的样子，生怕自己说错话似的。

不一会儿，他们的背后响起一个苍凉的声音：

"要受苦啰，要受苦啰，纸房人要受苦啰。"

这是道云老汉，家住半小山，有名的哭丧匠。道云老汉原名赊文忠，道云是他的号，他是纸房最后一个有号名的人——姓赊名文忠，号道云。年轻人都不知道号是啥意思，听起来那么文雅。但他们并不想要，赊文忠是哭丧匠，什么稀奇古怪的东西和他沾边都没关系，而自己是"正常人"，最好与这些东西保持一定的距离。

哭丧这个行当或者说职业在纸房已经有好几百年了。某家死了老人，他们像孝子一样跪在灵前哭诉：养育之恩无法还报啊，离别之苦哦天各一方。一套一套地诉说。不是干号，而是一把鼻涕一把泪，声音凄凉悠长，把人感动得唏嘘长叹甚至泪流满面。他们技艺的高低，能否让人听了流泪是最重要的标志。家景再不好的人家，老人死了，也要请一个哭丧匠哭上一天。家景好的要请七八个，让他们换班哭，十二个时辰哭声不断。

"我的天，地穿洞了呀。"

"跑灵光了呀，纸房跑灵光了呀。"

道云老汉说完这两句，如丧考妣地哭起来，就像跑的不是大地的灵光，而是人的灵光，甚至是人的生命。

压抑的热烘烘的空气死气沉沉地勾勒出凝固的村舍和土地，而直冲云霄的光柱则势不可挡，决绝地坚定地源源不断地从地里冒出来。

道云老汉的哭声让人感到害怕，同时还让人膝盖发软，背心发凉，喉咙发干，眼窝发酸，头皮发麻。有人经不住道云老汉对悲剧极具才华的渲染，也不出声地哭起来。

有几个胆大的想走过去看个究竟，立即招来家人的呵斥、警告或者哀求，就像他们是去赴死似的。冉四本还被他妈敲了一个栗暴，痛得他眼泪汪汪。我心中惴惴不安，担心那束光变成一团火砸到我家屋顶上。

随着太阳偏西，光柱歪斜得更加厉害。但仅仅过了半个时辰，光柱突然一下消失，无影无踪。光柱之前接连冒了三天，然后戛然而止，再也没有出现。

傍晚，冉光福来我家还雄黄石。这块石头是我爷爷留下来的，长疥癣、秃疮、痈疽的人都来借过。每次借出去还回来，雄黄石都会瘦一圈。父亲不想借，不借又不行，全村就这一块雄黄石，生疮的人却每年都有。

"晓得是要发财呀，还是要遭殃噢？"冉光福忧心忡忡地说。那副忧心忡忡的样子是装出来的，是为了不必为雄黄变小了而道歉。这人聪明又小气，还喜欢用假嗓唱歌，要是没看见他人，你还以为是个女人在唱哩。

"你说哪个？"父亲问。

"广线呀。"冉光福压低嗓门说。

广线就是王光线。王光线的形象和广播线没什么联系，因为名字谐音便得了"广线"这个尽人皆知的外号。

父亲吩咐我去给冉光福拿叶子烟。这是纸房的风俗，家里来了客人，首先要敬上一根橘黄色的叶子烟，就像西方人奉上咖啡或者冒泡儿的甜水水。

我拿烟时在里屋竖起耳朵听，关键的话他们会在这个时候说出来。

"会不会是啥子宝物？"

"哪有什么宝物，纸房这个屙屎不生蛆的地方，能有什么宝物！"

"你怎么知道纸房就不是一块福地呢？"

"福地？要是福地就好喽。……噫，这个娃儿，是去买呀还是去借呀？这么半天还不来。"

后面这句话是在说我，我忙出去把烟双手递给冉光福。冉光福没有说谢谢，而是说："谨它哟。"意思是"你太客气了"。

他们不再说刚才那事，而是互相探讨起明年改种什么叶子烟。

第二天，我叫上大伯的儿子辛武，叫他和我一起去广线家屋后看看，看看光柱到底是从哪里冒出来的。

那是一片辣椒地。刚走去，我们就发现早有人来过了。地中间踩出一条路来，绊掉的辣椒撒得遍地都是。我和辛武上上下下仔细察看了一遍，没有看出任何可疑之处。既没有想象中的一个洞，也没有冒出一堆什么特别的东西来。

好吧，就算地下冒光没什么了不起，但接下来发生的事，我希望有人告诉我为什么。

那天早晨大雾弥漫，冉光银蹲完茅坑，撅着屁股走到旁边的菜地里，准备摘一片青菜叶擦屁股，他的手刚伸过去就"咝"的一声缩回来，手被什么东西蜇了一下。仔细观察，原来是一只有尾针的黑蚂蚁。他轻轻一抖菜叶，把黑蚂蚁抖落到地上，然后一脚踏上去，把它碾进黑土。这时他看见地里有许多蚂蚁正在匆忙地奔跑，一个跟着一个，向菜地之外的什么地方跑去。

太阳出来，大雾散去，村里人全都看见了这个奇迹。数不清的蚂蚁从各自不同的部落里跑出来，像麻线一样势单力薄，但那根麻线越来越粗，最后变成一根粗大的绳子。太阳光下，这条绳子熠熠生辉。这是几十种不同种类的蚂蚁，有体型超常的大蚂蚁，也有小得能从缝衣针的针孔钻过去的小蚂蚁。有黑色的黄色的，还有红色的白色的。

有脾气暴躁的长尾针蚂蚁,也有性格驯顺的大头蚂蚁。那些从松树上下来的油蚂蚁,闪着菜油一样的亮光,它们身上有一股暖烘烘的臭味。平时不爱成群结队的红蚂蚁走得最快,因为它们的腿最长,头上还比一般蚂蚁多了对触须。白蚂蚁走得最慢,它们好像全是近视眼,必须把头放在地上才能看清要走的路。

它们像涓涓之水慢慢汇成一股洪流,流动的速度和眼花缭乱的颜色,还有连绵不断的沙沙声,无不让人感到肉麻和恐慌。它们不是在走,而是在"梭",整个一条带子在梭动,梭过的地方像老屋的门把手一样光滑。

蚂蚁们经过大树或某个土坑时,会固执地从大树的这一边爬上去,再从另一边爬下来;或死板地从土坑的这一边爬下去,又从另一边爬上来。这让人觉得好笑,可它们那股执着的、不计成本的傻劲,又会让人肃然起敬。

蚂蚁部队翻过山坡,朝着人不知道的地方远去。看得出,它们这是离家出走,把纸房抛弃了。有人故意一脚踏在那根脊梁上,想阻止蚂蚁前进,一阵噼啪声爆裂后,几百只蚂蚁被碾成肉酱,但后面的蚂蚁并没有停下来,它们绕过同伴的尸体继续前进,没有悲哀也没有愤怒,就像什么事也没有发生。

肖美学从灶膛里撮了一瓢滚烫的火灰撒在蚂蚁身上,蚂蚁在柴灰里噼啪响,像爆炒豆一样。肖美学觉得好玩,还要去撮火灰。他爹说:"住手吧你,大小也是一条命呢,你害它们一条命,自己的命就会减一分。"肖美学悻悻地住手,悄悄说他爹"硬是话多"。

随着气温的上升,蚂蚁的臭味越来越浓,这种气味是低沉的,厚实的,滞重的,贴着地面慢慢移动,将整个大地覆盖。

最先感到事情严重的还是道云老汉,他是个敏感而又固执的人。

他说:"乡亲们,你们不能让蚂蚁走呀,快把它们留下来呀,不然我们就完蛋了。"

广线说:"要走走它们的,它们走得越远越好,今后种洋芋就不用下农药了,庄稼也不怕它们糟蹋了。"

道云老汉说:"真笨哪,你们真笨哪,你们不想想,连蚂蚁都不能住下去,人还能住下去吗?"

有人说:"是它们自己要跑,我们又没赶它们。"

道云老汉说:"今天蚂蚁逃跑,明天虫虫逃跑,后天大兽逃跑,它们全都跑了,光剩下人,就像池塘里光剩下鱼一样,这些鱼还能活吗?一个也活不了!"

道云老汉大难临头似的喊叫起了作用,人们从有生以来各自的生活经验里慢慢感觉到一种恐慌。开头倒不是恐慌,而是一种体会:道云老汉说的话不是没有道理。这种心绪一旦开了头,害怕就会成为一颗种子,再因每个人的感受不同而茁壮成长,最终成为集体的恐慌和个人的不知所措。

几个男人沿着蚂蚁大部队追赶,以便尽可能地把更多的蚂蚁拦截下来。他们举着树枝丫,准备用它当扫帚扰乱蚂蚁部队。可他们走到大部队面前,发现水桶那么粗的蚂蚁部队一点也不像蚂蚁,而是一条呼呼作响的巨蟒。他们被吓得屁滚尿流。

这使他们更加深信,如果蚂蚁离开村子,将是他们难以避免的灾难。村里的男女老少自觉行动起来,他们手执各种扫帚,就近狙击逃跑的蚂蚁。

蚂蚁在高粱扫帚下打几个滚,懵懵懂懂摇晃着小脑袋,似在抖掉小脸上的灰尘,也像是在抗议。弹弹腿,再磨磨嘴钳,一副不愿跟这些人计较的样子,匆匆忙忙地归队,毅然决然地离去。荆竹丫捆扎的扫帚犹如一束弹性十足的钢丝，平时是用来打扫院子和大路的，能把指头大的石子儿赶走。蚂蚁碰上竹丫扫帚，留给它们的印象就要深刻多了。运气好的，被挑落到树叶上或者杂草丛中，运气不好的，就会缺胳膊少腿，或者拦腰挑成两段，流出黑色的血液。这些残疾蚂蚁像勇士一样坚强，略微修理腿脚，一瘸一瘸地又继续上路。如果遇到死去的同类，它会毫不犹豫地带走尸体。就像被故乡伤害过重、恩断义绝的人，什么也不愿给故乡留下。

扫帚弹起的灰尘经久不散，整个村子笼罩在烟雾当中。蚂蚁队伍已被彻底扰乱，但没有一个人感到轻松，他们已经感觉到这个方法效力不大。不管你费多大的力气，把它们扫得离同伴有多远，它们最后还是要回到自己的队伍里去，每个蚂蚁的脑袋里只有一个念头：走了，再见了。人已经累得精疲力竭，蚂蚁却精神抖擞，根本不把眼前的小小挫折放到心里去。

冉光福用玻璃瓶装了半瓶蚂蚁，用烧酒浸泡起来，心想也许能治什么病。他说，到底能不能治病我不知道，但万一能治什么病，今后要找也找不到了。听他这么一说，很多人都泡了一瓶蚂蚁酒。广线尝了一口，说有一股玉汗臭。没人能说清玉汗臭是什么臭，但每个人又都知道玉汗臭就是那样一种臭。

扫了三天，没能阻挡蚂蚁的大迁徙，"要死卵朝天，不死好过年！"泄气了，再也不扫了，要去去它们的。扎堆时说起这事，都觉得自己已经尽到了责任，即便有灾难来临，那也是大家的事情，不会只有自己一个人倒霉。

只有道云老汉仍然坚持不懈。

只有他一个人深信蚂蚁是可以留下来的。

他没用扫帚，嫌扫帚太硬，会弄死它们。他把它们捧进口袋，然后提到地里，像撒种子一样把它们撒下去。他相信它们会像种子一样长出更多的蚂蚁。每次伸手到口袋里抓蚂蚁，受惊的蚂蚁都会咬他的手,他抛撒的时候仍然紧紧咬住不放,他没有理它们,就像对待家里那个最调皮又聪明的孩子。每天收工以后,他的衣服里都可以抖落出上千只蚂蚁。

他看不起那些用扫帚扫蚂蚁的人,觉得他们不是诚心挽留蚂蚁,他们并不真正懂得为什么要挽留它们,仅仅是因为害怕才这样做。几十年来,他并不比他们生活得更好,但他在很多事情上都看不起他们。

现在他们全都放下扫帚,他没有责怪他们,与其粗暴地让它们死在扫帚下面,还不如让它们活着离开。山坡上的蚂蚁少了,那些被难以数计的细腿磨光的小路越来越醒目。

在香溪中学管理实验器具的李国田回来了,人们终于松了口气。

李国田在地里取了几包土,说是拿去化验,好好研究一下蚂蚁为什么逃跑——仿佛有了李国田的化验和解释,不管什么事都可以化险为夷。

地里仍然有蚂蚁在逃跑,但已经不能用手捧起来了,它们的队伍已经细得像即将断流的泉水了。

几天过后,山坡上一只蚂蚁也没有,全都消失了。

道云老汉用锄头这里挖一锄那里挖一锄,看看自己撒在地里的蚂蚁有多少,他一只也没找到。"天啦,它们还是走了。"

日落黄昏,他往蚂蚁逃走的方向追赶,一直追到山里面,看见蚂蚁像一条流淌的河。他说,你们把我带走吧,把我带走吧,反正我是个病壳壳,没有好重,你们可以带走我。他女儿去林子里找他,看见他把衣服脱了个精光。女儿进退两难。远远地喊他:

"爹……爹……"

他没有回头,用脚指头拱着枯枝败叶朝蚂蚁堆里走,这样走不会踩死蚂蚁。

第二章

无论道云老汉有什么离奇举动,纸房人都不以为奇。但他们感到了恐慌,虽然不是万念俱灰,但除了吃饭睡觉,什么活也不想干。牛饿了,把它赶到地里,猪饿了,也赶到地里,想吃什么由它们去。这些畜生像过节一样欢叫,玉米和稻谷绿得像翡翠,吃下去连肠子都是绿的,它们的祖祖辈辈都没这么幸福过。

道云扒光衣服,是为了把自己当成一块肉,想让蚂蚁把他带走。光溜溜的身体瘦得像一截干枯的树桩。他惭愧地对着蚂蚁笑了笑:看嘛,病壳壳呃。他的意思是他没好重,只要蚂蚁齐心合力,完全能把他带走。他小心翼翼地走进那条黑色的溪流,走到溪流中间,然后慢慢躺下,可蚂蚁没有理他,它们不屑地绕过他,决绝地划着细腿去了远方。

道云老汉回来时已经是第二天清晨,身体东摇西晃,看得出,他伤心极了,伤心透了,从来没有这么伤心过。走到一个岔路口,他东张西望,就像连回家的路都找不到了。他望了一会,突然跳起舞来,不一会,他用凄凉的声音哭述起来:梨树开花遍地的泪呀,皇天呀要负纸房人……

冉光福觉得太不吉利了。他说，嘿，这个老汉，怎么哭起纸房来了？纸房又没死，纸房又不是一个人！似乎应该制止他，但又觉得不关自己的事，别人都不管，自己也没必要多管闲事。

接下来的日子里，太阳照常升起，有时下雨，有时吹风，生活逐渐回到了原样。道云老汉扛了一把小竹耙，在田坝里东薅一下西薅一下，有人说他在找蚂蚁，有人说他在捞野棉花。父亲知道后警告我："给我离他远点，要不然打断你的腿！"

父亲不允许我跟道云老汉在一起。我告诉他，不是我想跟他在一起，而是他要跟我在一起。可无论我怎么解释，父母都不相信，总说我不对，说我没一见到道云老汉就跑得远远的。

辩不过他们，嗓门又没他们大，我只好撒谎，即使真在一起，我也说没和他在一起，连影子也没见到。

有一天我提了一块冰。这块冰是从荸荠田里捞起来的，用空心草棍抵住一个地方吹，热气化出一个洞，用稻草把它穿起来，这样提着不冻手。对了，已经是冬天了。

我本来是和辛武他们一道的，他和冉四本也各自捞了一块，边跑边喊"卖玻璃啰、卖玻璃啰"，同时互相追打，把别人的冰敲掉，把自己的保存下来。冰很薄，轻轻一碰就碎了，敲掉别人的很容易，要保住自己的也很难。

我没跟他们跑，我要重新捞一块最大的。他们嘻嘻哈哈跑远了，已经玩别的去了，我才把我想要的冰抓起来。这块冰差不多和我身体一样高，两根黑色的水草封冻在里面，水草旁边有珍珠般的气泡，大小不一，看上去像一幅还没完成的画。我费劲地小心翼翼地提着，心里荡漾着激动，一种纯净甘美的激动。我心头有种莫名其妙的冲动，希望更加幸福，或者更加不幸。

当我沉浸在自己也说不清的情绪中时，心里隐隐约约地升起一种替他人鸣不平的遗憾：那些死去的人，永远享受不到这种简单的快乐了。

我觉得没有比死更让人感到恐惧的了。

上周，有个名叫腊娥的女人死了。腊娥是个盲人，记性非常好，她喜欢听收音机，无论是讲话还是唱歌，只听一遍就记住了，记住了就讲给别人听，她的声音清脆圆润，不含一点杂质。怀上孩子后，她天天在院子里唱歌，全是她从收音机里学来的。不知是她的声音太好听了，还是因为她是个盲人，听她唱歌会让人心里酸酸的，就像有件什么东西美得让人心疼，美得让人难过。腊娥的男人是个哑巴，她生孩子时难产，哑巴眼睁睁地看着她不知道如何是好，等到别人发现，腊娥已经不行了。昨天下午，孩子也死了，只活了八天。

提着薄薄亮亮的冰，脑子里冒出一个无法实现的愿望，把这块冰献给腊娥和她的孩子。他们已经死了，我不知道怎么献，也不知道为什么要献，反正就想献给他们。

我感觉到一个黑影在不远处活动，以为是一头牛，我小心地收住脚步停下来。没料到是道云老汉，他从田埂上斜插过来，我想离他远点已经来不及了。

"辛维——"

他叫我。我没理他。

他从怀里掏出一个糍粑，说是从哑巴家拿来的，叫我趁热吃。

我坚决不要，哑巴家的任何东西我都不想要，我是怕自己吃了也变成哑巴，同时也因为道云老汉的衣兜装过而不喜欢。他老是眼泪汪汪的，抹眼泪时手掌在眼眶上转一圈，从手掌转到手背，然后才用衣服把湿漉漉的手擦干。他擦手的地方正好是衣兜,那里布多,容易擦干。我想他的衣兜里装过的东西都是脏兮兮的,泪水和鼻涕会浸到里面去。

道云老汉见我不要,难过地带着恳求的微笑说:"乖,你一定要吃,这是神仙粑,吃了消灾解难。"他眼泪汪汪不是因为激动,而是因为慈祥。我只好接过糍粑,心想我是不会吃的,等他走开了就丢掉。可他没有走开,他把手放在我的肩上,和我一起走。他说:

"哑巴给了我两升糯米,我没要。年景不好,心不能不好,我哪能要一个哑巴的糯米呀。你说是不是?"

据说,得知腊娥的死讯,道云老汉一去就哭开了。哑巴急哇哇地去拉他,意思是他可没钱给他。道云老汉叫他放心,他是来送哭的,不收钱。孩子昨天死后,道云老汉又哭了一场。他就是这样的,不管死了什么人他都要哭一场,有时候连牛呀猪呀这样的大畜生死了也要哭一场。

我正思考如何摆脱他,他却神秘地低声说:

"辛维我告诉你一件事,这事对谁也不能讲。我昨晚上问坛神:坛神,明年收成好不好呀?坛神说,今年地冒光,明年去逃荒。噫,明年收成不好呀。"

坛神长什么样我没见过,反正只有道云老汉家才有,供在他家堂屋的神龛里。去他家堂屋要退着出来,如果转身离开,背对着坛神,坛神就会不高兴,就会叫你肚子痛。不过我从不知道坛神还会说话。在我的想象中,这个坛神和渔夫捡到的瓶子一样,里面藏着一个既让人害怕,又可以满足你任何愿望的魔鬼。第一次读到《渔夫和魔鬼的故事》,我就想到了道云老汉家的坛神。

"你看见那棵树上的笤箕了吗?"

道云老汉指了指哑巴家屋后。我顺着他的手指看过去。那是一棵高大的黄桷树，树梢上的确有一个筲箕，像一个大黄蜂的蜂巢。

"今天才挂上去的。就是那个娃娃。他们准备把他埋到地下，我劝他们不要这样。他生下来还不到十天，连名字也没来得及起，还没沾上又湿又重的地气，他的魂还像羽毛一样轻，挂在高处可以早点回到天上去。"

他能回到天上去？我对这个说法半信半疑。虽然我很希望他回到天上去，回到白云上去，回到看不见的地方去。

平时，道云老汉在某处哭丧，哭完一阵就到院子里讲故事。他的故事里不但有三皇五帝天地鬼神，还有纸房的历史和传说。只要在纸房范围内，无论他在哪里哭丧我都去，他什么时候去我就什么时候去，他什么时候走我也什么时候走。这样的机会不多，纸房一年就死那么几个老人。村里人发现我爱跟他在一起，开玩笑说我是他的徒弟。道云老汉对这个玩笑似乎很满意，无论在什么地方碰到我，他都要想方设法送我点东西。送我的小东西全都被他重新命名，李子被说成神仙李，炒豆被说成神仙豆，凡是他给我的都能避邪。父亲害怕我真成道云老汉的徒弟，所以一次次警告我，叫我不要跟他在一起，不要和他说话。父亲说，道云老汉没有儿子，他的手艺没法传下去，所以一定要找个外人当徒弟，如果他的手艺在他手里成了绝活，没有传给别人，死后他的魂就会变成游魂，不能投胎转世。我若是当了他的徒弟，接了他的衣钵，他没事了，但我的魂就会变成游魂，因为我不可能找到徒弟。父亲语重心长地说："道云老汉在纸房独门独户才去学这种丢人的手艺，我们姓周的在纸房占了一半，你随便学个什么手艺都比当哭丧匠强。"我妈啧啧啧啧地说我："你没看见他整天泪眼婆婆的，就不嫌脏吗你？那张脸我看多了都吃不下饭。"

道云老汉哭丧的时候，泪水把每道皱纹都打湿了。可他不哭丧的时候脸上很干净，不但不脏，还有一种圣洁的光泽，脏东西都被他揩到手上去了。

没走多远，碰到村长李自强，他说："道云老汉，今年的生意好像没去年好啊。"

这是一个不恰当的玩笑，道云老汉的生意好，那就意味着死人多呀。

道云老汉没有计较，他突然"扑通"一声跪下去，说：

"村长，蚂蚁跑，地冒光，请你转告大家，好好活吧。"

李自强愣住了："道云老汉，你这是什么意思？"他上前一步准备把道云老汉扶起来，但道云老汉长跪不起，他说：

"村长，今年地冒光，明年去逃荒啊。"

说着，眼泪适时地流了下来。

我有点发窘，虽然这与我不相干。李自强尴尬地笑了笑，说："行行行，我转告大家，大家都好好活，你也好好活哈。"

道云老汉站起来，李自强立即逃之夭夭，害怕道云老汉又有别的名堂。道云老汉看着远处的山坡，他的脸异常平静，就像刚才什么事也没发生。我顺着他的目光看过去，没看出那个山坡有什么特别之处，树还是那些树，庄稼还是那些庄稼。

我看见辛武和冉四本在追打一只小猪，我一下子有了和道云老汉分手的理由，也像李自强一样逃之夭夭。

辛武和冉四本追打的小猪是肖四禄家的，它快被他们追疯了，"呜呜呜"地哀叫着，它跑起来速度不慢，可太笨了，不知道朝一个方向一直跑下去，跑不了多远就折返跑，好像担心离开了回不来。它的憨态让辛武和冉四本哈哈大笑。小猪已经不行了，折返跑的距离越来越短，嘴里的白沫越来越多。我说：

"今年地冒光，明年去逃荒。"

我并不相信这句话，只是觉得顺口好玩，于是念了出来。辛武和冉四本问我说什么，我重复了一遍，他们也觉得好玩，以各种怪异的腔调喊了好一阵。他们没问这是谁说的。

小猪跑掉了，我无意中救了它一命。趁他们都没注意，我把那个糍粑悄悄丢到水沟里。

第二天，这句话以出人意料的速度传播开了。这反倒比昨天我从道云老汉嘴里听说的时候更令人惊愕，我也将信将疑，里面真有什么含义？

并且来源变了，不是道云老汉说的，也不是他家坛神说的，而是说，是哑巴的儿子说的，他说完这句话就死了。

我妈宣布，从今天起，她每顿饭都要存一把米。每顿饭煮三碗米，她把三碗米舀进饭盆后，再抓一把起来放到坛子里。她说："少这一把米你们不会感到饿。每顿一把米，一天就是三把米，三把米三两，三天就是一斤，三十天就是十斤，三百天就是一百斤！"

她为这个几何级增长的算式欢欣鼓舞。她说：

"这样我们就不怕饥荒了。"

我妈讲了几个糟蹋粮食要遭雷打的故事。我想起那个糍粑，跑去把它捡回来，悄悄放在灶台上。妈妈煮饭的时候看见了，问父亲是哪儿来的，父亲说不知道；问我，我把头摇得像拨浪鼓，也说不知道。她想了想，把它供在神龛上。

第三章

几天后,饥荒的谣言已经从口头转入一种心理暗示,二姨来我家,照例,她和我妈像两个密商家庭琐事的要人,先在里屋嘟嘟一番,然后才到外屋拣最不重要的事向我和父亲发布。二姨说:

"你们不要害怕,他爹到香溪去问过了,这是谣言,现在又不是以前,哪能轻易让人去逃荒的。"

"他爹"是李国田的爹,在我们家,李国田父子的原名不会出现,但无论用什么人称代替我们都懂,都知道说的是李国田和李老茂。

如果道云老汉在纸房相当于乌鸦,那么李国田就是一只云雀。

我应该叫李国田二姨爹,他从不上我家来。这只云雀偶尔回到纸房,对我们这些亲戚非常冷漠。可不管他在什么地方出现,只要在我和我父母的视线之内,我父母都要我马上大声叫二姨爹。其实是他们在为自己低贱的地位谋求心理上的荣升,却非要我去当可怜巴巴的传声筒。我像不懂礼貌的小子一样敷衍了事地叫一声"二姨爹",然后不管父母多么失望,也不管他们用什么样的语言责备,我都一言不发,因为我的任务已经完成了。

李国田在还没当老师之前,在纸房就是尽人皆知的人物。白白嫩嫩的肤色和读书人特有的整洁，让他无论什么时候出现，只要是在纸房范围内，大家都能一眼认出来。虽然他对此并不知情，但纸房人的目光每次都要给他穿上一件薄薄的衣裳，就像某种形式的加冕。李国田对修理这一行像天才一样狂热。在香溪上中学的时候，商店刚开始卖电视机。他约了一个同学，爬窗户偷了一台。那时候有钱的人太少了，十天半月也卖不了一台，商店里的人也没发现。他三个晚上没睡觉，把这台电视机拆散后又重新装好，然后偷偷放回去。过了好几个月，那个和他一起偷电视机的同学偷饭票被逮住了。为了立功，这位同学把他揭发了。他自知罪责难逃，干脆不上学了，流浪了一年才回来，回来后在香溪镇开了一个电视机修理店。买电视机的人少，修电视机的人更少，他开了半年，开不下去了。他给校长做了一块三色片，把它蒙在黑白电视机上，电视里的人一半蓝一半红一半绿，比黑白的鲜艳多了。整个香溪镇，校长第一个用上了"彩电"。他想回来上学。校长说，学校已经把你作为自动退学处理了，上学是不可能了，学校缺一个管实验器具的人，你来学校当临时工吧。低年级的学生叫他李老师，这让他无地自容，于是整天躲在实验室。香溪这样的中学，哪里买得起什么实验器具，都是城里那些学校不用了淘汰给他们的，好多东西根本就不能用。这给了李国田最大的用武之地，他不但使它们重新派上用场，还自己动手制作了一批。这一来，偷拆电视机就不是什么过错了，反而成了大家竞相谈论的传奇。校工当了两年多，由校长帮忙，到一个偏远的乡村当民办老师去了。当了几年民办教师，考上教育学院，毕业后回到香溪任物理老师，仍然兼管实验器具。

他和二姨结婚，当然是他的父母强迫的，这和那些被父母包办和自己不喜欢的人结婚的故事没什么不同。他比二姨小三岁，他要是不娶她，她就嫁不出去了，即使嫁出去也只能嫁那些死了老婆的二夫头了。他不和二姨结婚，他妈就去跳井。结婚后他很少回家，躲在学校，哪怕别人给他一支锈迹斑斑的手电，他也修得津津有味。他妈自有办法，每过十天半月就跑到学校，故意在学校叫喊："我的儿呀，你怎么不回家呀，你是不是找不到回家的路了？妈来接你来了。"他只好跟他妈一起回家。走进纸房，他妈还要喊："培艺呀，国田回来了，快取只腊猪脚来炖起呀。"这是喊给纸房人听的。

他不仅对二姨冷淡，对和二姨有关的人都冷淡。有一次父亲带我到香溪看病，在街上碰到他。按理说他应该叫我父亲大哥，可他什么也没叫，不冷不热地说："来了？"父亲催我快叫二姨爹。我硬着头皮叫了一声，他点了个头就走开了。

他的冷漠使我难受，但他的聪明才智又使我倾倒。

李国田发明了一个洗衣刷，不用水不用肥皂就可以把衣服上的污垢刷干净，因此获得地区科技成果二等奖。有一天他父亲拿着报纸，故意问村里人，报纸上那个人是不是李国田？看上去怎么不大像呀？报纸上除了李国田的相片，还有一段文字。如果是不识字的人，他就念给他们听，如果人家识字儿，他就逼着人家念给他听。这个又瘦又高的人有一套莫名其妙的处世原则和方法，他对村里人既看不起也看不惯，总觉得自己事事精明却又总是吃亏。他当时幸福得晕头转向，恨不得让房檐上的麻雀都和他一起高兴。如果换成别人这样，他会说出一大堆机智又尖酸的风凉话来。

我对李国田作为一个活人上报纸大感惊讶。在我的印象中，报纸上的事都是死人的事。我不知道这种印象从何而来，也许是我所知道的活人没有一个上过报纸，也许是我所熟知的课文里的人和事，差不多都是死人和死人的事。

李国田上报纸那天，二姨来到我家，和我妈躲在屋里说了半天，她们都哭了。二姨预言：人家都上报纸了，这下肯定是要离婚了，挡也挡不住了。

几个月过去了，二姨的担心并没有变成现实，但她并没有因此轻松多少，只是对待李国田比以前多了些办法。她的办法在别人看来既可笑又可怜，但对她来说已经是壮举了。

李国田曾经警告过二姨，不准她到学校去找他。二姨硬着头皮，不时给他送十个鸡蛋或者一块洗净蒸熟的腊肉，顺便给他把衣服洗了晾好。但不在那儿过夜，当天去当天回来。有一次我大伯娘当着许多人的面数落她："我看你这是贱，人家这么多年没给你一张笑脸，你却像看老妈一样屁颠屁颠地去看他，合不来就分嘛。"梁书的女人说："我就不信制不服他，我就要住在那里不走，就要和他睡一床，就要给他把裤子脱了，拽着他那个东西不放，看他怎么办！"几个老娘儿们哈哈笑，说你吼得那么凶，你去试试看！梁书的女人豪气地说："试个屁，他又不是我的男人，要是我的男人，我早就把他盘得像蛇一样软了！"大伯娘说："她哪里用得着试，他家梁书哪天晚上不是像磨盘一样趴在她身上转够九十九圈才下来！"

几个娘儿们快活地大笑。二姨血往上涌，又难过又尴尬。她假装什么也没有听见，怏怏不乐地脱掉布鞋，抖掉里面的小石子儿。可她弯下腰，倒着看见几张不屑的脸正盯着她，她知道自己的表演没有用，但还是故意地、笨拙地把鞋子丢到地上，再用脚把这只鞋拨正，脚尖拱了好几下才穿进去。

李国田回到纸房从不串门，但村子里的人看见他，仍然热情地招呼他去家里坐坐，有些人热情得简直有点肉麻："来坐一下嘛，你呀，好多年没到我家来了，是嫌我家的饭菜里有毒啊，还是嫌屋里跳蚤多啊？"李国田很有礼貌地笑了笑，说："要来，我会来的。"实际上哪家也不去。

不管纸房发生什么事，李老茂都要到香溪去听取李国田的看法，实际上有些是他自己的见解，但他从香溪回来后就把它说成是李国田的。李老茂在家里传达完儿子的高见，还要到村子去像散布谣言一样散布这些见解或预言。二姨则愁眉苦脸，一方面为李国田不理她而吃着苦头，一方面又对他的话深信不疑。

李国田不愿回纸房，除了不愿见二姨，还有一个十分重要的原因，是怕碰到道云老汉。道云老汉是他干爹，他不想承认，但他不得不承认。纸房的风俗，孩子出生那天，他爹出门遇到的第一个人，不管对方愿不愿意，哪怕是仇人都要结成干亲。李老茂那天遇到的第一个人就是道云老汉，李老茂也觉得晦气，但他不得不替儿子向道云老汉磕头，求道云老汉吉言祝福儿子平安成长。道云老汉激动得眼泪汪汪，立即去给李国田买了衣服鞋袜，同时向所有人宣布：他收了一个干儿子。李国田从小就感到这是耻辱，可他越是怕，别人越是把它当成伤疤来揭，只要骂他"哭丧匠的干儿子"，就相当于踩住了他的尾巴，他要么暴跳如雷，要么夹起尾巴逃跑。他在香溪中学当上临时工后，已经没有人拿这事说他了，是他自己心有余悸。

李国田自从上了报纸，他的观点日益受到重视，只不过他的声音是李老茂带回来的。李国田不是那种自以为是的人，话也很少，对纸房发生的事也不大关心，但他爹喜欢把刚发生的事说给他听，并告诉他道云老汉怎么说，其他人又怎么说。李国田本不想听，可老爹坐在那儿，一边抽旱烟一边啰里八唆地说着，他不能不听。他对道云老汉充满了不可抑制的厌恶，他的观点总是和道云的相反，他是故意的，反正都不是什么大不了的事儿。他父亲回到纸房，把他随意说出来的话赋予严肃性，就像李国田整天都在实验室研究纸房的未来似的。

几年下来,他们的预言各有胜负,但大多数情况下,谁胜谁负并不是谁的预言最终兑现,而是看谁最能够自圆其说,这方面道云老汉略占上风,因为李国田自圆其说部分由他爹代劳,李老茂自然不是道云老汉的对手。

二姨虽然相信李国田,但第二天她给我们送来一个糍粑,特别告诫我妈再煮三斤三两糯米,把她带来的这个揉进去,做成十二个,我们家三口人,留三个就可以了,其余的九个送给九家人。送糍粑就是送瘟神。她家的糍粑是早晨开门的时候在门槛上发现的,这种糍粑在纸房已经传开了,送不出去就悄悄放在别人家门槛上。我妈惊呼起来,我们家几天前就收到糍粑了。她把神龛上的糍粑拿下来,已经硬得像一块石头。糍粑打好了,送糍粑的事却落在我头上,要晚上送,不能让人看见。当我送完糍粑回来,我家门槛上赫然摆了十一个。它们不像糍粑,而是像一排咒语。

我怀疑道云老汉在搞鬼,是不是他看见我把他给我的"神仙粑"丢掉,才想出这么个法子来愚弄大家?那么第一个糍粑应该是放在我家神龛上的那个。我走进堂屋,看见它已经长毛了,漆黑一团。

第四章

揣揣不安地过了几个月,春天来了。春天一到,道云老汉的预言就破产了。村里不但没人去逃荒,反倒来了十几个陌生人。这些人与众不同的装束让纸房人猜不出他们的身份,既不像干部,也不像农民。

他们是坐汽车来的,汽车停在肖四禄家对面,是一辆绿色的双排座卡车。他们下车后推推搡搡,都不愿主动上前和村民交涉,而村里人其实也很想知道他们是干什么的,但自古以来的孤僻和自卑以及莫名其妙的高傲使他们没有主动上前询问,他们甚至把这当作最基本的礼仪。

陌生人遇到的第一个纸房人是冬瓜脸肖四禄。他们问他:

"老人家,你家有空房子没有?"

肖四禄刚刚生过一场大病,每天都要到坝子里走一走。肖四禄举全身之力抬起眼皮看了看,全都不认识,他们都很年轻。肖四禄看见其中有两人提着小铁锤,便自以为是地问:

"你们是不是石匠?"

"不是。"

"那你们是修路的?"

"也不是。老人家,哪家有空房子,你给我们说说。"

肖四禄看见其中一个人提了个白布口袋,于是肯定地说:

"你们是卖菜种的。我还从来没有见过这么多人一起卖菜种。"

"老人家,到底哪家有房子?"

"不晓得,我不晓得哪家有。"

他的眼神和他瞪那些吊儿郎当的人一模一样,他总觉得所有吊儿郎当的人即便不是小偷,也离小偷的行当不远。在没有搞清楚这些人的身份之前,他什么也不会讲。等这些人走开后,肖四禄不满地说:

"明明拿着手锤,还说不是石匠。"

他最看不惯的是其中一个小伙子,他在胸口挂了一副墨镜。他活了几十年,从没看见过眼镜有这种戴法。

离肖四禄家最近的是广线家,他家的牛圈被牛撞垮了,正请了几个人修牛圈。房子被竹林遮住了,那些陌生人从竹林间的小路钻进去时,把几个抬石头的人吓了一跳,待他们看清来者既不像手艺人,也不像上面下来的干部,心里才松弛下来,但同时也有一股不知来由的冷淡和敌意。

陌生人中一个年纪大的摸了盒烟出来,几个纸房农民立即有种受宠若惊的慌乱。他们见牛贩子抽过带过滤嘴的烟,从烟盒上看,陌生人的烟肯定比牛贩子的烟昂贵。广线在裤腿上把手上的泥巴擦干净后才去接烟。冉光福则夸张地用双手接过来,好像真有那么贵重,重得一只手拿不住似的。陌生人掏出一张介绍信,原来他们是搞地质勘探的。人家有工作单位的,这更加让人肃然起敬。

唢呐匠梁宗国说:"空闲房子好几家都有,周福生家,张雨晴家,王光路家。你们想住在哪家呢?"

冉光福说:"最好是住周福生家,他家人口少。"

梁宗国说:"真的,住在他家最好,他的连襟兄弟还在香溪当老师哩,叫李国田。"

他不知道自己为什么要补上最后一句,就像不把李国田抬出来,不足以显示他对来者的尊重。

冉光福还推荐杀猪匠张仕元去给他们煮饭,说张仕元不光会杀猪,食品站没撤销之前还在食品站当过厨子,纸房就数他的菜炒得好。

勘探公司的人在村里打听住房时,村长李自强正在家里修理他的旧单车。这车是他兄弟送给他的,他远房兄弟在县农机公司工作。李自强到县里开会,看见这辆锈迹斑斑的自行车挂在楼梯上,问兄弟挂起来干什么。兄弟说旧了,不想要,又舍不得丢,想要你把它拿去吧。李自强欢天喜地,当时纸房还没有自行车。他不会骑,是推着回来的,八十三公里,他走了一天一夜。村里血气方刚的小伙子,脸上饱满的青春痘像印度王子头上的红宝石一样熠熠生辉,可李自强那辆叮当作响的自行车出现在纸房后,这些"红宝石"一夜之间黯然失色。

当他得知来人是地质矿产勘探公司的时,他对那个通报消息的人说:

"他们来他们的,我又不是他们的祖宗,什么事都要找我。"

等这人走开后,他对女人说:"不是乡里面来的,也不是县里面来的,不是乡里和县里来的,那就不关我的事。"

女人问勘探公司是干啥子的。李自强说,满山跑,像爬山猴一样。李自强想了想,人家是城里来的,怎么也比乡下人高级一点,还是去看看吧。

夹上自行车,出门没多远遇到一个下坡,发现刹车没调好。

李自强发现刹车没调好已经来不及了,有两个小孩在道路上玩,前一天下过一场大雨，村道中间积了一坑水，两个小家伙光着脚板在水里划来划去，学大人犁田，嘴里不厌其烦地"吁吁吁"。游戏如此简单，但他们非常快活。

李自强冲了下来，崎岖不平而坡度又不小的村道颠得他蹦蹦跳跳。看见那两个孩子，他大声叫喊："娃儿，闪开！闪开！快闪开！"他不喊倒没事，从旁边冲过去就行了，这一喊，反倒把两个小孩吓得不知所措，自行车的后轮把其中一个孩子的腿绊了一下。李自强来不及避让，一个跟头摔倒在菜地里。孩子的腿淌血了，哇哇大哭，抱着受伤的腿在原地转圈。见李自强从地里爬起来，他不敢哭了，比起即将到来的训斥，他预感到比疼痛更可怕更糟糕。

李自强满脸是土，他没吼，而是问小孩："你的骨头断了没有？"说着查看了一下孩子的伤势，没什么大问题，只不过拉破皮了。正当小孩以为李自强不会骂他的时候，李自强突然给了他一耳光，轻蔑而又专横地吼道：

"日你妈，这是玩耍的地方吗？老远就喊你们闪开闪开，耳朵聋了！"

小孩抚着脸抽泣，没敢哭出声。

"给老子把单车摔坏了，叫你爸爸赔！"

小孩不哭了，他绝望地想，这下完了，我爸爸肯定会揍我一顿。他爸爸在大多数时候都会护着他，可当他不小心摔坏了一只碗，他爸爸就去护那只碗。碗已经破了，无法复原，他不但要揍他一顿，还威胁说"你再也不能用饭碗吃饭了，只能用手捧着吃"。薅草的时候不小心铲掉了一棵豆苗，他妈会鼓着眼睛骂他："嫩老子呀，你的眼睛瞎了，那么大棵豆苗都看不见！"在纸房，就连一根针都要超过人的价值，何况是一只碗和一棵豆苗。

李自强扶起自行车，链子断了，他心疼地叫起来：

"看哇，看哇，链子都断了！"

小孩再一次以守为攻地大哭，李自强骂骂咧咧地走了。他一边走一边想，如果孩子的父亲来找，叫他赔医药费，他应该怎么办，是一唬二骇还是赖在孩子头上？他坚定地想，医药费他是不会赔的。不一会他甚至生起气来，如果非叫他赔不可，他就叫孩子的父亲赔单车。

李自强有一栋老房子，在半山坡上一个山坳里。由于长期无人居住，屋子里已经成了小动物和微生物的乐园。人刚跨进去，脚下便噼啪响，不知什么虫虫被踩爆了肚子。格子窗上挂满了蜘蛛网和灰尘。屋子里的味道难以说清，有焦干陈旧的霉糠味，迟钝浓烈的烂蒜味，晦暗低沉的泥腥味。

屋角里有一堆土豆，一半在腐烂，一半在发芽。除此之外还有些莫名其妙的行头：缺了一条腿的板凳，千疮百孔的斗笠，篾丝散开的筛子，布满灰尘的酒瓶，已经被蛀空徒有其表的竹板，乱七八糟的线团，糊着黑垢的纽扣。

"不要了，这些东西都不要了。"李自强大方地说。原以为白给他们住，没料到他们主动提出付房租，而且不低，李自强喜不自禁，脸上没表露出来，但心头像装了好几根喜气的弹簧，他都快把持不住了。

当天晚上，李自强把勘探公司的人接到家里。他当村长以来，不管来的是什么人，只要不是农民，他都把他们当贵客接待。只不过，他一旦得知对方职务不高，心里就会抑制不住轻蔑的想法：是个当兵的——李自强当过兵，对别人的地位喜欢套用军队的叫法。勘探公司人不多，李自强心想经理的级别高不到哪里去，大概相当于排长甚至班长。可当他得知经理相当于营级干部时，把原本不想杀的一只鸡杀了。每次杀鸡,他女人都要在事后给死去的鸡评定功过,如果吃饭的人忘记了他们,她就说那只鸡是冤死的;如果光是记在嘴上,她说那只鸡死得光身;如果那些有权的人给他们一点好处,她就说那只鸡是欢喜死的。她发现勘探公司这些人穿着式样老气的工作服,言行举止却又文绉绉的,她拿不准,李自强捉鸡的时候,她小声问,会不会冤死它哟?李自强乜了她一眼,意思是你别头发长见识短。女人最服李自强这种眼神,只要他这么乜她,她做起事来才心里有底。

吃饭的时候,李自强的女人从货架上取了瓶酒,她取了瓶最贵的,可拿在手里想了想,觉得所有的酒都一样,都能把人喝醉,于是她换了瓶便宜点的。她抱歉地对客人说:

"酒不好,将就喝吧,在我们这个穷地方,这就算好酒了。"

这些长年累月在外的人并不计较,并且都能喝,一瓶远远不够,他们自己花钱买了三瓶。李自强叫女人不要收他们的钱,女人答应了,但架不住客人的热情似的,只好勉强收下。

勘探公司的人安顿好后就立即开始工作。他们扛了一支冲锋枪这里杵一下,那里杵一下,这枪射不出子弹,枪口上戴着一个黑色的塑料帽子。他们说这是伽马枪,村里人似懂非懂,把它叫作马枪。除了马枪,他们还有放大镜、望远镜、罗盘、地质锤。

这些东西让纸房人感到神秘。"啧啧,不得了。"他们说。傍晚,他们聚到村子里爱热闹的人家里,谈论着各自的见闻。

冬瓜脸肖四禄说:"他们是来找宝物的。搞地质就是找宝物。"

这个手脚粗大、脑子和动作都慢吞吞的老汉已经忘记了他们最初留给他的印象。

"哈,去年地下冒光,原来是有宝物呀。"

"既然有宝物,蚂蚁为什么要跑呢?"

"是不是因为地下发烫?蚂蚁受不了。"

所有人立即把宝物想象成火球一样的东西。

"如果地下发烫,其他虫虫为什么不跑?"

火球消失了,宝物重又变成一团混沌。

"纸房会有什么宝物呀?"一个娘儿们蠢头蠢脑地大声说,"我们在这里活了几十年了,可从没听说过什么宝物。"

"你懂个屁,你除了懂得饭甑离不得筲箕,你还懂什么。宝物埋在地底下,凭你这双眼睛能看见?人家可是有仪器的,他们用仪器勘探。"

梁书的老婆刚给自己买了件新衣服,穿到人多的地方来显摆,边听人说话边咬线头。她把咬在嘴里的一根线头放开,急切地说:"既然是纸房的宝物,那可不能让他们拿走。"

广线瞥了这个女人一眼,同时想起她平时就是一个爱占小便宜又蛮不讲理的人,用三分愤恨再加上七分嘲笑告诉她:"你以为那宝物是你的?那是国家的!地质队的人是国家工作人员,他们是来替国家找宝物。"

方脸冉光福叹了口气:"好东西都是国家的。"

"国家拿这么多宝物去干啥子嘛?"

冉光福不屑地说:"干啥子?还用得着问干啥子,难道有谁会嫌自己的宝物多吗?这和纸房人还不是一样,哪个不是喉咙里伸出爪子,恨不得把所有的好事都捞到自己名下?"

他们相信还有一件东西他们没看见,那就是穿山眼镜。"只要戴上这副眼镜,山肚子里的东西就看得清清楚楚。"

正是因为如此不可思议的功能,所以他们才无缘见识。没过多久,地质勘探公司的人像种庄稼一样，漫山遍野挖坑，坑不大，比种玉米的大一点。他们把挖起来的泥土小心翼翼地装在口袋里。有时候还往石头上滴一种神秘的药水，这种药水能让坚硬的石头冒泡儿。那支马枪的作用也许更大，把枪口对准石头，枪里面咔咔响，枪托上的红色指针一跳一跳的。敲下一块石头，用放大镜看了看，然后用皮纸和棉花包起来，有时候却又不屑地丢到一边。凡是敲过石头或取过土的地方都做了记号。如果是石头，那就用油漆直接写在上面，如果是个土坑，他们就在土坑边钉一个写了编号的木桩。

道云老汉对这些搞地质勘探的人又一次预言："你们不要高兴得太早！"他警告说，"等他们把纸房的宝物取走了，纸房就完蛋了。"

和以往一样，李老茂从李国田那里带回来的预言再一次相反，李国田说，勘探公司的人勘探的不是什么宝物，他们是在找矿，他们要真在纸房找到矿就好了，纸房的人就要发财了。李国田说得很具体，如果在纸房找到矿，有关部门就要在纸房建矿山，大家不但可以到矿上干活，还有可能拿到建矿山时占用土地的补偿金。

李国田的预言让纸房人欢欣鼓舞，对勘探公司的人由怀疑而变成充满了敬意和好感。但道云老汉不承认他的预言会落空，他说："吹火筒做眼镜，你们长起眼睛看吧，没那么简单。"

仿佛是为了回应道云老汉的预言，没过几天，纸房一下冒出许多老鼠，老鼠在纸房从来没有绝迹过，但一下子冒出这么多是从未有过的事情。老鼠东奔西跑，遍地是它们丢弃的粮食和杂物，屋子里、院子里、小路上，这里那里，全是老鼠的杰作。有些东西是很久以前失去了就没再找到的，现在突然一下冒了出来。肖仁光家很久以前丢了一个翡翠玉的磨牙棒，儿媳妇说是婆婆抱着孙子去冉海洲家玩耍的时候被冉海洲的女人摘去了。两家因此几十年互不往来。这是肖仁光家传了三世的磨牙棒。当年那个戴磨牙棒的婴儿已经是个三十多岁的泥瓦匠了,他九十多岁的祖母这天早上在院子里看见了那个磨牙棒,顿时悲喜交加,忏悔道:"冉海洲家的,我对不起你呀。"

冉海洲的女人离开人世已经二十年了。

肖四禄准备给儿子肖美学娶亲,办酒席的东西全都备齐了,有天夜里起来撒尿,脚下一滑,四仰八叉地倒下去,要不是后面有个箩筐顶了他一下,就摔出大毛病来了。他点灯一看,地上到处是黄豆。再看装黄豆的箩筐,已经被老鼠啃了碗那么大个洞。再看其他东西,他立即惊呼起来,没有哪一件东西没被老鼠啃过,有些东西都快被老鼠吃完了。肖四禄把全家人叫起来,把为办酒席准备的东西全都用口袋装起来,把它们挂在楼辐上。有粉丝、笋干、糯米、黄豆、绿豆、羊油、腊肉。绳子上穿了张慈竹笋壳,如果老鼠从绳子上梭下来,笋壳是滑的,它们不但爬不到口袋上去,还会从笋壳上摔下来。肖美学咕哝道:"半夜三更的,一点都没有睡新鲜。"肖四禄大声说:"等你睡新鲜,这些东西就被老鼠吃光了!办酒席的时候什么也拿不出来,人家就要说你爹不仁义了。"忙到天亮,才把这些东西全部挂好。这些东西只比头顶高一点点,走进屋子就像进了瓜棚。肖美学说:"我可要好好补个觉,吃中午饭的时候你们再叫我。"他妈说:"你不要忙睡,去唐书秀家看看,叫他们也把东西挂在楼辐上。"唐书秀就是未过门的儿媳妇。肖四禄讥讽说,自己的稀饭吹凉了就行了,不要去管人家的汤圆。他对那一家人一直不满,每次要聘礼都"巴不得我把商店往他家搬"。肖美学说:"我补一个觉再去,白天老鼠不会出来的。"母亲解下围裙,说:

"好大一副心肠!"

她自己去。肖美学和父亲对看一眼,没什么内容。肖四禄坐在板凳上清点楼辐上的东西，他知道它们不多也不少，但清点是他的习惯。他喜欢清点，每次摘回多少个老南瓜他都要清点一遍，柜子里还有多少粮食也要不时看一看。这可以让他对自己的财产做到心中有数。肖美学袖着手，补觉去了。父亲数数的声音让他的瞌睡在鼻梁上打转，非睡一下不可。

　　肖四禄的女人转过一座山，再转一座小山就是唐书秀家了。这天清早雾特别大，走在雾里就像走在梦里。她心想：要不是我认识路，怕不知道要走到哪个外国去。在两山中间的山坳里，她看见一头灰白的母猪带着一群猪崽正在啃玉米，心想是哪个呀，让猪这么糟蹋庄稼。她找了根干树枝，正要去把它们赶开，却发现那些猪崽太小了，小得根本不像猪。走近了一点，她终于看清楚了，它们的确不是猪，它们是老鼠。那头像母猪的老鼠和真正的母猪比起来要小得多，但作为一只老鼠，它又太大了，大得无法无天。肖四禄的女人发现它是老鼠后便立即跪下了，她想她是碰到鼠仙了，她连作了三个揖。"鼠仙"大概也觉得奇怪，不知道这个女人在干什么，它停止咀嚼，看着她。它是鼠多势众，它们不怕她。肖四禄的女人看见"鼠仙"的眼睛了，是鲜红的，像两颗红樱桃，吓得她拔腿就跑。肖四禄的女人一路狂奔回家，说"鼠仙"要吃她。

第五章

"鼠仙"在沙湾出现的消息顿时传遍了四邻八乡。沙湾就是唐书秀家所在的那个村寨。肖四禄提着锄头去看"鼠仙",女人的描述使他有点害怕,但他相信,再大的老鼠,也经不起自己一锄头。他到了沙湾,没看见女人所说的"鼠仙",但他看见成群结队的老鼠正在啃玉米,密密麻麻的,像撒在地上的芝麻一样多,它们所经之处,就像洪水冲过一样,"哗啦啦"响成一片,玉米成片地倒下,比镰刀割还快。他说:

"现在它们啃玉米,玉米啃完了就要啃山上的树,山上的树啃完了就要吃人了。"

大家都在想方设法消灭老鼠。广线在地里挖了一个坑,把被鼠药毒死的老鼠埋进去,他已经挖了十八次了。他卖红根的钱全都用来买鼠药了。但老鼠并没有因此减少。他去村里转了转,只有几家人花钱买了鼠药,其他人家采取的是土办法:安鼠夹,下套子。肖四禄的办法最简单:把一间屋子腾空,把东西全部抬出来,然后在屋子里放一点粮食,等老鼠进去后再把门关上。他和他儿子肖美学用棍子去抽那些老鼠,抽得老鼠可怜巴巴地叫唤,两父子抽着抽着就会哈哈大笑,感觉太好玩了。每天关门打老鼠的时候,都是他家的节日。肖四禄说他家最多的一天打死了四十三只。广线转了一圈回来后心里很不高兴,那些用鼠夹的人一天消灭的也就四五只,肖四禄的办法虽然多一点,但和他广线比起来,那可是差得太远了,他每天埋掉的都是百只以上。他想,正是有些人舍不得花钱买鼠药,他家老鼠才会那么多。有些人平时看上去很大方,其实到关键的时候都会夹紧尾巴,一个子儿也舍不得。他觉得仅仅凭买不买鼠药这件事,就把很多人看穿了,看白了。而对那些买了鼠药的人,心里感觉就要亲切得多。比如方脸冉光福,他平时不大喜欢他,嫌他嘴碎,现在他不光买了鼠药,还买了本怎么灭鼠的书。他告诉广线,书上说,先抓一只公鼠,把它的睾丸取出来,再把两粒炒煳的绿豆塞进去,缝好,这只老鼠就会因为难受而去咬其他老鼠,见一个咬一个,比猫还厉害。广线问他试没试过,冉光福说他一个人没法给老鼠做结扎手术,要有人帮忙才行。广线跃跃欲试,虽然心里有点害怕,但还是答应什么时候一起给公老鼠换睾丸。冉光福说"好哇,太好了"。

我对成群结队的老鼠感到害怕,但除了一如既往地活着,又能做什么呢?

我妈叫我去晒谷草。大雨接连下了几天,把田野淋湿了,小草冷悠悠伏在地上。我妈说,今天就要天晴了,谷草已经发霉了,再不晒大水牛到冬下就没饭吃了。

可我看不出天要放晴,我看见天空仍然像刚从水里提起来的破布,水淋淋的,灰塌塌的。但是我对我妈的话也不敢不信,有一次天空明明霞光万里,我妈却说等不到中午要下大雨。果真,刚到中午,大雨倾盆而来。

我很讨厌到湿糟糟的田野里去，我不喜欢草上的露水把裤子弄湿，那是一种很不爽气的感觉。我妈坐在门口打麻，一手拿麻刀，一手拿麻皮，"嗤"的一声，黑麻皮掉到地上，手里剩下白生生的麻丝。她的动作很协调，不紧不慢，麻丝已经晾了一竹竿。她见我磨磨蹭蹭，不高兴地说：

"你这个小屁儿，还不去呀。"

我估摸她的脸已经不那么好看了。我"嗯"了一声。我用一块红砖头在地上画画，画汽车，画好后又用脚板蹭掉。为了凉快，整个夏天我都不穿鞋，上学也光着脚丫子，脚掌上长了厚厚一层老茧。砖头太硬，地上又不光滑，很难把汽车轮子画圆。汽车的速度和力量让我着迷。我不想画别的东西。

我再不去她就要生气了。可这时来了一个人。我听见黑狗平和地吠叫着，半熟不熟的人它才这样叫。我从板壁缝里看见那人站在院子边上，对我家黑狗说："挨刀瘟，几天不见你就认不得了？"他拿不准黑狗会不会突然袭击，走得不那么爽性。我认识他，他是个麻贩子，拿了个蛇皮口袋，经常嬉皮笑脸地在村子里窜来窜去。

我妈对黑狗说："黑二，咬他！"接着问麻贩子："你来干什么？"麻贩子说："我来看麻割完没有，卖不卖？"黑狗听见他和我妈说话，觉得自己的任务完成了，悻悻地退到一边，嘴里停不下来似的"汪汪汪"地叫着，走到院坝边，突然向一只母鸡扑去，把那只母鸡吓了一大跳，母鸡一边紥着翅膀飞奔，一边像受惊的小女人一样"咯嗒咯嗒"破口大骂。

我没去注意我妈和麻贩子，他们说话的声音一会儿大一会儿小，像风一样飘进我的耳朵，但钻不进我的脑子。

……过都过去了的事情，你不要来缠我，我认不得你了……你不能没良心啦……你把我当什么人啦,真是的……快走吧……我没把你当什么人,我把你……真的……鬼……都是你害的,你不赔哪个赔……那些婆娘算什么……老都老了……不老,你从没老过,真的……没哪个听你这些……不听我也要说……要死一起死,我保证……蚂蚁磕头天知道……你又不是不晓得……用不着你操心,我会安排的……你放心好了,我不知道你有什么不放心的……天天吃酸菜都行哪……

我对我的绘画技术感到沮丧,我的手总是画不出我想要的效果。我要是神笔马良就好了,画一支枪,我就有一支枪,画一颗糖,我就能拿到这颗糖。不过,倘若真的有这样一支笔,我最想画的不是枪也不是糖,而是一匹小马,我骑着小马想上哪儿就上哪儿。我知道这叫幻想。我已经上四年级了。老师说,幻想就是胡思乱想。

……我才不怕哩,哪个我都不怕……我可以把心……我才不是哩,我怎么会是那种人……张培玉,你自己说,都好多年了。

我画了三尊大炮,正准备画一个炮兵……哐当!

我的天啦,麻贩子和我妈打起来了,他们抱在一起,麻贩子要咬我妈,我妈躲闪着,她脚下一滑,把装水的盆子踢翻了,水淌得满地都是。我的心咚咚跳,我又怕又生气,我用力大喊了一声:"妈!"

我正打算拿菜刀去砍麻贩子,麻贩子把我妈放开了,他居然看着我笑了笑,我的眼泪都要气出来了。

麻贩子对我妈说:"今天不卖算了,我改天再来。"

他走了。

我以为我妈会骂他几句,可她却很生气地回过头,大声骂起我来:"你这个挨刀砍的小屁儿,还没去呀,太阳都出来了你还没去!"

真的,太阳都出来了,地上在冒白气了。

阳光把大路烤热了，路上的稀泥还没被晒干。我打着赤脚，热乎乎的泥巴吱溜吱溜地从脚趾缝间冒出来，弄得脚趾缝痒酥酥的，头发根痒酥酥的，小鸡鸡也痒酥酥的，我早已忘记了心头的不快，专心致志地去踩稀泥，心尖尖都开始痒酥酥的了。如果走在没有阳光的地方，冷冰冰的稀泥会刺得人全身打战，那股凉气会从脚板心一直传到肚脐眼儿。

田野里东一个西一个的人也在晒谷草，也许是因为人太少，看上去空荡荡的，让人心里陡然生出一股寂静或者忧郁，好像世间原本就该这样寂静和忧郁。他们正在议论梁书家黄母牛生了个小牛，是个雌牛，这可比小黄牯值钱多了。

稻茬已经变成了灰色，根部则完全发黑了，空气里飘逸着霉臭和腥味。撒落在地上的谷粒儿发芽了，小芽又细又亮，像不锈钢钢丝，白生生的，它们先冒出来的不是头，而是一张弓，头埋在里面，仿佛还在和里面的亲人说告别话。谷粒儿一遇到水就喜欢发芽，但在秋天看来这是调皮捣蛋，是不允许的，它们不可能长大，冬天一到就被冻死。我也经常干些调皮捣蛋的事情，有时候明知道那事干不得，可总是忍不住要干一下。

晒第二垛草的时候，我看见草垛里藏着一窝老鼠。我被吓了一跳，我一拍稻草，母老鼠跳下草垛就逃。母老鼠不大，只有半支铅笔那么长，我只跑了几步便赶上它，一脚就踩死了。那些小老鼠就更没法跑了，它们的身上还是红的，还没长毛。它们只知道往草缝里钻，我提起稻谷一抖，把它们抖到地上。稻田里到处是插秧时留下的脚窝，小老鼠们一旦跌进去就爬不起来。我没有放过它们，见一个踩一个。每窝都有七八只，最多的有十四只。

我并不觉得很有趣，我讨厌老鼠，我讨厌它们丑陋的模样。非要说这里面有什么乐趣的话，我的乐趣就是我对自己的成绩非常满意，这些以机灵著称的家伙都没逃过我的魔掌——我感觉我的脚掌已经具有某种魔力了。

太阳当顶了。我数了数剩下的草垛，如果在平时，我一定会感觉太多了，可今天我一点也没有这种感觉，我甚至希望田坝里的草都由我去晒，我好把藏在里面的老鼠全部踩死。当我踩死三十只的时候，我暗想最好能踩死五十只，当五十只老鼠已经死在我脚下时，我把目标定到了一百只。

我是在不知不觉中听见那个哭声的。开始并不像在哭，倒像是在唱歌。可一会儿我就听出来了，那是因为声音已经哭哑了，哭不出来了，她用破嗓子喊一声："我的老天爷哟……"然后便用那种从嗓子里逼出来的像唱歌一样的声音哭。对于一个极度伤心和绝望的人，这是一种因地制宜的哭法。

当我看见她的时候，我真是难受极了，她的哭声让人身上发冷，让人揪心。她是从横坡来的。横坡，那里有我们的学校，还有乡政府和卫生院，以及一年四季都甜丝丝的小商店。她那副悲伤的样子，让人突然觉得横坡是一个可怕的地方。

有人问了："他二娘，你这是怎么了呀？"

梁书的女人拍了两下大腿，然后才用已经哭破的嗓子说："我的天爷，我家小娥死了，死在横坡了。"

仿佛有一股子风刮过我的灵魂，吹散了这一天的种种印象。这么美丽的天空，飞舞着五颜六色的蜻蜓；远远的山坡上，葱郁的树林里深藏着无尽的秘密；空荡荡的田野，明年还会长出庄稼！可梁小娥不在了，她再也看不见这一切了，我在心里暗暗叫了一声：天啦！

好像失去了什么，快乐和忧愁都无法弥补。我隐约感到失去的是我身体里的一件什么东西,是一块骨头,还是胸腔里的什么器官?

梁书的女人走远了,已经听不见她的哭声,我看见她走进了她家那片竹林。她今天怎么办呢?我很替她担忧。

田坝里的人大声议论着,因为各自在田里干活,不大声说别人听不见。他们说,梁小娥是今天早上才被送到医院去的。病的名字很长,叫什么钩端螺旋体病菌感染,在我天马行空般的想象中,这种病毒有一种钩子,钩住谁了,谁就要被送医院。而这种病和老鼠有关,老鼠啃过的东西甚至爬过的东西都非常危险。

天啦!我又暗叫了一声。我已经光着脚踩死了那么多老鼠了。红薯和南瓜烂掉时会长一些密密麻麻的黑点,我感觉那样的黑点已经在我腿上四散开来,那些叫什么钩的病毒已经在我的体内欢呼起来了,它们害死了梁小娥,现在要对我下手了。我想到的第一件事情,是我死了我妈千万不要像小娥她妈那样一边哭一边拍大腿,那样太难看了。我把刚才踩死的老鼠全部集中在一起,九十三只。

一瞬间,我心里掠过这样一个问题:它们毕竟是九十三条生命,毕竟是八只母老鼠的孩子,它们就这样死去,是不是可以?我找不到答案,也没有去找。

我不敢光脚踩了,但我没有停止杀老鼠。我从竹林里折了三根竹枝,竹枝比树棍细,但弹性极好,一抽嗡嗡叫,用它斩草像利刃一样快。我更不会让那些老鼠活着跑掉了,当它们的血流出来,死在我的竹鞭下,我心里升起一股莫名的快感,仿佛它们死得越多,我体内的细菌就会越少。抽着它们像是在抽那些讨厌的病毒。

有人从横坡回来,田坝里的人便向他打听医院的情况。梁小娥死后,没多久又死了一个大人。后面死了多少人就成了打听消息的人最想知道也最有吸引力的事了。我听见他们用非常简短的句子问答:

"几个啦？"

"四个了！"

接连过了几个人，回答的都是四个，问话的人便说"刚才是四个，现在还是四个"，听口气好像嫌死得太少了，应该是五个六个甚至九个十个才对。

回到家，我不知道有没有必要告诉妈妈，我光脚踩死那么多老鼠。最后我没有告诉她，仿佛这件事一旦说破，那些该死的病毒在我体内跑得更快。

父亲回来时已经是下午，他给我买了一个乒乓球。他把乒乓球给我后叫我到外面去玩。他以为我什么都不懂，其实我什么都知道，不过那是大人的事情，与我无关，我玩着乒乓球，已经心满意足了。有一次大伯出门做手艺，一个多月才回来，一回来就把门关上，叫辛武到外面玩去。辛武叫上我，和我悄悄到屋后去观看，看大伯和大伯娘到底在干什么，我个子矮，什么也没看见，但听了大伯和大伯娘说的话，加上平时从电视上看见的那些，我已经猜出他们是在干什么了。有时候想到这事，我感到很难受，很不好意思，不过有时候也想，如果长大了身边有个温柔快活漂亮的女人，和她做那种事，那一定很幸福吧？

我去找辛武，看见他和大伯娘在地里挖什么东西。我问辛武是不是在挖折耳根，我们都喜欢吃折耳根，又香又脆。辛武没理我，我又问他妈："大伯娘，你们在挖哪样？"大伯娘说："我们在挖好东西。"听大伯娘的口气，对我好像不大欢迎。我跟在辛武身后，他悄悄告诉我，他们在挖老鼠。他们要的是那种还没长毛的、红皮皮的老鼠，而且必是一窝十二只，多一只少一只都不行。他们挖来泡酒给他舅舅治病。我正要大声告诉他，今天我打死了那么多，肯定有一窝十二只的。可我还没说完他就把我制止住了。他小声告诉我，不能说，对任何人都不能说，因为他舅舅还没找到媳妇。他舅舅得的是癫痫病，也就是母猪疯，发作起来口吐白沫，还像猪一样哼。他舅舅家一直保密，怕养女儿的人家知道。辛武说，这个方子除了用小老鼠泡酒，还要一对原窝的猫头鹰，并且要一公一母。我说，我的天，这样的猫头鹰到哪里去找？辛武说，他舅舅已经把猫头鹰抓住了，现关在笼子里，就等这十二只小老鼠了。

我和辛武用小木棍找，找到老鼠洞就叫大伯娘过来挖。大伯娘挖得汗水直淌，她脱掉外面的衣服，只穿了一件圆领汗衫，她猛地举起锄头，那两只猪尿脬一样的乳房飞起来，像一对活蹦乱跳的兔子。

"辛维，你还不快点回去，你爸和你妈打架了。"

梁宗国似笑非笑地说，手里拿了支唢呐，也许是哪家办酒请他去坐吹。大伯娘问："他们为啥子打哇？"梁宗国又神秘地一笑，说不晓得，然后又说："好像是为麻贩子的事情。"大伯娘幸灾乐祸地说："应该打，打得好！"梁宗国说："麻贩子生病了，听说已经不行了，想叫张培玉去见最后一面，周福生知道了，在家里吵起来了。"大伯娘说："这么快，今天早上还来过呀。"梁宗国说："是快，这种病来得快死得快。"

回到家，我看见满院子破锅烂碗。单是这些破锅烂碗就让我感到害羞。我平时一点也没有注意它们，此时我觉得它们真是丑极了。我不是说它们被摔得歪歪瘪瘪破破烂烂的丑，而是它们平时的存在似乎也是一种丑。一个双耳黑砂锅，居然没破，只掉了只耳朵，比它结实得多的铁鼎罐反倒破成了两半。鼎罐还是我爷爷小时候就用起的。爷爷在地下有知，一定会气得发抖。

我妈的嗓子已经哑了，像旧收音机一样，沙沙沙沙、嘎嘎嘎嘎、嗡嗡嗡嗡、咝咝咝咝，有句话她至少重复了一万遍。她说："周福生，我哪点对不起你呀？"

我妈哭得很伤心。

父亲吼道："要哭滚出去哭，去死人身边哭，不要在老子屋里号丧！"

我很悲壮地想，我生病就好了，老鼠身上的病毒多传染一些到我身上就好了。如果我现在死去，他们就不会没完没了地吵架了，我就可以把他们的注意力转移到我的死这件事情上来了。

时间一点点地从椿树上移去，从竹林的阴影里移去，看上去是那样柔软，但它们去了就不再回来。我为时间不能停止片刻而倍感凄凉。

我妈没再哭了，我不知道屋子里发生了什么样的变化。我妈大概上床了，伤心到极点的人都想到床上去躺一躺。躺一躺会好受得多。我不由得松了口气，等她从床上起来，一切都会和昨天一样。凭打火机"嚓嚓嚓"的声音，我知道父亲还坐在原来的地方。这很好，我想，男人在这种时候抽抽烟比什么都好。

可突然响起瓶子落地的声音——叮叮当当地滚了好远。然后是"咣当"一声，父亲在砸门，震得整幢房子都在响。

父亲抱着我妈出来了，我妈嘴里吐着白泡泡，像熬稀饭一样，白泡泡接连不断地冒出来。我傻了。父亲一路小跑，没走多远把她背在背上。他发现我跟在后面，他看了我一眼，哑着嗓子对我说："辛维，回去守屋。"他的声音在发抖，既温柔又内疚。我的鼻子一酸，眼泪滚了出来。

我泪眼婆婆地看着父亲远去，他在跑，但看上去速度并不快，我很为他担忧。直到看不见他们的身影才慢慢回家。

我很饿，但我忍住没吃东西，如果连饿都忍不住，那就太对不起我妈了。

屋外已经黑尽了,我在饭桌上写作业,这是我上学以来最自觉的一次,平时都要大人三番五次地催,甚至被痛骂一顿,我才会慢吞吞地打开书包,一件一件地把书和作业本拿出来。

他们回来的时候已经天亮了,已经是第二天了。我是被说话声吵醒的,我听见有人在找板凳,有人叫下门板,有个女人问父亲家里有没有被面。

我迷迷糊糊地走到外面,看见一架长梯子上的花被子卷着一个人,我的脑子"嗡"的一声,我一下完全清醒了,那是我妈!那是我妈!那是我妈!

二姨走过来,把一块白布搭在我头上,说:"乖,把孝帕扎上。"

我轻轻喊了声"妈",然后号啕大哭起来。

因为我妈不算老人,好多人都把孝帕缠在手臂上,只有比她辈分小的人缠在头上。这块白布增加了悲哀和肃穆的气氛。辛武的头上也缠了一块,把他的相貌改变了:脸变宽了,脸上的雀斑比平时更明显了。

我的脑袋里乱糟糟的,嘴里有一种金属的味道。我跪在那儿,二姨在旁边数落我妈的不是,说:"你这个狠心的姐姐呀,辛维还那么小,你就丢下他去了,他今后是个没娘的寡仔了,谁来照顾他呀。"我心里很不是滋味,想叫住二姨别这么哭,我妈死了已经够倒霉的了,你还要责怪她,太过分了。我并没有感觉我有多么可怜,我之所以伤心,是因为我妈的死叫我伤心。

道云老汉来了,他一来,我们家的亲戚就不用哭了。"黄泉路上你慢些地走哟,此去经年不回呀头……"他哭得很慢,吐字很清晰,每一个字都像子弹一样打在我心上。

几天后，我在放学路上看见梁书的女人在放牛，小母牛戴了两只红色耳环。这件事我前几天听说了，这个小牛儿出生的时候，正是梁小娥死去的时候，梁书的女人便觉得小牛儿是梁小娥投胎转世来了。她要把它当女儿养。我认真看了看，一点也看不出小母牛什么地方像梁小娥，它就是一头牛，虽然是一头漂亮的牛，但和梁小娥相差太远了，梁小娥胖乎乎的，脸像苹果一样，笑起来两个大酒窝。当我转身离去的瞬间，感觉它和梁小娥似乎真有什么地方相像。眼睛、鼻子、额头，再看，却又没有一个地方相像。

我心里轻悠悠的，有种说不出的感觉。心想如果它真是梁小娥变的，恐怕也不认识她妈了，不认识她爸爸了，不认识任何一个纸房人了。我心里不禁有点儿难过，还有那么点儿恐慌。同时我又忍不住想，我妈为什么不变个什么来看我呢？变什么都行啊，变什么我都不会嫌弃她。

第六章

勘探公司来到纸房半年后,李国田的预言应验了。尽管勘探公司的人一再保密,但还是让人探听出来了,他们在纸房勘探到黄金了。一夜之间,关于金子的各种说法像野草一样多,吵得星星都不得安宁,在天上不停地眨眼。他们既兴奋,又激动不安。就像好事太好了,好得让人无法相信,于是种种可能发生的故事被猜测、被演绎。

道云老汉见人就说:"原来我们坐在金山上啊,既然是金山,那就坐不长了,我们在纸房坐不长了。"说完这句话就泪流满面。

有人嘲笑他:"道云老汉,你不是说要去逃荒吗?现在纸房找到金子了,谁会去逃荒啊?"

道云老汉尴尬地说:"金子又不是你家的。人家勘探公司找出来,那是勘探公司的,是国家的。"

金子到底在哪儿,是个什么样,却又没有一个人知道。问那些在勘探公司做临时工的人,也是一问三不知。没过几天,大家都相信了这样一个说法:金子是一匹小小的金马儿,它躲在地底下,勘探公司的人用仪器追踪出来后,便挖坑下去捉。他们已经挖了几十个坑,还在挖,可见捉住金马儿是一件非常不容易的事情。这个故事不知道是什么人编出来的，没一个人不相信。

冉光福悄悄做了几个捕鼠笼，在里面放上马最喜欢吃的草料，勘探公司的人在哪里活动，他就安放在哪里的山坡上。他知道这是不可能的事情，金马儿在地下奔跑都奈何它不得，捕鼠笼又怎么关得住？可是，万一它被勘探公司的人追急了，慌乱之中正好钻进这些笼子，万一它像土行孙一样，在土里虽然厉害，钻出地面反倒没什么威力，那么，他冉光福就不再是现在的冉光福了。他心想，我是当耍玩意做，又不耽误工夫。他的行动极为诡秘，背个背篓假装去割草，趁人看不见时把笼子安放在黄鼠狼等小动物出没的通道上，这些通道大多在灌木丛中，不精此道的人很难发现。这事要不被他儿子冉四本无意说出来，永远不会有人知道。村里人都知道冉光福脑子聪明、私心又极重，有此举动并不稀奇。更何况，他们也不是没有设想过，在他们行走坐卧的时候，金马儿突然从旁边拱出来。可冉光福的狡辩像一个无耻之徒，他说：

"金马儿是属于纸房的，你不捉我也不捉，难道眼睁睁看着别人拿走！"

广线在勘探公司做零工，带回来的话说，金马儿又不是只有耗子那么大，而是有麂子那么大，即使打冉光福的笼子前经过，一脚就踩扁了，哪里还钻得进去，他完全是白费心机。

村里人听了这话，大都咧嘴一笑，心里却很复杂。一方面为冉光福不可能独占而庆幸，同时却又为自己天生的小家子气而羞惭。他们第一次说金马儿时，脑子里出现的金马儿，全都只有成年老鼠那么大。

广线那天还从勘探公司带回一块压缩饼干和一个午餐肉罐头，他给他们干活，他们送给他的。他用锤子把压缩饼干敲碎，和大家一起分享。这种饼干看上去硬邦邦的，吃在嘴里却又香又脆。人太多了，每个人只分得花生米那么大一块。

"狗日的,他们每天吃的是这么好吃的东西呀!"

"那当然,人家是找金子的嘛。"

广线说他们很少吃压缩饼干,他们宁愿吃张仕元给他们煮的米饭。

"这是对的,任何好东西吃多了都会吃伤的。就像肥肉,天天吃也受不了嘛。"他们说。

广线开那个罐头的时候,不知道从何处下手,他用菜刀砍了半天,终于砍开一条口,口子上挤出一些粉红色的屑状物,他觉得可惜了,用舌头去舔,马口铁把他的舌头划破了,满嘴淌血,罐头上也沾了不少血。他没气馁,他不屈不挠敝帚自珍地把午餐肉全部剥出来,和着他舌头上的血一起煮来吃了。吃饭的时候他的舌头肿了,吃得很慢,这正中他儿子的下怀。见儿子吃得津津有味,他不禁有些恼火,大着舌头骂了一句:

"狗日的,像牢里头放出来的一样!"

老鼠突然一下不见了,和它们突然之间冒出来时一样。随着老鼠的消失,蛇越来越多,它们在一夜之间就取代了老鼠的统治地位。

冬瓜脸肖四禄挖地的时候,看到地里有一条蛇,他举起锄头就追,快追上了,那蛇却掉过头反向他追过来,他忙一锄挖下去。蛇的头被挖断了,"嘶"的一下跳起来,一口咬在他的额头上。他以为是蛇的血喷到了头上,只顾用锄头乱打那条已经没有头却比有头的时候弹跳得更凶的蛇身子。后来他倒了,晕死过去了。他儿子肖美学找到他的时候,蛇头仍叮在他额头上。肖美学拔掉蛇头,用嘴吮吸父亲头上的伤口,把蛇毒吸了出来。肖四禄活过来了,但当天晚上他的头肿得像老南瓜那么大,躺着感觉天旋地转,坐着又叫唤头太沉了,脖子支撑不住。叫唤了三天，村里人都说他熬不过去了，就要死了，可三天后他停止了呻吟，顽强地爬起来在院子里走了一圈。他儿子肖美学到处打听疗伤的偏方，他爹的额头不停地流黄水水，什么药也止不住。村里人说，别看他活过来了，但活不长了，这么流下去他的身体会变成一个空壳壳。可不知何时起，黄水水不流了，脖子上长了一圈鳞甲，这些鳞甲只有小米粒那么大，是半透明的。肖四禄把一条毛巾围在脖子上，以免别人看见。可他儿子肖美学大惊小怪地到处宣扬，大家全都知道了。肖美学倍感惊奇的是，他爹的鳞甲可以拔，拔起来一点不痛，但拔光了过几天又长出来。

村里人见到蛇仍然追打不止，因为"见蛇不打三分罪"，只不过他们不像肖四禄那样用锄头挖，而是用棍棒打蛇的腰。蛇的腰上只要挨上一棍就跑不动了，只能原地打滚，这时再打它的头，头就没法向人进攻了。还说打蛇要打就打死，不然它会记住你，并伺机报复。在向别人描述你所见到的蛇长短时，不能用手比画它到底有多长，只能打比喻，说它像扁担那么长，锄把那么长，吹火筒那么长，否则它会半夜里爬到你的枕头上来，和你的枕头比长短。

辛武说最毒的蛇叫"五步倒"，被它咬一口走五步就会倒地而死。我心想，这种蛇一定是黑色的，浑身长满了脓瘤。我说，如果我被这种蛇咬了，我一步也不走，要不就拼命走六步七步，这样我就不会死了。辛武说："你这个憨包，五步倒不是走五步远，是走五步的时间，你走不走都会死，就像这样——"他踉跄两步，然后倒下去。王光路的儿子王笑果说："我告诉你们，打蛇要打七寸，因为那里是蛇的心脏，只要比画准了，一下就可以把它打死。"这次我不想被他们骂成憨包，我说："如果蛇只有六寸你怎么办，打哪儿呀？"辛武急忙将我的话捡过去，就像这是他的发现："怎么办，你打哪儿呀？"王笑果被逼得走投无路，生气地挥着棍子："打你们的屁股！"我和辛武拔腿就跑。王笑果没有追赶，他已经找到了答案，他说小蛇不用打七寸，一脚就把它踩死了。这的确是最简单的办法。辛武说，最毒的蛇还不是五步倒，是岩豆癍，这种蛇外表像树根，趴在那儿一动不动，你根本认不出来，有鸟从天上飞过去，它只要喷出毒气，鸟都会从天上掉下来，你的力气再大，武功再高，在岩豆癍面前也是瞎子戴眼镜——多余的圈圈。天啦，我说，碰上岩豆癍的时候怎么办？王笑果假装自己是一个老头，弯腰驼背地拄着手杖："老天爷呀，我们怎么办呀？"辛武觉得好玩，也像王笑果一样弯着腰：

"老天爷呀，怎么办呀？"

夜幕降临，无所事事的人们在各自的栅栏后面抽闷烟，脸上布满了愁云。在纸房，人人都有一本难念的经，他们心里都在抱怨，都在渴望。乍一看似乎无恨无爱无欲无求，其实那股什么都想要的心劲像山坡上的野草一样从来没有消失过，不过是随着季节的变化表现出不同的情态而已。只有小孩，才会乐此不疲地进行简单的游戏。我们三个像散布恐怖预言的巫师，后面的人用头抵着前面的人的屁股，腰弯到只能看见自己的脚尖，用凄凉的声音叫唤着：

"老天爷呀，怎么办呀？"

我们被自己的声音吓得毛骨悚然，但我们无法停止这个游戏，好像是为了用它驱赶恐惧，也好像是一种使命，我们身不由己。

笼罩在纸房上空的忧愁很快被一种疯狂代替了。蛇大量出现没多久，蛇贩子来了。广线用他兄弟王光路给他做的一个捕蛇夹子，捕了一条颜色鲜艳的菜花蛇。谁也不知道他卖了多少钱，他自己不讲，蛇贩子也不讲。但从他们神秘莫测的表情可以看出双方都很满意。在这些捕蛇者当中，黄贡献是最倒霉的一个。他在竹林里捕蛇的时候，只顾脚下,没注意头顶,被挂在竹丫上的蛇咬了一口,头肿得像篮球那么大那么圆,当天晚上就死了。

但这阻止不了其他人,他们说,那是黄贡献该死,是他运气不好。

李国田和道云老汉对同一件事情总是意见相左,但对蛇在纸房大量出现,他们的意见却完全一致,只是说法不同。李国田说把蛇捉去卖是非常愚蠢的,它们是老鼠的天敌,它们是来吃老鼠的。道云老汉说蛇是神物,在没长脚的动物当中,蛇是最聪明的,你伤害了它,它会永远记住你,记住你就会找机会报复。不仅如此,它们还能把这种仇恨遗传给下一代,不管它们在哪里遇到你,都会向你发起攻击。

没过多久,蛇不好捕了,不知是因为捕得太多了,还是真像道云老汉说的它们非常聪明,躲在洞里不出来了。

勘探公司的人不大和村里人来往,对他们捕蛇卖蛇也不大关心。中秋节,他们的上级给他们派了一辆车来,给他们送来了月饼和苹果。同时还带了一台放映机。

当天晚上,他们把银幕挂在已经收割的稻田里,连续放了四部电影:《八百罗汉》《巴陵窃贼》《卡桑德拉大桥》《乱世佳人》。放前两部的时候人山人海,《卡桑德拉大桥》放到一半时观众走掉了一半。等到放《乱世佳人》,几乎没什么人了,尤其是村里的人,他们喜欢看中国电影,对外国电影不感兴趣。最后只剩下勘探公司和纸房的几个年轻人边打瞌睡边看,郝思嘉的美貌让他们有些害羞,对她的行为却模模糊糊,不知道她到底要干什么。

放电影之前,勘探公司的人在喇叭里讲了一件事。前几天,打鱼乡一户人家挖地窖,无意中挖出一种黄灿灿的矿石,以为是金子,怕别人知道,晚上拼命挖,把挖起来的"金子"藏在楼板上,结果楼板被压断了,一个小孩在梦中被砸死了。他挖出来的矿叫黄铁矿,并不值钱。勘探公司的人提醒大家不要乱挖,金矿用锄头是挖不出来的。纸房的确有金矿,但到底在哪里,他们也还没有勘探出来。

  打鱼乡与纸房隔了一道山梁。那个小孩,那晚梦见了什么呢?

第七章

蛇贩子不来了,他们像布谷鸟一样飞到别的地方去了。只有一个年轻的蛇贩子不时被看家狗从某幢瓦房驱逐出来,另一条看家狗不怀好意地欢迎他。他穿了一件圆斑点的黑色T恤,这种光滑的布料和蛇皮有几分相似。纸房人给他取了一个绰号,叫他"老乌梢"。这是一个没把生意放在心上的人,看见女人就故意叫唤,叫唤的声音五花八门,有时候像婴儿,有时候像野山羊,有时候像难受得快要死掉一样:哎哟哎哟。姑娘们不会理他,顶多白他一眼。岁数大一点的妇人则一顿臭骂:"哎哟你妈去,哎哟你姐去,哪个庙上来的鬼,滚回家去叫唤!"老乌梢被骂后不但不生气,反而哈哈笑,像得到奖赏一样。

他去过我家好几次,都被父亲赶出来了。父亲可以把蛇卖给别人,就是不卖给他,给再高的价也不卖,因为他是麻贩子的弟弟,就是那个感染钩端螺旋体病毒死去的麻贩子。父亲警告我:"那狗日的来了你唤狗咬他,他要进屋你就当强盗打。"可不知为什么,我一点也不讨厌他。

盘在笼子里的蛇像死人一样冰凉。想到它们,我就盼望自己变成一块滑溜溜的鹅卵石,又硬又圆,使它们无法向我进攻。在父亲那里,我则希望自己变成一个高贵的城里人，请他不要随便支使我。他捕了十几条蛇，准备待价而沽。喂蛇的时候，为了防备蛇跑出来，要一个人轻轻揭开笼子，另一个人用火钳夹起一只吱吱叫的老鼠，以最快的速度把它放到笼子里去。虽然每次他都叫我任选一样，可这两件事我都不喜欢，比吃鼻涕还难受。有一次我没夹稳，老鼠跑掉了。父亲气哼哼地说：

"真是没用的神仙！"

我心里说："我要是神仙，才不帮你喂蛇呢。我要飞到天上去，飞到哪个山洞里去，离你远远的。"

黄贡献死后，他老婆张雨晴和我父亲好上了。这个女人是两年前嫁到纸房来的，是外省人，说一口婉转动听的普通话。我们把小鸡叫"鸡娃"，她叫它"鸡儿"。村里人听了很不好意思，因为我们说的鸡儿，是指用来撒尿的玩意。

我一去上学，张雨晴就扛着锄头去我家。她不像去地里薅草，倒像是扛了支枪去参加游击队，英姿飒爽风华正茂。黄贡献一死，她反倒更加漂亮了，以前赶场才穿的衣裳现在天天穿在身上，头发上抹了发胶，黑得发亮，还用一个粉红色的发卡扎起来。丰满的体态使她胸部高耸，脸也因此显得娇嫩。从小商店买回来的廉价护肤霜不但擦脸，连手也擦。夏天还没到，她就穿起短袖衫来了。

村里人交头接耳地说："她薅草薅到别人的床上去了。"

张雨晴来到我家，把锄头放在院子边，理一下头发，然后笑嘻嘻地走进去。进去后反手把门关上，像女主人一样从橱柜里拿出一只碗，把她带来的东西倒出来，不是蒸熟的香肠，就是半块黄糕粑。父亲有时候在破篾条，有时候在编竹笼。不管他在干什么，她都要把她带来的东西叫他尝一口。

放学后我不愿回家,我不喜欢在家里碰到张雨晴。我喜欢到妈妈的坟上去。我看见妈妈的坟上长出第一棵草,然后是第二棵、第三棵。这些草像麦苗,我心里有种说不出的滋味:会不会是她的头发呢?

坟上的一切,我觉得都和她有关系,它们是她的一部分,是她在这个世上的另一种表现,是她在坟墓里的感受。

据说死者的灵魂要经历很多关口才能到达转生殿,每个关口都有恶魔把守,向死人要过路钱,给少了就把他指向不该去的地方。

放学后我把书包倒提过来,把里面的东西倒在桌子上,然后背着空书包去采车前子。我非常勤奋,可收获甚微,每天只有一小碟。每天傍晚,当我把新采的车前子倒进去时,听见它们轻轻的窸窸窣窣的声音,我的心尖就发软。

收车前子的贩子从坝子里路过的时候,我把茶罐抱出来,把半罐车前子倒在他的白布口袋里,他给了我八角钱。我本想要三块钱,可他只给我八角,我叫他把车前子还给我,他把口袋张开:"来吧,哪些是你的,你选得出来你就拿回去。"见我被难住了,他以教训的口吻说:"你这娃儿怎么这么啰唆呀。"我说八角钱太少了。他说好好好,又给了一角钱。他专门选了一张新票子,好像吃了大亏似的:"这下行了吧?小娃娃家,拿那么多钱干什么!"从这以后,我最看不起这些到处乱窜的人,他们不知道公平是最大的道德。

我把第一笔私有财产夹在语文书里。想到自己不是一个精细人,经常丢东西,于是又把钱拿出来压在枕头底下。一个拥有财产的人会如此用心地考虑它们的安全,是我从没想到过的。我的怪异行为引起了父亲的怀疑,他把我的钱翻了出来,以一种稳操胜券的口气问我是不是从家里偷的。我气得全身发抖,觉得他太卑鄙了,太自以为是了。

本想说一句强硬的话驳斥他,可脑子里一片空白。我气呼呼地把那个茶罐抱出来,告诉他这是我摘车前子得来的。他看着茶罐,不明白车前子和茶罐的关系,我倒扣罐子,居然倒了两粒车前子出来,我理直气壮地告诉他:"你自己看!"他悻悻地把钱丢在桌子上,轻蔑地说:"不好好读书,去搞这些!"

为了避免夜长梦多,第二天我就揣上那笔钱去买我需要的东西。那个老头坐在柜台后面,戴着老花眼镜在看一本破书。见我举着钱,以为我要买糖。"一角钱两颗。"他说。我指了指柜台最顶上的香烛,告诉他那才是我要的。他有些吃惊,"小娃娃家买这个干什么?"香一角钱三炷,烛两角钱一支,纸是七角钱一沓。他用线捆扎好的,有两个火柴盒那么厚。我第一次感到穷人的尴尬。我说:"你把那沓纸抽几张出来。"他把纸递给我,慈悲地说:"算了,少收你一角钱。"

放学后走进玉米地,一只蚂蚱突然跳到我的额头上,以极快的速度啄了我一口,我既痛又吃惊:它这是要干什么?

太阳早已下山,弯月以极快的速度钻进云层,像是为了把自己擦干净,可那些软弱无力的灰云使它越擦越脏。纸钱点燃后,四周突然一下暗下去,景物退进阴影里,我的眼睛被火光映花了,像蒙了层蜘蛛网,稍远一点的东西都看不清楚。我不禁有些害怕,一边烧纸一边警觉地四处观望。夜风吹得我背心发凉。我刚把香点燃,还没来得及插,一根什么东西一下敲在我头上。我大叫一声,撒腿就跑。

整个晚上我都在筛糠,都在说胡话。

第二天,二姨来了,她像女首领一样,领着一帮亲戚,浩浩荡荡地将我们家占领了。二姨年轻,衣服又比其他妇女时尚,因此看上去不太像农民,可只要她一开口,就有一股酸菜味。这味是纸房特有的,"三天不吃酸,走路打穿穿",他们天天吃酸菜。李国田十天半月回来一次，这让二姨总有使不完的劲，干起活来像一个男人。

我背起书包去上学，二姨说去吧，放学后早点回来。在这一天，我成了学校的名人。辛武和冉四本争先恐后地替我宣传，他们的虚构和想象力卓然超群："那鬼像房子那么高，头发像芭蕉叶一样长，眼睛有西瓜那么大，还像电筒一样放光，那种光要是沾住你，你就跑不动了。"他们不遗余力地对他们的叙述进行修改补缀，以便更加吸引人，到下午已经变成这样的了："周辛维昨天撞见的那个鬼太吓人了，它的衣袖都像山洞那么大，看见人它就把他捉来装在袖子里，像捉蚂蚁一样，捉够了再回去慢慢吃。不是周辛维跑得快，是那个鬼嫌他太小了，不够它塞牙缝，所以才放过了他。"

在这两位"宣传部长"的蛊惑下，我在某一方面已经成了显赫人物了：人人都用异样的眼光看着我，想走近又不敢，让我有一种高处不胜寒的孤独。

放学回家的路上，辛武和冉四本他们七八个人像保镖一样跟在我左右，他们都想到我家去看法师做法事。刚走进院子，辛武他们就被拦下了，而我却像贵宾一样被几个大人领进屋，他们给我穿了一件红衣服，是用红纸做的。道云老汉也来了，我不知道他来干什么。法师是一个瘦人，翻着白眼，在火盆里烧纸，戴的是青布帽子，穿的是青布长袍，背上一把三尺长的桃木剑。地上有几十个萝卜头，是用来插香烛的。做法事之前，道云老汉先坐在矮凳上哭开了，和办丧事的时候不同，他是在唱哭，词句丰富，唱完一段才伴奏似的打一声哭腔。道云老汉哭完后，法师拔出宝剑，在烛光中翩翩起舞：

可怜的灵魂呀，
你为何来到这个地方？

你没听到阴风呼呼？
你没看到恶魔游逛？
愁云惨淡漫天飘荡！
可怜的灵魂呀，回去吧！
回到我们的家乡去。
那里呀，山坡郁郁苍苍。
河水清波荡漾，
月光明，太阳亮，
那才是居住的好地方。

我早就不耐烦了，不是脖根发痒就是鼻子上像有虫在爬。法师拔出宝剑，其他人小声而严厉地提醒我，这下真的不能动了，法师开始作法了。他们说，动不得，动了肚子会痛。法师用宝剑在我身上试探性地砍了两下，然后左右劈杀，"咿呀——你还想躲？你今天逃不过我的手心！"我感觉的确有个什么东西附在我身上，身体越来越紧，每次法师的宝剑砍来，我都感觉到那个东西狡猾地躲到一边，紧紧抓住我不放。法师的动作对我是一种神奇的、令人茫然的暗示：这世界不是我们每天所见所闻的那么简单，它有很多我们不知道的秘密。我不是站在地上，也不是飘荡在空中，而是在一个既熟悉而又陌生的环境里，四周是温暖的，半透明的，让人轻松又愉快。见惯的世界已经消失。那个缠在我身上的东西没有被赶走，它已经成了我身体的一部分，一块软骨，我干什么它就干什么，继续活着、等待。

妈妈飘然而至，她带来一股热量，使我浑身舒服。"妈！"我叫了一声，我已经很久没有这么叫了。她没回答，她微笑地看着我。我想哭，怕她不高兴，忍住了。只要能和她在一起，我什么都可以忍。

我想起采车前子的时候摘回来的一朵花，一朵红花，没有花瓣，只有丝线一样的花丝，花丝蜷曲成一个灯笼的样子。我要给妈妈看，这到底是什么花，可我怎么也找不到，不知放哪儿去了。我无声地哭了，这是我专门留下来给妈妈看的呀。妈妈皱着眉头，那意思是说：哭什么呀你？妈妈在前面走，我跟着她。突然一阵红尘飞扬，一个穿黑衣服的人打马而来，我吓得不知往哪里躲。红尘散开后，妈妈不见了，只见蛇贩子夹着扫帚要笑不笑地站在我面前，头上站着不用翅膀飞翔的鸟。"妈！"我急了，大叫一声，只见烟雾沉沉灯火通明，法事已经结束，法师正在收拾法器。

第二天碰到道云老汉，我对他产生了一种前所未有的亲近感。我妈死那天，他哭得最伤心，而昨天，他把我妈的一生都唱哭了一遍。我妈是一个平平常常普普通通的人，可他把我妈的事迹从小数起，一直数到她死，有好多事我早已经忘了，经他一说我才想起来，在他悲伤又悠扬的唱哭声中，没有一件不让人心酸。

道云老汉从怀里摸出一把花生，"乖，给你。"他说。

突然之间，一个恶毒的念头冒出来。我说：

"我要当你的徒弟！"

我父亲不是怕我当道云老汉的徒弟吗？我现在就要当他的徒弟，看他怎么办。

"乖哟，你说的是真的？"

"干就干，不干就算了！"

"干干干！"道云老汉喜极而泣，眼泪汹涌而出，"老天爷，终于有人给我当徒弟了，我有徒弟了。"

我也很激动，但我很想说明，我学哭不是要当哭丧匠，而是为了哭我妈。这只是我最迫切的想法，我觉得没必要向道云老汉说明，学

会了到妈妈的坟上去哭就行了。道云老汉平静下来后,却又犹豫起来:

"乖,算了,还是算了,你爸爸不会同意的。"

"别管他,我说了算。"

"当哭丧匠看似简单,刚开始也要吃苦的,要先学会哭天地,再学会哭鬼神,最后才学哭人。"

"这些我都不用学了,你直接教我怎么哭我妈就行了。"

"各行有各行的规矩啊。"道云老汉压低声音说,"这世上活着的人,都是笑的多吧?要活着就得笑,不笑不行,那是笑给别人看的。小孩刚生下来,捏着拳头哭:苦啊苦啊。大张旗鼓地哭,别人听见了不伤心,反倒高兴。长大了面子薄,哭不出来了,要哭只能在心里哭。老了死了,撒开手什么都不管了,本来应该高兴,可别人还要替他哭,把他在世受的苦哭诉一遍。其实人生生死死,是用不着哭的。该哭的是天地,天地慈悲,造化了这样的人,让他们活个几十年,鬼神为了让他们活得有点滋味,不时给他们点这样那样的经受,可世上没有一个无忧无虑的人,所有的经受都让人叫苦连天。所以最该哭的是天地和鬼神啊……"

我嫌他太啰唆了,我打断他的话:

"我记不住这么多。"

"好好,我不说了。"

"那你快点。"

"快点干什么?"

"快点教我呀。"

道云老汉摇了摇头:"乖,现在不能教,你初九的晚上去天生桥吧。"

第八章

　　道云老汉家在半小山,离天生桥很近,道云老汉要在天生桥教我哭颂天地。

　　吃过晚饭,我说我找辛武玩去了。父亲没有看我,也没吭声。我不知道他在想什么,他养在家里的蛇已经没东西可吃,有一条前天饿死了。

　　其实我早就不和辛武他们一起玩了。冉光福的儿子冉四本,王光路的儿子王笑果,加上辛武,他们放学后就到田坝里去捅黄鳝。黄鳝卖给勘探公司的人,他们非常喜欢吃野生黄鳝,说鸡、鸭、面、蛋,不如火烧黄鳝。

　　王笑果用他卖黄鳝的钱买了一把玩具手枪,子弹像黄豆那么大,虽然射程只有两三米,可见到狗他要开一枪,见到天上飞过的鸟也要开一枪。有一天他朝一个三年级的女生开了一枪,射在人家的眼皮上,这个女生哇哇大哭。老师把枪没收了,还给他记大过处分。王笑果不在乎,说记大过又不痛,枪没收了,我再捅两斤黄鳝就可以买一支新的。

　　辛武和冉四本赚的钱都被他们的家长没收了,不准他们乱用,说是给他们存起,将来给他们娶媳妇。每次上缴,辛武都眼泪汪汪地抗议,说这是他赚的,别人无权拿去。他妈很凶地说:"刀头儿,你哭什么,我们又没用你的,我和你爸爸天天到勘探公司干活,我们有钱!给你存起,将来还不是你的。"辛武两手空空,但对捅黄鳝还是乐此不疲。

妈妈死后我就不喜欢和他们玩了,当他们哈哈大笑的时候我总是满怀忧伤,他们忘乎所以的时候我总是冷静而又清醒。

我到天生桥的时候月亮还没升起来。四周灰蒙蒙的,树影幢幢,微风习习,沾上露水的小草忘记了白天的烦闷,舒展着筋脉,轻松地吐了一口气;叶片下虫子不知道疲倦似的,还在夜以继日地忙碌。山坡上怪诞的黑影附会成神鬼的形象跑到我脑子里来,想来吓唬我,但我并不害怕,只要我使劲摇一摇头,它们就会自动消失。

道云老汉比我晚一步到达,他穿了一件黑布长衫,带来一股干草的香味。他的黑布长衫是祖传下来的,平时用干草包裹起来放在箱子里,有重大的事情才拿出来穿。

我们找了一块平坦的石板坐下,他点了一炷香,跪在那儿叽叽咕咕,速度极快,偶尔冒出来一个字,也是因为换气的需要,念完后他问我:

"乖,你看看天上有什么?"

我看了看,有云,有星星。我想这肯定不是答案,所以什么也没回答。

"你不要东张西望,你盯住一个地方看……不要看云和星星,往没云的地方看,往星星后面看……不要动,盯住一个地方不放。你会感到心慌,这不要紧,坚持一会儿就好了。一直往天上看,看到比星星还高的地方去,眼睛不要动,心里也不要想其他事,什么都不要想,看着就行了。天以前是一个高汉撑着的,这个高汉高九万里,后来他死了,嘴巴呼出的气变成飘在天上的风和云,声音变成炸雷,左眼变成红彤彤的太阳,右眼变成冷冰冰的月亮,血变成江河溪流,汗毛变成各种花草,他身上的各种小虫子变成了人。人以为自己了不起,不知道自己是人家身上的小虫虫变的……"

那种轻微的不适感过去后,有一股清澈而轻盈的气流在我周围回荡,托着我的身体冉冉上升。有点紧张,有点好奇。道云老汉及时提醒我:

"你别怕,摔不下来,你不会摔下来。你是一个小虫虫,一点点气就可以让你飘起来。你想飘好高就飘好高……人为什么要哭啊?是因为人有敬畏之心,自己是小虫虫变的,能不敬畏比你更大更厉害的东西么?有人说哭丧匠下贱,那是不懂哭和哭丧的区别。空口白牙的哭那叫难过,哭丧是唱哭,是对天地鬼神和死人的赞颂,称赞他们的功德。天地有功德,死人也有功德。活了一辈子,哪个人没有点功德呢,只是没法和天地的功德比。我哭丧的时候大部分时间都在哭颂天地的功德,鬼神的功德,人的功德不过是顺便提提,可没有一个人能听懂……"

那股清风不仅让我飘起来,还拂掉了我脑子里的尘埃,脑海在刹那间无比澄明,风平浪静,而我自己,似乎正在这个平面上轻轻滑行。

"去称颂他们,你会感到自己也在被称颂,因为你自己也在天地里面,虽然自己是一个小虫虫,但你毕竟是其中一部分。天地有天地的造化,你也有你的造化。"

我已经听不见道云老汉的唠叨,我甚至忘记了他的存在,也忘记了自己要做什么。我的心里注满了欣悦,身体被温暖包围,不冷不热。不知过了多久,我听见一个略带苍老的声音唱颂起来:

抬头望天天无云,
细听开报盘古根。
太极初分五丈原,
开天辟地置乾坤。
……

三百三十三句,道云老汉才教一遍我就记住了。我复述给道云老汉听,他激动得眼泪汪汪,说我和他小的时候一样,他父亲也只教了一遍他就记住了。道云老汉用轻轻颤抖的手摸着我的头,似有千言万语源源不断地传进我的脑袋。而我的尾椎骨尖儿正在延长,正在钻进大地深处。小鸡鸡微微发凉,好像一条冬眠的虫虫正在醒来。

"有书吗?我用本子把它抄下来。"我怕一觉醒来就忘记了。

"没有。我爷爷不识字,父亲也不识字,我多少认得几个,都是写在花圈呀、祭幛上,求别人读给我听记下的。我这辈子……嗨,不说了。"

这有什么好难过的呢?我在上学,可我没有觉得读书有什么好。

像是为了排解什么,道云老汉从中间把刚才的颂念唱起来。和善的声调里透着无尽的悲凉。

道云老汉说,高明的哭丧匠哭天地时,云会停在山巅上,风会停在树叶上,溪水会压住流淌声,花儿会释放出一阵阵香味儿。但这样的哭丧匠不是学出来的,而是天生的,要百多年才出现一位。我得意地想,他是不是在暗示,我将成为这样的哭丧匠?

第二天我就后悔了。道云老汉见人就夸我聪明,说我是个天生的哭丧匠。我想叫他闭嘴,甚至干脆给他两耳光。但一切已经来不及了,所有的人看见我都要笑不笑的，像看一个会说话的猴子。我以为父亲要骂我甚至揍我，以前他就说过，我再跟道云老汉在一起就要打断我的腿。我做好心理准备，要打就打，我绝不哼一声。可父亲没打我也没骂我，他以异样的眼光看着我，就像我身上沾了什么鬼气，让他绝望也让他害怕。

我再也不去找道云老汉了，在村坝里看见他，我要么回头就跑，要么远远地绕道而行，尽量避开他的视线。他要是叫我，我会跑得更快，让耳边呼呼的风声盖过他的喊叫声。

这天我碰到肖美学，他嬉皮笑脸地叫我"哭丧匠"。"哭丧匠，哭一段来听听，看你学会没有！"他哈哈大笑。我骂："哭你妈个×！"他脸红脖子粗，说你再骂一句。我毫不客气地又骂了一句，他冲过来给了我一耳光，我扑上去和他拼命。老乌梢正好赶到，往他胸脯上推一把，肖美学后退了好几步才站住。肖美学说："你少管闲事。"老乌梢说："今天这闲事我管定了！"他们打起来，肖美学个头虽然大，但笨手笨脚的，老乌梢一勾腿就把他放翻在地，肖美学扬言要把老乌梢赶出纸房。老乌梢伸起小指头："谅你！"他拉起我的手："走，别理他。"

从这以后，我成了老乌梢最好的朋友。只要父亲不在家，我就和老乌梢去勘探公司玩。虽然父亲知道后就要骂我，但我和老乌梢差不多形影不离，他的无所事事和自由自在让我着迷，让我感受到从没过的快乐。

勘探公司又驻进了两队人马。其中一队自己搭帐篷。另外一队加入到李自强家老屋那些人中。他们嫌杀猪匠张仕元不讲卫生，要找个爱干净的人去给他们煮饭。李自强推荐了好几个人他们都没看上，最后相中了张雨晴。张雨晴既得意又激动，像怀才不遇的人终于得到承认和赏识。

那些住帐篷的勘探队员把帐篷扎在山坳里,几十顶帐篷归在一处,远远看去,红的白的蓝的黄的,像鲜艳的大水果,纸房从来没有如此漂亮过。他们不仅到处挖勘探井,还运来了几十台钻机,日夜不停地进行钻探。队长范光乾说,这些全是小型钻机,最多只能钻五十米深,如果是打石油的大钻机,可以钻几千米哩。世界上最先进的钻机,已经钻到一万多米深了。我问范光乾,会把地球钻穿吗?他说钻不穿,如果地球是鸡蛋,这一万多米还没鸡蛋壳厚。一万米就是十公里,十公里的距离步行要两个小时,可这十公里对于地球还比不过一个鸡蛋壳。真是让人振奋,让人不可思议。

范光乾还说,纸房的土地里都含有黄金,但是这些黄金非常细,细得用显微镜都无法看到,只有通过化学的方法化验才能知道,这叫微细粒型金矿。包括我们种菜的地,包括我们每天走的大路小路,包括我们床下的泥巴,也包括掩埋死者的黄土,都有黄金。我忍不住善意地提醒他,千万不要让纸房人知道。范光乾哈哈大笑,他动不动就哈哈大笑。他说:"这有什么关系呀,就是告诉了他们也提炼不出来。"我虽然被他嘲笑,但心里很高兴,我不喜欢纸房人见到什么都要据为己有的德行。

第九章

李国田的父亲李老茂宣布,李国田去年挖去的泥土的化验结果出来了。土壤里有三十二种成分超标,但具体是哪一种使得蚂蚁集体逃离纸房,还要作进一步分析。李老茂特别强调,是送到贵阳去化验的,化验费是李国田一个人出的,好几百哩。他说,这几百块应该大家出。

就像大家都在露天坝看电影,他却跑来宣布母鸡下了几个鸡蛋。谁会理他呀,这种时候。

勘探公司需要大量零工,挖勘探井,取样品,搬运钻机、钻塔、柴油机,安装水管,搭建活动房子,平整钻探地盘。不管干什么活,干完了就给钱,从不拖欠。

纸房人不但不再谈论蚂蚁,就连自己家的牛呀猪呀也很少谈了,他们谈得最多的是多少方和多少个。多少方指的是挖勘探井的土方,多少个是指最近做的零工。只要说清方和个,人家就知道你挣了多少钱。

就动物而言,这期间他们谈论比较多的是蚱蜢。勘探公司有个说话女声女气的人,走路非常轻,是捉蚱蜢的高手。最让纸房人惊异的是他喜欢在烧红的铁皮上烤蚱蜢,烤得又香又脆,吃起来满口生津。

他的吃相无比生动，不管你心里有什么样的忧伤，看了他的吃相你都得承认，活着多么美好。

道云老汉发现我不去找他，就到我家去找我。他对我父亲说："周福生，你养了个聪明儿子啊，你知不知道，他太聪明了，我一定能把他教出来，他已经学会哭天地了，再教他学会哭鬼神，他就是合格的哭丧匠了。哭人的段子多得很，他可以边哭边学。"

"这样他就是你的徒弟了？"

道云老汉得意地说："要成为我的徒弟没这么简单，他要跟我一起哭丧三年，然后在他身上做一个记号。这样才是一个真正的哭丧匠。"

"做个记号？"

"是要做个记号，各师各派嘛。你放心，不会很痛的。"

"道云老汉，我警告你，你再叫辛维给你当徒弟，小心我挖你的祖坟！我们姓周的在纸房不像有些人那么可怜，用不着学这种下贱的手艺！"

道云老汉尴尬得五脏俱焚。他只能尴尬不能生气，因为他在纸房甚至在整个香溪都是独门独姓，独门独姓的人总是势单力薄。

"你儿子聪明，我才愿意教他……"

"你去教别人吧，我儿子不学这门手艺。"

道云老汉头重脚轻地离开了我们家，我父亲朝他背影追加了一句：

"当哭丧匠也配叫手艺，呸，跪在死人面前一把鼻涕一把泪，赚这种钱还不如去当叫花子！"

道云老汉假装没听见，他心里一遍遍地重复着哭唱天地的颂词，灰溜溜地回家去了。

我父亲骂了道云老汉，心情很好，到香溪卖蛇去了。香溪偶尔也有蛇贩子，如果没有，那就只能卖给饭店。这比卖给蛇贩子便宜多了。

这天正好是范光乾的生日，他邀请我和老乌梢去吃饭。和他们交往已经一个月了，我还从没有吃过他们的饭。虽然他们的饭是张雨晴做的，按理说和我平时吃的饭没什么区别，但在我心里，却像赴国宴一样自豪和庄重。

大家都很高兴，张雨晴把家里的老公鸡捉来了。范光乾说这可不行，要吃鸡他自己到村子里去买，如果要杀张雨晴的鸡，他也要给钱。张雨晴说："给什么钱呀，你们每个月给我发工资，已经给了钱了。"范光乾说："那才多少钱呀，你这么说我更不好意思了，我们应该多给你点才对，可上面只给我们报这么点民工费。"张雨晴说："在纸房这种地方，钱多了又没地方花，你们给我的钱已经够了。"他们争论的时候，其他人站在一边，面带微笑。他们个个容光焕发，善良得像山坡上的白杨。

我第一次看见这么欢快的场面，以前我所见到的，不是剑拔弩张就是阴风苦雨。就连张雨晴我也不那么讨厌她了。她今天非常漂亮，头发梳到脑后，挽成一个大髻，脸上泛出欢欣的红晕。如果她以前就是这样，说不定我真的可以叫她妈妈。这是一丝很浅的想法，刚冒出来就被其他东西压下去了。张雨晴说："好了，不要说了，先把鸡杀了，钱不钱的事吃了再说吧。"

鸡杀好了，老乌梢说："可惜没有蛇，和蛇一起炖，这叫龙凤汤，味道可鲜了。"

"我家有！"我说。

老乌梢说："我知道你家有，可你是放牛娃，你说的话算不了数。"

张雨晴正在刷锅，她的声音在刷锅声的伴奏下时断时续，她说：

"这有什么呀……给他钱就是……养来卖么,又不是养来看的。辛维你爸爸在家吗?"我大声告诉她没在家。

范光乾问我多少钱一条,我摇了摇头,我不知道。老乌梢说:"还是我去吧,我知道多少钱。到时候你们不要说是我买的就行了。那个怪人,他的蛇可以卖给别人,就是不卖给我。"

"就说是我买的。"张雨晴说。

我和老乌梢回到家,他选了一条最大的。他叫我找块石头把钱压在桌子上。我说小偷进来了怎么办。老乌梢想了一下,决定放在一个空碗里面,盖上茶壶盖,即使小偷进来也不会想到里面有钱。老乌梢把钱放好,皱着眉头笑了笑:"他没有吃亏。"说着转过脸困惑地问我:"你知不知道他为什么那么恨我?"

"我不知道。"我可怜巴巴地说。

在杀这条蛇之前,老乌梢给我们表演了一段"魔术",他用钳子把蛇的牙齿拔掉,然后把它放到扎紧的衬衫里面,蛇围着他的腰呼啦啦转圈儿,他像要断了气似的喊道:

"好凉快,好凉快呀!"

其他人既佩服又害怕。张雨晴说她以前特别怕蛇,自从纸房冒出来那么多蛇,她反而不怎么怕了。老乌梢问她要不要凉快一下,张雨晴的脸红了,说:"嘴巴给我干净点。"老乌梢嘿嘿笑,用竹刀把蛇杀了。蛇肉不能沾铁器,沾了铁器有股难闻的腥味。

太阳偏西的时候,龙凤汤炖好了。我们把桌子摆在院子里,院子里洋溢着过节的气氛。范光乾给每个人倒了一杯白酒,他说:"今天是我的生日,大家都要喝一杯,不能喝的喝半杯。"

张雨晴给大家分龙凤汤,叫大家先喝汤后喝酒。

范光乾斟酒斟到我面前,这时才发现我的存在似的:"哎呀,应该给你买瓶饮料,你太小了,白酒喝不得。"老乌梢说:"不要紧,给他倒半杯,辛维你不要怕,往喉咙里一倒'咕嘟'一声就下去了,男人嘛,喝酒是早晚都得学的。"范光乾说:"行,今天有你们参加我的生日我太高兴了。"我很矜持地等着范光乾给我倒酒,他刚倒好我就喝了,我不知道应该有人发话,然后才郑重其事地端酒杯。像老乌梢说的,我直接往喉咙里倒,我不能让他们把我当小孩。可是……天啦,喉咙里冒出一团火,又苦又辣,我张嘴就吐,哪里还吐得出来,那股火不仅窜到肚子里,还窜到大腿和背脊上,脚板心和后脑勺同时发热,耳朵里嗡嗡响,像被人打了一热勺子。老乌梢哈哈大笑,说"好好好,这才像个男人"。

天黑下来了,桌子上点了四支蜡烛,但他们的脸看上去比没有点蜡烛的时候还要模糊,中间他们给我又倒了半杯,实在太难喝了,可我觉得他们是在考验我,我端起杯子一饮而尽,以为这样可以让难受早点过去。这次喉咙里不是一团火,而是一把被烧红的玻璃碴,把喉咙刮得冒烟。老乌梢发烟,给大家点上,对我也一样。

张雨晴从屋里出来,老乌梢叫她也抽一支,她不要,老乌梢跑过去,非要她抽,于是她也点上了。我大模大样地吐着烟,脑袋里嗡嗡作响,我分不清这是远处飘来的钻机的声音,还是大脑里本来就有的声音。

老乌梢坐到范光乾身边,压低嗓门,像说悄悄话一样:"范哥,我是不是你的兄弟,你说?"他没等范光乾回答,立即又把声调提高到像喊叫一样,"范哥!从今以后,我们就是好兄弟了!"他把那件蛇皮一样的T恤卷到胸脯上,露出又白又瘦的肚皮,"就是我和你说的那件事,到时候你一定要帮我……啊,你说过的,炼黄金要修浸泡池,浸泡池我没看见过……真的,我从没看见过,不过我知道修浸泡池要沙子，我给你们打沙子。我买三台粉碎机……我甚至可以买十台，你不要以为我买不起……真的。"范光乾吸了一口已经熄了火的烟，他说："这我可帮不了你，我们只负责勘探，搞冶炼的是另外一批人，我们把资料交给他们……"老乌梢打断范光乾的话："我知道，范哥，我都知道，你什么也别说，我不会为难你的，你放心，你尽管放一百个心！我只要你……"老乌梢再次说起悄悄话，"到时候……你只要介绍一下就行了，就是引个路，知道了吧？其他的事情我来办！我一定能办到，真的，你看我的！"

老乌梢挥着一根筷子，想用这根筷子去夹菜，连夹几次都没成功。我忍不住嘿嘿笑，我发现这根筷子越变越大，变成了一根柱子。桌子上的碗也变大了，一会儿像脸盆那么大，一会儿又像大铁锅那么大。蜡烛把天上的星星点着了，噼里啪啦地掉下来，砸得我头昏眼花。我看不见板凳在哪儿，也看不见我的脚在哪儿，我头重脚轻地飞起来了、飞起来了。

张雨晴把我背到家，爸爸已经睡了。他以为张雨晴是一个人来的，不禁有些激动。张雨晴到勘探公司当厨娘后，就再也不来了。她因为操外地口音，和勘探公司的人愉快地融为了一体，不像在纸房的农民中间，总是遭到嘲笑，虽然大多数时候并没有恶意，但她很烦他们，有哪个村民学她说话，她就骂他："学精学怪，学你亲娘打铺盖。"

"你的宝贝儿子喝醉了！"

她把我放到床上，正要离开。我父亲叫住她：

"你要到哪里去？"

"回家！"

"不回去行不行？"

"不行。"

"桌子上的钱是怎么回事？"

"今天范队长过生日，捉了一条蛇去吃，你就当是我买的吧。"

"你不是很怕蛇吗，不是你来捉的吧？"

"是我叫人来捉的。"

"叫谁来捉的？"

"这个你不用管，钱给你就行了。"

第二天，我放学回来，看见爸爸和老乌梢，还有张雨晴正推推搡搡地往家走。从他们翻来覆去说的几句话我听出来了，父亲不要老乌梢的钱，他要那条已经被吃掉蛇，"我什么也不要，就要我的原物！"他叫嚣道。"没有得到别人的允许就把东西拿走了，这不叫偷叫什么？我今天说你是强盗，你就是强盗！"

老乌梢又苦恼又生气，他已经争辩过了，不想再争辩，等我父亲喊出一连串他才叽咕一句什么。张雨晴则气不打一处来，一会儿双手叉腰，一会儿挥起一只手：

"疯子、疯子，不讲道理的疯子！"

听见争吵，广线来了，冉光福来了，周福海来了，周福贵来了，王四华来了，肖四禄也来了，还有他们的老婆和小孩。他们好奇地看着吵架的人，不偏不倚，一副与己无关、不用贸然卷入却又怡然自得的神情。后到的人紧张地问怎么回事，先到的人不耐烦地说："自己看嘛，一看就晓得了。"

老乌梢心烦意乱地吐着口水，蛇熬成汤了，怎么可能有"原物"，这是我父亲故意出的难题。我父亲对自己的聪明很满意，以一种高姿态的口吻说：

"我今天不打你，也不骂你，只要你把我的东西还回来就行了。"

老乌梢说："我已经给你钱了！"

"给我钱了？什么时候给的？你亲自给我的？我答应卖给你了？我什么时候答应的？啊，你说呀！"

村民们被这串押韵的句子逗得嘻嘻笑，这让张雨晴很不舒服，她说："看什么看，有什么好看的！"

骂出这句话她就后悔了，首先被激怒的是娘儿们：

"嘿，是没什么好看的，一会儿和这个好，一会儿和那个好，比哪个都好看，当然要看。"

他们见张雨晴站在老乌梢一边，认定她和他好上了。

大伯娘说："黄贡献死得好哇，现在她自由了，见到谁都可以摇尾巴了。你们没看见吧，就连公鸡从她面前过，她也恨不得把屁股撅两下。"

我这个大伯娘是个以凶狠泼辣著称的女人，骂起人来非常花哨，出口成章，一点儿不卡壳。如果有骂架的比赛，她一定可以整一块金牌回来。

"贱母狗！"

"比母狗还贱。"

同时还指责老乌梢："不晓得是哪个庙上来的鬼，整天在纸房东窜西窜，一看就不是什么好人！"

我父亲这下轻松了，他讥诮地看了看张雨晴，然后转向老乌梢："你到底赔不赔？我可没时间陪你。"

老乌梢像笼子里的蛇，无路可走。周福生得意的样子让他气不打一处来。他说："要原物没有，要卵有一条！"

这下把男人们也激怒了。

"好，把他裤子脱开，看看他的卵子有好大。"

"揍这狗日的！"

"打,狠狠打!"

"滚出纸房去!"

按照纸房人自私而软弱的性格,他们吼得再凶也不一定动手。但老乌梢会错意了,以为他们会一拥而上,于是决定先下手为强,他瞅准牛圈门口立了根扁担,冲上去提在手里,像张飞闯曹营一样,见人就砍。广线的肩膀上挨了一扁担,他叫唤着用头朝老乌梢撞去,老乌梢机灵地迈开,广线穿花一样,要不是冉光银扶他一把,他就要摔个饿狗抢屎。冉光福的肚子被捅了一下,大声叫起来:"啊呀,他敢打我,他居然敢打我!"他一边叫一边往后退,怂恿冉光银上:"揍这狗日的,揍他揍他,你不要怕。"广线的老婆从背后抱住老乌梢的腰,老乌梢用手肘一拐把她打了个趔趄,后退了几步摔了个肥屁股蹲儿。

终究寡不敌众,老乌梢被团团围住,围着他的人手持棍棒或者锄头,还有的用背篼当盾牌,伺机用脚踹老乌梢的下身。冉光福拿了一个破响篙,嘴里喊:"来哇、来哇。"他胆子最小,生怕老乌梢向他进攻。老乌梢提着扁担,这里捅一下,那里捅一下,一绺头发搭在额头,使他不大舒服,但他顾不得头发了,他的脚步已经开始发飘,双手开始发软,眼睛开始发花。冉光银看准机会,沉着地一步跨上去,抓住老乌梢手里的扁担,其他人一拥而上,一阵棍棒落在棉絮上的声音,老乌梢双手抱头。几个娘儿们挤了上去,打了几个太平拳。

我站在老乌梢一边,但我无能为力,我急得眼泪汪汪。在这危急关头,张雨晴急中生智,她点燃了一束干焦焦的葵花秆,这是赶夜路时当火把用的,她跑到牛圈下面尖声叫道:

"我要放火了,我要放火了。"

楼上全是稻草,只要把火把再抬高一点,就可以把稻草点燃。

"你们快放开他,再不放开他我就放火!"

我父亲惊恐地叫道:"烂婆娘,你不要乱来!"

张雨晴说:"遇到你们这些不讲理的人,我就要乱来。"

围攻老乌梢的人散开了,他们用奇怪的眼光看着张雨晴。就像他们从前不认识她,现在仍然不认识她。她的面孔和声音都让他们感到陌生。

张雨晴怕他们卷土重来,她挥着火把说:"快滚,全都给我滚回家去,谁也不准留在这儿!"

等所有的人都撤走了,张雨晴才放下火把去救老乌梢。她看见老乌梢满脸是血,她哭了:"天啦,你们真下得了手啊,把他打成这样,他惹你们了吗?你们这么狠。"

我父亲咧了一下嘴,想说什么但没有说出来。

晚上,大伯周福海来了,不一会儿冉光福也来了,到最后所有参与打架的人都来了。他们兴奋地表功,为他们大获全胜而夸夸其谈。尤其是广线,边说边站起来比画,把自己当成起到关键作用的英雄。冉光福用的响篙被当成笑料,响篙是竹子做的,是用来赶鸡的,用来打架可不行。冉光福辩解道,我们打他只能把他打痛,不能把他打死,打死了要抵命的,所以用响篙是最好的。肖美学说,今天打得过瘾,不知道这狗日的有没有问题,流了好大一摊血哩。广线说,有什么问题,这么多人打的,打死了也没事。周福海说,那是,法不责众嘛。不知为什么,肖美学提出这个问题后,他们不愿再谈打架的事了,他们谈起即将开始提炼的黄金。

他们带着对黄金的尊重,谦虚地打听金矿是怎么提炼出来的。刚才那股兴奋劲变成了抑制不住的、小心翼翼的贪婪,好像那些黄金炼出来也有他们一份似的。他们的消息和观点稀奇古怪,并且没有一件是确知的,但他们全都信以为真,心里涌出一片甜蜜的空虚。方脸冉光福听别人说话时不时狡狯地眨两下眼睛,满脸深不可测却又做出满不在乎的样子,就像为了借此提醒别人,不管什么样的好处,少了他的就是不行。

"你们最好把门牙敲掉,"广线打趣道,"到时候全都换成金牙齿,无论走到什么地方,只要一张嘴,人家就知道你是纸房来的。"

父亲煮晚饭给他们吃,还叫我去李自强的商店打酒,我不想去,父亲骂我"没用的东西"。广线叫他小儿子王有效去,这个跟屁虫接过钱就去了。那些钱我认出来了,是老乌梢放在碗里的那几张,我一下对父亲厌恶到极点:打了人家,还拿人家的钱去买酒喝!你不是叫他还原物不要他的钱吗?

父亲去取腊肉,我本来什么也不愿帮他,可我想单独对他说一句话。走到楼板上,我在他背后说:"你真卑鄙!"

他没听清,回过头问我:"你说什么?"

"你卑鄙!"我说。

我骂了一个从书上学来的词:卑鄙。父亲没有学过这个词,他只上过小学三年级,而这个词是我五年级的时候学的。我以为他不懂,可他仍然被这个词击中了。

"你懂个屁!"他脸色铁青地说。他回头时,脸碰到蜘蛛网上,很恼火地抹了一把。

腊肉已经生霉了,灰绿色的绒毛像老鼠毛一样细密。父亲用指头比画了一下,割下一个半指头么么大一块。以前这事是我妈来做,她用指头比画后割下的肉肯定比一个指头短,以前我总是怪她小器,因为每次我都没吃够。想到她,我鼻头发酸。妈妈妈妈妈妈,你要知道我多难过就好了。

这天晚上冉光福喝醉了,用女腔唱《拖拉机打田真是好》。他认为美好的劳动就是用拖拉机打田,而最动听的声音是女声。拖拉机从没在纸房打过田,谁也不知道那是怎么回事。冉光福尖起嗓子陶醉在其中,同时还有几分骄傲,因为只有他一个人具有这种才华。

他接连唱了两遍,还唱了《送双草鞋表心怀》。他的嗓子太尖了,把鸡窝里正在做梦的鸡都闹醒了,公鸡母鸡一起叫。他说还有好多好听的歌,他记不得歌词了。我父亲趁机叫他不要唱了,担心鸡听了他的歌不下蛋。冉光福不高兴地撇了一下嘴,说:

"关鸡什么事呀?鸡又不会唱歌。"

屋子里静了一会,父亲过意不去,叫他唱《梁山伯与祝英台》。冉光福默想了几分钟,突然站起来,说:

"不唱了!这么晚了,还唱什么歌呀。"

第十章

由于挖勘探井的民工不够，勘探公司在香溪贴出招工广告，凡是愿干体力活的人都可以到纸房去。没过几天，纸房来了几百人，挑着被子和锅碗瓢盆，有人还牵着羊，以为可以一边挖勘探井一边放羊，他们不知道勘探井挖深下去后根本看不到外面。

这么多人光靠勘探公司管不过来，那些最先挖勘探井又机灵的人就成了民工头，他们负责派活并验收。好多人兴奋得睡不着觉，虽然民工头不是什么官，可这在他们，是开天辟地以来整个家庭甚至整个家族担任的最高领导职务，兴奋与惶恐同时降临，这是谁也受不了的。

冬瓜脸肖美学管了二十二个民工，两个人一组，分布在十一个点上。每天一大早，肖美学就去给前一天验收合格的民工布置新井。把别人的布置好后，再去挖自己的。带一个民工一个月只有十块钱，自己不干是不行的。不过他给自己留的都是好挖的，就是那种不用挖得太深，挖两三米就到底的那种。越深越难挖，光是倒土就要多费许多力气，而且井越深井壁越容易垮，越深下面的氧气越少。为此已经死了三个人了，两个是井壁上的石头掉下去砸死的，一个是缺氧闷死的。

肖美学力气大，他用的锄头铁锹都比别人的大一号，勘探公司的人叫他"挖挖机"。可他从没认真挖上一天，他铆足劲干一阵，这阵蛮劲使完，他就成了泄气的橡胶人，连走路都摇摇晃晃，缠在一棵树上就能睡上半个时辰。每到中午，他提着皮尺到山坡上去检查，煞有介事地提醒人家哪里没挖好。一个勘探井要好几天才能挖好，不是每天都需要验收，他不过是为了过官瘾，皮尺就是他的权杖。验收完后就到张雨晴那里，看她洗菜煮饭。

轻风吹散了鹅毛一样的白云，肖美学心里甜蜜而又苦恼。甜蜜的是过上了好日子，活了这么多年，从没像现在这么轻松过，苦恼的是张雨晴对他爱理不理。

张雨晴比几个月前忙碌多了。她不但给勘探公司煮饭，还给他们洗衣服，五毛钱洗一件，除了内裤他们自己洗，别的东西她都洗。这给她每个月增加了好几百元的收入。那些种一季庄稼才能见到现钱的娘儿们不无妒忌地说：哼，那不是给人家当佣人吗？

张雨晴不以为然，她在乎的不仅仅是收入，还有这些男人衣服里那股知识分子的气味，这种气味和纸房的男人截然不同，心理上的认同增加了这些气味的高贵，让她神往，让她想入非非，把她体内仅有的艺术细胞全都激活了，好像有人在她脸上做了个记号，说起话来悦耳动听，走起路来矜持而又优雅，还没耗尽的青春活力在血管里嗞嗞燃烧。她平时就爱哈哈大笑，在勘探公司当上厨娘后，她的笑声更响了。有一天她到李自强的菜园里挖地瓜，菜园就在老房子前面，勘探公司的人在边上看着她。她叫他们等着，她一会给他们吃地瓜。地是沙地，阳光又好，这种地种出的地瓜又脆又甜。她高高地举起锄头，屁股一翘，两条辫子一飞，锄头挖下去了，但并没有地瓜出来。是李自强的女人同意她挖的，其实已经被她挖过了一遍，所剩无几。张雨晴挖了半天才挖到两个拳头大的。她笑骂李自强的女人抠猫夹壳。笑完,她把锄头举得更高,可这时锄楔子松了,锄板飞了出去,她举着一根光锄柄,愣了一下,然后一屁股坐在地上哈哈大笑,笑出一身肉浪。她这一笑,勘探公司的一个人假装正经地说,是不是地瓜太大,把锄头卡住了。她笑得"哎哟哎哟",揉着笑痛的肚子,泪花花在眼眶里转,生出无限柔媚。

她明显比以前胖了。有时她为此发愁,这么胖下去怎么得了。可她说这样的话时,似乎又没有多少真愁,不过是为了引起别人的注意。因为勘探公司那些人知道很多种减肥药,也喜欢跟她谈论胖瘦的问题。

在肖美学面前就不一样了。肖美学故意说些挑逗的话,他以为要让她上钩,就得像骚公鸡一样把自己喜欢吃的虫子奉献到她面前。在搞精神腐化的同时,也知道物质的重要性,每次领到钱,他都要故意数给张雨晴看,连数几遍都数不清楚似的,故意颠三倒四。其实这些钱不全是他的,大部分是他代领的。他告诉张雨晴,他现在每天都揣着一大把大把的钱,但他从不像那些老牛筋,用糊满汗水和鼻涕的手巾卷了又卷,把钱都搞臭了。"我呀随便得很,往衣兜里一塞,走起路来哗哗响,根本就不把那么多钱当回事,但奇怪得很,我从没丢过钱!"当他一脸得意时,张雨晴不是提起扫帚扫地,就是到屋外去取什么东西。心情好的时候,她会说:"哎呀,唐书秀真是没福气呀,早知道肖美学这么有钱,打死也不应该嫁给冉光银。她现在肯定后悔死了,后悔得肠子都青了。"肖美学的回答是:"她?她早就和冉光银搞上了,稀罕!"

老鼠横行时,唐书秀的父亲也死了。唐书秀有两个弟弟,她怕病毒传染他们,不准他们接近父亲的遗体。她去找肖美学,走近肖美学家,看见肖家房子外面撒了一圈生石灰。肖四禄看见唐书秀走来,他顺手抓了把锄头在手里,威胁道:"你来干什么?站着别动!"唐书秀吃了一惊，也很生气，她说："我来找肖美学！""找他干什么？""我爹死了，我来叫他去帮我埋一下。"肖四禄冷冷地说："你爹死了？什么时候死的？""刚刚才死。""不行，我不准你进来，你不能把瘟疫传染给我们，你要进来我就打死你！"这时肖美学从屋里出来，站在他父亲的后面。唐书秀忙哀求他："美学，我爹死了，你快去帮我把他埋了。"肖美学趿着两片布鞋，肩上披着件汗褂，似乎就要掉下去了，他耸了两下，褂子又回到肩膀上去了，这让唐书秀很不舒服。肖四禄说："你不能叫他，他不能去。你和你兄弟把他抬出去埋了就行了。现在大难当头，我们只能各顾各了。"唐书秀着急地说："肖美学，快跟我走。"肖四禄得意地说："他不会跟你走的。你家不是买酒了吗？买来办喜事用的酒，你把酒洒到你爹身上，然后用火烧一遍。你放心，尸体不会燃的。你把他埋下后，回来再往自己身上洒酒。"唐书秀不看肖四禄，只看肖美学："肖美学，你到底去不去！"肖美学挠了挠头，瓮声瓮气地说："我不能去，我去了我也会死。"唐书秀狠狠地跺了一下脚，抹着泪水走了。半路上，她遇到冉光银，冉光银见她穿了身白衣服，头上包着白布帕子。风把白布帕子吹起来，差一点吹落了，她忙用手去按，没有按住，掉到地上了，她忙弯腰去捡。冉光银一下就被她观音般贞洁的模样迷住了。他问她："唐书秀，你去哪里来？"唐书秀全身乏力的样子，她扛着锄头看了一眼冉光银，然后呜呜地哭起来。冉光银一下子慌了，但很快他就明白，唐书秀家一定死人了。他不动，等她哭。哭完了，他才问她："是哪个？"唐书秀不想回答，扛着锄头准备走，可她走了两步就摇晃起来。"是不是你爹？"唐书秀点了一下头，同时浑身控制不住抽搐起来。冉光银吓得后退了一步，叫道："天啦，你也染病了！"冉光银跑回家提来一壶酒，把唐书秀拖进玉米地，解开她的衣服，把酒倒在手心点燃后往她身上搓，直到把全身都搓遍,把身体搓烫才停下来。搓到胸脯那儿,冉光银没有犹豫,搓完后把她背回家,还帮她掩饰了父亲。

唐书秀的病好后,主动嫁给了冉光银。肖美学为了给自己找台阶下,就说冉光银早就和唐书秀搞上了。肖美学说这样的话,是最让张雨晴恶心的,唐书秀和她关系好,来龙去脉清清楚楚。但她不想点穿他,她从来就看不起他,连多余话都不说。肖美学却以为张雨晴不爱理他是因为她高傲,她高傲是因为她漂亮。他有空就跑来看她,以为只要自己追得紧,她早晚会像被公鸡逼急了的母鸡一样,心甘情愿地伏下身来。

这天午后,张雨晴到水井去洗衣服。水井在李自强家老房子下面,水不大,但一年四季咕咕地流淌着,从来不枯。水井边有一块黑得发亮的青石板,李自强的老婆以前洗衣服,就用捶衣棒在这块石板上捶。张雨晴给勘探公司的人洗衣服从不用捶衣棒,担心把他们的衣服捶坏了,她弯着腰,在石板上使劲搓,搓得双手发红,没有任何依靠的乳房有节奏地在宽大的衣服里跳跃。肖美学正好验收完两个勘探井,满脸泥巴,想到井里洗洗,从斜斜的小路上跑下来,没刹住车,把泥沙踢到了井里,终于立住了,后面扬起一阵灰尘。张雨晴心疼地叫道:

"鬼东西,把水弄脏了,我还要清衣服呢!睡下比门板还长,走个路都走不稳。"

"我本来是走得稳的,看见你就走不稳了,要怪只能怪你自己。"

说着像鹭鸶一样高高地翘着屁股埋头洗脸,张雨晴在那个屁股上轻轻一踢,肖美学"扑通"一声栽了下去。井不深,但肖美学呛了好几口水才爬起来。张雨晴先是吓了一跳,怕淹死他。见他水淋淋地抬起头来,她忍不住嘻嘻笑:

"肖美学,你又不是牛,怎么学起牛滚水来了。"

肖美学脱掉上衣,哗哗地挤水。他故意裸露上身,看张雨晴有什么反应。张雨晴没当回事,弯腰搓洗着石板上的衣服。肖美学一眼就看见那对荡秋千的小野兽,它们是那么丰满,是那么放荡,不禁全身打了个寒战,心脏像更小的小野兽可怜巴巴地惊慌失措地冲撞起来。他努力地思索着,一定要说一句有点儿情意的话。可说出来,却是那么普通,连他自己也不满意。

"张雨晴,你洗这么多衣服,累不累哟。"他说。

"累,怎么了?你帮我洗?"

"五角钱一件,太便宜了,没必要给他们洗。"

"那你给我指条明路,要不你每天发钱给我?"

"我倒想发给你,就怕你不要。"

张雨晴从肖美学越来越急促的呼吸已经感觉到了,此时只要她松口,他没什么不答应。她拿过盆子准备打盆水,见水仍然是浑的,皱着眉用盆子荡了一下水面,把几片发黑的树叶舀到盆里,泼到青石板外面,又打了半盆水,想等它沉淀清了再用。见肖美学目不转睛地注视着她的每一个动作,她有些生气。

"洗好没有,洗好了让开!"

"又不是你家的水井……就算是你家的,你把我掀到水里,我还没找你算账呢。"

"算什么账?"

"算什么账!黄贡献死了,周福生也不理你了。我问你,你就这样子一个人过一辈子吗?"

"这和你有什么相干?你现在不是有钱得很嘛,早点请媒人给你找一个,我看你也不小了,凭你这副样子,还要等个仙女下凡怎么的?"

"仙女早就下凡了，你不就是吗？"

"肖美学，你不要跟我胡闹，我已经嫁过人了，你还没尝过结婚的滋味，等你尝过了你就不会来找我了，你现在什么也不懂，像个两头一样齐的大冬瓜。"

肖美学小声说："大冬瓜我没有，我有个小冬瓜，你要不要？"

"我看你越来越不要脸了，大概，你是还想洗回澡吧？"

"你要我洗澡也行，我马上就脱裤子。反正裤子已经湿了。"

肖美学说着就要解裤带。

"鬼东西，有人来了！"

肖美学抬起头四下看了看。

"没有人来，这时候哪有什么人，全都在山上挖勘探井。"

张雨晴见他已经把裤带解开了，端起半盆水，"哗啦"一下照肖美学腰部泼过去。肖美学一个激灵，裤子已经掉到大腿上去了。张雨晴丢下盆子，头也不回地走了。

肖美学又气又恨：她娘的，被黄贡献搞过了，被周福生也搞过了，我搞一下怎么就不行！他一气之下把她洗衣服的盆子甩到水井前面的稻田里去了。他一点也没有打算要和张雨晴结婚，可他觉得自己所蒙受的耻辱，比向一个正经姑娘求婚所遭到的拒绝还要大。他以为自己抱着皮尺验方，就有权为所欲为，至少在一些小事上可以遂自己的心意。他要是早生十几年又落生在城里，一定是红卫兵之中的一员，如果再早生几十年落生在乡下，十有八九可以成为土匪窝里的小头目。但偏偏他生在当下这个年代，有很多事他想办也办不到。

稻子黄了，要开始割谷了。可年轻人都到勘探公司干活去了，地里的活没人想干，老年人出于对土地和粮食多年的感情和尊重，不得不干。老家伙们埋怨："像蚂蚁子爬一样慢，这个样子哪辈子才干得完喽。"年轻人说："干多少算多少，又没人逼你，地里那点收成，挖一个月勘探井就买回来了。"

张雨晴也种了两亩水稻，原想出点钱请人收割，哪知在季节上一个人也请不来，她出的钱够高的了，比挖勘探井还高，仍然没人答应，他们都怕割完谷子后不让他们挖勘探井，因为勘探公司打招呼了，要挖就好好挖，三天打鱼两天晒网的人他们不要。

谷穗被太阳晒焦了，轻轻一碰，谷子就沙沙掉到田里去，如果来一场大雨，雨点会把它们全部打落，将会颗粒无收。张雨晴急得眼睛发跳，她向范光乾求情，能不能给她两天假，让她把谷子收割完了再来。范光乾说："啊，都开始收谷子了？"范光乾问他的同事有没有想去挞谷子的，"我好几年没有挞谷了，张雨晴家谷子熟了，正好可以去过个瘾。"立即有人说："好哇，我们去我们去。"张雨晴说："这哪行，你们细皮嫩肉的，那么重的活你们干不了。"范光乾说："嘿，以前又不是没干过，你放心吧。"

这些搞地质勘探的人大多是从农村出来的，虽然好几年没有干过农活了，但基本技能还在，加上突然干起来有一种新鲜感，所以热情特别高。二十几个人，只用了大半天就收割完了。她在家里好好地招待了他们一顿，范光乾帮她杀鸡，她买来好烟好酒，在家里摆了三桌。黄贡献死后，家里已经很久没有这么热闹过了。而且还是如此格外不同的客人。她还没喝酒就已经有点醉醺醺的了，眼睛里水汪汪的，笑容一刻都没离开过她的脸。这些客人一半时间在城里，一半时间在纸房这样的乡下，不管在什么地方，他们很少看到如此开朗、如此热情漂亮的女人。但他们知道，和她是不可能有什么故事的，因为她特别关照范光乾，那种关照是隐晦的、暗中的，但别人一眼就能看出来。

这些人喝着吃着，成了家的忍不住想家，没成家的想到市镇地方去消磨一下。要解决男女之间的事情，尤其是身体上的事情，只有市镇才有相应的场所。

吃到太阳偏西，客人们一下散了。有的要回城，有的要去香溪，有两个喝醉了要回住处去睡觉。张雨晴突然一下子非常难过，她说不清楚为什么难过，如果不是当着那么多人，她真想大哭一场。人走曲终，仿佛刚才的欢乐是个幻景，不管怎样的欢聚，最终也抵挡不住长久的甚至永远的分别。她不懂这些，但她感受到了这些。

她不想哭，想尽量笑，可越是这样越是忍不住眼泪。勘探公司的人误以为她喝醉了，觉得这个女人的确是很好的，可爱的，但这样的人给自己做老婆，似乎又是不合适的。范光乾问她怎么了。她说，你们都走了，这么多碗筷我一个人收啊。范光乾说，那我留下来帮你吧。他的同事暧昧地看着他。他说，他行军床的钢丝断了，要在她家砍竹子编一个床笆篓，不编好今晚睡觉的地方都没，不说还差点搞忘了。

那些人走后，她看着他，"扑哧"一声笑起来。他问她笑什么，她说什么也不笑。说着不好意思地转开脸，吃吃地笑了笑。当他说要留下来，她心头的难过就没有了，一下子烟消云散，连她自己也很吃惊。更大的快乐已经回到心里来。或者说，这不是什么快乐，而是一种难以言表的感激之情。她感激他，感激老天爷。

范光乾没有注意她的变化，抹起袖子就去收碗。她轻轻拍了他一下，嗔怪道：

"谁要你做这些？"

"那做什么呀？做什么都行，你说吧。"

"什么也不要你做，……你歇着吧。"

范光乾发现她正含情脉脉地看着他，心里动了一下。但他很快便止住了，自己来这个地方搞工作，这样的事处理不好会惹出大麻烦的。他说：

"你家有竹子吗？有的话我砍一根编床笆簟。"

"竹子有的。你不想洗个澡吗？挞谷子那么多灰。"

搞野外工作的人，最大的困难是没地方洗澡。每次张雨晴收拾完晚饭后的锅碗瓢盆，都要往大锅里盛满一锅水，把这锅水烧热后才回家。勘查公司的年轻人用脸盆舀起这些热水到屋后去"洗澡"，用毛巾蘸一帕抹几下就算洗过澡了。二十来个人不能同时洗，因为水不够。那些洗得勤的人就特别让人讨厌，而他们自己更是心烦，总觉得每次都没洗干净，衣服穿上后很不舒服。纸房人不爱洗澡，有什么重大的事才洗，有些人一年才洗一次，洗掉一层汗泥，像卸下一副盔甲。

"我一会女儿塘洗。"

她把可以当篾刀的柴刀找给他，不大高兴地说：

"想砍哪根自己选。"

她心想，他是不是嫌弃她家的用具不干净？但这点不高兴很快就过去了，家里没有澡盆，她把装潲水的黄桶洗得干干净净，黄桶比城里的澡盆还大还深。黄桶弄干净了才开始洗涮碗筷，碗筷收齐归整，大铁锅里的水已经热气腾腾。她听见他破竹的声音，知道笆簟还没编好。她把水舀到木桶里，自己钻了进去。

范光乾心里一直没有平静下来，他不得不承认，她的笑容和热情挥之不去。他没有更多地想在总公司子弟学校当教师的妻子，他翻来覆去权衡的是做了这事最坏的结果是什么。他觉得不应该鲁莽。几年前，他们在一个地方搞煤矿普查，一个同事和房东的女人好上了，房东发现后，提着镰刀把他们追得屁滚尿流。心里这么想，可背对着房子编床笆簟时，又总觉得背上热烘烘的，好像有双眼睛看着他。当他做完最后一道工序时，终于平静下来，决定把柴刀还给她就走，一分钟也不要多留。

他去还柴刀时，她正在给他兑水。他望了一眼她湿漉漉的头发，心里猛地弹跳了一下，竟然不敢去看她的眼睛。虽然平时就看出来了，这个女人漂亮：身量不高，但胸脯非常丰满。刚被热水浸泡和洗浴过，脸上多了一种生气，那么干净，那么光洁，没有涂口红，嘴唇却像彩霞一样鲜艳。而那双亮晶晶的眼睛，很黑，有种野性，有种不安。这一点她和纸房任何一个女人都不同，她们总是羞羞答答，即便是自己喜欢的东西，多看一眼也是一种罪过似的。她说：

"你慢慢洗呀，我去看电视。"

他忘了刚才的决定。他想：我洗了就走。他站了一会，不知道为啥，听见隔壁电视的声音响起来才脱了衣服钻进去。他想，是不是怕她偷看啊？不是的，偷看也可以开着电视的。这么一想，他的心再也无法平静，再也抑制不住自己对她身体的向往。他想，她要是走出来，和他一起洗，那会怎样？胡思乱想着，慢慢蹲下去，伸展着双腿。水淹没到脖子上时忍不住叫了一声，太舒服了，好久没这么泡过了。

电视机还是几年前黄贡献从城里带回来的，只有十二英寸，屏幕像大水牯的眼睛一样鼓出来，由于距离差转台太远，接收信号不好，雪花点密密麻麻。有一个旋钮已经掉了，以前还摆在电视机上面，不知什么时候失踪了，这个旋钮是管声音的，她已经两三年没有调节音量了。

眼睛盯着电视，脑子里的画面却是那个洗澡的人，撩水的声音就像电波冲击着她的心，干扰了她的脑子，那单调的撩水声，比电视里的歌还动听，仿佛是她从没听见过的、来自另外一个世界的乐曲，让人倾倒、迷醉。她平时很喜欢看电视，尤其是电视剧，一环接一环的，越长越好。今晚上却感到索然无味，一点也看不进去。它唯一的功能是压下隔壁传来的响动，以免她听得太专心，扰了心智。她想他，但她不想让他知道她已经到了把持不住的地步。恼火的是音量无法再开大点。

听到范光乾往屋外泼水的声音的变化，她知道他洗完了，他一会就要出来了，她的心里一阵狂跳，腿有些软，竟站不起来。她应该叫他别管了，一会儿自己去收拾，可有力的泼水声似乎按住了她的肩膀，不让她站起来。她镇定下来后，隔着门问：

"洗好了吗？"

"洗好了。"

"水烫不烫？"

"不烫。"

"凉不凉？"

"不凉，正合适。"

"别管了，来看电视吧。"她只能叫他来看电视，要不然说什么呢，总不能说"你快点，我等不及了"。她暗地呸了自己一口。

泼水声停了，但范光乾没有回答。张雨晴等了一会儿，隔壁安静得像天上的星星，他是不是已经走了，甚至他根本就没有来，这一切只不过是她的幻觉？张雨晴拉开门，看见范光乾正用指甲旋水瓢上的螺丝，刚才舀水的时候脱开了。她看着他，眼睛里面的深窝像乌鸦的羽毛一样黑，两片微微向外翻的胀鼓鼓的、贪婪的嘴唇露出挑衅的笑容。范光乾被她看得不好意思，感觉到她的目光在他身上做了一个记号，烫了个烙印。他的指甲太软了，没法把螺丝拧紧。她说：

"别管它，进来吧。"

屋子里东西不多，有一股泥腥味，一看就知道她刚才认真打扫过。

范光乾不大自在，觉得自己应该马上离开，可又明知自己其实不想离开。她叫他坐在板凳上，她用毛巾给他擦头发，他的头正好和她的胸脯一样高，好几次，他的头碰到她热烘烘的乳房上，甚至，连乳头的形状也感觉出来了，薄薄的衣裳里面没戴乳罩。

张雨晴若无其事地问他结婚没有，他说结了。她说他太可怜了，没有结婚的人还好点，结了婚的人是会经常想到那个事的，而他很难回去一次，想要也得不到，所以他"真的可怜得很"。她叫他放心，她不会缠着他的，她只是觉得"可怜"才这么做。他微笑着听她叽叽喂喂往下讲，表面上，似乎沉稳得很，其实他心里已经风生水起。他可以放心了，因为不是他主动的，因此不必为此负责。她说着，就把他的头搂过来，让它紧紧地贴在自己丰满的胸脯上。他迟疑了一下，伸手进去捉住其中一个，她笑了一下，但仍然若无其事地说着无关紧要的话。女人就是这样，不反对就是鼓励。他什么话也不说，就听她说，无论她说什么，他都报以微微一笑，就像他不但欣赏她这个人，还欣赏她说的每一句话，这让她无比满足。当他掀开她的衣服时，她再也说不出话来了。她不由自主解开裙子搭扣，裙子滑下去，他发现她里面竟然什么也没有穿，一片雪白。他顿时兴起，劈开她的双腿迎了上去。纸房的女人不穿裙子，这条裙子是她来到纸房那年带来的，带来后从没穿过。

分开后，她用锅里剩得不多的热水把自己和他洗干净，剥了一个凉薯，切成丁，不允许他自己吃，她要一块一块喂他，而她自己却一口也不吃。她问他信不信，她上过高中，成绩一般，如果再补习一年，说不定能考个大专。可那时她最厌烦的地方就是学校，是教室，一毕业就跑出去打工，在工厂里遇到黄贡献。她对黄贡献这类来自西部偏远山区的人不感兴趣，她特别喜欢举止文雅风度翩翩那种人。黄贡献瘦高个,喜欢把西装挂在肩膀上,不穿上袖子。这样的人怎么会举止文雅呢?可他倒不像其他人那样不懂礼貌。有一个周末去找她借衣架,脸上堆着笑容,"你好""谢谢",还很风趣,不像她遇到的他的那些同乡,见她的普通话说得字正腔圆就吓得傻乎乎的,连自己面前站的什么人都闹不清了。黄贡献的普通话虽然说得也不好,但没有被来自北方的张雨晴吓倒。还衣架时还厚着脸皮问她愿不愿意坐他的破自行车去兜风。而她居然答应了。她心想,最重要的是教育他,把衣服穿归整,说话把音咬准。几个月后,两人感情日深。她的教育收效甚微,自己反倒招来横祸,她怀孕了。后来工厂倒闭后,他们没有再找工作,而是随黄贡献来到了纸房。说着,眼泪滚下来,她说来到纸房她的心一下就凉透了,没料到纸房这么落后,比她老家次多了。这里的人连话都说不明白,却什么事都自以为是。范光乾吻掉她的眼泪,她叹了口气,摇了摇头,笑着说:"如果我不来纸房,又碰不到你了,你说是不是?"他说:"也许,但也不一定,有缘的人总会见面的。"说着,牵她的手去摸自己下面,示意她,他又想了。她就那么牵着他,把他带到床上。他吻她,手指轻轻把她的头发分向两边,在额头上吻一下,然后看着她的眼睛,好像要从这双深不可测的眼睛里寻找刚刚产生的爱情。她感激地、温柔地和他对视,但终于承受不住似的害羞地闭上眼睛。他的嗓子里像塞了一根草,说话时有种沙沙声。他说:"我看见你的第一天就喜欢上你了,但我没有想到会得到你。"她狡黠地问:"真的吗?可我怎么没看出来呀?"他吻她的脸,告诉她当然是真的。他告诉她,他报考地质专业的时候,以为搞地质很浪漫,走南闯北,在某个地方碰到一个美丽的女子,和她发生一段感情。可工作后才发现,这种事几乎不大可能。因为跑野外去的大多是偏远贫穷的地方,贫困山区的女子不但保守,还动不动就早早地嫁人了。没料到工作十三年后，浪漫的事真的发生了。"你和纸房其他女人不同。"他说。他把手搭在她的颈窝上，轻轻抚摸着。她的皮肤那么光滑，柔嫩。她说："我知道我和纸房的女人不同，但不是我比她们漂亮，而是我敢想你，敢喜欢你。"她捧着他的头，用手指梳理他已经干爽的头发，不一会儿又搓揉他的耳垂。当他轻轻触碰她的嘴唇时，她"呜啊"一声，把自己的嘴紧紧地和他的贴在一起，不准他放开。当她示意他快进去时，自己也搞不明白为什么这么急。他忽然郑重其事地说，除了自己的妻子，他和别的女人还是第一次。她说："那你不会嫌我吧？"他轻轻拍了拍她的脸，笑着说："怎么会？"当他整个身体压在她上面时，她大声叫起来，他叫她不要叫，她说她就要叫，她要让纸房的人都知道，她是多么幸福。

她的确感受到了前所未有的幸福，她觉得有此一夜，自己这辈子做女人值了。范光乾没敢久留，扛上床笆篾匆匆离去。

第二天，张雨晴特别想告诉什么人，她已经是范光乾的人了。每个细节都历历在目，让她感动、兴奋，但说出来似乎又很简单。她用"文武双全"来形容他，你们不知道他多么会体贴人，知识分子就是不一样！在她的脑子里，再也找不到比文武双全更准确的词了。她不仅想说话，她还想笑，没来由地笑，像范光乾这样的人，她以前根本就不敢想，现在她居然能够彻底地拥有他，这是多大的快乐呀，真是太不可思议了。这种不可思议让她发笑，让她恨不得有个什么人说说才好。

张雨晴去村子里买菜，看见冉光银的女人唐书秀在菜地里掀开衣服给她半岁大的儿子喂奶。旁边放着锄头和提篮。唐书秀是在种胡萝卜。张雨晴笑盈盈地走过去：

"秀，有菜卖没有？"

"雨晴姐，这才开始种哩，哪有什么菜卖。"

"你要卖菜的话，价钱高一点都行。"

"雨晴姐，谢谢了。你每次出的价钱都不低，我不知道怎么感谢你才好。"

"冉光银呢？挖勘探井去了？"

"是啊，像地拱钻一样，就晓得往地下钻，地里的事一点不管。"

"他对你还好吧？"

唐书秀看见张雨晴神秘地笑了一下，心里像被什么东西撞了一下，以为冉光银背着她干了什么好事。

"雨晴姐……怎么了？他……"

"你和他，……那个，你们几天来一次？"

"哪个，你说的话我没听懂。"

张雨晴蹲在唐书秀旁边，在她耳朵边说了几句什么，唐书秀不好意思地笑了笑，为了遮掩窘态，她把乳头从孩子嘴里拔出来，小家伙"哇"的一声哭起来，蹬着小腿抗议，唐书秀忙重新塞给他，嗔怪他是"饿鬼投的胎，这么半天还没吃饱"。张雨晴和唐书秀一会儿神秘地耳语，一会儿快活地哈哈大笑，把距离几十丈远，在地里干活的一个老太婆也惹笑了。她问她们笑什么。张雨晴说："申二婆，我们在讲故事呢，你想来听吗？"这一下把唐书秀的眼泪都笑出来了。

没人知道爱情的花朵是什么颜色，但一定是五彩缤纷的，汪洋恣肆的。张雨晴动不动就哈哈大笑，笑声像阳光一样明亮。走到哪儿，就把女人味散布到哪儿。

与之相反，肖美学郁郁寡欢，愁烦憋屈。自从和张雨晴在水井边吵了一架，他好几天没去找她，在这几天里，手下那些民工成了他的出气筒，验方的时候，他故意找碴，想方设法给他们少算工程量，就像勘探公司开出来的钱是他的，多开一分都心痛。他们骂他是勘探公司的狗腿子，是汉奸。同时他们觉得太奇怪了，他以前不是这样啊，一定是有鬼在怂恿他这么做。直到几天后，肖美学给自己找到了充足的理由和信心：母狗怕嗅，好女怕缠，你得一直缠下去，她一定会松口的。表面上她当然是不会轻易答应的，可她一旦答应了，什么都会给你。他怪自己疏忽了一件事：自己现在有钱了，但从没给张雨晴买过东西。在娘儿们那里，送点她们喜欢的东西，也许是最好的通行证。他不敢在李自强的店里买，怕李自强的老婆追问他买女人的东西干什么。他多跑了二十里路，到香溪给张雨晴买了一件胸前缝了一排流苏的黄T恤。他没敢把T恤直接给她，这娘儿们的脾气他知道，直接给她说不定她会看也不看，他准备像公鸡一样先孛开翅膀威胁她一下，然后再把东西给她。

肖美学把T恤藏在衣服里面走进李自强家老房子，张雨晴正好挑着水桶从屋里出来，他一看见她那张粉红色的、有两个小酒窝的脸，顿时失去孛开翅膀的勇气。才两天不见，感觉她更加惹人心疼了。张雨晴故意用水桶向他撞来，说好狗不挡道。肖美学嘻嘻笑了一下，闪身绕过水桶，和张雨晴背靠背站着，张雨晴还没转过身来，他已经笑容满面地把水桶挑到自己肩上去了。肖美学挑了五担水，把大水缸挑得满满的，张雨晴一会儿劈柴一会儿洗菜，没拿正眼看他。肖美学在心里发笑：小婆娘，装什么装，一会把衣服给她，她一定会高兴的。这可是他按照电视上的人物穿的衣服挑的，好看得很。水缸里的水溢出来了，淌了半间屋，张雨晴把水扫到屋角，然后蹲在灶前烧火，仍然不拿正眼看肖美学。肖美学红着脸，把T恤塞到她怀里。张雨晴皱着眉头问：

"这是什么？"

"我给你买的。"

"不要!"张雨晴说得快极了。她的动作更快,"啪"的一下把T恤还给肖美学。

"电视上的人都穿,你穿起一定好看。"

"我、不、要!听见了吗?"

肖美学蹲下去,小声说:"我专门给你买的,拿着吧……"

张雨晴笑了一下:"真的要给我?"

肖美学高兴地说:"当然是真的!"

张雨晴说:"好吧,给我。"

她接过衣服,一把塞进灶膛。透明的包装纸一眨眼就化掉了,T恤衫先是四分五裂,接着贴附在柴草上冒出一股黑烟,一下子消失了,什么也没剩下。

肖美学恼羞成怒。他本想扑上去把她痛打一顿,但她的两只眼睛像两束寒光一样盯着他,把他镇住了。

"好,好,太好了,你等着瞧!"

他丢下这句话,铁青着脸走了。

从这天起,肖美学注意观察张雨晴的行踪,这才知道她不喜欢自己的原因。他既痛苦又兴奋,终于在一天下午把范光乾堵在张雨晴家里,把村里人都叫来,叫他们来看"这两个不要脸的狗男女"。他希望他们能像以前那样,把破鞋挂在他们脖子上叫他们游街,遗憾的是他的策划没有人响应。肖美学气得破口大骂,说纸房人都他娘的自私,出了这么大的事情一点也不团结,一点也不知道一致对外的重要性。

肖美学请冉光福和他一起去香溪告状,勘探公司在香溪设了个指挥部。他知道自己嘴笨,说起重要的话来比干活还累,而冉光福那张嘴恰恰像安装了弹簧一样,说多久都不会软。冉光福说他要翻畈田,没空。肖美学又去叫广线,广线说他挖的勘探井马上就到底了,得赶紧挖完,要不然下起雨来就前功尽弃了。肖美学说:"哼,你们都不去,一个外地人搞了纸房的女人,你们甩手不管,等哪天你们的婆娘也被这些外地人搞了,后悔就来不及了。"

肖美学气冲冲地一个人来到指挥部,结结巴巴地把事情的经过说了一遍,指挥部的负责人说:"你放心,我们会处理的。"

没过几天,范光乾不见了,肖美学得意地说:"他被勘探公司开除了。"

第十一章

范光乾走了，我也不想到勘探公司去玩了。这天道云老汉给了我十块钱，我犹豫要还是不要，他什么也没说，塞在我手里就走了。没走多远，他叫我晚上去天生桥。我没去，几天后他又给了我十块。我知道花了他的钱，我就得听他的。我想我不能花这些钱，可到了学校，一看见商店里那些诱人的东西我就忍不住了。这天我买了很多东西，在放学的路上得意扬扬，谁对我好我就给谁。没料到这事被二姨知道了，她给了我二十块钱，叫我还给道云老汉，并且警告我不能再要他的钱。她说：

"你要是当了哭丧匠，你爸爸要被你气死！"

可道云老汉不要我还他的钱，不但不要，他又给了十块钱，他叫我不要对任何人说，"我不叫你给我当徒弟就是了，钱你想怎么花就怎么花吧。"

我的学习成绩越来越差，二姨很担忧，她从李国田那里认识到读书的重要性。她说，再不能这样放任不管了，明年就要升学考试了。她叫我到香溪去，让李国田好好管一管我。但父亲不想去求李国田。他说："算了，就在纸房读吧，读到哪天算哪天，这么多年，纸房还没有一个人靠读书读出名堂。"

二姨生气地责备道:"周哥,不知道你是怎么想的!辛维身子骨那么弱,难道叫他在农村待一辈子?真要在农村,说不定最后只有去给道云老汉当徒弟!"

父亲说:"给道云老汉当徒弟,他敢!"

"他是不敢,可你没看见道云老汉像老狐狸一直在逗引他?"

"我知道,主要是……我觉得……他二姨爹这个人冷眉冷眼的,对人爱理不理的。"

"不用你求求,我去!这么多年了,我们没有求他办过一件事情。"

只要不是在李国田面前,二姨不但有主见,而且还很固执。

几天后,二姨去了趟香溪,回来后说一切都办妥了。父亲问她怎么跟李国田说的,二姨不满地说:"你管我怎么说的,叫辛维去就行了。"

在小学阶段的最后两个月,我成了香溪小学的插班生。

天天跟李国田在一起,我对他的崇拜更加热烈和具体了。虽然他对我仍然爱理不理的,可我喜欢和他在一起,他是一个知识丰富又喜欢思考的人。渐渐地,他对我不那么反感了,有时还带我去散步。有一次他告诉我,将钢笔在头发上摩擦后可以把纸屑吸起来,这是摩擦产生的电。星期天回到家,我给父亲表演摩擦起电,他不以为然地说:

"什么电,你那是头发里的汗水太多了,是汗把纸飞飞吸了起来。"

我又气又急:"这本来就是电嘛。钢笔还没有挨到纸,它就往钢笔上跑,不是电是什么!"

父亲固执地摇着头:"既然是电,为什么不咬人?"

我第一次意识到,父亲是世界上最可怜的人。他可以扛起两百多斤重的原木,可对书本上的知识,哪怕很简单的问题,也会让他觉得又重又费解。他本能地、固执地拒绝接受,以为这样一来,就不会自乱方寸。

勘探公司为了寻找原生矿,调来五台大功率钻机搞钻探。以前探矿的小型钻机一到天黑就熄火,乡村的夜晚仍然宁静。大功率钻机安装好后,不分白天黑夜,在山坡上从早吼到晚,柴油机把力量输送给发烫的钻头,把声音甩向大地和天空。睡在床上的人满耳朵不习惯,他们感觉床在发抖、黑瓦房在呻吟,睡眠像一根被捶扁的铁丝,瞌睡虫消瘦得扇不动翅膀,难听的、折磨人的声响像个不讲道德的小流氓让他们精疲力竭。早上出门干活,耳朵还神经质地一跳一跳的。

广线的老母亲睡不着觉,坐在堂屋打盹。又不开灯,往往把半夜起来撒尿的人吓一跳。虽然知道是家里的老奶奶,但迷糊中猛然看见一个黑影,没有不魂飞魄散被吓个半死的。广线耳朵里塞了两团棉花,叫母亲上床去睡,钻机又不是只打一天半天,谁知道什么时候结束。老太婆说,我坐着还能打个盹,在床上眼睛都闭痛了也没用。

接连坐了三个晚上,广线觉得不行,这样下去老母会受不了的。再说自己舒舒服服地躺在床上,母亲一个人在那儿坐着,也有不孝之嫌。广线特地为母亲房间的窗户加了块窗板。可到了晚上,母亲还是宁愿坐在堂屋。

这天半夜,广线想应该给母亲加件衣服,因为他听见瓦片上沙沙响,以为下雨了。母亲披好衣服后拉住他的手不放,小声说了句什么。广线掏出耳朵里的棉花,母亲平静地说:

"鬼鸪哥该来我家了。"

广线责怪道:"妈,你说什么呀!不要胡说。"

"鬼鸪哥是该到我家来了。"老太婆的声音依然平静。

老太婆的意思,是她不能再活了,老天爷给她的寿诞用完了。鬼鸫哥是一种鸟,在土壁或者石缝里做窝,平常在山坡上飞翔觅食,不会莽撞地往哪户人家里飞,可如果它飞到哪家,就是给那家报信,告诉他们家里要死人了。老太婆预感到自己活不长了,所以鬼鸫哥应该到她家来了。她并不怕死,只是想亲眼看见鬼鸫哥飞到家里来。她说:

"它来了你们不要打它。"

那么多死去的人,其中有不少并没看到鬼鸫哥来报信,死了也就死了,没什么特别的故事发生。可那些得到它报信的人,在小小的恐惧中能得到一种莫大的安慰,既然是老天爷叫鬼鸫哥来报信,那就说明老天爷是知道他的,知道他日出而作,为儿女操劳了一生,懂得活着的奥义是与人为善,不欺侮弱者,也不畏惧恶人。而那些没得到报信的,十有八九是老天爷没有注意到的人,自己前去报到,像不速之客不请自去,总会有些尴尬。

广线见母亲这么说,也深感母亲的时日不多了。从这天起他尽量少出工,晚上陪母亲说话。他把最近以来纸房发生了哪些变化,有哪些趣事讲给母亲听。母亲听着听着,却突然讲起某个死去多年的人来。有些人她记不清了,往往张冠李戴。有些人却记得异常清楚。说到广线的大哥,她说他长得非常标致,像年画上的人儿一样,才三岁就去世了。他死了两年,广线才来到这个世上。虽然死了这么多年,可他依然栩栩如生地活在母亲的记忆里。她以一种求助口吻说:

"他的坟在李自强家老房子后面的青冈林里,麻烦你哪天去看看,看他们挖了没有。没有挖先给他挪个地方。"

广线暗想,挪到哪儿呀,挪到哪儿说不定那儿也要勘探。

广线记得小时候在青冈林里砍柴,母亲曾指给他看过那坟,很小,像大铁锅反扣过来那么大一个土包。广线在青冈林里没找到那个土包。小孩的坟，垒得又小，时间又长，五十多年了，早就和山坡融为一体了。

就在这天中午，一只鬼鸱哥飞进了广线家。

广线刚从山上回来，也看见了。它从大门飞进来，在堂屋里转了一圈，停留在门枋上。广线的老母亲说：

"鸱哥，你是来给我报信的哈。"

鬼鸱哥的尾巴撅了两下，像是回答，也像是起飞前的例行准备。撅了两下飞走了。

老太婆如释重负地对广线说："线，你铺床吧。"

老太婆说的床是灵床。灵床要搭在堂屋，将死的人在灵床上落气是最好的，在其他床上落气，就把屋子里的财气带走了。

广线叫老婆儿子来帮忙，叫女人把以前准备好的寿衣寿被寿帽寿鞋拿出来，叫儿子去通知兄弟王光路和其他近亲。女人平时没少抱怨老太婆的不是，但这会心也慈软起来，悲伤起来，取寿衣时悄悄抹了把眼泪。

死人不怕硌背，床板上只铺了一床薄薄的棉絮。寿衣等物拿来后，老太婆亲自点了支香在每件东西上烧了个洞，这样她到了阴间就没人敢和她争，因为她自己打了记号，争到阎王那儿也是她的。

老太婆在灵床上躺下后，叫儿子媳妇去做自己的事情，她还有一阵才死，不能耽搁他们的正事。

不一会王光路来了，问清了缘由，把广线拉到院子里，说：

"鬼鸱哥又不是先飞到这儿来的，哪里一定是来找妈的呀！"

这只鬼鸱哥是早上平整钻机地盘时被赶出来的。要把那些大钻机安放好，需要平出半个篮球场那么大一块地盘。那只鬼鸱哥栖息在土坎里面，根本不知道有人叫它搬家，清早飞出去转了一圈，回来时发现自己的家不见了，土坎已经被放平了。它愤怒地尖叫着，因为窝里还有它的幼崽。平整地盘的人都是纸房人，认得这只不吉鸟，抓起泥土轰赶它。这次，鬼鸪哥报复一般向山下的人家飞去。它先飞进肖四禄家，被肖美学赶了出来。又飞进梁书家，梁书一边跳脚咒骂一边用扫帚轰赶。它在那面山坡上飞来飞去，先后飞进了十多家房屋。最后才飞到广线家这边来，现在已经不知飞到哪儿去了。

王光路说："要死也是那些人先死。"

兄弟俩进屋，发现老母亲睡着了。但稍远一点看去，又和死了没什么区别。王光路建议先不要通知亲戚，等有了结果再说。儿子刚回来，广线叫他再跑一趟。他不高兴地咕哝了一句：要死不死。广线和王光路都装作没听见。

老太婆睡到第二天才醒来。她醒来后好奇地问：

"我这是死了呀还是活着呀？怎么像在家里呀？"

广线告诉她，她没有死，活得好好的。老太婆爬起来，觉得自己精神抖擞。她不解地说："昨天鬼鸪哥来报信了呀，难道我在做梦？"

老太婆没有死，但有一位亲戚已经送来了一只母鸡。广线的儿子第二次赶去时他已经来了。这是一只正在生蛋的母鸡，在广线家养了七八天，亲戚再也忍不住了。他说，既然没有办丧事，他应该把这只鸡抱回去。广线"嗯嗯啊啊"答应，就是不去捉鸡。他女人小声对亲戚说，等着吧，走路时一进两退，等不了多久了，那只鬼鸪哥还会来第二次的。

又过了一个多月，老太婆还没死，亲戚旧事重提。他说，就算把鸡寄养在这儿，这一个月来生的鸡蛋应该给他呀。广线的女人说：

"你才好笑，哪有什么鸡蛋呀，你捉它来的时候肯定受惊了，到我家后一个蛋也没有下，我白喂了它好多粮食。"

亲戚不相信这话,暗中调查,有一天听见母鸡"咯嗒咯嗒"叫,立即从竹林后现身出来,正是他抱来的那只母鸡,而且鸡窝也找到了,蛋还是暖乎乎的哩。他以为这下可以把鸡抱回家了。没料到一开口,广线的女人就数落了他一顿:

"一个大男人家,不去挣钱养家,整天惦记着一只鸡!就算这只鸡天天下蛋,下的也不是金蛋银蛋,能值几个钱呀?现在挣钱的活路那么多,去勘探公司弯个腰打个杂也不止一个鸡蛋钱呀。要抱你抱回去,我看哪天你还好意思再抱来。"

亲戚哑口无言,再也不敢提鸡的事了。几个月后,这只母鸡孵出了一窝鸡崽,老太婆仍然颠三倒四地活着。

第十二章

纸房的乡亲们失眠期间,我在香溪也没睡好。那段时间,李国田一到天黑就关上门,像劳动模范一样在屋子里弄出各种声响。敲打金属的叮当声刚结束,立即传来锯子撕咬木头的吱嘎声,木板"咣当"一下掉在地上,接下来是莫名其妙的嘟囔声,就像科学家遇到了难题。总算放心了,以为他应该钻研细活了,锛子刨子却又不知疲倦地跳起舞来。谁也不知道他在干什么,他不准任何人进他房间。

有一天下午,李国田从屋子里扛出一匹木马!比真正的马矮一半,但马腿有脸盆粗,是四个木箱子。他把木马扛到大操场里,人站在马背上,像骑自行车一样踩着两块踏板,木马前后两条交叉的腿慢慢提起来,往前斜斜地放下去,李国田掰一下马背上的机关,再继续踩,另外两条腿又提起来,再放下去,于是这匹马前进了一步。骑着木马在篮球场里绕一圈,得一个半小时。木马的速度虽然慢得像蜗牛,甚至比蜗牛还慢,但香溪镇为之轰动了,他们觉得最神奇之处,是它不用汽油,也没有轮子,但它居然能向前走!除了李国田,谁也不懂它为什么如此神奇。

校长决定破例放假一天,请李国田把他的木马骑到街上去,让全镇人民一睹它的风采，同时也是为了激发学生学科学用科学的热情。第二天，小镇上人山人海，有些人根本就没看清木马的模样，但依然兴高采烈，洋溢着骄傲和幸福。看见李国田站在马背上，我激动得眼泪都快淌出来了。李国田在街上来回走了三趟，已经是中午了，累得大汗把衣服都湿透了。体育老师几次自告奋勇，要替李国田"骑马"，都被他摇头谢绝了。李国田在马背上吃的饭，是街上最有名的杨歪嘴家的牛肉粉，粉没几根，牛肉倒有一大碗。他每咽一口，会有几十个喉咙同时发出咕咕声，但他们并不嫉妒他吃那么好的牛肉粉，此时此刻，他吃龙肉海参都是应该的。李国田吃了牛肉粉继续在街上骑，这次没骑多远就因为马肚子里的零件出了问题，不得不将马抬回学校。

很多人都希望李国田把木马修一修，修好了再骑到街上去，有人甚至建议把它送给国家博物馆，因为它"体现了劳动人民的智慧"，是"劳动人民智慧的结晶"。我觉得李国田根本不是什么劳动人民，他应该是伟大的科学家。但李国田对骑木马没有兴趣了，木马放在操场边上，每天都有一大堆学生在那里鼓捣，有的站在上面踩，有的抱着马脑袋摇，开始还有老师跑去制止，警告他们不要把马弄坏了。没过多久，木马的内部就露出来了，齿轮和连杆纵横交错。又过了一段时间，齿轮不见了，连杆也不翼而飞。最后终于倒了下去，成了一堆木马骷髅。

我暗自希望李国田再发明个什么东西，如果他再搞发明，我一定要偷师学艺，我和他寝室之间的板壁上有个洞。这是我最近发现的，以前被一块劈柴遮住了。可李国田在寝室里的时候少了，或者说在我睡觉之前，他大都不在寝室。他也很少带我去爬山或者散步了，他在我眼里有点神出鬼没。他带我爬过的那座山，山上有一个岩洞，岩洞很浅，站在洞口就可以将内部一览无余，但当我躺在床上时，老是想到那个洞，想到李国田是不是在那个洞里和神仙见面，他那么聪明，一定有神仙指点。

有一天李国田和我散步到河边，他突然问我：

"你说，水为什么会流？"

我觉得这个问题太简单了，但很快我就发现我遇到了难题，明明看见水在不停地向前流，我却不知道这是为什么。我绞尽脑汁也没想出来，就像道云老汉曾经问我的那个问题：人的"脑水"是什么水？我到现在仍然不知道答案。

我要参加升学考试了，屋子里不能点灯，我到学校厕所外面去看书，全校就那里有一盏路灯，灯挂在屋檐的拐角处，旁边有块大石头。坐在那里虽然有点臭，但尿臊味特别使人脑袋清醒，看一遍等于在别的地方看两遍。

就在即将考试的前一天，我回去晚了，心里有些紧张，躺在床上烙了会儿饼，刚开始迷糊，突然听见板壁响了一声，我醒了，看见板壁上那个洞有一束光射过来，心里无比激动，心想李国田又在制造木马或者木汽车了。

我跪在床上，从那个洞看过去，顿时吃了一惊。没看见李国田，倒看见一个女人。这个女人我认识，是一个杂货店的老板娘，有一次我去买橡皮擦和铅笔，橡皮擦两分钱一块，铅笔七分钱一支，我递了一角钱给她，她爱理不理地把铅笔和橡皮擦递给我，我立在那里，等她退钱。但她看也不看我一眼，给别的人卖东西去了。我等她忙完了，鼓起勇气提醒她："你还要退我一分钱！"她不屑地看了我一眼，然后捡了一根橡皮筋给我。我茫然地拿着橡皮筋，心想我要的是钱不是橡皮筋，我又不是女孩子。但她那副看不起人的样子使我没敢再开口。现在她坐在那里，笑嘻嘻地叼着一支烟。一只手伸过来，把烟拿过去，不一会儿又递过来，我认得那是李国田的手。李国田怎么和这个女人在一起？她长得既不好看，对人又不好。我心里很是生气。他们把那支烟抽完了，李国田便坐过去（我完全能看见他了）动手解女人的衣服。女人也来解李国田的扣子，但李国田的动作比她快，像剥皮一样把那件浅绿色的衬衫剥掉，然后扒开胸罩……

我不敢再看了，悄无声息地钻进被窝，可我睡意全无，大脑比闻了厕所的尿臊味还清醒。李国田曾经对我说过，世界上最伟大的女人是居里夫人，她发现了镭和钋，两次获诺贝尔化学奖。我一直觉得，李国田即使要和女人在一起也应该是和居里夫人那样的女人在一起。他虽然是我二姨的丈夫，但如果他和居里夫人似的人在一起，我一点不会怪他。他太让我失望了。他们的喘息声和压抑的笑声就像无边的波浪，我被这波浪晃得晕头转向。

他们谈到了那匹木马，女人吃吃地笑着说："那天我看见你站在马上，我好想爬到马背上去，和你一起骑那匹马。"

这和我的想法倒是一样的，我当时也想爬到马背上去。

李国田说了句什么，没过多久我就听见大床的嘎吱声和女人的呻吟，我的心都提到嗓子眼上了，李国田是不是要把她的脖子掐断？他要是把它掐断了，会不会被公安局抓起来？女人呻吟一阵又吃吃地笑，我生气地想，真不明白你怎么笑得出来！我爬起来，想弄清楚他们究竟在干什么。但李国田的床紧贴板壁，我什么也看不见，也就是说他们在我的眼皮底下，我却怎么也看不见。他们弄出的声音真是难以形容，这声音钻进我耳朵，像一千个人在用指甲刮干燥的板壁。我感觉李国田的床上有老鼠夹子，有毛刷，有冰块，有图钉，有烤红薯，有铅球，还有一块烧红的铁，他们发出的声音，是这些东西一起作用在他们身上的结果。我再次钻进被窝，不小心把什么东西打落到地上去了，那边的声音戛然而止，像刀切下去一样灵。过了好久，我才听见女人不安地小声问："隔壁怎么有人？"李国田小声说："不要紧，是个孩子，他早就睡着了。"

李国田在我心目中的地位一落千丈，我很难受，感觉自己失去了一件非常珍贵的东西，我不明白是什么东西，反正是我以前从没得到过，今后再也不会得到的东西。我默默地淌下了眼泪。小孔里透过来那束光射到我屋子里的一把二胡上，那是一把没有弦的二胡，蛇皮穿了个洞，李国田不要了，丢进垃圾堆后被我捡了回来。我没听见李国田拉过，但他得意地说过这是他亲手做的，我曾经为得到它而欣喜若狂，虽然一个音符也拉不出来。我剪了一块塑料薄膜蒙上去当蛇皮，指头弹拨它的时候，声音微弱得要把琴筒放在耳朵上才能听见，我每次都会为那悦耳的声音露出笑容，心里生出傻乎乎的欢喜。但现在它在我眼里不再神圣，它是那样难看，我发誓今后再不去摸它。

两个月后，我接到了县一中的录取通知。我成了一名初中生，并且再也不用做李国田的附庸了。

李国田在我心目中的地位一落千丈，但他在纸房的威信却与日俱增。勘探公司来到纸房后，所有事都按照李国田的预言在发生，无一例外。村里人在勘探公司打零工，赚的钱比种庄稼来得快也来得多。更重要的是他们不但有活干，还不时从勘探公司得到赔偿。如果勘探井打在庄稼地里，他们就能得到一笔青苗损失费。

李自强在村头开了一个打沙场，八台粉碎机日夜不停地吼叫着，坚硬的石头喂进去，"喀嘁喀嘁"一连串暴响，接下来"窸窸窣窣"一阵碎响，冒出一股白烟，沙子像碎米一样梭下来。粉碎机的声音在这里称王称霸,把别的声音全淹没了,连那些操作它们的人互相说话也难以听见。这是老乌梢特别想干的事情,范光乾走后他也走了,范光乾不帮他他没法着手。

村里的人不知道李自强打那么多沙子来干什么。帮他干活的人是外村的,天不见亮就来了,直到星星冒出来才回去。村里人很想知道李自强为什么要打那么多沙子,但都不好去问。不知从何时开始,村里人养成了保守秘密的习惯,不管是好事坏事,都不喜欢告诉别人。哪怕明明是去种豆子,你问他种啥,他会模棱两可地说,什么也不种,到地里看看。地有什么好看的呀,又不是西洋镜。哈哈一笑,说季节都快过了,豆子还没种,怕是比西洋镜还好看哪。这不是有意绕弯子,而是一种难以说清的奥义,仿佛一旦把种在地里的东西直抖抖说出来,它就不好好长似的。但越是这样,就又越喜欢打听。李自强是村长,计划中的好事自然与众不同,那就更想去打听了。

"这个狗日的,山都被炸掉半边了。"

"是咧,整天轰隆轰隆的,耳朵都被声音闹麻了。"

"是打来卖的吧?"

"喊,不卖拿来干什么,又不能吃!"

"那么多,卖给谁呀?"

"管他卖给谁,反正不会卖给你,也不会卖给我。"

"都堆成一座山了,卖得出去吗?嘿嘿,我这是咸吃萝卜淡操心。"

"我看也是。卖不出去他就不会打了,他又不是疯子。"

坝子中间有一条大干沟,干沟上有座小木桥。三根圆木并排架在干沟上,圆木之间的缝隙填的是沙土,时间长了,沙土漏到沟里去了,人走在上边一闪一闪的,胆小的人伸开胳膊,像在练习飞翔一样扇着双臂才能走过去。广线往桥上铺了些稻草,然后从李自强的采石场挑了几筐沙来铺在上面。李自强的女人有点不高兴，骂广线："×眼睛瞎了，大干沟里又不是没有河沙。"广线被骂了不但不生气，反而还很高兴，他就要等她骂，不过脸上没有表现出来，他是在心里高兴。女人一骂他就知道他们家打沙来干什么了。广线故意阴阳怪气地说："我眼睛没有瞎，我看有些人的眼睛才瞎了，我这是做好事她看不见，一点点沙子都舍不得，打那么多沙来干什么，难道是打来塞屁眼？"李自强的女人双脚直跳："塞你妈的屁眼，塞你妹的屁眼，塞你闺女的屁眼，你管我打来干什么，我打沙子手续齐全，没沾村里半点光，关你尿事呀。"

纸房人还是第一次听说打沙场要办手续。李自强既然连手续都办了，可见不把那山上的石头全部打成沙子，他是不会停止的。人们心里有股说不清楚的滋味，怀着某种忧伤，同时还夹杂着嫉妒。

打沙机从夏天响到秋天，从秋天响到冬天，沙子堆成一堆一堆，每一堆都是一座小山。远远看去，沙场上空亮晃晃的，有些刺眼。

有一天，肖四禄走到那些沙堆旁边，挺直腰板，像干部检查工作一样。在两堆沙中间，有一条狗正翘起后腿撒尿。他悄悄捡了块石头打过去，一下击中狗的脑袋，狗又委屈又痛苦地叫着跑开了。肖四禄高兴地、惟妙惟肖地学着狗叫。狗跑出一箭地后回头不解地看着他，心有不甘却又无可奈何地叫了两声。肖四禄严肃地双手叉腰，说道："你叫唤啥子？该打的东西！"

有人以为肖四禄是去找什么岔子，可他转了一圈后就回家了。

不知为什么，大家都觉得凡是要向李自强这样的人找岔子或者提出什么意见由肖四禄出面是自然而然的事。好像因为他比别人穷，所以用不着害怕？

人们暗中盼着沙场出点什么事，这种盼望有一天终于实现了。那天下午，放炮的民工看见一条绳子飞起来，在空中一弯一弯的。刚开始他以为是自己放在那儿的一根棍子，后面才看清那是一条蛇。他把它挑到沙子上，然后用尿去淋它。蛇苏醒过来，他怕了，忙用石头去砸，没砸死，蛇钻到石缝里去了。有一个古老的说法，打蛇要打就打死，否则它是会报复的。这个民工往石缝里塞了很多炸药，想把蛇轰出来。"轰隆"一声巨响，蛇不知跑哪儿去了，滚下一块大石头，砸坏了一台粉碎机，一个民工还被飞来的石头砸断了腿。李自强损失惨重，修粉碎机花了好几千，给民工治伤也花了好几千。

村里人都很高兴，说李自强开始倒霉了，而且这仅仅是开始，倒大霉的日子还在后头。还说村里人都这样说，那么这话就会变成咒语，李自强就会真的倒霉。

方脸冉光福说："不信你们看，那些沙堆像什么？是不是特别像坟？坟都造好了，就等着埋人了。"

他好久没唱歌了，那天他只要不干重活，只要嘴有空，他就尖起嗓子逼出一股女声唱《拖拉机打田真是好》，这是他的保留曲目。

冉光福唱了几天就不唱了，因为那次事故一点也没影响采石场的生产，诸事顺遂，粉碎机仍在轰隆响，石头山仍然缩小变矮，沙堆越长越高。李自强没把那些咒语当回事。

第十三章

勘探公司来到纸房后，好多地都撂荒了，尤其是挨近树林的坡地。坡地长满了杂草，杂草一到深秋就枯萎了，有些小孩专门带上火柴去烧这些草。大片的杂草燃烧起来后，火光冲天，空心的草茎噼啪响，像在放小鞭炮。这使他们非常兴奋。有一块玉米地旁边是松树林，杂草把树林里的枯枝落叶点燃了，烧掉了两座山。墨绿色的松林一片焦黄，不像是被大火肆虐了，而像是被死神轻轻扇了一耳光。烧死的杂草和荆棘来年又会长出来，还会比以前长得更茂盛，一点也不用为它们担心。松树则不同，被烧伤了，一时半会死不了，也活不过来，要过上两三年，伤势严重的才会慢慢死去，伤势较轻的活过来后重新生长。这些小家伙见到什么都敢放火，对为什么要这样干他们是不会去想的，当一些不该烧的地方烧起来后，他们既兴奋又恐惧。

在一些成人的心里，也蕴藏着难以说清的疯狂，忍不住想干点什么出格的事儿，否则就无法安慰那颗不知所措的心。只不过成人的疯狂藏得很深，常人难以一眼就看出来。被挖坏的大地满目疮痍，这使他们有种莫名其妙的惊慌，而越来越多的收入也让他们惴惴不安。冉光福的女人每煮一桶猪食，心里都有那么点儿内疚，因为这些一钱不值的猪食全部被冉光福当成猪肉卖掉了。可冉光福把猪赶回来时,她却又忍不住想方设法让它们尽量多吃,如果哪个猪不吃,她还要骂它:挨刀瘟,你是不是在想杀猪刀哇!这么咒骂的时候自己的喉咙有一种冰凉的感觉,心里那点小小的内疚一下变成了小小的恐惧。每到这个时候,她都要钻进屋看看箱子里的钱到底是真的还是假的。

王光路不到别处去做手艺了,专门给勘探公司做样品箱,这天他杀了只鸡来招待管这事的副经理。女人准备磨一锅豆腐,把豆子泡上后,王光路心血来潮,要做一道连他自己也没吃过的菜。他把鸡毛拔干净后,抠掉内脏,然后把鸡肉放在石碓窝里舂,说要舂成肉浆后再和泡涨的黄豆一起磨,做一个纸房人甚至全世界的人都没有吃过也没有听说过的豆腐鸡。"鸡肉香,豆腐嫩,保证好吃。"他说,他力气大,在后面踏碓架,女人蹲在碓窝边翻鸡肉。鸡骨头被舂碎后,鸡的形状就不复存在了,变成了一团血肉模糊的东西。王光路把碓架翘起来,女人把鸡肉翻一下,碓啄啄下去,把碓窝啄得咔哒响。鸡骨头碎到一定程度,要碎成骨泥就不那么容易了。两口子干得满头大汗。当王光路的女人又一次去翻转鸡肉时,王光路心里突然想搞一个恶作剧,明知搞不得,可来不及细想,就像有鬼在怂恿他,非搞不可。他把脚一放,百多斤重的碓啄"呼"的一声向女人的手啄下去,把她的手指骨全舂碎了。女人哭爹喊娘,痛得在地上打滚,但她除了骂王光路粗心大意,一点也没有想到王光路是故意的。王光路也很惊讶,不明白为什么要做这件傻事。

勘探公司的钻塔像没长叶子的树一样矗立在山坡上,不仅让纸房面目全非,连女儿塘也变了。打钻需要水,用水给钻头降温。勘探公司在附近的山顶修建简易水池,通过二级甚至三级提灌把女儿塘的水抽到高处,再用水管输送给每一台钻机。从女儿塘汲水的是三台大马力抽水机，三根钢管看上去不大，可只要它们同时用力，女儿塘半天就被抽干了。

只有鱼多垛没有变。有两个搞地质的背着压缩饼干，拿着罗盘进去，一进去就没出来。他们不相信鱼多垛有那么神奇，也不相信他们的地质知识对付不了小小的鱼多垛。勘探公司组织救护队，请道云老汉带路。在里面找了两天，没见这两个地质队员的踪影。道云老汉牵的肖四禄的大水牛。两个地质队员一进去就在石头上画记号，几乎每个地方都被他们画上两个甚至三个记号，说明这些地方被他们走过两次、三次，就是找不到路回来。

村里人为鱼多垛自豪，仿佛无论发生什么事，他们还有鱼多垛，还不至于无路可走。

假期到了，我怀着激动的心情走进纸房，被自己所看到的景象弄得不知所措。不管往哪个方向看，都不再是我所熟悉的颜色。漫山遍野都是勘探井，到处是新鲜的黄土，它们像疯子脑海里的词汇和念头，也像从大地的耳朵里流出来的浅黄色的惊恐的血液。当太阳照射在上面时，鲜艳的颜色产生的反光让天空发亮，天地之间仿佛一下变宽了。有些地方已经完全变样了，即使立即停止破坏，原来的样子已不可能复原。好好的山坡上开出大路，原先黑青青阴森森的灌木丛被彻底摧毁，露出不再神秘的地貌。没有树的山头像疙里疙瘩的脑袋一样丑陋。

在快要放假那几天，我几乎一直处于兴奋状态，因为考完试就可以回家了，我已经半年没有回来了。可当这个飘荡着新鲜尘土味的山村展现在我面前时，我迷惑了：怎么变成这样了？他们把我的纸房弄到哪儿去了？

大路上行人稀少，认出我的人都热情地按照乡村的风俗和我打招呼，他们的脸上有股抑制不住的兴奋劲。我走到肖四禄家对面，看见路边停着一辆摩托，不一会，有个小伙子从玉米地里钻出来，拴好皮带，双手像耕地时扶犁一样紧紧抓住车把，老虎刨地一样猛地踩了踏板两下，随即夹着摩托咆哮着飞驰而去，搅起的"黄龙"经久不散。过了好一阵我才想起来，这小子跟梁宗国学过唢呐，有两年穷得衣服都买不起，好衣服出门时才舍得穿，在地里干活穿的衣服不是肚皮上脸盆那么大一个洞，就是只有一只袖子。裤子是他父亲留下的，又大又长，裤裆里塞得下一个南瓜。他还没上小学，父亲就病死了，母亲很勤劳，但就是撑不起一个家。冉光福曾经嘲笑过他："你看那个瘦样，全身上下哪有肉哇，全部刮下来还喂不饱一只麻雀！"现在不但胖了，连背也不驼了。他骑上摩托时看了我一眼，并非全是扬眉吐气了，似乎还没完全适应自己的变化，眼里有一丝儿惊慌。

我父亲也在挖勘探井，他和冉光银一组，他们合得来。冉光银劳力好，不占小便宜，就是不爱说话。这些勘探井虽然深，但他不怕，他喜欢在下面挖，叫我父亲在上面倒土。父亲过意不去，叫我在假期和他们一起干，工钱仍然和冉光银平分，以此作为一种补偿。

冉光银见我跟在父亲后面，不以为意地笑了笑。勘探井已经有十米深了，趴在井口看不到底。我不敢下去，甚至站在井边都感到害怕。刚挖出来的泥土像糍粑一样糯，粘在锄板上非要用铲刀才能撬下来。我所能做的，就是帮他们撬撬黄胶泥，递递工具，其他的活想干也插不上手，从井下提上来的泥不下百斤，我根本拎不动。这样一来，实际上只帮了父亲，对冉光银没有任何帮助。父亲不再强求，任我干什么都行。

我除了看看书，没什么事好干。因为同龄人都在勘探公司干活，不知为什么，我不大想见他们。我去香溪上学以后，我们之间就有一种莫名其妙的隔阂，大家都不爽，却又不愿主动打破它。

我在家看书时，木屋的窗格上来了几只野蜂，是一种外号叫长脚佬的蜂子，蜇起人非常痛。我手捧着书，一个字也没看进去，这些野蜂比书上的文字更吸引人。它们互相之间什么也不说，默默地飞进飞出，蜂巢像果子一样均匀生长。但它们小小的心灵完全相通，对所有事情的看法完全一致。我知道人不能做到这点，所以一旦坐在那儿睡着了，便常常梦见自己长了野蜂一样的翅膀，在昏暗的天空下飞翔。有时飞着飞着发现自己没有翅膀，虽然没有立即掉下去，但我非常紧张，划着双臂往更高处飞，以免自己掉到深渊里去。

有一天父亲说辛武摔到井下去了，他绳梯断了。还好没伤到骨头，只是把脸划破了。辛武没挖勘探井，他在别人挖好的井里刻槽取样。我立即去看他。在一块玉米地里，辛武从勘探井里爬上来，开始我以为他穿了件黄色的破衣服，走近了才知道他只穿了条红布裤衩，皮肤上全是黄泥。脸上的伤口要走近了才能看见，从上到下，像被一把锋利的刀划了一条红线。他看见我，露出洁白的牙齿，吐了几口含有泥浆的唾沫，然后才和我说话。

"放假了？"

"嗯。"

"好玩不？你们学校。"

"不好玩。"

他的头发上也全是泥，双手更是像戴了双黄色手套。如果不是有人告诉我他在这里取样，那样子我真不敢相认：个头高了，身上的肉长结实了，两个巴掌已经和成人一样大了。我来得正好，样品已经取好了，可以帮他从井里提上来，填上标签。全部提上来后，他用一个样品袋擦了擦手，从旁边的衣服里取出烟和打火机。我不会抽，但他抛给我后，我假模假样地把烟点上。抽着烟，我们却找不到话说。好像没有什么非说不可，也好像不知打哪儿说起。钻机的声音从远处传来，裹挟着烦躁，像沥青一样浓稠。我隐约感到，不但纸房的颜色变了，连人也变了，调皮捣蛋的小家伙变成了沉默木讷的少年。

我试了试样品袋，至少二十斤。辛武一次挑四袋。他提起扁担闪了两下，看绳子是不是结实，然后坐在扁担上继续抽烟。我问他一天能挣多少钱，他说七八块。我说他们挖勘探井一天可以挣三十哩，你应该去挖勘探井。他说他干半天玩半天。我不说话，他就不主动说话。我不是那种能够无话找话说的人，一旦感觉到对方冷淡，再说什么就觉得自己太啰唆了，如果沉默下来，连涌上心头的话也被压了下去。这时王笑果出现在对面的山坡上。辛武的脸上立即活泛起来，如释重负，糊满了泥土的脸突然间生动起来，眼里充满了要做恶作剧的喜悦。

"王笑果，告诉你一个好事情：莴苣菜煮稀饭最好吃！"

辛武大声吼完这句话，得意地笑着。

"周辛武，你自己吃吧，给你爹吃，给你妈吃，给你全家人吃！"

王笑果远远地回敬他。

莴苣菜是一种家家都种的蔬菜，不知什么原因，"莴苣菜煮稀饭最好吃"成了一句骂人的话。在纸房，刚出现的、新鲜的骂人话最容易流行，没人管它是什么意思，见人就来那么一句，关系好的人，一半是开玩笑，一半是打招呼，关系不好的人则非要回骂几句不可。

"天上飞机飞，地上大乌龟！这个乌龟就是王笑果。"

"周辛武，爱啃土，周辛武，爱啃土！"

和王笑果斗完嘴，我发现从前那个辛武又回来了，调皮淘气，无忧无虑。他问我晚上有没有事，没事的话和他一起去玩。我问好不好玩，他说你去了就知道了。

我在山坡上还碰见了肖美学,他和他爹肖四禄抬了一块石头,他要在李自强家的旁边盖一间小屋开商店,石头抬去做地基。我给他们让路,有意站高一点,我想看看肖四禄脖子上的鳞甲,听说他脖子上的鳞甲像银片一样发亮着。肖美学说:"噫,读书郎回来了,放假了?"我点了点头。肖美学只顾走路,没看见我点头,他不满地说:"嘿,读书读到牛屁眼里头去了,连招呼都不会打。"肖四禄走在后面,他看见我点头了,他说:"人家没有读到牛屁眼里头,人家等着读书做大官哩。"他的脖子上缠着一条脏毛巾,我什么也没看见。

夜晚来到后,心里生出一种踏实的感觉,黑夜把想看见和不想看见的东西都遮住了。我去找辛武,大伯说他出去了,找王笑果去了。我顿时有种失落感,就像被什么人抛弃了一样。同时也有点生气,说好的一起玩,怎么自己走了呢?白天见面时那种不舒服的感觉更加强烈了:我们像蝙蝠和山雀,不可能在同一时间里飞翔了。犹豫了一阵,我决定还是去找他们,看他们到底在干什么。我对自己说,也许是我出来晚了,他以为我不来了才先走的。

还没到王笑果家,在半路就碰到了他们。辛武说:"我还以为你不敢来哩。"又说:"月亮还没升起来,现在是最佳时机。"我不懂他的话,问他们要去干什么。王笑果叫我不要问,跟他们走就行了。一路上我们都没有说话,神秘兮兮的,我不太舒服,因为我不知道背后隐藏的秘密到底是什么。走了半个多小时,到了一所油毛毡盖的小房子前面。这是勘探公司的水泵房。辛武小声说:"你就在这里,有人来了你就躲到石头后面学斑鸠叫,不要让别人认出你来。"王笑果不放心地看着我,威严地低声说:"机灵点!"我问:"你们要干什么?"辛武笑了笑:"一会儿你就知道了。"

实际上我已经知道了一半,他们这是当强盗来了。我不明白水泵房有什么好偷的。我有点害怕,同时也对自己不知不觉成了他们的同伙而窝火。

天上的灰云走得很慢,巨大而沉重,从黑暗深处散出的恐怖的阴影,好像要扑到人身上,把人憋死似的。我一会儿站到石头上,看有没有人上来,一会儿又蹲下去,竖起耳朵区分是人来了还是风在吹。

四周寂静得让人害怕,树叶互相摩擦的声音,还有蚯蚓和土蚕在地底下的哼唱声,使夜晚阴郁而又美丽。远山的黑影像沉思的巨人,看着它们,让人觉得大地和天空原来是连在一起的。

时间过得很慢,比天上的云还慢,比蜗牛的思想还慢。我恨不得能早点看见他们。万一被抓住了怎么办?一种尖锐的、战战兢兢的紧张心情慑住了我。我向前探着身体,紧紧盯着黑暗,觉得自己仿佛在生长,骨头和肌肉在皮肤下面扩张,弄得我隐隐作痛。树林"哗啦"一声响,他们终于回来了,怀里抱着沉重的东西。辛武说:"你睡着了?"我说没有。辛武说:"我喊了你几声,你都没答应。""喊我了?我没有听见呀。"走在半路上,看见月亮把光辉轻轻洒在大地上,我这才发现,我不仅没有听见辛武的喊声,也没注意到月亮是什么时候升起来的。

回到辛武家,大伯和大伯娘在看电视,对辛武抱进屋的东西看也没看一眼。大伯娘张着难看的嘴,说了声"仔哟"。电视里有个魔术师从嘴里拉出一堆彩色布条,已经拉出一大堆了,还在没完没了地拉,好像他肚子里有一台织布机,大伯娘又紧张又好奇,就像魔术师拉到最后会把自己的肠子拉出来。走进辛武的房间,一股酸味扑面而来。他把怀里的东西放下后才去开灯。是机器上的一个部件。他叫我趴下去看床底下,那副表情就像收藏家叫别人看他的藏品。我趴下一看,吓了一跳,简直像五金店的柜台,有扳手、拐子摇把、螺丝螺母、榔头，更多的东西叫不出名字，和刚才偷来的一样，也是从什么机器上拆卸下来的。

"拿这些来干什么？"

"玩。"

他很轻松地回答。有什么好玩的？堆在床下怎么玩？我心里存着许多疑问，但我没问，我感觉他无论怎么回答，我都会觉得莫名其妙。我想起不久前学过的一句话：道不同不相为谋。我一下子觉得我应该好好读书，否则像辛武这样过一辈子太可怕了。

从这天起，整个假期我都没再和辛武在一起。他约过我两次，我以假期作业没做完为由拒绝了。我这么拒绝让他有些不高兴，因为现在没人叫他做作业了，虽然他曾经非常讨厌做作业。他说，忙个鬼，等开学了再做也来得及。我煞有介事地强调这些作业非做不可，它们对我比其他任何事情都重要。辛武闷闷不乐地走了。

在一个风和日丽的日子，我看见有人在对面山上忙碌，两天后才看出来，他们在山上铺设水管，镀锌管一旦没有草的遮盖，就会在阳光下面闪闪发光。又过了几天，一架高高的钻塔立了起来，铁架子外面罩了层绿色的帆布。不经意间看上去，那似乎是一棵枝繁叶茂的大树，但几乎同时就感觉到了：不，它不是从地里长出来的。它是从什么地方豪强霸道地突然间钻出来的。钻机抬进去后，里面发出震耳欲聋的柴油机声，不时还传来钢管敲击的叮当声，仿佛在嘲笑纸房几百年来一成不变的保守与落后，非要打掉这种保守与落后养成的尊严不可，甚至要拔掉纸房世世代代形成的、在这块土地上扎下根的东西。

尽管这仅仅是一种比喻，但任何一个土生土长的人都能感觉出来，自古以来存留在他们心目中的奥义正在发生变化：你以为不会发生的，事实上已经发生了；你以为应该这样下去的，最后却是那样下去了。

假期最后一个星期，我无意中碰到道云老汉，他的变化让我大吃一惊。他完全变成了一个老人，弯腰驼背，走起路来一步三摇，哈口气都能把他吹倒。刹那间，我对他的同情超过了对他的厌恶。

"你怎么了？"

"乖，我病了。"

"你去医院检查了吗？"

他摇摇头："没用，我这病他们检查不出来。"

"你哪里不舒服？"

"有时大腿痛，有时胸口痛。"

"医院有B超，还可以照X光，你去检查一下呀。"

我对医院并不熟悉，但听说这些东西非常先进。

道云老汉固执地摇着头："纸房的地脉被他们钻伤了，我在纸房活了几十年，我身上的命脉和纸房的地脉已经分不开了，他们到处挖到处钻，我身上到处痛。"

我想起李国田说过的话，搞迷信的人为了迷惑人，最爱故弄玄虚，我感觉道云老汉又在故弄玄虚。

"那别人为什么不痛？"

"他们想要的东西太多了，脑筋和身体早就变迟钝了，就是把纸房造翻转他们也不会痛。"

"女儿塘的水干了。"我故意岔开话题。

"干了，干断脉了。"

说完这些话我们就分开了。可从这天起，他总是出其不意地出现在我面前，像几年前一样。他不敢去我们家，但只要我离开家，他总能一下冒出来。

"乖，我活不长了。"

他看见我就说这么一句话，每次都一样。我看出来了，他想叫我主动提出来向他学哭鬼神。我同情他，但我早就不想给他当徒弟了。我有些过意不去，他的病象的确打动了我，但我没有上当。

第十四章

我无法预知纸房最终会变成什么样,但它巨大的变化让我有一种说不清的惊慌。

春节过后,勘探公司在小方山的半腰上砌了几个大池子,每个都有足球场那么大,像游泳池,但这不是用来游泳的,这是提炼黄金的浸泡池。浸泡池后面修了一排盖石棉瓦的房子,同时还破天荒地修了一个篮球场。池子是灰白色的,房子是白色的,它们在天底下发亮,和纸房的黑瓦房醒目地区别开来,像穷人在旧衣服上钉了一颗崭新的纽扣。房子中间挂了一个牌子:小方山金矿。这些冶炼黄金的人是勘探公司下面分出来的一部分人组建的,他们的外表没什么变化,但新的工作使他们看上去完全是另外一批人。

浸泡池是用李自强的沙子修建的,当采石场堆积如山的沙子被运到小方山,村里人才恍然大悟:李自强早就和勘探公司签订了卖沙合同。那些原本一钱不值的石头,变成沙子后七块钱一立方。其他黄金公司驻进来后,将在纸房修建上百个浸泡池,同时还将修建几十栋砖房。

那些咒李自强倒霉的人只能埋怨老天不公,因为李自强不但没倒霉，而是一夜之间富甲一方。七块钱一立方，一座山被碎成沙子后有多少方？掰起指头一算，不少人都难受得睡不着觉，那可是超过他们见识的一笔巨款啊。

虽然人家是正大光明的，开山采石还办了相关证件，平时也没有做对不起大家的事情，可总觉得什么地方不对劲，心头有个锥人的东西。他要不当村长，怎么可能和勘探公司签合同。再往下一想，他当村长，给自己办的好事不少，别人却没沾什么光。

有一天，打沙场每台粉碎机上都挂了一块带血的卫生纸。所有人都以为李自强会暴跳如雷，没料到他一点也没生气，至少没像别人想象的那样发火。他不是陪黄金公司的人打麻将，就是陪他们喝酒。暴跳如雷的是他女人，她请了个道士给那些机器作法，给每台粉碎机挂上辟邪的红缎。她把那些带血卫生纸拿到坝子里的大路上烧了，风一吹，纸灰飞上天，再掉下来，就会落在很多人家的屋顶上。李自强的女人很得意自己想出这么聪明的办法。"要倒霉大家一起倒霉。"她说。

浸泡池修好后，提炼黄金的生产正式开始了。

先是地表的腐殖层被掀开了，这一层只有十厘米厚。往下直到基岩，这是风化层，这就是他们要开采的金矿，既有完全风化的黏土，也有半风化的石灰岩和硅质岩。石头被粉碎机打碎后，和黏土一起铺进浸泡池，铺满后，用氰化钠溶液喷淋，黄土和砂石在剧毒溶液的作用下产生厌氧细菌，细菌用它们的小嘴把金粒子衔出来，这些饱含黄金的细菌被椰壳烧成的炭吸附在肉眼看不见的孔隙里，成了载金炭。载金炭再经过高温冶炼，黄金就被提炼出来了。

铺在浸泡池上的喷水管每隔二十厘米一根，每根水管都用针刺了许多小孔，氰化钠溶液在抽水机的挤压下，形成壮观的喷泉。只要有阳光，喷泉之上就会出现一道道彩虹，太阳的位置不同，彩虹的大小和方向也不同。

没过多久，勘探公司又成立了几个黄金冶炼公司，他们建的浸泡池越来越多，越来越大。运矿的汽车卷起的尘土遮天蔽日，要到半夜才散尽。矿山的路都是临时性的，又窄又陡，汽车行驶在上面使出了吃奶的劲，像被割掉了尾巴的牛一样疯狂地叫着。除了汽车，还有很多马车和牛车，马车和牛车的轮子发出"咕咕咕"的声音，干燥而又刺耳。

到年底，除了勘探公司组建的冶炼公司，还有其他来路不同的公司，有一个黄金公司还有七八个外国人，他们带来的挖掘机像巨人一样有劲，纸房人的锄头和那个大挖斗比起来，简直像骗人的小玩意。大挖斗只用挖一下，就够纸房人十上大半天。

那几个金发碧眼的外国人刚出现在纸房，纸房人兴奋得全身都快要痉挛了，像不会唱歌被逼上台去唱歌的人，脸上痛苦的傻笑简直像个白痴，他们既想把这些外国佬当稀奇猴子看，又怕不得体不敢看，搞不好还会让自己变成一只滑稽可笑的猴子。肖四清的女人从几个外国人身边走过去时，一根熄了火的烟叼在嘴上，目不斜视，像准备就义的女爱国者。回到家却大谈外国佬的长相，仿佛她不仅把一切都看在眼里，而且早就和他们相识了，对他们了如指掌。梁宗国为了多看他们一眼，故意跑到他们驻地后面的山坡上吹唢呐。他这一招很奏效，把他们全都吸引上来了。他们还好奇地把唢呐要过去试了一下，使出吃奶的劲也没吹响，有一个吹响了，但难听的声音震得他腮帮发麻，逗得其他人哈哈大笑。梁宗国回来后得意地向乡亲们"禀报"，说这些外国人说起话来弯弯拐拐的，但笑声和纸房人没有任何区别，放屁也一样臭。

勘探公司没有一个女人，全是男的，黄金公司进来后，来了一些打扮新潮的女人，她们成为纸房的女人嘲笑和模仿的对象。嘲笑她们的口音和举止，同时却在暗中模仿她们的穿着打扮。纸房的娘们第一次穿上时尚的衣服并不自在，像做了见不得人的事一样躲躲闪闪，直到更多的人穿上同样的衣服，她们才理直气壮起来。只是由于举手投足仍和以前一样，她们的打扮因此不伦不类。

在穿着上向来不大讲究的男人也不可避免地受到影响，广线穿了一件西装，下身仍然是以前的大裆裤，脚上是解放鞋，金矿上的人看着他笑，他不知道他们在笑什么，也跟着笑。

黄金公司在山顶上安了一个大喇叭，除了向村民宣讲什么事情，其他时间播放流行歌曲和相声，刚开始百听不厌，没多久就厌了，无论播什么都不会在意。这是因为新奇的东西太多了，前一件还没让人兴奋够，第二件又接踵而来。在以前，其中任何一件事都够他们谈论一年半载，可现在，没有一件事情能让他们兴奋三天。眼花缭乱的玩意虽然多，但他们的共同语言越来越少了，因为新奇的事物层出不穷的时候，这个人感兴趣的是这件事，另一个人感兴趣的却是另外一件事。

大到山川地貌，小到一草一木，全都变了。道云老汉家屋后有一座小山，长满了郁郁葱葱的松树、麻栎青冈、四季常青的朴树，还有虬龙一样架在大树之间的藤黄檀。黄金公司开进去后，仅仅用了三天时间，就把大树全部砍倒了，小树则被连根挖起来运走了。就像一个姑娘被突然剥了个精光，变成了不知羞耻的荡妇，任人宰割和开采。那些小树被运到城里的某个地方栽起来，它们捡了一条命，但从此再也享受不到森林的荫蔽了，它们只能苟延残喘呼吸着肮脏的空气。挖掘机挖出来的树根横七竖八地丢在一边，像大地的肠子。

二十多个黄金公司各自为政，他们都需要劳力。那些有挖掘机的黄金公司同样需要民工，因为挖掘机开不到又高又陡的地方去，机器挖到一定程度后，露出石笋样的石头，夹在石头里面的金矿只能靠人工一锄锄去挖。那些没有挖掘机的小公司就更需要民工了。

原本光溜溜的山坡，含金的泥土被取走后，没有一块地方是平展的，全都凹凸不平，有的石笋高达数十米，表面布满蜂窝状的溶坑和溶洞。这幅景象，很像《生理卫生》上讲的"脑回"。人有很多大脑沟回就能思考，大地有这么多大脑沟回，却只能无奈地面对苍天。

几年前那个冒光的地方也被掀开了。如果我在家，会天天守在那儿，看看能挖出什么东西。当我知道那儿已经被挖掉，是好几个月后的事了。

广线的母亲去世了。这次没有鬼鸨哥来报信。她去半坡摘辣椒，就是那片冒灵光的辣椒地。辣椒地有一半被挖掉了，她低着头干活，突然发现自己站在悬崖边上，旁边是一个巨大的深坑，深达数十米，她站立的地方，土地已经开裂，辣椒秆倒挂在那儿，只有细细的根须相连，稍有风吹草动，泥土就沙沙往下落。这种情景在她的梦中也没出现过，她大气都不敢出，轻轻移动脚步，想退到安全的地方。就在她步步为营终于可以舒口气时，脚下被番茄藤绊了一下，向后倒了下去，摔倒在垄沟里。家里人找到她时，她已经神志不清，在家里躺了一天就去世了。

广线说，报信没有死，死了没报信。仿佛老母亲的死，鬼鸨哥负有主要责任。

第十五章

纸房的名声越来越大,它已经成了金矿的代名词。与此同时,我在学校也成了名人。纸房炼出了黄金,这些黄金和我一点关系也没有,可不管是学生还是老师,他们看着我,都有一种莫名其妙的羡慕,好像我也能从黄金公司分得一块金子。在虚荣心的驱使下,我有时会添油加醋地对纸房大加赞美,把它说成天底下最好的去处,仿佛举起锄头挖下去就能出金子,像挖土豆一样简单。我平时不大爱说话,一旦说起话来却总让人信以为真。当我发现我赞美的是记忆中的纸房,是那个早已不存在的纸房,我立即像肥猪想到杀猪刀,先是恐惧而又绝望,紧接着便对自己的吹嘘害起臊来。

这期间有一件让我特别尴尬的事。李国田来找过我,二姨发现了他和那个杂货店女人不光彩的事,他以为是我向二姨告的密。这在香溪镇早就不是什么秘密,可李国田不这样想,他觉得这事除了我没有第二个人知道。

那天我刚从教室出来,李国田从天而降一般站在我面前。我喊了他一声:

"二姨爹——"

李国田用极其轻蔑和愤慨的眼光把我上下打量一番，像丈量我的身高一样，弄得我浑身难受。我知道来者不善，可我除了心虚地看着他之外没有任何办法。七八个同学站在我后面，我知道他们帮不了我也不会帮我，但我虚伪地把他们全都当成我的人，错误地理解自己站在人多势众的一方。

"卑鄙！"

李国田恶狠狠地说。

"你真卑鄙！"

他的口才比我好不了多少。

"小小年纪，我真没想到。"

无论他说什么，我都不吭声。直到这时我还不清楚他为什么说我"卑鄙"。我身后有两个人忍不住嘻嘻笑，差点把我也逗笑了。

李国田"叭"地往我面前吐了泡口水，然后拂袖而去。他没走多远，我周围的人"轰"的一声笑起来，李国田那副模样太滑稽了，他已经三十多岁了，可他却像中学生一样对另一个人说"你真卑鄙"，还朝他吐口水。

坐在教室里，老师的话我一句也听不进去。对别人的攻击无力还手，这太可耻了。一会儿觉得李国田太气人了，他凭什么跑到学校来侮辱我？一会儿又觉得自己的确"卑鄙"，因为自己的确从板缝里偷窥过他和那个女人的隐私。

李国田那么恨我，有一半是恨我二姨。他想离婚，可二姨说什么也不答应。二姨说她就是不离。她就要这么拖住他们，她以为这样一来，李国田和杂货店那个女人就无法在一起。她固执地相信：如果自己忍受更多的难受，别人也会一样难受。

还有几天就要中考了,夜里我睡得很轻,容易醒。我时常梦见自己抓鱼,满水塘都是鱼,它们密密麻麻地挤在一起,又大又肥,水又浅,有时浅得连鱼脊都露在上面。看上去两尺长的鱼,抱在怀里却和我身体一样高。等到把鱼抱在怀里,发现鱼早已死了,已经开始腐烂了。我暗想,这些鱼也许是对我即将参加的考试的暗示。以我的成绩,考个高中没什么问题,但梦里的死鱼让我非常不安。

我希望时间过得快一点,就像等待判刑的人,越早知道结果越好。

这天傍晚,我正要到教室里去上晚自习,班主任把我叫住了,他站在走廊上,叫我去他办公室。我一下激动起来,喜滋滋地想,他也许会透露一点与考试有关的消息给我?进去后,班主任很客气地叫我坐下。"复习得怎么样?应该没问题吧?我注意到了,你比一般人用功,要是大家都像你这样就好了。"我还没来得及回答,他的眼光越过我的头顶,看着我不知道的地方,缓缓地说:

"有件事情,我不得不通知你——这对你来说真不是时候,你父亲挖矿出事了,伤得不轻,刚才你妈打电话来了,我去接的。我给你两天假,你回去看一下,最好不要耽误升学考试。"

我妈?我妈早就死了。

我感到双脚在晃动,一股麻乎乎的东西从头顶灌下来,一直到小腿肚。

"这对你来说太残酷了。"

班主任喃喃地说,拿起一张纸看了看又放下。

"把它给我吧。"我说。我想它也许能让我镇定下来。

"不用,我什么也没记。如果你要,你就拿去吧。"

我接过只写了不到十个字的纸条,上面写的是:

周付生?

周福生？

周辛维。初三（2）班

白纸明明举在胸前，可我老觉得离我太远了，上面的字模模糊糊。

"把书带回去吧，有空就看一下。准考证我会帮你代领的，你回来后直接来找我。"

我习惯性地说了声谢谢，迈着沉着而坚定的脚步走到办公室外面。一股凉风吹来，我打了个寒战。我突然变得不会走路了，走得摇摇晃晃，我一点也听不到自己的脚步声。心脏里有一种尖利的剧痛，就像被划了一刀。

下梯子时，我踉跄了一下，要不是紧紧抓住扶手，肯定要滚下去。我站了一会儿，看着远处的灯光，心里已经被巨大的悲痛裹挟住了。悲痛是一种毒素，能把人毒得晕头转向。

回到香溪，我才知道给我打电话的是二姨，不是我妈。班主任的误会让我激动了一下，就像我又有妈妈了。但把二姨说成我妈，从程序上看，似乎并没有错。

早在几个月前，二姨就住到了我们家。

挖矿必须几个人一组，有人挖，有人上车，有人把矿运到浸泡池，不搭帮入伙是不行的。没有人来安排，也没有人指导，但他们全都在很短的时间里结成了相对固定的联盟。

和我父亲一组的仍然是冉光银和唐书秀，还有二姨。冉光银买了两个实心胶轮，请王光路做了一驾马车。他没有马，用牛来代替。牛的速度没有马快，但力气比马大。这样一来，冉光银就是专职"司机"，唐书秀在浸泡池帮他卸车，二姨在山上负责上车。我父亲负责挖掘，这是最苦的活，但他愿意。

二姨隔三岔五到香溪去一趟。她不知道李国田和那个女人的关系还好，知道后反而让她受尽了折磨。她的行为到底叫软弱还是坚韧，我一直说不清。那个让她几近崩溃的秘密是梁书的女人告诉她的，梁书的女人又是从她亲戚那里听来的。她说：

"培艺呀，有个事我想给你说又怕和你说。"

二姨不喜欢这个身材矮小的女人，无论对错，从不认输，就像她从来不知道自己是谁似的。也的确不知道。二姨心想：有屁你就放，何必转弯抹角。脸上却没有表现出来，压抑的生活使她对每个人都客客气气：

"叶三姐，你怕什么，我又不是尖嘴婆会到处乱说。"

梁书的女人走过来，几乎是耳语一般，说："培艺呀，你怎么这么老实呀，李国田已经和别人好上了……"事说完了，她还絮絮叨叨地出了一箩筐毫无用处的主意。二姨微笑着听梁书的女人把话说完，她的脸像火砖一样红。梁书的女人大概想看见她悲痛欲绝或者大哭大闹，没想到她一动不动，像是一句也没听进去。她特别强调自己所说的都是真的，没有半句假话，那个女人名叫刘金桃，是香溪镇一个杂货店的老板娘。看见二姨的脸由红转白，眼珠子一动不动，梁书的女人这才心满意足地离开。

二姨仰起头，望着高不可攀、飘着几丝白云的天空，紧紧盯着它，那种让人绝望的高度一点点释放出来，高得没有尽头。仿佛不是为刚才那个不幸的消息，而是为这什么也抓不住的天空，因此欲哭无泪。她急匆匆地走了几十米远，然后才像平时走路一样慢下来。

她首先想到的是去质问那个不要脸的刘金桃，为什么要勾引她的男人。但她很快就觉得不可能这么做，人家是镇上的人，而自己是个什么都不懂的村妇，骂起架来肯定不是她的对手，弄不好反而要被她奚落甚至羞辱。在她的印象里，居住在镇上的人嘴全都像机关枪一样厉害。然后她想这事只能和李国田的父母说，让他们替她撑腰，他们平时是向着她的，因为她做得不错，是纸房公认的好媳妇。刚这么想，心里立即又悲哀起来。他们言语上虽然是向着自己，可这么多年来，有哪一次又是真正替她申冤的呢？从没真正替她打过弯钢！一次也没有，李国田毕竟是他们的亲生儿子。接下来的想法更是越来越不行，最后成了一团乱麻，感到眼前的东西越来越清晰，越来越清晰，随即又越来越模糊，越来越模糊；接着又越来越清晰，越来越清晰，后来又越来越模糊，越来越模糊。她感到自己快疯了。她想，自己要是疯掉就好了，就什么痛苦也没有了。

第二天，她带着沉重的心情来到香溪。她不清楚自己来干什么，只是觉得不得不来。李国田和平时一样，没有任何变化，仍把她当陌生人。她硬下心肠，决定晚上就住在这里。李国田吃了饭就出去了，天亮后才回来。他在学校的实验室待了一晚上。二姨却以为他和杂货店那个女人在一起——她不愿说她的名字，刘金桃这三个字让她很不舒服，每个字都让她感到恶心。她宁愿叫她坏女人，甚至叫她烂婆娘。她问李国田：

"李国田，难道一晚上你都受不了，都要到她那里去呀？"

这是他们结婚几年来她说得最重的一句话。李国田火冒三丈，虽然他已经和那个女人好了快三年了，却因为昨晚上没有去，就觉得二姨冤枉他了。

"你胡说什么，我到哪里去了？我在实验室！"

"不要说假话了，我什么都知道。"

"你知道什么？"

"你心里明白。"

"我不明白!"

李国田从没打算和那个女人结婚,他不想让人知道他和她的关系。不是怕离婚结婚麻烦,而是因为他是一个极好面子的人。在其他老师眼里,他干工作兢兢业业,不大计较个人得失,离婚这样的事会让他在其他老师面前很没面子。校长曾经委婉地批评过他,他矢口否认,说根本没那回事。现在二姨把事戳穿了,他很不高兴。

"是哪个告诉你的,是不是那个小屁娃?"

"你不要管我怎么知道的,反正我已经知道了。这么多年,你让我有名无分,我已经忍了,现在你还要让别人在背后笑话我,让我……李国田,你的心也太毒了。"

二姨哭了。昨天她就想哭的,没哭出来,现在闸门打开,她的胸口都被扯痛了。

李国田没说话,摔上门上班去了。二姨哭了一阵,苦水倒得差不多了,李国田始终不露面,她一个人没有张罗,只好回家。

几天后,李国田到县里面开会,到县一中把我当成告密者羞辱了一番。这些年来,他总觉得纸房带给他的是痛苦和难堪。包括他的父母,因为他父母是造成他痛苦的源头。他们爱他以他为骄傲,但在婚姻这件事上就是不让步。他很希望这事能够平息下去,可他自己忍不住和杂货店女人说了,哪知正中刘金桃的下怀,她说:

"好哇,既然她知道了,那就实话告诉她,你和我都睡了三年了,叫她明明白白地把你让给我,这种偷偷摸摸的日子我早就过烦了。"

李国田叫她不要这样,她以为李国田不好意思开口。她说:"你不说我说!"

二姨又一次去香溪,刘金桃大大咧咧地,像在菜市上买菜一样说起这件事情:

"张培艺，你是叫张培艺吧？你是李国田的老婆，但他不爱你，他爱的是我，你和他离婚吧，我想你也知道，他早就是我的了。离了婚你另外找一个，找一个爱你的人，这对你也有好处，你说是不是？我们好说好商量。说不定，我们今后还会成为朋友，成为姊妹。你要不听，那就别怪我不客气！"

二姨看着这个穿了一件猪肝红T恤、胸脯上缀了两排亮晶晶金属片的女人，感到既恶心又措手不及。她没想到她会这么直接地和她谈这事。在纸房，遇上这事的女人大都是指桑骂槐地把对方羞辱一通，或者拽着头发打一架。这么不顾脸面直接说出来，一下把她打蒙了。她感到从她的敌人嘴里说出的话非常刺耳。"也许是昨晚上没睡好，所以耳朵疼。"她那已经混乱的脑子冒出这种荒唐的想法。

李国田在这个女人刚进屋时就难堪地跑开了，他不敢想象这两个女人在一起会闹出什么事来。他预感到自己的脸面将被丢尽，恨不得化成一股气躲到酒精灯里面去，他不出来谁也不要想找到他。

二姨后退了一步，扶着凳子坐了下去，她不仅感到对方的声音刺耳，胸前那些金属片儿也特别刺眼。可坐下去后，她又感觉自己矮了一截，更加处于劣势。这使她固执起来。

二姨说："我和你没什么好商量的！"

杂货店女人曲意奉承地、耳语似的小声说："你这是何苦呀？他一点不爱你，你在他面前就像陌生人一样，连看都没有认真看过你一眼。你不要以为我是在求你，你让不让他都是我的了，早就是我的了，不信你问他，看他是愿意要你还是要我。"

说完这话，她双手叉腰，稳操胜券地等待着，看这个可怜的女人有什么反应。

"你死了这条心吧！"二姨说。

"哼，敬酒不吃吃罚酒！在香溪镇上，有谁不知道我才是他真正的老婆。你知道吗？我为他堕过两次胎了。你呢，你为他做过什么？"

杂货店女人很想把面前这个乡下女人再嘲笑一番，挖苦一番，可她已经被二姨的那副矢志不渝的神态搞生气了，她蛮横地说：

"我告诉你，你必须和他离婚，这事现在由不得你了！"

二姨感到全身发苦，就要承受不住了，她迎着杂货店女人的目光，机械地回答：

"也由不得你呀。"

杂货店女人无比憎恨地看着二姨，若不是二姨长期劳动有一副结实的身体，她一定会冲上去扇她耳光。她把反叉在腰上的手放下来，立即又做错了似的叉上去，指着二姨说：

"不要×脸，真是不要×脸，男人明明不要她，还要死死抓住不放，我从没见过这么不要脸的人！"

"骂得好，你这是在骂你自己。"

二姨说的是事实，可对失去理智的人，事实毫无用处。

有学生来找李国田，上课时间到了，他却没去教室。不一会校长也来了，问杂货店女人李国田在哪里。"在实验室，你们好好找！"她说。她和他们一起去找，以此显示她的作用和地位。在没能彻底打倒二姨之前，她决定暂时休战，等想出最厉害的办法再卷土重来，她发誓将二姨彻底摧毁，叫她永远不要来香溪。

李国田躲在最后一排陈列架里面，前两拨人在门口叫了两声就走开了。当校长出现后，他手拿两个烧杯，脸上被碘化银糊花了，就像在进行伟大的科学实验而忘了上课时间。

二姨不知道怎么办，比割心挖肝还痛，却又没有办法解除困境。她想还是回纸房算了，纸房让她感觉舒服些。可回到纸房，又莫名其妙地心慌意乱。到了香溪,她想回纸房;回到纸房,她觉得还是应该留在香溪。干起活来,她常常不是忘了这样就是忘了那样。上车是把矿铲到车斗里,可有一天她却把它们铲到牛身上,直到冉光银问她干什么,她才醒悟过来。连她自己也忍不住哈哈大笑,笑了一阵,却又偷偷抹起眼泪来。大家都看出来了,她像被雨浇透了的土墙,就要崩溃。这天,二姨又到香溪去了,父亲对二姨的公公婆婆说:

"亲家公、亲家婆,这样下去不行呀。"

婆婆说:"亲家叔,那你说怎么办哪?我们也着急呀!"

父亲不客气地说:"好好劝劝你们家那个独丁丁吧。"

婆婆说:"你以为我们没有骂他吗?长了个犟牛脑壳,说什么都不听!"

"光骂也没用啊。"

李国田的父亲李老茂说:"狗日的,哪天他回来,我打断他的腿!"

只要二姨去香溪,她的公公婆婆就来替她。他们已经六十多岁了,手脚迟钝,老半天才上好一车。让这父亲觉得过意不去。虽然冉光银什么也不会说,但父亲自己觉得不好。所以他宁愿干重活。

李老茂家离矿山有点远,二姨挖矿时,每天快到中午了,她便先回我家煮饭,煮好后和我父亲一起吃。她的公公婆婆不好意思去我家,把中午饭带到山上来吃。山上没锅灶给他们热饭,年纪大了又特别怕吃冷饭。只要二姨在,他们就不来。

父亲很喜欢能和二姨一起吃饭,不仅是二姨炒的菜好吃,更主要的是当二姨坐在他面前的时候,他心里有一种甜滋滋的感觉。虽然她被烦心事折磨得焦头烂额,眼睛下面过早地布满了蛛网般的皱纹,但她的身材和脸型依然是漂亮的,脸颊和嘴唇仍然是那么红艳。父亲旁敲侧击地试探了一下:

"香溪那条大路都被你踩起坑了,你不能一直这样下去呀。"

"我愿意!"

和在李国田和杂货店女人面前不一样,在父亲面前,甚至在纸房任何一个人面前,二姨什么也不怕,想说就说,想骂就骂。

"你不要生气,我不是讽刺你,我是看你实在太辛苦了。"

"说不定哪天我走在半路,一跟斗摔下去就死了。"

"其实你用不着这样。"

"难道还可以找个人开车送我?"

"我不是这个意思。"

"我一点也不怕马路上那些汽车,它们来它们的,我走我的,我巴不得它们撞上来。"

"我的意思是离婚算了,何必呢?"

"叫我站到一边,让他们去舒服?让他们安逸,休想!"

几天后,父亲从黄金公司领钱回来,在半路上遇到张雨晴。他们已经有两三年没有讲话了,张雨晴见他边走边数钱,突然大声说:"嗨,钱掉了!"父亲停下来左右看看,张雨晴说:"钱没掉,是你掉钱眼里了。"父亲不好意思地说:"又不是我一个人的,我怕弄错。"勘探公司的工作告一段落后,张雨晴现在是黄金公司的炊事员。由于是在屋子里干活,不像挖矿的人要忍受日晒雨淋,那张白里透红的脸越来越细嫩了。而父亲天天在山坡上干活,太阳一背雨一背,比前两年老多了。父亲见张雨晴打着伞,故意问:"又没下雨,你打伞干什么?"张雨晴像猫一样耸了一下身体,不屑地走开了。打伞是为了遮太阳和土尘,她懒得和一个土包子解释。

这天中午,二姨已经回家煮饭去了,父亲把钱分给冉光银就收工了,他们决定休息半天。回到家,他把二姨的钱分给她,二姨说她活没干多少，每次都平分，她太不好意思了。父亲突然问："培艺，那天我说的事情你考虑好没有？"二姨看着父亲紧张得发红的脸，吓了一跳："什么事？你和我说过什么事，我记不得了。"父亲用从没有过的既温柔又坚决的声音说："我劝你不要去香溪了，离婚算了，离了婚没人要你我要你。"二姨愣了一下，然后狠狠瞪了父亲一眼："我不知道你在胡说八道什么！"

父亲红着脸，转身从水缸里舀了瓢冷水，"咕嘟咕嘟"地喝下去。二姨说："马上就吃饭了，你喝那么多冷水干什么？"那样子就像刚才什么也没发生。吃饭的时候，二姨说稻子鼓起穗包了，像怀娃娃的人一样，它们又娇气又要吃好的，本来应该再追一次肥，可她只看见道云老汉在施肥，别的人大概是不想管了。父亲点了点头。她说："黄金公司把女儿塘的水抽干了，女儿塘四周的稻子已经枯死了，不知道黄金公司赔不赔。"父亲"嗯"了一声，这些他都知道，并且比二姨知道得更清楚，黄金公司是不会赔的，因为不是一个公司在抽水，十几个黄金公司都在抽水，冉光福去理论过，没人答理他。吃过饭，二姨回家了，父亲则扛着十字镐去挖矿。

接下来几天，二姨都没去香溪。父亲心里又高兴起来，以为自己的话多少起了一点作用，话也多起来。山坡上整天都在轰隆响，像炮兵部队在演习。这是挖矿的人为了省力气，用雷管炸药把土层炸松了再挖。刚来工地的牛和马听见炮响，很害怕，拉着车发疯地奔跑，后来天天听炮响，就不再害怕了，像没听见一样。为了避免土坷垃飞起来砸人，得用树枝丫盖住炮眼。砍树枝是二姨和唐书秀的事。这天二姨和唐书秀把树枝扛回来，二姨拍打了一下身上的灰，什么话也没说就朝香溪去了。冉光银问唐书秀："你是不是和她说什么了？"唐书秀说："没说什么呀。"冉光银说："她这是怎么了？"唐书秀说："我怎么知道，我又没惹她。"父亲赌气地说："不要管她，她这是养虱子搔痒，自作自受。"

漫山遍野都有人在挖矿，按照黄金公司协商圈定的范围，挖矿的人切出一个剖面，然后就像蚕吃桑叶一样挖过去。很多稀奇古怪的东西都被挖出来了。

最多的是老坟，这些坟埋得很深，地表已经看不出坟头了，是棺材碎片，或者几块人骨头，证明很久以前有人在这里入土。看得见坟头的坟，有主就迁走，没主就挖掉。王光路挖出一排石栏杆，没多久又挖出几个石鼓。有见识的人说这不是石鼓，是石础，石础上的花草鱼龙刻得非常细致，一看就是以前大户人家的物件，可谁也说不上来，这个大户人家姓甚名谁，最后又是怎么被黄土掩埋沉入地下的。另外一个人则挖到一个陶罐，满满一罐发黑的碎银，都说这是不义之财，最好找个地方重新埋上，可这人说，什么不义之财，那么多人都没挖到我挖到了，说明这是我的财喜。他把它们卖掉了。还有人挖到铁器、鼻烟壶，甚至金元宝。

二姨在香溪住了三天才回来。是早上回来的，她没回家，直接到矿山来挖矿。其他人刚出工，以为她是从家里出来。脸上什么也看不出来。中午她向父亲要钥匙回家煮饭，父亲递钥匙给她，她莫名其妙地红着脸，没用手接，而是仔细地用一个指头钩住钥匙圈把钥匙提了过来。

父亲回家吃饭时，看见二姨正在发呆，锅里的菜已经炒煳了。父亲把她惊醒后，她"哗啦哗啦"把菜铲起来，然后下定决心似的大声说："吃饭！"父亲坐下后，她不经意地盯了他一下，既像是恨，又像是要看出点什么。父亲告诉她王光路挖石栏的事，二姨一句也没听进去，机械地扒着饭，她的脸在发烧。父亲觉得尴尬，快速地吃完饭，正准备走，二姨却突然冒出一句："我答应他了。"父亲不解地看着她，二姨说："我同意了，同意和他离婚。"父亲惊喜地挠着头："你想通了就好。"二姨说："我早就应该离了，不应该拖到现在。"父亲："现在也不迟呀，你还年轻，还可以好好找一个。那天我说错了，你不要介意，我知道你看不起我。"二姨故意问："哪句话你说错了？"父亲再次挠了挠头："我说你离了婚没人要你我要你。"二姨笑了一下。父亲想立即到工地上去，可脚不答应，脚被什么东西粘住了。二姨假装没看见，打了盆水洗了把脸，洗完后把水泼到院子里，然后给父亲打了盆水。父亲心里想，洗什么脸呀，反正一会儿就要糊脏。突然觉得这是一句蠢话，便什么也没说，像小孩一样听从二姨的吩咐。洗好脸，二姨轻轻说："来吧。"她示意他往里屋走，父亲张开双臂，像扛米袋一样把二姨扛了起来。

在香溪这三天，是二姨一生的分水岭。这天二姨刚煮好晚饭，杂货店女人就抱着一个西瓜来了。以前她不敢白天来，怕被学校的老师看见，自从那天向二姨宣布她才是李国田的老婆，她就什么也不怕了。她现在就要让所有人都知道她和李国田的关系。二姨见她进来，浑身哆嗦了一下。这个女人穿了一件和她名字相符的衣服，乳白色的短袖衬衫，左胸绣了一枚金色的桃子和两片绿叶。她像女主人一样皱着眉头说："这么热的天，吃什么饭呀，吃西瓜！"她切好西瓜，给李国田一块，自己拿起一块咬了一口，同时另一只手抓了一块递给二姨："吃吧，冰镇过的。"二姨摇着头，默默地吃饭。李国田吃完西瓜也开始吃饭，刘金桃说："看你们吃得这么香，我也吃一碗。"二姨真想一碗给她砸过去，可她忍了。二姨第一次注意到，这个叫刘金桃的女人比自己漂亮，白里透红的脸上洋溢着一股霸气，衬衫里面那对大桃子不在乎地耸立着，不像自己，拼命用胸兜罩起来。身材也很好，走起路来每一款每一势都有棱角,不像干农活的女人,走在大路上絮絮叨叨的,腿上像绑了两个大冬瓜。吃好饭,刘金桃抢着洗碗,洗好碗又去拖地,拖好地还要做这样那样,二姨开始还有点赌气,心想"你爱干就干吧",后来才发现刘金桃另有目的,她这是不想走,要赶二姨走。果然,把所有的事都做完了,看了一阵电视,然后刘金桃大言不惭地说:"我今晚上不走了。"李国田想溜,刘金桃恨了他一眼:"不准走!"二姨小声说:"不要脸!"刘金桃说:"我早就不要脸了。"过了一会儿她对二姨说:"我已经给了你三个月时间,我不能再等了,不管你答不答应,李国田都是我的了,我说过的,这事由不得你!"二姨知道这个女人说得出来做得出来,忙脱了鞋躺到床上。刘金桃命令李国田睡中间,她自己睡外面。李国田看着电视,一声不吭。刘金桃说:"把遥控器给我,我陪你看,你什么时候睡我就什么时候睡。"二姨以为自己睡不着,可躺下没多久她就睡着了,挖矿太累了,加上又走了那么远的路。天亮后醒来,发现刘金桃真的睡在床上,李国田夹在中间。二姨使气把毯子卷过来,什么也不给他们盖。不一会儿,李国田上班去了,刘金桃也回她的杂货店去了。刘金桃临走时丢下一句话:晚上还要来。

二姨想回纸房,却又不想马上回去。昨晚上那种事让她感到难堪,心想让他们去吧,可又总是不甘心;明知自己正在动摇,却仍然想坚持住。

晚上刘金桃又来了,并且更得意了,问二姨怎么还不走。这天晚上二姨再也睡不着了,心里乱糟糟的不是味道,像睡在毛栗球上一样难受。半夜里,她发现床在动,她没敢睁开眼睛,但她知道床为什么在动。李国田小声地求饶,叫刘金桃不要这样,明天她就走,走了怎么来都行。刘金桃小声但专横地说:"我就要这样,平时都是你求我,今天我求你，我就要要，你快进去，你不动都行，我自己动。"不一会儿，刘金桃翻身起来，说："不行，这样不行，我要在你上面。"床开始摇晃，李国田连声说："轻点儿、轻点儿。"刘金桃说："我不管了，我不管了。"二姨紧紧地咬住毯子，身体里有一条江河决堤了，她感到大难临头，自己就要被淹死了。她想爬起来走，可全身无力，像喝醉了酒一样。

天还没亮二姨就走了，她决定再也不去香溪了，再也不去当看守了，她要离婚，李国田不同意她也要离。走进纸房，顿时感觉轻松多了，可不知为什么，想到昨晚上那一幕，心里又莫名其妙地紧张，明知是那两个人不要脸，却总是感觉自己也有点不要脸。走进我家，看着锅瓢碗盏，她想：我不管了，我什么也不管了。事后才想起，这句话是从刘金桃那里学来的。

父亲发现床单上有血，先是吓了一跳，既而惊讶地说："我的天，你还是个女儿身呀。"二姨苦笑了一下，"让你笑话了吧？"父亲说："培艺，你太苦了。我一定要好好待你。"二姨说："我姐姐不会怪我吧？"父亲说："我想不会，她只会高兴，你以前过的日子叫什么日子呀。"

父亲叫二姨休息一会儿再去，早上抠了个炮眼，还没放炮，等他把炮放了她再去。他对冉光银也说了，叫他们听见炮响后再去，免得还要躲炮。

这一炮父亲抠得不深，抠到下面的基岩了。点燃导火索后，父亲没跑多远。等了好几分钟，炮没响。刚才是不是没点燃？其实他躲的时间不长，可他觉得已经躲了很久了。他的大脑有点错乱，和平时的感觉大不一样。回到炮位上，刚把树丫枝掀开，炮"轰隆"一声响了，他飞了起来。飞到空中他还在笑，仿佛这是一个玩笑，也仿佛是和二姨在一起，是二姨让他飞了起来。

班主任说我爸爸伤得不轻，我心想：只要不死，伤得再重也不怕。我当天晚上就往香溪赶。离开学校时，街灯已经亮起来了，街上的行人不多，这让我有种将会事事不顺的预感。已经没有到香溪的车了。我没有犹豫，迈开大步就走到马路上。到香溪六十五公里，我觉得并不可怕，甚至希望再远一点。有一种献身的心理暗示我：我吃的苦越大，才越是有救。我相信老天爷不会把所有的苦和痛都塞给同一个人。

我朝黑夜走去，黑夜也朝我走来。如果黑夜是巨大的痛苦，那么我就是拼命地在把自己消融在这痛苦当中。我并不为这种痛苦感到难受，只是感觉它的宽广无边有些让人绝望。看着，前面比自己所在的位置更黑，可无论走多快，也无论走多久，前方并不比刚才所经之处更黑。双腿像灌了铅，越来越沉。我捡了根棍子，一旦发现哪条腿有碍前进，我就给它一棍，我像奴隶主一样奴役着它们。

农舍里的狗不时汪汪叫一阵，既像为我送行，也像是被我的意志所感动。它们是乡村的智者，比人更能理解我的心情。

那些迎面而来的汽车，灯光刺得我什么也看不见，但我没停下来，我把这当成对我的考验，仍用不变的脚步大踏步前进。

而天上的星星，则像小孩一样好奇地翻看着我的思想，有些东西它们从没见过，我没去管它们，它们也不管我。我走啊、走啊，公路在殷勤地为我展开，黑夜善良地后退。突然间，我害怕了：等待我的不是一个好消息，而是一个坏消息。同时却又告诫自己不要迷信，应该相信老师的话，父亲只是伤得很重，并没有生命危险。

走进香溪医院，空空荡荡的医院里只有一间屋子亮着灯，我径直推门进去。

父亲的脸肿了,像十八斤重的西瓜那么大。

二姨撑着脸睡着了,我轻轻喊了她一声,她睁开眼睛认出我后,吓了一跳,仿佛我是从天而降。

"二姨,怎么回事?"

二姨说她没看见,但在坡上挖矿的人看见了,他糊涂了,炮点燃后又跑回去看。二姨叙述得很仔细,就像是为了消磨时光一样,她还没说完我就打断了,我问父亲现在怎么样。

"医生说已经没办法了,胸膛里全是血,他们准备给他输血,因为他失血太多了,可他的血管已经瘪了,输不进去,再一检查,内脏也在出血。今天还死了一个人哩,凉水井那个憨憨也死了,他砍柴回家,渴了,跑到黄金公司循环池去喝水,那水有毒,喝了没走到三步远,'咚'的一声倒下去就死了。"

我有点烦二姨说起话来前言不搭后语,说那个傻子干什么,他和我有什么相干!

"吃不吃东西?我买了半斤米花糖。"二姨问。

我摇摇头。

"要考试了吧?"

如果不是巨大的悲痛压住我,我是要发火的,都什么时候了,还问我吃不吃米花糖,考什么试。不知为什么,我从没有像现在这样反感这个和妈妈特别相像的女人。

父亲不时呻吟一声,他已经没有力气呻吟了,但疼痛在他的身体里旋转,一刻也没放松,旋转到嘴上的时候才不由自主地呻吟一声。我拿起他的手,像钢管一样冰凉。听见他呻吟,我心里燃起一丝希望,觉得他应该还有救,可摸着他的手,我知道死神已经把接收手续办好了。我的双腿痛得要命,当我走进医院,它们就成了无法再坚守阵地的伤兵，脚掌磨穿了，血把鞋垫浸湿了。但这种痛没有让我感到痛苦，反而让我感到一丝欣慰，好像这是为父亲痛的。父亲身上这么痛，如果我这个儿子身上一点痛也没有，我会羞愧难当的。就那么走下去，也许我可以走到天涯，可当我坐了一阵后，连站起来也不行了，双脚像抛弃暴君一样把我给抛弃了。不知从哪儿飞来一只蚊子，它竟然在吸我父亲的血，这太让我气愤了，我父亲都这样了，你还要吸他的血！我尖起两个指头去捉它，还没碰到翅膀它就溜了。它的肚子鼓鼓的，动作迟缓，可我的手发僵，让它捡了一条小命。我咬牙切齿地想，如果你下辈子变成人，我也要报杀父之仇，你太过分了！二姨小睡了一会儿，醒来后见我脸色铁青，劝我休息一下，我固执地摇了摇头，我就要这样看着爸爸。

天亮的时候，父亲睁开眼睛，他非常清醒，就像什么事也没有了，眼睛里闪着一种从未有过的神情打量着我，吃力地笑着说：

"我以为我已经上天了，把我吓坏了……辛维，你怎么把脸拉那么长？是不是在学校打架了？我感觉脸上紧绷绷的，麻烦你给我打水洗把脸。"

二姨叫我别动，她来。这叫我百感交集。

"走了一晚上，大概把脚都走痛了吧。"

这话是对我说的，也是对父亲说的。

"是哪个叫你回来的？你不是要考试了吗？你不该来，应该抓紧时间好好复习嘛。"

二姨做得很仔细，凡是有伤口的地方都绕过去，不让毛巾碰到。她把毛巾缠在指头上，像给一件精密的仪器擦灰尘一样慢慢揩洗，还不时问父亲，她的手重不重。我不禁有些内疚，为刚到的时候对她那份反感。妈妈在世的时候，对父亲也没这么精心照料过。

脸擦干净后,看上去更让人放心了。脸上伤痕累累,伤口四周是青的,青的外面是黄的,黄的外面是煞白,整张脸像被虫蛀过的陈旧的白纸。下巴上那圈又短又硬的胡子似乎长得太快了,我刚到的时候还没那么长。

二姨问父亲要不要吃点东西,父亲说现在不想吃,等一会儿再说。我暗自想,也许是我昨晚的苦行起了一定的作用,如果真是这样,我可以再走十遍甚至百遍。我许下这个心愿后,告诫自己一定要做到,否则将会遭受严厉的惩罚。

二姨给父亲擦完脸后又给他擦手。

公鸡打鸣的声音从远处传来,我如释重负地、深深地吸了一口清晨新鲜的空气。我脱下袜子查看了一下脚掌,脚掌像贴在砂石上生长的南瓜,白生生的,坑坑洼洼的,每个小坑里都是血,已经干了。两个大脚指头也被磨破了。我用报纸把脚指头包起来,剩下的报纸折叠后代替被汗水和血打湿的鞋垫。干燥的报纸贴在脚掌上,一下舒服多了。

可这时父亲的伤势恶化了,他想抓住二姨的手,可他怎么也抓不住,他已经没有力气了。二姨说:"你别动,还是让我抓你吧。"他不答应。他把另一只手给我,比刚才更冷了。我忙给他搓揉。他闭着眼睛,在昏迷中喃喃地说:

"近点,你近点。"

二姨看了我一眼,然后问父亲:

"谁近点?你叫的是谁?"

我感到他叫的是我,因为他的大指头动了一下。我把耳朵贴在他嘴上,他用最后的力气问我他不在家的时候,麻贩子到我家去过没有。我附在他耳朵上,用非常清晰的声音说:

"没有，绝对没有。"

他直瞪瞪地看着我，嘴唇直哆嗦，他可怜巴巴地、强撑着痛苦的微笑：

"真的？"

"当然是真的！"

他用最后的力气说："我对不起她……"

一行泪水从他眼里滚出来。

"……我也对不起你……儿子。"

他的力气用完了。没过多久，一缕阳光射进来，父亲死了。

第十六章

和失去母亲不同，那是一种被快刀切划过一样的痛，尖锐激烈；对父亲的死，则是一种被木棒反复捶打、直到某个地方被打碎的痛，持久而深邃。

道云老汉不请自到。我叫他不要哭了，他已经完全变成一个老人了，我怕他身体支持不住昏倒在爸爸灵前。他没理我，哭丧的过程一丝不苟。我给他钱的时候他摇了摇头：

"我拿钱来干什么，我不要钱，反正我也活不长了，比我先死的人我都要送哭一场。"

父亲下葬后，我和二姨把家里彻底收拾了一遍，把那些没什么用的东西装到箩筐里，以便挑到山后面的小河边去烧掉。二姨从床下面掏了一块打磨过的木头出来，好奇地说："这是什么？……当柴烧吧。"这是枪托。时间过得真快，这是五年前的事了。有一年野兔把花生地糟蹋得不像样，爸爸想做一支枪来收拾野兔。这个枪托是他用小刀一点点削出来的，削好后却没有铁匠给他做枪机和枪管，只好把它放到床下面。我用烂布把枪托擦了一下，然后把它拿在手里，虽然打磨过，但并不怎么光滑，突然像是摸到父亲那双粗糙的手，一种尖利的、刺心的疼痛突然袭上心头，我趴在摆满了乱七八糟东西的床上，放声痛哭起来。我的哭声是一团一团的，像冰雹一样，能把地下砸出坑来。

得知父亲出意外时我没哭，看着他断气我没哭，合上棺材，把他埋到地里我也没哭，有人已经在用不屑的声音悄悄说我，说我心太硬，连父亲死了都不哭。可他们不知道，我不哭则已，一哭起来就会像火星落到干树枝上，把自己烧成一堆灰。

我想起几年前王光线家屋后的光柱，想起逃跑的蚂蚁，想起死后挂在树上的孩子，想起满地奔跑的老鼠，想起那些突然出现的蛇。以前我觉得这些都和我不相关，现在我才明白，那是在提醒我：世界没什么东西不是一直在变，也没什么东西不在为它的变而感到痛苦。

父亲在世的时候，我对他似乎爱得并不那么深，并且时有抵触和反感的情绪，这是因为我首先把他当成一个男人，而不是一个父亲。当我发现他做得不对，我的抵触和反感就不会有丝毫妥协，由于他是我父亲，这种反感和抵触还会变本加厉。可当他紧紧地闭上眼睛不再醒来，我才发现我是多么可悲，我才发现我从没学会如何爱自己的父亲。他在医院落气后，医生怕尸体发臭，因为天气太热了，涂了很多酒精防腐，谁知在这些酒精的作用下，他的脸变绿了，像孔雀的尾巴一样绿，绿得发亮，那张脸好像从古墓里挖出来的。好多人看了都害怕，还捂着鼻子。酒精不管用，还是很快就臭了。我却感到这是对我的一种指责，不管看见什么东西，只要是绿色的，我都会想起父亲那张绿色的肿胀的脸。

我很想说：父亲，对不起，我很抱歉。我希望他能把我的哭声当成是我在向他说对不起，是在请求他的原谅。我听不见自己的哭声，耳朵里嗡嗡响，淤积着哀伤的气流正从耳朵里排出来，它们是那样稠，刚排出来一点又缩回去。腹部则纠结着一团大火，烧得我胸膛发烫。

而四肢差不多已经麻木了。我忍不住说：

"二姨，我胸口痛啊；二姨，我胸口好痛啊。"

二姨说："你不要哭了。你不能再哭了。"

这个枪托不能当柴烧，我把它重新放到床底下。二姨不解，说没什么用啊。我没回答。在这样的情况下，我不说话她不会怪我。在一些东西的去留上，我们的意见没法统一，好在她认为该丢的东西并不多，她以女人天生的贤惠和持家习惯，把好多毫无用处的东西也留了下来。我往箩筐里丢，她从里面往外拣。我说这个枪托是父亲削的。她高兴地说："好吧，留下做个纪念。"

那天从香溪回来，她特地把我叫到一边，问我父亲最后对我说了什么。我没告诉她，我连嘴也没张开，无论她说什么我都摇头。她问我是不是说钱放在哪儿，我摇头；她问父亲提没提到她，我也摇头，他的确没有。

如果二姨现在问这事，我可以毫不保留地告诉她，这不是什么秘密，可她没有再问。

我急行军似的走了几十公里，老天爷并没有因此奖赏我。我磨破的脚掌化脓了，拄着棍子才能走路。我每天把脓挤干净，然后咬着牙糊上大蒜泥，大蒜汁浸进伤口的瞬间，脚底痛得像火烤一样。二姨叫我到医院去看看，好好治一下。我没去，心想这点痛死不了人。同时把这当成是对老天的鄙视和抗议，我不怕痛，看你还能把我怎么办！你不懂什么叫仁慈，也不懂什么叫公平，单凭这两点，我就很看不起你这个老天爷。我很怀疑老天爷是否真的存在，如果真的存在，会不会是个白痴？可如果不存在，这一切又是如何产生的，是如何安排的？

给父亲选墓地的时候，我看见石头上站着一只鬼鸹哥，像猫头鹰，但个头没猫头鹰大。我在心里问它：你真的知道谁会死？你是怎么知道的？

正在这时大伯问我行不行，他们选了一个挖干净泥土的石旮旯作为父亲的墓地。这个石旮旯是冉光福挖出来的。他们说，今后死了人也只能埋石旮旯，因为没有挖过的地方都要被挖去炼黄金。这些事本应由大伯全权作主，可每次他都煞有介事地征求我的意见。他怕今后万一有什么事，我会怪他。我看了看，能看见对面层层叠叠的青山，说"行，就这里吧"。说完再去看鬼鸹哥，已经没影了，带着我的疑问飞走了。

掩埋父亲的泥土是从黄金公司运来的，它们已经被提炼过了，他们都说这样好，不像那些老坟，会被再次挖开。我不知道好不好，提炼过黄金的泥土都是被剧毒药水浸泡过的，总觉得父亲在毒药的包裹之中，怪怪的。这些土里没有一棵草，没有一只蚂蚁，也没有其他虫虫，是天下独一无二的土，太怪了。

第十七章

安葬好父亲后赶到一中,已经是考试的前一天了。我慌慌张张地走进校园,全是陌生面孔,到办公室打听,说要交叉考试,一中的人去二中,二中的人来一中。我的床铺被谁拆了,被子也不见了,宿舍里空空荡荡。我去班主任家拿来准考证,在光床板上躺了一夜,第二天一早赶到二中,试卷发下来,我蒙了。脑子里尽是葬礼上的唢呐声、鞭炮声,以及父亲那张绿色的脸,还有那只没给我任何答案的鬼鸫哥。每道题都像小鬼一样在我面前跳舞,它们认出了我,故意和我作对,我不认识它们,拿它们没辙。我的学业就这样结束了。

扛着行李回到纸房,当我站在稻田中间,望着山坡上白生生的石林,不禁有些恐惧。田坝里一个人也没有,冷清得有几分荒凉。山坡上却到处是人,到处是马车牛车,到处是汽车拖拉机。时不时这里"轰隆"一声那里"轰隆"一声,雷管炸药把沙土扬到半空中,然后像下冰雹一样"哗啦啦"砸下来。只有在战争题材的电影上才能看见如此壮观的场面。泥土被取走后,大地失去了嘴唇,白生生的石林像雪白的牙齿。石头要经过一万年的演变,才能形成指头那么厚的黄土。在这些骨头似的巨大的石头上,土被刮得干干净净,几十年之内恐怕都不会有一棵小草长出来。

放眼望去，看不见一片绿叶。纸房以前可是个四季常青的地方，柏树、朴树、油松、腊、女贞、樟树、泡桐，即使是冬天，也郁郁葱葱的。但现在一点绿色也看不见。它们不是被砍光了——虽然山坡上的砍光了，但房前屋后的还没有砍——看不见的原因是尘土。漫天飞扬的尘土一旦遇到大雾或者雨水就掉下来糊在树叶上，不管什么树，全都成了一种颜色，像是一个喜欢死亡的画家画上去的。

大路上，小路上，到处是面粉一样细的尘土。冉四本把外地贩来的猪赶进纸房，猪的嘴筒子太低了，差不多是贴在地上走路，它们低着头把比米糠还细的尘土吸进气管和肺，要不了多久就晕晕乎乎，像喝醉了一样。也许屠户冰凉的刀刺进喉咙，它们反倒好受些。

我做了一个小书架挂在床头上，我的书全部放上去也没放满。我去了一趟香溪，买了几十本书回来。我想我虽然从此以后是一个农民，但我离不开它们。我躺在床上看了三天书，然后才下地干活。

我先去菜园。菜园里的菜，洗第一遍可洗下半盆泥浆。浑水泼到地上，声音发沉，不像清水那样清脆，而且也流不远，每滴水都被泥浆抱住了。泥浆也害怕失去水，没有水它们就会被风扬起来，在空中忽上忽下，成为风的玩物。

可一旦下雨，它们被冲积到低洼地方，像熬粥一样"咕嘟咕嘟"冒泡儿，像在抗议，也像在相互抱怨。看上去平平顺顺干干净净的路面，一脚踏上去，刺溜一下就陷了进去。在太阳没把路晒硬之前，走在路上就像走在糍粑上一样，胶状的黄泥沾在鞋子上，不一会儿就变成两只鸡窝，让人寸步难行。

被雨淋湿的大地不是被晒干的，太阳光被飞扬的尘土挡住了，无法直射下来，地上的水是像蒸馒头一样被强行闷干的。

但是，尽管好几万人聚集在一块不大的地方，尽管这块土地已经面目全非，尽管黄尘遮天蔽日，连太阳光也不能照射进来，但秋天一到，坝子里的稻子还是熟了。由于它们没有得到足够的养料，谷穗死瘪瘪的，但它们依然像死板固执的穷人一样认真，到成熟的季节毫不含糊地成熟了。收割稻子的人很少，几年前一到秋收就响起"咚咚"的挞谷声的热闹场面没有了，现在他们利用一早一晚干一阵，其余时间都在挖矿。换在以前，你会以为他们会害羞，种出这样的稻子，哪好意思在大白天割啊。现在他们不但不害羞，还把割谷子当成累赘，嫌把挖矿的时间耽搁了。有些稻子在夏天就枯死了，女儿塘的水被抽去炼黄金，把这些稻子活活渴死了。没有人管它们，一场秋雨过后，干枯的稻草上长出麻点，麻点变成黑点，然后倒伏下去，烂掉了。

我料理完菜园，然后挑着箩筐去收父亲种下的水稻。坝子里只有我一个人在干这件事情。谷子有一半是空壳，但这是我愿意干的事情，因为这是父亲种的。谷把子轻飘飘的，往挞斗上一拍，腾起一团团黄色烟雾，像硫黄在燃烧。不一会儿，我就满嘴是泥，满肚子是泥，耳朵碗碗和肚脐装得满满当当的。

谷子收回家后，我用棍子敲打了一遍，再用风机扬干净尘土，晒干后又敲打了一次，再扬干净，真正的稻谷这才露出本来面目。我急不可耐地用小擂钵舂了半碗米，新米晶莹剔透，闪着珍珠般的光泽，让你感觉这才是稻谷的良心。虽然瘦了点，但它们没有被污染，使我有些激动，这是我回到纸房后最感安慰的事情。

新米饭煮好后，我舀了一碗放在父亲的遗像前。我说："爸爸，你尝尝吧，这是你种的。"父亲严肃地看看我，仿佛是在对那么瘦小的米表示怀疑。这张照片是好几年前照的，那时他还很年轻，不知为什么他要笑不笑的。

我告诉二姨,我不愿去挖矿,我想种地。二姨说:"好吧,我来和你一起种。"几天后,二姨牵着她的牛来了,这是她和李国田离婚后,他们分给她的财产之一。她请冉光银用牛车把其他东西全部运来,杂七杂八,大多是出嫁时的陪嫁。二姨安顿下来后,特地对我说,如果有人愿意收留她,她会早点搬出去,这儿是我的家,不是她的家,她不会一辈子赖在这里,叫我放心。这话让我太难受了,她为什么要说这样的话?难道我会赶她?我会赶走这个和妈妈长得一模一样的人?我什么话也说不出来,我的眼泪快掉下来了。过了一会儿,我郑重其事地告诉她:"二姨,你想住多久就住多久,如果有人娶你,你就让他来我们家!"二姨哭了,她告诉我,那个愿意娶她的人死了,他就是我父亲。她苦笑道:

"如果他不死,你就不能叫我二姨了,你要叫我妈。"

"我现在也愿意叫你啊。"我在心里说。

我和二姨把地翻了一遍,坝子里的稻田种油菜,坡地种小麦。辛武来约我和他去挖矿。他刚买了一辆卡车,要二十来个人一起挖才供应得上。我不再上学后,他和我亲近多了,在路上碰到我,他总要停下车来给我一支烟,并一定要给我点上。

"来吧,我不会亏待你的。"

他真诚地说。

"我不来。"

"为什么?"

"我对挖矿没兴趣,我想种地。"

"地有什么种的呀?真是,你看看纸房,现在还有谁在种地!"

我没法向他解释,漫山遍野被挖得乱七八糟,我看了心里很不舒服。可这样的解释辛武不会明白,我只好固执地重复:"我对挖矿没兴趣。"

"你不愿在山上挖矿，干别的也行呀。我把矿倒进浸泡池，你用耙子把它们刨平，这个活路轻松得很，婆娘都能干。"

"凡是和挖矿有关的活我都不想干。"

"真是个怪人。"

"……"

"你大伯说，辛维现在爸爸妈妈都没有了，从没干过重活，我们是亲弟兄，叫我一定要帮你。你去种地我帮不上呀。"

我没有说话。

"好吧，你再想想，等你想好了再来找我。"

辛武满有把握地说。

另外几个人也来找过我，我全都一口回绝。我把王光路的木匠家什借来，自己修理农具。我像老农民一样极具耐心，我相信那些土地正在欢欣鼓舞地等着我。

二姨不解地问我为什么要去种地。我说不为什么，就因为我喜欢。她劝我去半边街开商店，父亲挖矿存了一笔钱，如果不够，她还可以拿点出来。

二姨说的半边街以前并不存在，是最近两年才兴起来的村街。

以前只有李自强一个人在那里开店，勘探公司尤其是黄金公司驻扎进来后，又开了四个商店，另外还开了一个豆腐坊，一个米粉店，一个肉店，一个饭店。十多个店铺，慢慢地有一点小街的意思了。这些商店全都坐北朝南，靠在马路一边，于是被叫作半边街。大概是因为看见先开的店都是坐北朝南，生意又好，后来者便不敢轻易改变朝向。

我对开店和挖矿一样没有兴趣。我把黄金公司还没来得及占用的地耕了一遍，种上了小麦。

二姨透露了一个让我感觉别扭的秘密：她怀上我的弟弟了。当然也有可能是妹妹。对她而言，对我而言，弟弟和妹妹没有任何区别。她在为肚子里不合时宜的小生命烦恼，因为她还没来得及让大家知道她和我父亲的关系，父亲就死了。她想去医院打掉，可她不想在纸房的医院做，在纸房做肯定会沸沸扬扬地传开。她也不想去香溪，离婚后她就没去过香溪，仿佛李国田在那里，那个镇上的一切都让她不舒服。想去县城，她从没去过县城，城里街道复杂，她有些害怕。

她最近无论干什么事情，动作都很夸张，连走路都是故意把地上的什么东西往死里踩，把路踩出坑来。有时还在屋子里原地起跳，像即将上场的体育健儿。那张年轻的脸上出现了一些皱纹，像有些过时的苹果，但还能完好地保存一段时间。

我不知道这是为什么：活着本来是一件简单的事情，可生活却像一个杯子，总是盛得满满的，你喝掉一口，马上又被注满。一件事紧连着一件事，没有消停片刻。所有的烦恼都像小偷一样逍遥法外。

第十八章

播下去才十天，尖尖的麦芽就长出来了。先是小小的，鹅黄色的嫩橛橛，可它们一天一个样，慢慢地长出了两片三片，鹅黄色褪尽了，绿色加重了，一个月后，能藏住麻雀了，叶片变成深绿色的了。

只要看着它们，我的心里就会生出欢喜，它们是我种下去的，而且还是我第一次种，在别人那里，这算不了什么，可我不一样，我所感受到的快乐是无与伦比的。我不再像刚开始干活时那样，悄悄为自己孩童般的、没有经历过磨炼的手感到害臊。我为自己没去挖矿感到庆幸。我把每行麦苗都检查了一遍，把那些压住麦苗的泥团捡开，把歪斜的麦苗扶正。二姨说用不着这样，不去管它，它们也能自己长起来。我说好吧。可只要有空走到麦地，我都忍不住要做这件事情。我像慈父一样爱着它们，看着它们柔弱的样子我的心就发软，就非要帮帮它们不可。我想，古代那个揠苗助长的人并不是傻瓜，他一定和我一样，太爱他的麦子才做出那样的傻事。

就像忧愁和痛苦无法掩盖，心花怒放同样无法掩盖。我的高兴全都写在脸上，整天乐呵呵的。没有一个人想到我乐是因为地里那些麦子。

可我的快乐没过多久就被愤怒代替了。

下了两天雨,我没到地里去。第三天我走到地里,发现麦地中间被踩出一条大路,麦苗被乱七八糟的大脚踩倒了,有些麦苗被踩得陷到地里去了。我的肺都快被气炸了,心想要是知道是谁踩的,我非揍他一顿不可。只有忙的时候二姨才帮我种地,平时她去挖矿。我问她看没看见是谁踩的,她说是那些挖矿的人,因为小路上的黄泥太黏了,他们只好从麦地中间过。

我跑到最近的工地上,质问他们为什么踩我的麦子。这个工地是广线的。

广线说:"我什么时候踩你的麦子了?我回家都是走大路。"

他那副死不认账的样子更加让我恼火。我气愤地说:"你明明踩了,还不承认!还有你们,肯定是你们踩的,你们不要欺人太甚!"

广线不慌不忙地说:"你什么时候看见我踩的,你有证据吗?"

我愣了一下,我的确没有证据。但肯定是他们干的。我说:"会有证据的。"

一个娘儿们笑了笑:"不就几行麦子吗?哪里值得生这么大的气。"

另一个娘儿们说:"辛维,对不起,我从你的麦地走过,大路实在太难走了。可我走得非常小心了,我是从行间过去的,没有踩你的麦子。"

广线的女人说:"就算是我们踩了你的麦子,也不光是我们呀,在这山坡上挖矿的人,这几天不是都从麦地中间穿过去的吗?你不找他们,怎么专门找我们呀。"

广线说:"周辛维,你不要生气了,你看谁还种麦子呀,来和我们挖矿吧,挖一天就能把损失的麦子买回来。"

娘儿们热情地说:"来吧来吧,我们喜欢你得很哩。"

"你们看,小嘴都气歪了,要不要喂他一口奶呀。"

她们快活地哈哈大笑,我也"扑哧"一声笑出来。真拿她们没办法。以前哪有这样的事发生呀,谁要是糟蹋别人的庄稼,大家都会去责备他。现在不了,那么多人踩我的地,他们连句公道话也不说。我不为自己悲哀,我只为那些无辜的麦苗叹惜。他们不再珍惜它们了,他们挥舞着锄头的感觉和以前不同了,以前是为让禾苗吸够养料,现在则是为了直接从黄金公司领到花花绿绿的钞票。

我钉了几根树桩,用树枝和刺条把麦地拦起来。可只过了一天,树枝和刺条就被拉开了。我花了几天时间,砍了很多树枝荆棘,把整个麦地拦起来。像给花做窝围一样,现在无论从哪个方向都进不去了。

在纸房,认真种地的人除了我,还有两个人,一个是道云老汉,另一个是肖四禄。道云老汉不敢去挖矿是他害怕放炮,看见别人在山上放炮,他眼泪汪汪的:"啊哟,地都要被炸穿了。"肖四禄骂挖矿的人:"挖、挖、挖,挖坑埋自己!"谁要是踩他的麦地,他就破口大骂。别人从麦地边上路过他都不高兴:"找魂呀,找到这里来了。"

梁书家那头戴耳环的牛整天在山上闲逛,梁书舍不得让它干活,每天都要把它牵出来,让它自由自在地溜达。他女人只要看不见它,就站在高处大声喊:"小娥,梁小娥,你到哪里去了?"像喊人一样。它已经七岁了,相当于人的四十岁,已经生过三头小牛了,可以说是牛中少妇。梁书和他女人虽然把它当成女儿,可他们没把它生的小牛犊当外孙,小牛犊断奶后就卖掉了。

山坡上的草早就枯死了,没什么吃的。这天,它跳到肖四禄的麦地里,啃起麦苗来。嫌麦苗太浅了,吃得不过瘾,这里一口那里一口,踩坏的比吃掉的还多。

肖四禄在坝子里看见了,气不打一处来,大声咒骂是哪个瞎子放牛，放到麦地里去了。山上又是放炮又是牛车马车拖拉机，太吵了，没人听见肖四禄的喊叫。他气呼呼地提了根扁担，杀气腾腾地赶到麦地里，一扁担打在母牛的屁股上。母牛的后腿像装了弹簧，屁股挫了一下，然后弹腿就跑，肖四禄举起扁担边追边骂：

"打死你，打死你这个馋嘴婆！"

母牛一点也不怕，它的速度比肖四禄快多了，猛跑几步后照吃不误，快被追上了再撒开腿跑，并且是在麦地里绕着圈儿跑，它不想离开麦地，它已经很久没有吃过这么可口的东西了。肖四禄捡起泥团掷，太大了掷不远，太小了打在它身上它动都不动，就当是给它搔痒。肖四禄已经累得骂不出来了，歇一会儿，他不骂了，悄悄走上去，照脚上打，脚上全是骨头，打起来是最痛的。终于把母牛赶出麦地，但肖四禄仍然紧追不舍，整块小麦都被它糟蹋了，不再打几下不能解心头之恨。他没把它当牛，他把它当成与他作对的仇人。

这一追不要紧，追到被挖空了矿的乱石堆当中去了。这些石头千奇百怪，高低不平。母牛一钻进去就似钻进了迷魂阵，肖四禄一会儿窜到它的前头，一会儿绕到它的背后，打得它晕头转向，以为前后都是人。肖四禄这下高兴了，太解恨了，但他没有停下来，他觉得太好玩了，像做游戏，而且胜利永远在自己手里。母牛转来转去找不到出路，石头上又滑，摔倒了好几次，把身上的皮都划破了，它绝望地哀叫着，没想到麦苗没吃过瘾，还付出这么大的代价。

梁书的女人跑来了，叫肖四禄不要打了，再打要把小娥打死了。看见人，肖四禄又气愤起来，他说："我就要打，我今天要打死它！"梁书的女人说："小娥，小娥，快往我这边来。"母牛听懂了似的，还真往主人那儿跑。

梁书的女人把牛牵到一边，指着肖四禄骂起来："哪有你这样赶牛的,它是畜生,难道你也是畜生?你今天要是把它打坏了,我撕了你!"

肖四禄知道这个婆娘一直把小母牛当闺女养着,所以她心疼得要命。可那么好的麦子被糟蹋了,难道就不叫人心疼?

"你赔我的麦子!"肖四禄说。

这个老娘儿们不在乎地撇了一下嘴:"赔就赔,有什么了不起,你说,赔多少钱,我马上叫梁书数给你。"

"谁稀罕你的臭钱?我就要你赔我的麦子!"

"行啊,要我赔原物,没问题,你也让我像你刚才打小娥那样,在乱石堆里追打半天,不要说赔麦子,你麦地里的哪样×我都赔你,跟我耍威风,以为脖子上多长了几个片片就了不起?哼,我没嘘你!"

肖四禄最不喜欢别人说他脖子上那些鳞甲,他被气糊涂了,一时找不到话来反驳,只好将就回了一句:

"烂婆娘,我也没嘘你!"

"你才是烂婆娘,你妈才是烂婆娘。我看你是枉活了几十年,越活越没人样,越活越像怪物,人哪有跟牛计较的?只有你这种老怪物。老东西,老怪物!老东西,老怪物!老东西,老怪物!"

跟女人吵架,男人一般都不是对手。但这只能更加使人气愤,肖四禄心想这个狗日的不要活了,这个婆娘的死期到了。一丝置这个女人于死地的念头从他大脑里冒出来。女人还在打机关枪一样嘲笑他,他黑着脸,像握着长矛一样端着扁担向她冲过去,她一下惊醒过来,像老母鸡一样转身就跑,边跑边喊:

"杀人啦,救命呀。"

肖四禄紧紧追赶,心想:你今天跑不掉的,你是跑不掉的。这个娘儿们"啊呀"一声摔倒在地上,肖四禄犹豫了一下,要不要追上去

给她几下。这个吓坏的娘儿们以极快的速度脱掉衣服,大声说:

"你不要过来,你再过来我就脱裤子了。"

这太出乎预料了。肖四禄愣了一下,骂了声"不要×脸",转身走了。

二姨回到家说起这件事,不时哈哈大笑。她说,梁书家女人惹不得,她长有黄蜂一样的毒针,谁惹她她就蜇谁。

第二天早上,梁书的女人牵着母牛到屋后的竹林去吃竹叶。竹子是梁书前一天砍的,他砍竹子编栅栏。竹叶青悠悠的,还有露水,母牛吃到一半,突然全身发抖,像怕冷一样。梁书的女人害怕地问:"小娥,怎么了?小娥,你这是怎么了?"小母牛没有回答她,继续吃竹叶,把那些竹叶吃完,它再也站不住了,难受地叫唤了一声,然后倒了下去。

大概是知道自己快死了,母牛很害怕,倒下后还想站起来,挣扎了半天,地上的土被它刨了个坑,可就是站不起来。梁书的女人急得围着牛团团转,想帮它一把,可她没那么大的力气。她绝望地哀求:

"小娥,我的乖女,你不要吓我呀。"

母牛难受地喘着气,身体不由自主地痉挛,蓝色的大眼睛上挂着眼泪,它可怜巴巴地望着主人。梁书的女人用衣角揩着牛的眼泪,想起女儿临死的时候也流下了眼泪,因为她不想死,这让梁书的女人更加认定它就是女儿小娥,那双绝望的眼睛让她害怕:

"小娥,我是你妈,我是你妈呀。"

母牛轻轻地叫唤了一声,仿佛是在回答"妈妈"的话。当妈的激动得恨不得把"女儿"搂在怀里:

"我的乖乖,我的小乖乖。"

母牛最后弹了一下腿,头垂下去压在梁书女人的大腿上,她使了好大的劲才拔出来。像女儿死去时一样,她拍着大腿伤心地哭起来。她哭起来肆无忌惮,声音穿林越谷。

"天啦,变成人你的命那么短,变成牛了咋个命还是这么短呀?小娥。"

梁书平时话不多,瘦得像干豇豆,应该是个好人,可现在他却说,小娥死得太冤了,竹叶又没毒,一定有别的原因。梁书的女人一拍大腿:

"啊呀,你不说我还没想起来,昨天肖四禄那个老怪物追着它打了那么久,这还用说嘛,就是他把它打死的。昨天没看出来,一定是内伤。"

"脖子上都长出鱼鳞来了,一看就知道阴毒得很。"

"小娥太可怜了,给人家活活打死了。"

这两口子一唱一和,给肖四禄扣了一顶杀人凶手的帽子。

梁书和他女人来到肖四禄家,梁书问肖四禄:

"肖四禄,我家小娥死了,小娥是我家的牛,它今天死了,你晓得不?"

肖四禄正在院坝里箍桶,他一见就知道来者不善:"死了,怎么死的?"

"被你打死的,你是凶手,你是个杀人犯!"

肖四禄又气又惊讶:"你家牛死了,关我屁事!"

肖四禄的女人从屋里出来,还没听明白到底什么事,梁书的女人已经唱戏一样唱起来:

"肖四禄,你好歹毒,你好歹毒啊,天下的人都没有你歹毒,我家小娥才啃你几垄麦子,你就把它打死了,你真下得了手哇!我的天,吃那么点麦子你就要它的命!小娥呀,小娥,我这才知道你为什么死了也闭不了眼哪。"

肖四禄的女人说："他叔娘，有什么事好好说呀，你这又唱又跳的，还没到年关哪。"

梁书的女人说："又唱又跳的？你唱呀，你跳呀，告诉你，你家这个老东西老怪物把我家小娥活活打死了，他今天脱不了爪爪。"

肖四禄说："我什么时候打的？"

梁书说："昨天，大家都看见了。"

"昨天几点？"

"三点钟。"

肖四禄狠狠地敲了一下木桶，以为这下抓住了要害，鄙夷不屑地瞪着眼："还说我阴毒，我看你们才阴毒。昨天到今天几个小时了？十多个小时了！自己的牛不知道吃什么鬼东西死了，想来赖我？想叫我赔？去你妈的，送你们八个不晓得！"

梁书说："是内伤！内伤一时半会儿死不了，但早晚是要死的！那年香溪有个人被车撞了，回到家照样吃饭睡觉，以为屁事没有，可第三天他就死了，这就是内伤，我家小娥也是一样的。"

肖四禄说："放你的狗臭屁！你家牛把我的麦子糟蹋完了，还没叫你们赔哩，你们还想反咬一口，叫我赔你们的牛，你们昨晚上喝烧酒喝多啦，打错算盘了！"

梁书的女人拍着巴掌，像在为肖四禄的话鼓掌："就是你打死的，就是你打死的，就是你这个老怪物打死的！你还想赖？赖不脱了！"

肖四禄的女人说："我求你们不要吵了，把我耳朵都吵麻了，你们想怎么办？你们不是只为了吵架来的吧？"

梁书不慌不忙地说："你家麦子我认赔，但我要你们给小娥做一副棺材，我们要把它埋起来。"

肖四禄气得全身发抖，他六十多岁了还没准备棺材哩，现在倒有人来叫他给牛做一副棺材！真是岂有此理，他抱起那个还没箍好的桶，朝梁书扔过去："拿去吧，这就是你家牛姑娘的棺材！狗杂种，狗×捅出来的！快滚，不然我两斧头砍死你。"

桶被摔成几大块，有一块跳起来打在梁书的脚上。梁书说：

"肖四禄，你打我了，你打我了，你赔我医疗费。"

肖四禄骂老太婆："站在那里干什么，快给我赶呀，把这两个不要脸的人赶出去。"

肖四禄的女人想了想，进屋把夜壶提出来，还拿了个破碗：

"滚不滚开些？不滚我泼尿了！"

边说边往破碗里倒尿。

梁书和他的女人忙往院子边上退。老太婆犹豫了一下，肖四禄又吼起来："泼呀，往他们身上泼。烂婆娘，你怕什么！"

梁书和他女人且战且退，退到老太婆不再追上来，他们的嘴又硬起来。梁书说他好心好意的，本来只叫肖四禄赔一副棺材就行了，现在是既然你不仁，那我也不义，还得外加一笔医疗费。他故意一跛一跛的，说肖四禄的桶板把他的脚打肿了。他要去找村长李自强主持公道。梁书的女人则跳来跳去地大骂肖四禄，她把肖四禄的所有缺点和隐私全都抖搂出来，以"老东西、老怪物"作为每一件事的总结。她浮想联翩，说肖四禄之所以脖子上长鳞甲，是因为他长了颗狼心狗肺，狼和狗吃骨头都不吐渣，不吐渣当然会长鳞甲。肖四禄一边干活一边欣赏梁书的女人对他的描述和虚构，她的声音一旦小下去，他就站到院子边去骂几句。在那个女人骂他的间歇，他把还击她的话想好，所以每次都能击中要害，都能再次激起她的愤怒。他把那个夜壶里的尿兑上水，去淋屋当门的白菜。尿臊味使他兴奋。梁书的女人开始还有些得意,觉得自己骂得多,除干打净赚了不少,直到嗓子变哑才知道上当了。肖四禄声若洪钟,骂出来的话像炮弹,她的声音却像躲在稻草堆里的小麻雀,已经传不远了。但她没有停下来,停下就意味着缴械投降。直到肖四禄磨磨蹭蹭把兑了水的尿全部泼给白菜,提着夜壶进屋半天没出来,她才像叫唤够了的乌鸦一样闭上嘴。

梁书说光骂不行,骂不解决问题,得叫肖四禄把棺材钱拿出来。女人说有人想买小娥,"我把他赶走了,我不能卖,它是我的女哩,我要把它安埋起来"。梁书说,暂时不要忙,要留着它做证据,等肖四禄认赔后再埋。

李自强一点也不想管这些鸡毛蒜皮的事情,他的生意那么红火,为别人的事情磨嘴皮子得不偿失,何况没有哪次能让当事双方都满意,屁大的事情他们都会当生死攸关的大事,解决不好两边都要骂他。当他弄清梁书的来意后,他很想一脚把他踢出去:牛的肉那么厚,一个老汉怎么可能把它打成内伤!他的脚背被破桶砸了一下,连个红印都没有,赔医疗费更是无稽之谈。他现在最喜欢干的事情是代表村民向黄金公司索取青苗损失费和土地占用费,他说的话看上去总是站在村民这一边,可每次谈判结束后村民不会用一分钱的东西感谢他,反倒是黄金公司给他一笔"奖金"。奖金的多少只有他和黄金公司的经理知道,村民从他的表情猜测应该不少,所以每次请他一起去和黄金公司谈判是又爱又恨,他们试着不请村长,自己和黄金公司打交道,谈下来却总是吃更大的亏,他们始终没弄懂里面的奥秘。梁书就是这样的人之一,每次吃亏后都来求李自强,要他想办法替他挽回损失,李自强对他没什么好感。他问梁书两项赔偿加起来多少钱,梁书说棺材钱五千,医疗费一千。李自强在心里冷笑,你他娘的是金脚银脚,那么碰一下就要一千。他不怕梁书,但他怕他女人,那个婆娘骂起人来没完没了。他把梁书请到内室，小声说："牛那么大，棺材五千差不多，医疗费我看就算了。"梁书心里要的是三千，有三千他就满意了，李自强这么一说，他既高兴又感动，他说："行，请李村长替我做主。"李自强摇了摇头："我不能给你做主，但我可以给你指一条明路，你请人写张状子到法院去告他，这个官司你赢定了！"李自强把梁书打发走后，又去找肖四禄，他对他也没什么好感，他儿子肖美学开商店没赚到钱，总觉得是李自强抢了他的生意，明里暗里闲话不少。他告诉肖四禄，梁书请人写状子了，要到法院去告你了。肖四禄一听心里就慌了，他和所有的农民一样，对政府部门的任何一个机构都有种畏惧心理。李自强要的就是这个效果。李自强说："你不要怕，你让他告，他这是自作自受，你想，牛又不是人，打几下就打出内伤？何况它当时还在跑，就是站在那里让你打，也不是一棒两棒就能打死的。状子递上去法官理都不理就会把他赶出大门，这明摆着没有道理嘛。"肖四禄听李自强这么一说，顿时觉得李自强之所以当村长，是因为他太正直了，太有水平了。他立即吩咐老太婆煮荷包蛋。李自强说："不吃不吃，我还有事，我要走了。"他不是客气，他真走了。老太婆煮的荷包蛋他吃不下去，肖四禄脖子上的鳞甲让他恶心。

梁书到香溪去交诉状，法官没有赶他，而是问他愿不愿意拿钱出来做法医鉴定。法官说："你们的焦点是有没有内伤，这不能由你说了算，也不由肖四禄说了算，必须通过法医鉴定，由法医说了算。"梁书问鉴定费多少，法官说至少两千，因为香溪镇没有法医，只好到县里面请，县里面的法医也只鉴定过人，还没鉴定过牛，到时候说不定还要请一位兽医。梁书犹豫不决。法官说："不管官司谁赢，鉴定费都是你自己付，被起诉方能赔你的也不是什么棺材钱，而是一头牛的钱。"梁书问一头牛多少钱，法官说按市场价，市场上卖多少就是多少。梁书想了想，算了，不打官司了，他自己去找肖四禄解决。回到纸房时他就去肖四禄家，对肖四禄说：

"肖四禄，我最后再问一句，到底赔不赔棺材？"

肖四禄说："赔，我陪你妈睡大觉！你给老子滚。"

梁书说："好，你不赔算啦，我不要你赔了。"

天快黑了，但梁书没回家，他走进肖四禄的稻田，稻田里的油菜刚长出第三片叶子，每窝只留了一株，由于底肥施得足足的，每一株都很壮实。梁书一脚一窝"嚓嚓"地踩起来，油菜上有露水，不一会儿就把鞋打湿了，很不舒服，可他越踩越兴奋，忙了整整一夜，把肖四禄的油菜全都踩趴下了。

第二天，肖四禄和老太婆去给油菜锄草，他吃完饭先走了，老太婆要把碗洗了猪喂了才能出门。老太婆走到地里，她大吃一惊，老头子倒在田埂上人事不醒。

"肖四禄，死老头子，你这是怎么了？我的天啦！"

她急忙掐住他的人中不放，直到他慢悠悠地醒来。老头子的脸像死人一样煞白，眼珠子像是被卡住了，转动起来那么困难，全身像通了电一样哆嗦。想要说点什么，却没法控制住抖动的嘴，嘴抖得非常厉害，连呻吟也无法顺溜地释放出来。老太婆把他的头抱在怀里，厉声说：

"不要动，好好休息一下吧。"

肖四禄的嘴慢慢平静下来，只有肩膀偶尔抖动一下，身子一阵一阵轻微地颤抖。他突然推开老太婆的手，一骨碌坐起来，双手拍打着大地，痛苦而绝望地喊道：

"土地菩萨，你看一眼呀，你看一眼呀，这个人太万恶了，太万恶了呀，这么好的油菜呀，全都毁了呀，全都毁了呀！"

他拍打大地的样子,既像在给什么人磕头,也像是要找个缝隙钻进去,把沉睡的土地菩萨叫醒。

老太婆朝田里看了一眼,一骨碌爬起来,看见稻田里的油菜全都趴下了,她带着迷信和恐惧的眼神看了老头子一眼,觉得这不像是人干的,而是妖魔鬼怪干的。

肖四禄咒骂了一阵,颤颤巍巍地爬起来,扛着锄头往家走。老太婆害怕地问:

"你要到哪里去呀?"

肖四禄说:"我知道是哪个干的!"

肖四禄气呼呼地走到路上,想了想又回过头来,绕油菜地走了一圈。他走得很慢,像在仔细研究每一棵断掉的油菜苗,它们为什么断得这么难看,断得这么伤心。他脖子上的鳞片一会儿张开,一会儿合上,像公鸡脖子上的羽毛,这一张一合耗尽了他的精力,当他离开油菜地的时候,摇摇晃晃的,全身都没力气了。

肖四禄走后,老太婆走进地里,比平时更仔细地薅起草来。油菜脆生生的茎秆被踩断了,断掉时冒出过绿色的汁液,现在已经风干了。只有小部分幸免于难,但叶子也被踩烂了,汁液把泥巴都染绿了。老太婆轻轻地把它们扶起来,心想再下点肥料,也许还能长起来。她心里也猜到了,一定是梁书干的——腰长肋巴稀,必定不是好东西。梁书干筋瘦壳,肋巴像耙齿一样稀疏。老头子肯定和他吵架去了。在吵架方面,老头子像干地里的活一样在行,她想自己没必要去打帮忙锤,现在最要紧的是把陷到地里去的苗苗扶正,以便它们早点恢复元气。每当看到被鞋底完全捻碎的细苗,她都忍不住要咒骂梁书几句,可干着干着,她就忘了骂了,心思被这些可怜巴巴的油菜苗紧紧抓住了。

肖四禄没有立即去找梁书,而是一家一家地申诉,请他们告诉他,

他应该怎么办。走到广线家,他说:

"光线,你说说,请你说说,梁书这样做还叫不叫人?"

广线不想得罪梁书,也不想得罪肖四禄,他什么也不说,为难地东张西望。肖四禄说:

"你不说算了,我不怪你,梁书把我逼上绝路,我不想活了,活起太没意思了,我一会儿就要死了,我要死在梁书家,我不知道有没有做过对不起你的事情,如果有,我现在向你道歉,请你原谅我。"

肖四禄鞠了一躬,眼泪淌下来。他的声音善良而又苍老,他离开后,广线的女人不安地问广线:"他说他要去死,你怎么不劝劝他呀?"广线对女人说:

"他真要去死,我想劝也劝不住啊。"

肖四禄走到冉光福家,对冉光福说:

"光福,我应该怎么办啊?请你说说,你是纸房最有办法的人,我如今一点办法也没有了,你说我应该怎么办啊。"

冉光福说:"肖老汉,没有上不去的坡,没有过不去的桥,现在你在气头上,最好什么都不要想,好好回家去睡一觉,有些事睡一觉就想通了。"

肖四禄凄切地摇摇头。

"光福,我知道你这是好心劝我,我谢谢你,但我已经没有别的办法了,我只有死在他家,我要有别的办法我都用不着这样了。"

冉光福说:"以前你不是那么怕死吗?勘探公司来的时候,你不是还为看不到金子难过吗?现在怎么了,不怕了?"

肖四禄惭愧地笑了一下,像被人当面揭穿了什么秘密。他说:"以前怕,现在不怕了。"

我正在地里拔草,我没想到肖四禄会来找我。他去王光路家我看见了，王光路的儿子把他的话学说一遍，笑他装模作样：

"我要死了，我死了梁书就安逸了。"

肖四禄看了看我，没有再说类似的话，而是关心地问：

"辛维，你年纪轻轻的，怎么不去挖矿啊？"

"我不喜欢。"

"你喜欢种庄稼？你种庄稼还不行，你以为种庄稼好玩，我种了一辈子，我从没觉得好玩过。"

我能说什么呢？他摸了一张五十的钱出来，想了想又加了二十。

"我就要死了，我请你帮我一件事，等我死了把这些钱给道云老汉，请他到时候来哭我。我别的都不要他哭，就请把我和梁书之间的事哭一哭就行了。别人不知道什么叫公道，道云老汉知道。"

我像傻子一样不知道说什么好，可我居然把钱接了过来，等他走远了，我才从喉咙挤出一句话来：

"你不要去死。"

他没有回头。

不一会儿道云老汉来了。从我开始种地他就到地里来帮我干活，我没有请他，他自己非来不可。我知道他仍然想叫我当他的徒弟，最后在我身上留下记号。我懒得理他，他要干就干，不干就走，他一来我就从另一头开始，连话也不想和他说。

但今天我不能不和他说话。

"这是肖四禄给你的。"

我把钱递给他。

"给我干什么？"

"他说他就要死了，请你到时去哭他。"

道云老汉笑了一下："收活人的哭钱，从没有过的事啊，我不要，你留下吧。"

"人家给你的，又不是给我的。"

我坚决把钱塞在他怀里。道云老汉说：

"他不会死的，真要死就用不着一家一家地通知了，他不过是希望大家说句公道话。"

没有人相信肖四禄会死。

他这么一家一家地走下去，走到天黑也走不完，如果走到天黑，他就只有回家休息，第二天再来，或者像冉光福说的，睡一觉就什么事都想通了。可后面的人家看见肖四禄，知道他要干什么，趁他还没进院子就把门关上了。这大大地节约了时间，肖四禄走到梁书家，太阳还有一竹竿高，他站在梁书家院子里，叫梁书出来，他有话对他说。梁书和他女人站在屋檐下。肖四禄说：

"梁书，梁书家的，我来给你家小娥抵命来了，我来给你家牛姑娘抵命来了。"说完"咕嘟咕嘟"把药喝了下去。

在油菜田里薅草的老太婆正在埋怨，这个死老汉，去了就不来，天都要黑了。她看太阳的时候同时看见马路上几个人大喊大叫着像疯子一样奔跑。跑在最前面的是儿子肖美学，肖美学看见她，以一种奇怪的陌生的声音大声说：

"妈，爹死了！你快来呀。"

跟在他后面的王光路说：

"肖四禄在梁书家喝农药自杀了！"

老太婆喉咙里"咕唧"一声，扛起锄头就跑，摔了一跤，这才把锄头丢掉。她不时摔倒在田埂上，摔倒后不能立即爬起来，她便手脚并用往前爬，爬一阵再站起来跄跄跄跄地追赶。

跑到梁书家，肖四禄还在地上难受得打滚，农药瓶躺在一边。有人说，快送医院呀。另一个人说，不行啦，尿都流出来了。肖四禄好像也听见了这句话，不再滚了，四肢缩成一团，痉挛了一阵，然后停止抽搐，一动不动，身子小得像个半大孩子。死者的脸色在瞬间开始发黄，一行眼泪顺着皱巴巴的脸颊流了下来，似乎心里还在难过，还在委屈，还有连死也抚不平的绝望。

村里人陆续赶来。这个向他们预告过死亡的人真的死了，这不仅出乎他们的意料，也让他们感到惭愧。死者生前似乎没有爱过大家，他是那么严肃，对什么事都要求自己做到一是一二是二，他不占别人的便宜，别人也不要想占他的便宜。他辛苦了一辈子，劳累了一辈子，孤独了一辈子，他从没有抱怨过，他甚至不知道这是可以抱怨的，可他受不了那么大的委屈，他耐力十足的身体再也吃不消了，最后缩成一团，不是毒药在起作用，而是他心里太难受了。

冉光福用一种悔过的口气谈起他对肖四禄的劝告，有一种开脱的意思，别人都看着他，他不好意思继续说，红着脸闭上了嘴。

我很惭愧也很难过，刚刚还和我说过话的一个人就这么死了，我不敢看他，也不敢去看那些正在议论此事的人。我是有罪的，我想。我的罪还不小，我想。

道云老汉也不知所措，他没像平时那样，一到死人面前就下跪哭诉，先给死者的亲属一个尽职尽责的好印象。他拿出肖四禄给他的钱，喃喃地说：

"你们看，他先把哭钱都给我了，可我哭不出来。"

前几天叫肖四禄给梁书家的牛做棺材，现在反过来了，梁书要给肖四禄做棺材了。屋后有一棵合抱粗的杉树，他舍不得砍，准备将来自己用，可肖美学在别人的怂恿下，说除了杉树，别的树他不答应。

砍树时，梁书觉得每一下都砍在脚踝上，树倒下后，他觉得斧、凿、锯全都作用在他身上，他就是那棵树。

梁书家的亲戚说："就用牛肉来办丧事吧，牛皮剥下来也可以卖点钱。"梁书蹲在阶檐上，脸色铁青。他已经毫无主张，别人怎么说就怎么做。他女人则一会儿要上吊，一会儿要跳井。她太憋屈了，太冤枉了，太不想活了，一死百了，什么事也不想管了。

牛死不久，她还在伤心难过，冉四本就去向她买牛，她把冉四本骂得狗血喷头："你是耳朵聋了，还是耳朵里的耳屎太多了，耳屎太多就请你掏干净你的耳屎，这是我养的牛吗？这是我养的闺女，天下有卖自己儿女的吗？"冉四本早已和他父亲分开了，和父亲一起贩猪贩牛，无论赚多少钱都不会分一份给他，父亲的理由很充分：分什么分，这些钱难道不是我们家的？你想买什么东西又不是没给你钱。冉四本觉得自己是父亲的长工，什么事都不能自己做主，叫他干什么就必须干什么。几次争吵后，冉四本再也不跟父亲干了，和别人合伙去了。气得冉光福直跳："×他娘，这是养儿子还是养贼呀，养大了，翅膀硬了，看不起老子，倒要去和别人合伙了。"冉四本不吭声，当他把第一次赚得的钱分一半交给父亲时，冉光福才发现分开也好，等于多了一个人赚钱。冉四本比他父亲还精明，无论是猪牛马羊，他用手抓一下背脊骨的长短就知道能杀多少斤肉，在他眼里，活着的猪牛都不是猪牛，而是一堆肉。那张嘴也锻炼出来了，如果有必要，树上的鸟都能哄下来。被人臭骂，他不生气，他说："我的大娘，不卖就算了，喷什么粪呀。"梁书的女人说："不卖。"冉四本说："我是为了让你减少损失，牛死都死了，卖几个是几个。"梁书的女人说："说不卖就不卖，你再啰唆，我又要骂人了。"

现在亲戚说用"小娥"的肉招待客人，她没说不行，说不行就得另外杀一头猪。也不敢说行，毕竟是当女儿养了那么多年哪。

梁书的女人说："让我死吧，我死了用我的肉。"都知道她这是疯话，但听了让人不舒服，于是低声嘀咕：你的肉那么老，哪个敢吃。还有的说：我们是来帮忙的，不是来吃人肉的。只有聪明人听出来，她这是答应了，不吃牛肉就得花钱买，她哪里舍得钱呀。

剥牛皮之前，女人趴在牛身上，哭了一场："小娥，我的好乖乖，妈对不起你哟。"

屠户剖开牛肚子，看不出什么内伤，但胃里有一股臭味，肝是黑的，有经验的人说这是中毒了。这事没告诉肖美学，怕他得理不饶人。

牛头没多少肉，埋了，怕内脏有毒，也埋了。瘦肉切成丝一部分炒芹菜，一部分炒青辣椒。筋和肥肉熬汤，熬到半熟加海带和萝卜。这就有三个带肉的菜了。再用猪肉炒一个回锅肉，就有四个带肉的菜了。加上炒豌豆片、酸菜烩豆米、油炸阴辣椒、菜豆花上吹一点油汤、水煮老南瓜、凉拌水芹菜和折耳根。这就有十个菜，满满一桌，够丰盛的了。

那个回锅肉，梁书是不愿加的，肖美学不同意。他家的亲戚全都要来吃饭，没有肉不行。在纸房人的词汇里，只有猪肉才被称为肉，其他动物的肉都要加一个定语。梁书想节约，肖美学则恨不得吃他个仓底朝天。

"肉都没有一个，绝对不行。"他说，"没什么好商量的，就是这么的！"

牛皮当天就被冉光福买去了，他用篾片儿把它撑起来挂在屋檐下。远远看去，像一只巨大的乌龟。冉光福说，这张皮他没赚钱，纯粹是为了减少梁书的损失做好事。

给肖四禄换老衣的时候，脖子上用什么药也治不好的鳞甲轻轻一碰就掉了。给死人换衣服是个技术活,一般人做不了。肖四禄死了两天,等肖美学和梁书达成安葬的协议,这才按程序一项项着手下葬仪式,尸体早就冷硬了。由于死得痛苦,身子缩成一团,任怎么拉扯也伸不直。替他换老衣的人忙得满头大汗也没法把旧衣服脱下来,他找了几个人帮忙,叫他们分别拨拉死人的四肢和脖子。那个拉脖子的人刚捧在那儿,还没使上劲,就"哎呀"一声跳起来。他手上粘了几片鳞甲,半透明的,薄薄的。他觉得太不吉利了,忙打水用肥皂反复搓洗。再也找不到人帮忙了。换老衣的人只好用剪刀剪掉旧衣服,新衣服也只有剪破了盖上去,再用针线随便缝一下了事。肖四禄不仅脖子上有鳞甲,胸脯上也长满了鳞甲,脱下来的旧衣服粘了不少,烧这件衣服的时候,不时发出噼啪响,有一股烧猪皮的臭味。

死者入土后,所有参加葬礼的人再吃喝一顿,这事就了结了。梁书去柜子里取白糖,猛然发现一只箩筐里盘着两条大蛇,满身黑黄斑纹。其他人听到了,赶去帮他打蛇。一个老太婆说,不能打,这是肖四禄变的。梁书一听这话更是非打不可,心想我已经把你安埋了,你还要变蛇来吓我!他说:"这不是肖四禄,这是两条蛇,肖四禄要变也只能变一条,两条肯定不是他,打,给我打,打来熬蛇汤。"

真熬成一锅汤。蛇汤非常鲜,可是喝到后面,看汤盆里卧着几片鳞甲,不知道是肖四禄的,还是蛇身上的。

那只箩筐一个小时前还有人装过米,蛇怎么跑进去的?屋子里那么多人,要搞恶作剧也没机会呀。况且已经入冬,大部分蛇进洞睡觉去了,它们又是从哪里来的?越想越觉得蹊跷。这种蹊跷像水上的小船,每个人的猜测就是默不作声的波浪,托着小船四处飘荡。有人担心自己的脖子长鳞甲,有人担心肖四禄会变着花样报复,还有人担心自己会莫名其妙地死去。喝过蛇汤的人悔之不及,可想吐也吐不出来了。

肖美学的亲戚送的礼不多，但他自己没有花一分钱，所以这笔礼钱是"纯收入"。梁书花掉了一大笔钱，他的亲戚一分钱的礼也没送，酒席虽然是他出钱办的，但死者和他们没有任何关系，用不着送礼。肖美学表面上既愤怒又悲痛，心里却乐滋滋的，那副装出来的面孔像惯犯的悔过书一样靠不住。

村里人都在用讥诮语气说这件事，可听上去却又不无嫉妒和羡慕。肖美学用那笔钱买了一辆旧摩托，据说本来只值七百，可那个狡猾的车主整了他的名堂，多要了他一千二。冉光福说，那个方脑壳，不整他整谁呀。肖美学没骑多久又把它卖掉了，别人以为他不会骑，因为好几次滚到马路下面去了。可没过几天，他又买了一辆，是一辆新车。村里人说，这个败家子是藏不住财的。

其实，肖美学买摩托另有打算，他买给张雨晴看的。他去告范光乾的时候，心里想：哼，这个女人，我再也不会理她了，一辈子都不会理她。但才过去几天，他就发现，自己很难做到这一点，倒是张雨晴完全做到了，无论他在什么地方碰到她，她老早就把脸掉向一边，看也不看他一眼。父亲的葬礼上，张雨晴也去了。当她的身影出现在人群中时，肖美学非常激动，以为这下好了，他和她之间的坚冰终于打破了。他甚至忍不住想，父亲死得真是时候。张雨晴像来还钱一样，到礼记师那儿放下钱就走了，连水也没有喝一口，只和熟悉的人点头打了个招呼。她的衣着和步态独具一格，不但纸房的人比不上，就连香溪镇上的人也比不上，那是一种自信和自爱的高度统一。那是与生俱来的，也是后天练就的，这恰恰是纸房人最不具备的东西。

从这天起，肖美学决定不计前嫌，重新向张雨晴示爱——虽然他早就不计什么前嫌，但不给自己一个台阶，自尊心搁不下去。黄金公司在山上修了很多临时公路,以前只有牛马才能去的地方,现在汽车都可到达,两个轱辘的摩托就更不在话下了。肖美学骑到李自强家老房子,不管张雨晴爱听不爱听,都要故意摁一阵喇叭。如果在半路上碰到,他便停下来,问要不要送送她。张雨晴有时候懒得理他,有时候赏他一句:

"我的腿又没断!"

直到有一天,张雨晴在冉四本的肉店买了几十斤肉,一歪一扭地拎着往山上走,肖美学远远地看见了,夹起摩托冲上去,笑嘻嘻地说:"这回你要我送了吧?"张雨晴把肉递给肖美学,叫他送到厨房去,她自己却坚决不上车,肖美学说:"你不上来我不给你拿肉。"张雨晴不屑地看了他一眼,说:"随你的便。"肖美学假装说:"我丢了哈。"张雨晴看也不看他一眼,已经拐到田埂上抄近道往山上走。肖美学只好把肉放到后座上。

即便这样,他也觉得这比她连话都不和自己说好多了。他相信只要继续努力,她总有一天会扑到他怀里。

第十九章

虽然已经有人死了,但纸房不可能因此清静下去,有些事正在以难以想象的方式发生。

黄金公司有一个副经理,专门负责和村里人谈判占用土地问题。这样的负责人每个黄金公司都有,但他们的工作方法是不一样的。有些是直接和农民协商,有些是通过村干部和农民打交道。每块土地的具体情况不一样,价格也不一样。村里人喜欢说话柔和,能体谅他们,至少在言语上体谅他们的人。这位副经理四十来岁,衣服笔挺,头发梳得溜光,皮鞋擦得锃亮,腋下夹着一个皮包,一旦发现皮鞋脏了,他立马从皮包里抽张纸巾出来把它擦干净。无论对什么人他都彬彬有礼。哪怕是一个还不懂礼貌的小孩,他都要点头招呼。如果是在小路上碰见,他会早早就站在一旁,把路让给你走。村里人互相打招呼,往往是"吃饭没有""到哪里去",或者"你下地呀""你放牛呀""你割草呀"。这人不说这些,他说"你好""谢谢""再见"。这些文雅的词常常让干了一辈子农活的人不好意思,但心里非常舒服,觉得这人不错,是他们最愿意打交道的人。但是有一天,他们发现他喜欢到那些有年轻女人的人家去。

在一个阳光灿烂的中午,这人从一户人家跑出来,只穿了条短裤。在后面提着扁担追他的是一个七十多岁的老头。这老头的孙子不久前才娶媳妇。他没往坝子里跑,而是围着老头的房子转圈。转第二圈的时候,屋子里一只大乌鸦飞出来,他一把抓住。不是乌鸦,这是他的衣服。老头没他快,但他穿裤子时把两条裤腿套到一只脚上去了,老头追上去,举起扁担没打下去,而是举起扁担骂起来。这时李自强赶到了,把老头劝进屋,用摩托把那人载走了。据说事后由李自强做主,给了老头的孙子一笔钱,把这事了结了。

从这以后,凡是牵涉黄金公司与村民之间的事都有李自强参与,李自强一会儿代表村里人,一会儿代表黄金公司,一会儿作为中间人,成了黄金公司和纸房都倚重的人。当他代表村里人的时候,他会在天黑的时候突然来到你家,预先告诉你,黄金公司下面要占你地了。说到最关键处,他左右看看,像担心屋子里有窃听器似的,觉得一切正常,他再把嘴贴在你耳朵上,呼出的气搞得你痒酥酥的,这时他说出一个数字,然后拍着你的肩膀,反复叮咛:

"不管他们说什么,你都要咬住这个数,千万不要松口!记住了?"

这时候大多数人都会感激不尽,像鸡啄米一样点头。

但与此同时,和李自强有关的各种传说不胫而走。

第一个传说,说李自强和黄金公司的经理们打麻将的时候,钱不是一百两百地数,而是用尺子量,押两寸,押三寸,甚至押一尺,一尺五,全是一百元的新票子。不管输还是赢都不用数,把剩下的钱装进麻袋,往车上一丢就回家。他有一辆七成新的吉普车,有人说是黄金公司卖给他的,也有人说是黄金公司送给他的。

第二个传说,和村里几个漂亮的女人有关。天黑以后,李自强用车把其中某个女人送到黄金公司场部,在天快亮的时候把她接回来。正是因为是晚上发生的事,据说只有少数几个人亲眼看见。还说李自强为了让这些女人干那事,把花坟的白花采来烘干,擂成粉让这些女人喝下去。喝了这种花粉的女人,一见男人就会往他们怀里拱,挡都挡不住。

花坟是一座精致的石头坟。很久以前,纸房还没有花坟这个地名,那里有一户人家,是做盐巴生意的,颇有家底。男主人不但做生意在行,还会武功。他挑盐巴的扁担,看上去和一般挑水挑土的扁担没什么区别,可他这根扁担实际上是剑鞘,能抽出来两把宝剑。这是他花了两根金条买的,是他从不离身的宝贝。除此之外,他还有一样宝贝,是他花了一半的积蓄从一个戏班子买来的女人。他怕别人觊觎他的宝贝,看守得很紧。其实纸房没有人想他这两样宝贝,扛钩钩枪修地球的人,种的粮食能够糊嘴,十天半月能有巴掌大几片肥肉解馋,讨的老婆(不管美丑)能给自己生下一男半女,这一生也就满足了。有个十八岁的石匠,来纸房做手艺,走到那盐巴老板门前,想进去讨口水喝。围着院墙走了一圈,却找不到门在哪儿。他不知道那男人为了保护自己的宝贝,把院墙的门封了。他会武功,飞进飞出倒也方便。家里其他人要出去,得经过他的批准搭梯子。这天他看见那年轻人在院墙外面探头探脑,便一纵步跃到院墙上。

屋主人质问年轻人:"鬼头鬼脑的做啥子?莫不是替土匪来踩点?"年轻人被吓了一跳,见他站在墙上,更加慌张。于是屋主人断定他不是好人,不由分说,揪住就是一顿狠揍,直打得年轻人金星乱冒。两年后的一天深夜,那人听见有人在打院墙,忙披衣起来去看。爬在院墙上,发现不是人,而是一头大水牛。他吼了一声,那牛不但不走,反而更加不要命地顶起来。他跳下去一看,原来墙上钉了一张虎皮。就在这当儿院墙被牛顶垮了,他挥剑去赶牛,这牛见了他却一头朝他撞来,他往路上跑牛也往路上追,他飞身从堡坎跳下去,牛也跟着跳下去,他往山上逃牛便往山上追。不管人还是动物,不怕力气大的,就怕不要命的,这牛已经不要命了。那个石匠躲在树林里看着这一切。那牛是他买来的,是一头有崽的母牛。他让人披着虎皮把它的崽牵走,然后把虎皮拿来钉在这院墙上。母牛见了虎皮便不管青红皂白地撞开了。石匠正准备离开,却见院墙的豁口处跑出一个女人来。石匠以为这女人是来抓他的,忙钻出树林逃跑。这女人见了他也像那牛一样紧追不舍。那女人说:"你站住,我有话给你讲。"他犹豫不决地站住了。这女人说:"我不管你是谁,你带我走吧,去哪里都行!"他说:"我怎么能带你走,我和你没有任何关系,我只是报复他无缘无故打我,别的事情我可不想做。"女人说:"求你了,带我走吧,我好不容易才跑出来,我再也不想回去了。"石匠说:"可我能带你到哪儿去呢?"女人说:"随便你,去哪里都行,你……你不要我……你就是把我卖了都行!"石匠不再说话,低头前面走。心里却在想:那男人武艺高强,这女人又是他的宝贝,我不能跟他把仇结得太大了,太大了我可不敢。走到一个山垭口,山垭口有个土地庙,他对女人说:"你坐在这里等我,我去张家把我的石匠背篼背来。"女人信以为真,石匠穿过树林却再也没回来,跑了。女人等了半天,等来的是仗剑的男人。女人说:"是我自己跑的,和他没关系。"男人警觉地问:"他是谁?"女人说:"那年被你打了一顿的那个人。"男人说:"你为啥要跑,我对你不好吗?"女人说:"不是你对我不好,你对我太好了,可我不想当活死人。"过了很久,村人发现那家人没什么动静,被牛撞破的院墙也没修复。胆大的钻进去一看,大吃一惊。只见那家人的堂屋里埋着一座大坟,比一般的坟要大几倍。又过了几十年,房子倒了,院墙还立着。又过若干年，院墙也倒了，村里人把石头搬去砌院墙，最后只剩一座坟。那女人叫什么花，坟便叫花坟。

每到夏天，花坟四周都要开一片小喇叭似的白花，洁白无瑕，纸房人不知道这花的名字，但都没忘记警告家里的小孩，那花千万不要去摘来玩，玩了会变成花痴，男的见到女人就追，女的见了男人就招手。据李国田考证，这种花的名字叫曼陀罗。这花是不是真有那么神奇，谁也不知道，因为没人试过。有人说没有那么简单，要通过特殊方法炮制，还要加上其他药才行，乱用会出人命的。肖美学向李自强打听过曼陀罗的使用方法。李自强问他打听这个干什么，他不敢说想给张雨晴下药，他说他想知道是不是真的那么厉害。李自强给了他一顿训斥，叫他不要尽想歪歪事，要走正道，看上了谁明媒正娶，少作恶。肖美学硬着脖子，把他道听途说来的，和李自强有关的事全都抖搂出来，李自强听完后冷笑一声，问还有吗。肖美学搜肠刮肚，又说了两件，李自强又问还有吗。肖美学只好说没有了。李自强说："就这么点？继续编呀，这么精彩，连我都想听，你叫他们继续编，编好了再来讲给我听。"第二天，李自强的女人叫肖美学去她后院搬东西，他进去后，什么东西也没叫他搬，她把他骂了个狗血淋头。

第三个传说，是方脸冉光福说出来的。他说："真是傻瓜，纸房的人真是大傻瓜，你们以为李自强对你们好得很，其实他早从你们身上赚肥了。照他的说法，黄金公司占地的时候，李自强事先和他们勾结好了，本来黄金公司出价两万，他先跑到你家来叫你一口咬定一万六，等成交后，那四千就是他的。你以为他帮了大忙，对他感激不尽，其实是在帮他挣钱。"冉光福一边说一边用手拍打象征假定的愚笨的脑袋。

这样的传说像地里的野草一样多，但都没有根据，说起来有眉有眼，认真起来，你又没办法知道哪些是真的，哪些是假的。平时在什么地方见到李自强，似乎仍然是以前那个李自强，没什么变化。可有时候又让你觉得，他完全变了，早就不是以前骑辆破单车的那个李自强了。

这样的事似乎就在眼前，但没有一个人知道内幕到底是什么。大多数人虽然对此不满，但对自己雨后春笋般增长的财富颇为满意。

他们于是假装什么事也没发生，假装心里一点震动也没有。庄稼地和林地被征用时从黄金公司那里领来的钱曾让他们惊喜，抑制不住激动。钱太多了，祖祖辈辈手里从没捧过那么多钱。

财富增长的速度快得超出他们想象，他们不敢轻举妄动，就像担心这是梦，担心自己从梦中醒来其实两手空空。

老祖坟被挖掉时，也从黄金公司那里领了一笔钱。那些年代久远的老坟，并没有再次掩埋，而是把坟堆当金矿运走；已经腐烂得看不出原形的棺材，能烧的烧掉了，有的已经变成泥炭，不再燃烧，就把它混在金矿里运到浸泡池，那些一碰就粉碎的骨头有的被捡起来摆在石头上，有的则被脚踏车碾化为尘泥，最后也被当成金矿，运到池子里让剧毒的氰化钠溶液浸泡。年代近一点的，能明确身份的，迁移到另外一个地方埋起来。每迁一个坟都能从黄金公司领一笔迁葬费，这笔钱的大部分被截留下了，因为迁坟除了花力气，并不需要花别的钱。迁坟的收入虽然不多，但属不义之财，这让人惴惴不安。若黄金公司给少了，给得没别人多，又会使人生气，有受欺侮和愚弄之感。

有人把钱存进银行，有人在家里挖个洞藏起来，不管怎么做，他们心里都安静不下来，那么多钱，比他们想象的还多，而且来得太轻松了。他们从来没有这么不安过，大集体的时候没有，土地分到户的时候也没有。他们互相嘲笑，穷日子过惯了，现在有钱了连觉都不会睡了。有钱了，反而加深了他们在钱面前的卑贱心理。吵架时时发生，越是不安，越是要吵，这是逃避不安最好的办法。仿佛这样一来就可以把罪孽抛出记忆之外。

坟越迁越多，到处是新坟，这些死去多年的人重新焕发出某种分量，增加了恐惧和猜测。

在白天，他们很少去想这些事情。以前种庄稼，种得好不好是自己的事，没人和你竞争。即使有所争，也不是面对面的，而是背地里为一些鸡毛蒜皮的事较较劲而已。现在不一样了，他们尝到了竞争的苦头。二十多个黄金公司各自为政，哪里矿石的品位高，他们就叫民工往哪里挖。同一座山头，也有好挖和不好挖之分，离浸泡池还有远近之分，动作慢了好地盘就被别人抢去了。

既然要明争暗斗，就不能心软，就不应该有这样那样的不安，这种不安必须深深地隐藏起来，否则会被人误以为软弱。心里都明白，照这样挖下去，最终一块地也不会剩下，纸房将会变成一架被剔光了肉的骨头，但他们对新生活的适应远远超过了最初的担忧。有人每到赶场天都要去香溪，不是买回一堆吃的，就是买回一堆穿的。以前吃不惯西瓜，说有股生南瓜味；吃不惯香蕉，说黄央央的像一根大屎；吃不惯荔枝，说有一股烂红薯味。吃得惯的是本地出产的桃子李子。现在没什么吃不惯，以前把啤酒说成马尿，现在说它比茶解渴，还比茶经饿。衣服鞋袜，香溪人穿什么就买什么。他们穿着西装和皮鞋挖矿，既不像农民也不像工人，而是像以前他们自己看不起的"二杆子"。有人就用这种大手大脚地花钱来平息心中那份不安。而另一些人，则恰恰相反，言谈举止穿着打扮，好像比什么时候都穷，穷得快揭不开锅了，穷得快要去讨饭了。你要说他有钱，他高兴的时候谦虚地摇摇头，不高兴的时候还要生气，像受了诬陷一样。这些人似乎有更恰当的理由：钱虽然有几个，但土地没有了，矿挖完了，今后只有喝西北风了。还有一些人，则喜欢打牌赌钱，在李自强家麻将室一坐就是几十个小时。

另外几个人，则比较特殊，他们喜欢去看梁龙汉杀猪。梁龙汉是冉四本雇来的屠户，是外地人。以前只杀一头，清早杀，杀好了卖一天。现在是下午杀，一杀就是三头四头。一般人家杀年猪，要四五个人一起上，才能把猪按在杀猪凳上。梁龙汉不要任何人帮忙，他做了一个活动的笼子，把猪赶进去后把笼子缩小，把猪夹紧，用一个大铁环套住猪嘴，然后不慌不忙地把屠刀捅进去。

杀猪的方法不同，但猪的叫声是一样的。那种绝望而又疼痛的叫声，让那几个看客的五脏六腑像过电一样紧张，好像让猪这么痛苦，自己也有一份责任。同时又怕别人嘲笑自己软弱，于是面子上更加残忍。当猪被赶进笼子的时候，他们因为预知它的命运而感到好笑——明知进去是死，还要往里钻。当猪笼收缩，猪不得动弹而惊慌的时候，他们更是放声大笑——这下安逸了！当冰凉的屠刀戳进去，他们兴奋得两眼放光。屠刀抽出来，热血"哗啦"一声冲出来，他们双股打战，好像那把刀是从自己的喉咙抽出去的。看屠户的眼神既有几分讨好也有几分害怕。

在这几个人中，收获最大的是梁宗国，他能完整地模仿猪从圈里被赶进笼子，直到断气的叫声。先是不满的"咕咕咕"地哼，然后是害怕的"呜呜"想后退，接着便是"呜温呜温"的惊恐尖叫。声音忽高忽低，忽长忽短，不是语言能够表述的。任何一个象声词都不准确，可梁宗国只要露上那么一手，你就不得不佩服，天啦，猪的声音还那么丰富。有一天晚上，他在家里模仿了一段，不一会儿就有人跑来问，梁宗国，你怎么不把猪卖给冉四本，自己杀来卖，多赚不了几个钱呀。梁宗国得意地哈哈大笑，就像多年默默无闻的喜剧演员终于获得了观众的掌声。

第二十章

我和他们一样，也成了有钱人。由于父母已经去世，而土地还是他们在世的时候分下的，黄金公司赔给我二十万，那么这二十万全是我的。那些有四个五个人口的，二十万平均到每个人头上只有四五万了。挖矿比种庄稼强得多，但毕竟是卖力气的活计，这世上很少有靠卖力气发财的。

在我记忆模糊的某一年，有一个万元户来纸房收购棕片，他总是包一辆手扶拖拉机送他来。开这种拖拉机的人给脸，纸房人才能坐一回这种全身发抖的车，所以大家都觉得这个万元户很神气，在背后指指点点地谈论他，尽管他下了拖拉机后也和普通人一样走路。有一次父亲指着他让我看，他正打算去广线家。"就是他，"父亲小声说，"你看见了吗？"我机械地点点头，却不知道说什么好。这是一个身材不高，却很精神，小手小脚的中年人。

稻田里的油菜开花了，麦地里的麦苗也快两尺高了。村里人在背后说我不去挖矿是因为懒。

我的确有一种懒洋洋的感觉，对什么都提不起兴趣。但是，有些事我做起来往往废寝忘食，但这似乎也不能叫勤快。有一天，我端了张小板凳，在油菜田里坐了十五个小时，完整观察到了一朵油菜花开放的过程。油菜花的花骨朵只有米粒那么大，开花之前，将成为花萼的接缝已经露出淡淡的浅黄色，像穿了两条裙子的小女孩，外面那条是灰色的，里面那条是黄色的。一个小时过去了，它没有任何变化。三个小时过去了，还是没有任何变化。这已经是夜里十点钟了，露水爬到了植物们的叶尖上。我揉了揉眼睛，当我不经意地再看时，顿时吃了一惊，尖尖的花骨朵已经打开了，有一片黄色花瓣钻出来了！仿佛是在我揉眼睛的瞬间长出来的。长度没有变，直径也只大了一点点。到底是什么时候长大的，我迷糊了。我不相信是在我揉眼睛的时候长大的，那才几秒钟呀。可我一直盯着它，却又根本没发现它到底如何生长。我再一次领略到植物的神奇。也怪我粗心大意，没有随时用尺子测量，我以为它没有动静，测量不出什么结果，哪知却在我眼睁睁的盯视下骗了我。又过了两个小时，已经是夜深人静了，四片小小的花瓣挤破花苞，探出头来。这一次我看清楚了，整个过程大约半个小时。不是一点点地挤出来的，是突然之间像弹簧一样弹出来的。在这惊心动魄的时刻，我仿佛听到了钢针落地的声音，这是花开的声音。我热泪盈眶，同时又倍感孤独，为没人能分享我的快乐而难过。天亮的时候，它们已经完全是一朵花了，已经由不谙世事的小姑娘似的花骨朵变成知道害羞的少女了。

第三天，当我再去看这朵花时，它长大了三倍，由少女变成成熟待嫁的姑娘了。我还没走到它面前就看见它正得意地随风摇曳。

回家的路上，碰到二姨，她把牛牵出来游走。田埂上的草还没长起来，牛的大嘴啃得满嘴都是泥，吃到肚子里却没几根草。二姨叫我再牵到别处遛遛，她回去煮饭。

我牵着大水牛走到坝子里，牛看见脸盆那么大一个水坑，里面半坑黄颜色的脏水，它嗅了一下，然后抬起头，张开大嘴笑起来。牛笑起来是无声的，但看得出它的确是在笑，它非常兴奋，鼻子和脖子都在发抖。我同情地看着它，它笑够了又低头嗅了一阵，然后"嗯啦、嗯啦"地叫唤。它以为这尿是母牛撒在这儿的。我替它感到悲哀，这尿是从半边街流出来的，是从冉四本的"杀行"淌出来的，无论猪还是牛，临死前全都又屙屎又淌尿。如果它知道这些尿是怎么淌出来的，恐怕就笑不出来了。

离水坑不远有一堆稻草，是梁书家的，我想他家的牛已经死了，这些干谷草已经没什么用了，给我的牛吃不会有太大的意见。

稻草太干了，大水牛嚼得很慢，白色泡沫从嘴角源源不断地淌下来。变成牛来到纸房也许是最倒霉的事情，现在一年四季都吃不到干净的青草。

我躺在草堆上胡思乱想：我为什么是我，而我就是我？这个世界和我有什么相关，我是应该积极地融入进去，还是应该守着自己的心把自己独立起来？好像都不是太好，都不是我想要的，我不明白什么才是我想要的……

广线说："你看你的牛，好像不大对劲。"我一骨碌爬了起来。牛还在嚼谷草，可它冷得发抖，似乎用了好大的劲才没使自己倒下去。

广线说："吃到有毒的东西了，一定是。"我目瞪口呆，双腿发软。广线说："快去拿酸水来灌，看能不能救过来。"广线又说："不知道哪家有酸水，就用醋吧。"我说："叔，你帮我看着，我去买醋。"

我从肖美学那里赊了两瓶醋，一边走一边咬开瓶盖。好几个人听说牛中毒了，也跑来帮忙。

我们把牛的嘴掰开，将醋瓶塞进去。不知是醋太酸，还是感激这么多人救它，大水牛的眼泪都滚出来了。只有一半醋流进喉咙，有一半淌到了地上。李自强说:"不行,醋太少了,快去多拿点来。"肖美学端了一箩筐来。广线说:"狗日的肖美学,搞到事了,从没有一次卖过这么多醋吧?"肖美学说:"你问问村长,一瓶醋赚好多钱。"李自强说:"现在不是醋,是药,快点灌吧!"广线轻轻地拍着牛的肩膀:"乖,你乖,一会儿就好了,一会儿就好了。"我也忍不住站在另外一边拍起来:"牛儿,你一定要坚持,你一定要坚持啊。"

二姨跑来,哭了,说天啦,这是怎么了。

刚刚大家还有说有笑的,她这一哭,搞得大家都有点心酸。水牛有气无力地刨了刨右前腿,撒了一泡尿,似乎比刚才好受了一点。广线说:"梁书家那头牛说不定就是这样死的。"肖美学鄙夷地往梁书家那边看了一下,说:"肯定是,他狗日的还赖我爹打死的。"把半箩筐醋灌完了,李自强说:"用不着再灌了,牵到田埂上去遛一会儿再给它喝一盆清水,只要能度过今天,就不会有事了。"

我和二姨把牛牵到田坎上,牛看见一株草,便伸嘴去啃。我高兴地说:"好了,这下没事了。"二姨说:"牛和人不一样,就是马上要死了,它也要吃草。"没走几步,牛吐了一口黑水,臭不可闻。把我和二姨吓了一跳。它难受地叫唤起来,黑水越吐越多。我忙问广线怎么办。他说:"它吐它的,吐干净就没事了。"

我第一次对他们充满了好感。

在我阴冷忧郁的天性里,总觉得自己和他们格格不入。看着慢慢活过来的大水牛,我不这么想了。就连梁书家那个不讲道理的女人,也不是一无是处,她的"小娥"死掉的时候,她哭得那么伤心,我为什么要讨厌她那夸张的哭声呢?广线似乎自私了点,可人哪有不自私的,只是想得到的东西不一样罢了。今天如果不是他首先发现牛有问题,把世界上的醋全部倒进牛肚子也救不回来啊。肖美学也不完全是缺心眼的人，只不过他没有一般人会装，什么事都表现在那张脸上。而最关键的，是我有什么理由看不起他们？我有什么资格觉得自己比他们高明？没有任何理由，只有自以为是的借口。

我为自己心胸狭窄感到羞愧。

辛武来了，他去看过牛了，已经没事了。他问我怎么回事。

"我也不知道。"我说。

"我估计有人搞鬼。三个月死了七头牛。"

"草太脏了，吃进肚子里的主要是泥巴。"

"不是脏，是有毒。"

他和我约好，天黑后他来找我，我们好好调查一下，看看这毒到底是谁放的。

这天晚上，我们爬到马路边一棵枧子树上。辛武说，这里位置高，看得远，好发现目标。

枧子树虽然在马路边，可过路的人绝不会想到这上面有两个人，过了好几拨人，没有一个抬头往树上看。如果没有手电，即使看也看不出名堂。如果是独自一人，这人会走得很快，就像后面有谁在追他，如果是几个一伙，则会完全沉浸在他们的话题当中。在这冷飕飕的坝子里，秘密似乎比在那些看不见的黑屋子里的还多。有一对年轻男女，走到这树下时男的停下撒尿。说，天真冷，家伙都冷硬了，掏半天才掏出来。女的笑着说，你那家什哪天不硬，早就硬得像电线杆了。男的说，真要是电线杆，不怕把你砸昏呀。女的说，我不怕，我劈了当柴烧。

十点以后，马路上走过的人少了，四下里没有任何动静，我冷得发抖，并且感到无聊。

半夜里，终于有一个人从半边街走出来，四下里根本没什么人，可这人却鬼鬼祟祟蹑手蹑脚地行走。刚从屋里走出来的人，也许什么也看不见，可在黑夜里待的时间长了，连几十米远的野兔也能看见。

那人速度很快，我和辛武却只能猫腰追赶，以便那人回头时立即卧倒在地。跟踪了两公里，我们停了下来，已经很明确了，这人是去黄金公司偷东西。黄金公司的冶炼场灯火通明，抽水机还在嗡嗡嗡响，但没有一个人在看守。

那人走近浸泡池，我和辛武都认出来了，是冉四本。

冉四本没有靠近黄金公司的办公室，他在浸泡池取了点什么东西就回来了。

我们躲到一边，让冉四本过去。这次他谨慎得多，总是东张西望，好几次，我以为他已经知道有人在跟踪他。没走多久，他离开马路走向田埂，在田埂上浇起水来。这水正是他刚才从浸泡池偷来的。我明白了，他把毒水洒在草上，牛吃了就会中毒而死，他再把死牛买去卖牛肉。死牛的价钱不及活牛一半，可牛肉的价钱却没有区别！

我还没来得及问辛武怎么办，他已经冲上去了，我迟到了至少一分钟。我有点害怕也有点兴奋。他们的声音不大，可后面却越来越高。冉四本一只手拿着一个塑料瓶，有一瓶已经空了。

"嘿，有你这样发财的吗？"

"发什么财，我不懂你的话。"

"不要装了！你想把纸房的牛都毒死呀。"

"这和你有什么关系，你的牛又没有死。"

我最恨这种无赖，我握紧拳头，握得指甲都嵌进肉里，手心被热汗渗湿了。我一生气就说不出话来，就有一种同归于尽的绝望和悲壮。辛武说：

"我的牛没有死那是我运气好，运气不好也死了。死第三头的时候我就觉得蹊跷,怎么会生同样的病?原来有人暗中下毒手,你这叫伤天害理!"

"你想怎么样,想敲诈我?想要好多钱,说吧。"

"你这是什么屁话,哪个敲诈你?我告诉你,不光死了几头牛,肖四禄的死也和你有关。你不往竹叶上洒毒水,梁书家的牛不会死。梁书家的牛不死,就不会和肖四禄斗气。他们不斗气,肖四禄就不会自杀。懂了吗?你是杀人犯。"

我也得打打他的嚣张气焰,我说:"我们不想敲诈你,我们只要把这事告诉那些死了牛的人就行了。"

冉四本放下瓶子,摸了几张钱出来:"你们一个人三百,只要不把这事说出去就行。"

辛武飞起一脚,把装毒水的瓶子踢飞了,他吼道:

"这点钱你就想打发我?你不看看我是什么人!"

冉四本被镇住了。小声问:

"你要多少?"

"你毒死了七头牛,一头牛是多少,你自己算得出来。"

辛武信心十足抠了一下鼻孔。

"我算不出来。"

"好吧,我算给你听,一头牛一千,七头牛七千。我告诉你,你不敢不给,毒死耕牛可不是小事,是要判刑的。七头耕牛,至少判你三年。你是宁愿坐三年牢,还是给钱,你自己看着办!"

我没料到辛武会这么做。小时候,辛武和冉四本的关系是最好的,冉四本说要打谁,辛武就打谁,我们叫他"冉四本的狗腿子"。

辛武给冉四本一天的时间考虑,超过一天他就去香溪报案。第二天,他又去了黄金公司,说他们管理不善,那么毒的水让冉四本轻而易举地偷去当毒药,他要他们给他一万。他一副替他人着想的样子:"你们一年赚几百万,万把块钱算不了什么,这是拿钱消灾,值得。如果那些死了牛的人都来找你们,那就不是一万的问题了,你们说是不是?"

　　黄金公司什么也没给他。经理说:"冉四本在你家地里捡块石头打死了人,那也要找你负责啰?"辛武说:"石头又不是毒药。"经理说:"周辛武,你不要以为你聪明,你这叫敲诈勒索,是犯法,我今天把钱给你,明天就可以叫你还回来,你懂不懂?"

　　辛武和黄金公司经理吵架的事一会儿就传开了,那些死了牛的人都知道了,他们跑到半边街,要砸掉冉四本的屠宰行。冉光福和他女人一边抵赖一边求饶。李自强劝他们不要砸,砸了虽然解恨,但不起作用,现在最重要的是如何让冉四本赔钱。这边还在争吵,黄金公司已经打电话到香溪派出所报了案,没过多大一会,冉四本就被警察带走了。他本想逃进鱼多垛的,没料到警察来得这么快。

第二十一章

冉四本被警察抓走后，他父亲冉光福对我和辛武恨之入骨，就像他儿子去坐牢是被我们冤枉的。辛武脾气大，冉光福不敢惹他，他知道我不爱说话又胆小，便老是和我过不去，他不是阴阳怪气地叫我哭丧匠，就是指桑骂槐地说我父母的坏话，把麻贩子和张雨晴都牵扯进来。有时候他正尖着嗓子唱歌，突然遇到我，他把脸一紧，从我头顶上看过去，说：今年没人来收麻了？这样的话说多了，以致他说的话即使无关紧要，甚至和我毫不相关，我也会愤怒，因为我无法相信他。这些话全都似是而非，却比明明白白地骂上几句更让人心烦。他并没从中得到快乐，如果快乐就不会骂过我后还紧绷着脸。直到有一天，他在一个我刚认识的姑娘面前侮辱我，我用枪吓了他一下，他才从此闭上那张臭嘴，从此我轻松了许多，我相信他也轻松了许多。

这个姑娘是我几天前认识的，当时我正在地里栽板栗树，我背对着她，她问："大叔，你家有腊肉卖吗？"

我回过头，她咯咯地笑起来。

"啊呀，不是大叔，还是个小孩。"

她的脸没红，我的脸已经红得发烫了。

我本应从容回答的，可我竟然像生气一样，我说："谁是小孩！"

我怎么像个傻瓜？

看样子她最多比我大两岁，她穿的是运动套装，衣服上有一行弯曲的小字，在她的左胸上，我没敢看，但我知道这应该是校服。

她有点尴尬，我更是尴尬，我在生我自己的气。我穿的衣服太老气了，平时觉得好看的衣服容易引人注目，现在才知道这种腼腆和自卑是多么愚蠢。

她掐了根茅草叼在嘴里。

"你栽的是苹果树吗？"

苹果树苗和板栗树苗的确有几分像。

"是板栗。"

"什么时候开始结果呀？"

"两年。"

"那么久啊，太久了。"

是呀，我也觉得时间长了点，但栽下去就结果的果树我还没听说过。

树苗已经栽好了，可我还在低头踩树苗周围的泥土，好像是为了把它踩紧，其实是因为不敢看她。

"能借你的锄头用一下吗？我挖折耳根。"

"你用吧。"

她挖了几下，锄板东倒西歪，不往地下钻。

"我来给你挖！"

我狠狠一锄挖下去，白生生的折耳根露出来。

她又咯咯地笑起来。

"你的力气真大呀。"

为了她好听的笑声，我可以把长折耳根的地方都挖遍。

可她只要了一小束。

"还多得很呀。"我说。

"谢谢了，我不要那么多，我拿去和水芹菜凉拌。"

她拿着折耳根走了。

"我家有腊肉，我不要钱，送你一块要不要？"

这是一句无比简单的话，可我就是没法说出口，因为我灵魂深处起风暴了。

我没有完全看清她的长相，可我一刻也无法忘记她的笑声。所有的一切，自然的一切和内心的一切，让我感觉毫无意义又意义深远。

第二天，借了支鸟枪到山上转悠，我没有任何目标，只是为了逃避内心的惊慌才做这件事。我扛的是一支高压气枪，威力不大，只能打鸟。树林里除了鸟没有其他猎物，不论什么鸟，我都要放一枪，我不是要吃它们的肉，我只为了把它们从树上撂下来。上午为了追一只"山姹"，我穿林越谷，放了几十枪，一枪也没打中。这是一种大鸟，尾巴长长的，叫起来尾巴一翘一翘的，"姹——杂、杂、杂"，喜欢停在树梢上。

我隐约感觉她才是我想要射击的目标，想要一枪把她撂倒。我心里一热，不再举枪射击，我躺在草地上，从树叶的缝隙里观察天空。平时觉得天就那么高，可紧紧盯住它，才发现根本就没有尽头，目光先是有种越看越远的愉快，接着却是望眼欲穿的难受，直至昏眩想吐。

两天后，我在马路上又看到她了，她在练习骑自行车，我很想和她说点什么，却又不知道如何开口。正在这时冉光福来了，她看见他后心里发慌，她本来想离他远点，可自行车偏偏朝冉光福冲过去，把冉光福撞了个趔趄，她自己也冲到田里去了。她爬起来后，忙向冉光福道歉。我立即跑过去帮她扶自行车。冉光福看见我，嘴撇了一下，说：

"姑娘，你知不知道他是谁？他就是道云老汉的徒弟，道云老汉可是我们纸房最有名的哭丧匠啊，别人家死了人他就跑去哭。今后他也要干这一行。"

她不知真相，好奇地问：

"什么？哭丧匠是干什么的，我可从没听说过。"

我气得全身发抖。

姑娘大概看出点什么，说了声谢谢，推着自行车走了。

冉光福挑衅地哼了一声。

"你等着瞧！"我在心里说。

我回去扛上那支鸟枪，在冉光福的必经之路上等着他。他来了，胳肢窝下夹了一捆干豇豆。我不说话，端着枪看着他。他意外地歪了一下身体，"辛维，你从哪里得来的枪？是真的还是假的？"我冷冷地说："要不要我开一枪给你看看？"

冉光福一下就被钉住了，脸在瞬间变成了一张白纸，他说："辛维，你不要乱来，我和你没有杀父之仇，千万别开枪。"我哼了一声。他胳肢窝一松，干豇豆掉在地上，他可怜巴巴地说："辛维，你看，我尿都流出来了。"他的裤子被打湿了，鞋子也被打湿。我看出来了，他已经是屁滚尿流了，于是我收起枪走了。没走多远，冉光福蹲在那捆干豇豆旁边，伤心地哭起来。他的哭声听上去像在唱歌。

我走到树林里，朝树梢放了一枪。因为是汽枪，枪声很小，射程也有限。其实我不敢朝他开枪，何况这枪根本就打不死他。

道云老汉突然从一棵树后面走出来。想到冉光福骂我哭丧匠，我把气撒到他身上。

"走开,别老跟着我!"

道云老汉愣了一下。

"辛维,我不是来教你哭丧的,我是来告诉你,我感觉地在动,我已经把我的房子拴起来了,你也赶快把你的房子拴起来吧。"

我还是不理他。

"我给好几个人都说了,他们都不相信,不相信就算了,但你一定要把房子拴起来,要不然房子就要跑了。"

房子又没长腿,能往哪儿跑?我想。我假装追赶一只鸟,从他身边跑开了。道云老汉在我身后大声哀求并且哭了起来:

"辛维,你应该相信我啊。纸房的人不相信我没关系,连你也不相信我吗?我还活着干什么?我不是一个废人了吗?"

我躲在一丛米檬子树后面,看见他摇摇晃晃地走了。

埋肖四禄的时候他都没哭,现在因为我不相信他的话却哭得那么伤心,我本应上去安慰他几句,可脚被什么东西粘住了。

肖四禄死后,他把肖四禄预支的钱还给肖美学就回家了。有人劝肖美学,应该亲自上门去请一下,丧事上没有道云老汉的哭声,大家都觉得少了什么。肖美学正准备去,他的亲戚却又从中挑拨,叫他不要去,应该叫梁书去,明摆着的,谁去谁开钱。但梁书说什么也不答应,他说他答应埋人,已经作出了巨大的让步,说起来,毒药是肖四禄自己喝的,他又没强迫他,哭丧匠也要他去请,真是太过分了。到最后谁也没去,道士先生做法事和下葬时,肖美学的几个姐姐和姨妈跪在死者面前,哭得倒也伤心。可在场的人都觉得不像那么回事,寒酸简陋,就像一场大戏没有明星。肖四禄的坟也埋在挖尽金矿的石旮旯中间,也只能从黄金公司运土来掩埋,我怕他们拿道云老汉没来哭丧说道我,我主动承担了运土的任务,以便离他们远点。不过道云老汉的作用我也感觉出来了。丧事上没有他，还真是天缺了一角，不正宗，不地道，没有庄重感。从那天起，这种感觉一直伴随着我。见到他时，我想离他远点，想到他时，我觉得他的手艺和纸房一样，总有一天会面目全非，直至永远不见。想到这里，我也觉得可惜，但是，我没有半点冲动去跟他学手艺，我以放弃的心态对这事作出看似合理的解释：不管什么人给他当徒弟，消失都不可避免，没有人能像他一样理解生与死，也没有人能像他一样在哭丧时不卑不亢，完全沉浸在忘我状态。

我爬到笔架山，这山在我家对面，虽然相距不远，我却没有上来过。有一次道云老汉告诉我，这个 V 字形的山是纸房的文墨，纸房应该出一两个文人。考上县一中时，我暗自想，也许我就是其中一个？可今天，我忍不住地想，过不了多久，这山就不能叫笔架山了，只能叫光头山。我朝天射了一枪，我感觉有些事就像飞出去的子弹，即便把它找回来，它已经不是那颗子弹，甚至不能叫子弹了，它，成为子弹的那一刻和射出枪膛的那一刻完全不同了。

第二十二章

梁宗国他们一帮人正抬着一台大机器往山上走。有些山坡陡得连山羊都站不住,但勘探公司现在说要在那儿打钻,钻机就能巍然耸立在那儿。

他们停杠休息时,梁宗国告诉我,村长正在找我,要我去道云老汉家。我半信半疑,去干什么?梁宗国没有说,这使我又着迷又讨厌:他有什么权力叫我去?

离梁宗国他们不远,有几个人正在敬土地菩萨。这是第128号矿段,每个矿段开挖之前,挖矿的人都要请先生来做法事,求土地菩萨允许他们开采。长凳上摆着一个毛楂楂的猪头、一碗白豆腐、一束青菜、一把豆角。先生燃起香蜡后磕头作揖,翻开《地藏经》,拣最短的一章念,念完后自问:土地菩萨,这里的土动得动不得?他用坚定的声音回答自己:动得。如此自问自答一番后,先生亲自挖上一锄,然后对挖矿的人进行祝福,祝他们家业平安,人兴财旺。

我暗想,土地菩萨太傻了,这不是在骗你吗?挖矿出的事已经不少了,不做这个法事,挖起矿来就会惴惴不安。那么,他们其实更是在骗自己。

我还没赶到道云老汉家，李自强已经领着道云老汉和两个陌生人出来了。李自强看见我，热情地说："辛维来了，好好好。"两个陌生人走上前，分别和我握手，说感谢我来帮他们。我长这么大，还没有人如此郑重地和我握过手，搞得我很不好意思。同时却又因为被人重视而大感受用。两个陌生人，一个是从北京来的，一个是从遵义来的，他们互称老师，来香溪搞搞民俗调查，听说纸房有个哭丧匠，特地来给哭丧匠录音。李自强把他们带到道云老汉家，道云老汉面对录音机，憋了半天一句也哭不出来。现在他们要到一座新坟去，道云老汉前几天在那儿哭过，也许只有在坟前才能哭出来。

道云老汉全然没有了平时的从容，他连迈步、摆手都不自然，像连怎么走路都忘了。

走到坟前，两位民俗学者放下录音机，叫道云老汉放松，不要有什么压力。新坟埋好没几天，花圈还一次雨也没淋过，鞭炮留下的火药味老远就能闻到。民俗学者把录音机放在松软的坟头上，按下录音键后和李自强走到坟后的树林里，以免道云老汉受到干扰。他们还没走开我就想笑，他们听不见我的声音后，我终于"扑哧"一声笑起来。道云老汉的表情太滑稽了，他不像哭丧匠，反倒像专门逗人发笑的小丑：薄薄的嘴唇紧紧地包着牙齿，脸上像不知道答案却装模作样地思考的小学生。他见我笑，也跟着笑起来。他说：

"平白无故的，硬是哭不出来。"

我们等了两个多小时，录音机只录下它自己发出的沙沙声。天快黑了。两位民俗学者既失望又无可奈何。李自强中途离开了，说是有事，其实是不想陪了，民俗学者用不着鞍前马后地服侍。

道云老汉抱歉地说，只有哭丧的时候，那些熟练的词句才能顺畅地想起来。

两位民俗学者把录音机交给我，还给了我一个电话号码，请我在道云老汉哭丧时进行现场录音，录下后打电话给他们，他们来拿录音机。

回到家，有个媒婆跷着腿正在喝茶。这已经是第七个媒婆了，她们都在积极地给二姨找婆家。我猜她们没有看到二姨的肚子，如果看见那里面有一个小家伙正在听她们说话，她们就不用费那么多口舌了。每次这样的人来，我都躲到一边，我不喜欢她们一会儿神神秘秘议论某人的缺点，一会儿夸大其词说着某个人的优点。二姨的表现我也不喜欢，她从不一开始就回绝她们，而是听她们把那个像王子一样富有和英俊的男人介绍完了，她才慢悠悠地说，她要等两年再说。媒婆们不无讥诮地说，还等什么呀，还等两年黄花菜都凉了！现在你才二十九岁，虽然结过婚，但没生育过，还可以把你当成半个姑娘嫁出去，等两年三十出头了，要你的人就少了。二姨说，再等两年辛维就十八了。意思是我没爹没妈，她走了没有人照顾我。第一次听她这么说，我很想告诉她，我不用谁照顾，我一个人可以过得好好的。后来我发现这是拿我当挡箭牌，她不敢应承是因为她的肚子越来越大了，挺着个大肚子谁要啊。

媒婆走后，我告诉二姨录音的事。二姨说：

"他们这么放心？不过，谁看见你都会放心的。"

这有什么呢？我想。不就一部录音机吗？

二姨换了一件花衬衣，双手抚着肚子问我："看得出来不？"纸包不住火，哪有看不出来的？可我告诉她，一点也看不出来。她叹了口气，仍旧换上宽大的旧衣服。她突然心血来潮，掀开衣裳，露出圆圆的肚子，问我想不想摸一下。我的脸唰地一下红了，我的天，她把这当成什么艺术品了，居然要我去欣赏。她说："我要是一开始嫁给你爸爸就好了，那样的话，你就是我生的。"我暗想，她已经忘记她姐姐了。

最近不管什么天气，二姨都要打一把雨伞。牵一头大水牛，打一把花雨伞，平添了几分洋气。有娘儿们撇嘴，说她"窈窕"，也有的人说她毕竟嫁过当老师的人，和一般娘儿们就是不一样。

其实二姨是怕淋雨，她现在一点雨也淋不得。

这天早晨霞光万丈，细看可以发现霞光里有几团正在变黑的乌云。朝霞不出门，我叫二姨别去了，二姨说，她就在附近转转。

我和二姨同时出门，我去看看玉米地的排水沟通不通。

玉米还没生出来。下种时翻过来的泥土生番番的，要长出东西后才能变熟。冉光银说，最多还有五个月，这块地就要被挖掉，黄金公司已经取样化验过了。肖四禄种麦子那块地的价钱都讲好了，老太婆没种苞谷，她撒的是荞种，已经冒出细芽了，荞子的生长期短，三个月就成熟。冉光银的意思是没必要种了，这是我剩下的最后一块旱地，这块地不在了，我就只有坝子里那两块水田了，所以坚决种上玉米。

我回家的时候，天空的颜色变了，乌云像吃了膨化剂一样快速膨胀，空气越来越沉闷。斑鸠的叫声非常急促，好像在说：来了，已经来了！母鸡耷着毛警惕地东张西望，对找到虫子的公鸡的殷勤呼唤佯装不睬。

闪电明晃晃的，把黑乎乎的屋子也照得煞白。层层叠叠的乌云越来越低，像喝醉了酒一样，它管不住自己了。雷一响，在泥塘里找螺蛳的鸭子头拔出来，长长地伸着脖子仔细辨听。在所有的家禽中，只有鸭子会在意雷声，如果雷声太近，它们会"呷"的一声，拍打着翅膀逃离池塘。

我为二姨担心,她应该回家了。

公鸡和母鸡躲到谷仓下面去了。雷声愤怒起来,在山顶上滚来滚去,尾音消失在被挖得光秃秃的山坡上。乌云好像不是自己要来,而是雷神鞭打着它,不来不行。雷神在一团笨拙的黑云下面,突然伸出红得发白的脚爪:特达!达!达!

摔到地上的雨滴摊开,非常大,湿痕像铜钱一样又大又圆。

雷声暂停,大雨唰的一声,铺天盖地而来,地上到处是细流,水泡跳动不止。潮湿的水汽沾在人身上,有一种不清不爽的寒冷。

屋子里很昏暗,和夜晚不同,这种昏暗更叫人恐惧。我宁愿站在屋檐下看一浪紧过一浪的大雨。这么大的雨,二姨那把雨伞是遮不住雨的,可她还没有回来。我突然想到那些媒婆,不会是她们把她带走了吧?我心里空得像个山洞。

趁暴雨变成大雨,我戴上斗笠披上蓑衣就走,斗笠已经很久没用了,密密麻麻全是虫眼。我心里荡漾起电视上那些英俊少年寻找亲人的浪漫情怀,也下定了不怕千辛万苦的决心。

走到山坳上,一阵大风险些把我吹倒,当它迎面吹到脸上时,连呼吸都被塞住了。雷声还在轰隆响,似在为更大的雨做准备。

梨树坪没有。

茶坡林也没有。

我高高地挽起裤子,挽到膝盖以上,可大雨还是把它淋湿了,淋湿后就再也挽不住了。鞋子上的黄胶泥越来越厚,像踩着两坨糍粑,寸步难行。裤子我不管了,鞋子脱了提在手里,打着赤脚走。雨水淌进袖子和衣服里,肩胛骨上冷冰冰的,背心里有一种刺骨的不舒服的潮湿。可比起心里的担忧,所有的难受都算不了什么。

我不得不边走边喊。当我担忧的时候，我喊的是"二姨"；当我想到这么大的雨，你怎么不知道回家呀，于是生气地喊"张培艺"。

回答我的是雷声。特达达、达！达！达！

到哪儿去找啊？大雨紧一阵慢一阵，没有停止片刻。好几次，我都想回家算了，不找了，可我没有往回家的路上迈出一步。

快到中午了，我终于在一个叫老虎沟的山谷找到二姨。她躲在一棵树下，浑身精湿，正在瑟瑟发抖。牛站在雨地里，平伸着头，在享受大雨的淋浴。二姨的雨伞被风吹翻了，像一个小拖把，但她仍然把它拿在手里。湿衣服紧紧地贴在身上，前挺的大肚子非常明显，感觉比前几天大多了。看见她的瞬间，我对她既可怜又厌恶。

"你怎么还不回家呀！"

"犟死了，它犟死了。"

她冷得嘴唇都僵了，说起话来全身发抖。

她本打算就在家附近转转，可刚把它牵到路上，它就往这里跑，大雨倾泻下来后，怎么打怎么拽它都不回去。我暗想，它的内脏正在发烧，在雨里淋着肯定要舒服些。地上红红的，是它撒的血尿。内脏像火炉一样燃着吧？

二姨在前面拽牛绳，我用棍子在后面打牛屁股，它一会儿长长地伸出脖子，一会儿却突然用力把绳子拽回来，把二姨摔了个肥屁股墩儿。它自己的鼻孔也被粗糙的棕绳勒出血了。

我想，哼，跟我较上劲了，今天非把你赶回去不可。棍子打断了，找了一根更粗的，屁股上的肉厚，我狠狠抽它的脚拐，打在当紧的地方，疼得它跳起来，可它就是不往前走。疼急了，它苦哀哀地叫起来，固执得像为了二两糠壳米非要争个你死我活的穷人。

这时一个炸雷滚进山谷，把一棵巨大的白杨树劈断了。我和二姨都被吓了一跳，大水牛却没有任何感觉，它回头看着我，眼睛眨了两下，难过地叫了一声。

我不知所措地丢掉棍子，再也不敢打了，我为自己的残忍感到内疚难受。我一开始就错了，不应该责怪它。它哀求的叫声谁都能感觉出来，它说的是"打死我吧，打死我吧"。

我轻轻拍着它的脖子，我说："你不愿走算了，你往前走几步，我把绳子拴在树上就可以了。"

它居然听懂了，乖乖地走了几步。绳子拴好后，我和二姨回家了。

二姨换上干衣服和我一起煮饭，饭煮好后她叫我自己吃，她吃不下，身上发冷。我叫她去躺一会儿，我给她熬碗姜汤。我刚端起饭碗，二姨就在里面叫起来。她盖了三床被子，可仍然冷得要命。她双手合十，可怜巴巴地说："求求你，辛维求求你，求你给我扎紧点。"天啦，我想，她快疯了。没有被子了，我抱了床棉絮给她加上去。二姨哭着说："冷啊，冷啊，冷死我了。"全身筛糠一样，我感觉床都在跟着她发抖。情急之下，我趴在被子上，本意是希望用自己的体重把被子给她捂紧一点，可我刚趴上去，想到二姨是个大肚子，忙又滚了下来。我没有别的办法，只好叫二姨自己坚强点。

折腾了半个小时，我把姜汤端给二姨，她的眼神完全变成了一个傻姑娘，已经认不出我是谁了。汤水撒得她满脖子都是，我用枕巾给她揩干，她害怕地躲着，好像我要掐死她。重新躺下后，她便开始说胡话。她说火啊，火啊，火烧起来了。我顺着她的思路回答，告诉她不是火，是她喝了姜汤后身上开始发热。我这样做是怕她这么胡说下去，会变成一个疯子或者傻子。但她接下来的话却让我不知如何是好。她说有人想"搞"她，她早就看出来了。那个"搞"字有强奸的意思，还有勾引的意思。"连辛维都想哩，我看出来了我看出来了。"她说。

这话把我吓坏了,真是胡说,我什么时候想过!

我不敢听下去了,忙跑到自己的屋子,我也想睡一觉,今天太累了。外面雨还在下,我闭上眼睛,却怎么也不能入睡,有时候……好像也……那样想过……这太可耻了。

起床后我去看牛,看能不能把它牵回来。大雨已经变成小雨了,下得不慌不忙。

大水牛躺在地上,身上热气腾腾,嘴里流出黄色的口水,但它还在不停地咀嚼。我心里很难过,我学种地时,是它帮我翻的土。就耕地而言,它像老手一样熟悉,走到边上不用吆喝也知道掉头,还知道狭窄的地方应该怎么使劲才能犁到边。但现在,它连站起来的力气都没有了,就要死了。我喃喃地说:"牛啊牛啊,暑往寒来秋复秋,终将白骨呀葬荒丘,蝴蝶梦中么家万里,望乡台上呀泪长流……"

这是道云老汉在天生桥教我的,我以为自己早就忘记了,现在一下冒出来,连我自己也感到惊讶。反正峡谷里没什么人,我索性哭下去:

  远看天边啦五色的云,
  笙箫锣鼓啊闹三呢城。
  阳人知道哟神仙过哩,
  慈尊下界呀度亡的魂。

用忧伤的调子哭出来,长调细诉,这些句子就不再是顺口溜了,而是对天地鬼神生老病死的最贴切的描述。大水牛停止咀嚼,莫名其妙地看着我。当我哭到"叹君一去别泥城,黄泉路上好伤心。独自行来谁做伴,慈光接引上天庭",大水牛的玻璃眼睛里滚出了一串泪水。

纸房人都知道，牛的太上老祖，是一个身强体壮的好汉。以前在天上当差。有一次，天爷叫它带信到地上来，给地上的人说，一天洗三次脸，吃一顿饭；一个月洗三次澡，吃一顿肉。太上老祖虽然力大无穷，可它记性不好，平时带信都是写在它背上，到时让收信的人自己看。可这一次天爷正忙着去给老天爷祝寿，便没写，说就两句话，相信你也记得住。太上老祖想：虽然只有两句话，但我记性不好，一边走一边念吧，免得天爷说我连这点小事也办不好。到了地上，它对地上的人说："天爷说了，叫你们一天洗一次脸，吃三顿饭；一个月洗一次澡，吃三顿肉。"太上老祖回到天上，天爷问它下去怎么说的。太上老祖说，回天爷的话，我给他们说的第一句，是叫他们一天洗一次脸，吃三顿饭。天爷一听火了，"吃三顿饭，哪来那么多粮食呀？你去帮他们耕地吧，不然他们种不出那么多粮食！"太上老祖心想：耕地就耕地吧，反正我有的是力气，耕地不是什么下贱事情。刚走出天门，天爷又把它叫住了，"我叫你带的第二句话呢？"太上老祖说："嗯啦，回天爷，我叫他们一个月洗一次澡，吃三顿肉。"天爷一听脸都变绿了，"真是个牛记性哪，真是个牛记性，两句话都被你说反了，我哪有那么多肉给他们吃？你出了这么大的差错，本该立即斩首，念你跟了我这么多年，你去吧，去帮人耕地，老了把肉给他们。反正死了肉给人吃和给虫虫蚂蚁吃都一样。"太上老祖说"嗯啦"。天爷叹了口气，说："你呀，就是太老实忠厚了，等哪天地上的人一天只吃一顿饭，一个月只吃一顿肉的时候，你自己回来吧。你在我身边这么多年，你走了我也不习惯啦。"太上老祖听了这话，哭了，觉得对不起天爷，天爷从前对它那么好，可从此以后，不知哪年哪月才能再见到它。脑子里嗡嗡响，一不小心，从天门上跌了下来，把上牙跌落了。所以牛都只有下牙，没有上牙……

可牛来到世上后，直至现在还没回到天爷那儿去。大水牛现在就要死了，它还回不到天爷那儿去，现在的人不是一个月吃一顿肉，而是天天吃。想到这些，它肯定非常伤心。

我回家时天已经黑尽了，二姨在灯光下补她的衣服，那副样子就像什么事也没有发生。她从衣服里取出一个热水袋，叫我给她换热水。

我告诉二姨，牛快死了。

二姨放下手里的东西，眼睛看着墙壁，泪水滚了下来。我也很难过。二姨说："还是我到他家那年买的，是从大窑厂买回来的。"

出乎我的预料，大水牛躺了三天才死。我第二天去看它时，它正在嚼绳子，我忙跑回家抱了捆喷了盐水的谷草。见到谷草，它居然站了起来。我太高兴了，心想它挺过这一关也许就会好起来。可第三天，它吃下去的谷草全都吐出来了，谷草被它嚼成丝网状，被胃里的血染红了，老远就能闻到热烘烘的臭味。牛叫唤了一阵，睁着眼睛停止了呼吸。一群绿头苍蝇粘在草上、牛的嘴上、眼睛上，像红色锦缎上钉着密密麻麻的绿宝石，我用树枝轰赶它们，它们飞不到三尺远又飞了回来。我回去扛锄头时准备买瓶灭蝇水，二姨说，算了吧，死都死了，最终也要被其他虫虫吃掉。

我和二姨挖了半天，挖了一个能装下大水牛尸体的大坑。没料到我们用杠子把它撬下去后，它来了个四脚朝天，我们没法把它翻过来，额外搬了好多土才把四个蹄子掩埋好，埋了好大一座坟。不少苍蝇一直紧紧地叮在牛脑袋上，宁愿被活埋也不肯离开。

第二十三章

想到道云老汉的劝告，我并不能完全否认，因为他的话并非从不应验。我不明白的是，如果真要发生什么事，房子岂是用绳子拴得住的？昨晚上，我突然有点害怕，如果再下那么一场大雨，肯定要出事。天亮后，我到山上去砍树。

太阳从远山上探出头来，不慌不忙地把金色的网撒向群山，山坡上的草却惊慌地把露珠举起来，交给这位君临的大神，然后自卑地低下头，仿佛自己活在世上有什么不妥似的。

天气热得像少妇的奶头，让人发软，什么事也不想做。我躺在林子里，不知什么缘故，天空蓝得让人起疑，好像不是真的那么蓝，又好像比看见的其实还蓝，凝望的时间越长，越感觉天空的遥远，远得让人发慌。猛然间，一种不可救药的孤独袭上心头，平时感到很美好的东西，比如云彩、轻风什么的，这时也疏远起来，一下失去了它们的价值。

我正在胡思乱想，天空突然暗下来，就像夜晚即将来临一样。我赶忙爬起来，害怕地往树林外面奔跑，还没跑多远，四周突然亮开了，天上的白云变成绚丽的红云。好像是什么地方着火了，而且这火就要烧到树林里来了。

跑出树林，我听见低沉的呜呜声，同时感到大地在抖动。

天上的红光随即消失。

我循声望去，对面的山坡已经变样了。坝子也变样了，变窄了。

坝子里有几百个人在失魂落魄地奔跑。

我看见梁宗国从屋子里一歪一跛地跑出来，没跑多远就像被谁踢了一脚，一个跟斗倒了下去。他的房子已经歪了，瓦片正往下掉。

出大事了，我想。心里咚咚跳。

跑到坝子里，我闻到一股胶皮晒在太阳底下发出的那种味。不管碰到什么人，第一件事便是大声告诫我：不要躲在屋子里和大树下！

我很感动，当我碰到什么人，我也立即把话转告出去。碰到道云老汉，他欲言又止地看着我，我以为他准备提醒我，叫我给他录音，我心里很是不爽，这种时候，录什么狗屁音。没料到他走到离我只有半米远的地方，把头伸向前，惭愧地说："死了这么多人，叫我怎么哭啊，我哭不出来。"我说，哭不出来算了，现在救灾要紧。他点了点头。是啊是啊，他说。

我们用梯子、椅子、门板当担架，把受伤的人抬到马路上，用汽车送到香溪去。如果是重伤号，就得在担架上铺被子，因为失血过多的人特别怕冷。人群里有纸房人，有黄金公司的，也有外地民工。不分彼此，也分不出彼此。我去抬梁宗国的时候，黄金公司一个中年人推了我一把，"让开！"他和广线抬起担架就跑，他嫌我没他跑得快。

第二天，我跟在调查组后面查看了灾情最严重的地方。

最糟糕的是马鬃岭金矿，房子和浸泡池整个儿钻到地底下去了。他们的浸泡池和房子建在半山腰，浸泡池只有篮球场那么大，和别的黄金公司比起来，算是小的了。但他们排放的矿渣沿山坡堆上来，使山坡增大了一倍。当山坡像西瓜皮滑下去的时候，他们的房子和浸泡池眨眼间钻到松软的矿渣底下去了。

马鬃岭金矿再过去是道云老汉家，也是这座山上最边上的一家。道云老汉的房子往下滑了十几丈远，房子连同竹林一起往下滑，房檐上掉了一排瓦片，除此之外秋毫无损，房子仍然立得好好的，竹林也长得好好的，屋子里的家具没有任何移动，仍然摆在原来的位置。坐在屋子里，什么也看不出来，他的确用绳子把他的房子拴住了，他在房子周围打了几十条木桩，用棉麻藤把房子紧紧拴在木桩上。

除了房子，山坡上好多坟都被掀开了，腐朽的棺材板和尸骨乱七八糟地暴露在天底下。有些老坟只见棺材板，尸骨不知道滚到什么地方去了，仿佛是趁坟墓打开的时候逃走了。让人毛骨悚然的是肖四禄，他的坟被掀开后，棺材盖飞到一边，棺体却冲到一块玉米地里，莫名其妙地竖了起来，肖四禄站在里面，好像要背着棺材逃跑。

那些无家可归的人不顾危险在东倒西歪的房子里寻找。黄金公司赔付的占地费、迁葬费，他们这几年挖矿赚得的劳力钱，他们得尽快把它找出来。藏在地窖里的，地窖已经被填平了，放在床下面的，床已经打了好几个滚了，找起来很困难。

我家所在的这一边没有滑坡，滑坡的是我们对面，但我们并不轻松，山坡上的人家一大早就开始打地桩，把碗口粗的木桩打进地里去，要把家牢牢地固定在山坡上。这是从道云老汉那里学来的，即使要滑下去，也要让房子连同地基一起滑。

我砍了三十四根树桩，这个数字是一下从脑子里冒出来的，当我决定钉树桩的时候，同时决定了三十四根这个数量。这是父亲活在世上的岁数，可三十四从脑子里冒出来的时候，我并没有把它和父亲联系起来。当我发现这是两个相同的数字时，我心里跳了一下，好像得到了神启。我说:"爸爸,你一定要保佑我们呀。"

二姨跑出去打听了一番,说别人家也是三十四根,前面打了十二根,后面打了八根,两头各打七根。还说十二代表十二个月,月月平安;八是八节:立春、春分、立夏、夏至、立秋、秋分、立冬、冬至,八节顺遂;七是七星高照。

这个巧合让我非常惊讶,我忍不住朝天上看了看,好像一位神坐在云端。

三十四根木桩也许真能把山坡钉住,因为我们钉下的是三十四个诅咒。

钉木桩的时候,每根木桩上都抹了菜油,这是为了减少摩擦,把它钉深一点。可我们宁愿相信,抹菜油是为了避邪。

木桩钉好后,我却被另外一件事难住了。

要不要在父亲和母亲的坟上钉这些神奇的木桩呢?父亲的坟已经变样,像一个揉好的面团,被"吧唧"一下拍在石壁上然后滑下来。母亲的坟还好,裂开了,但还在原地,铲一点土就能修补好。

在坟上钉抹了桐油的木桩,能钉住坟里的鬼魂。一旦发现哪座坟作怪、爱兴风作浪,就要钉木桩。鬼魂被钉住了,就没法投胎转世。拴坟的木桩虽然用的是菜油,但毕竟是木桩。

二姨说:"我看还是不钉的好。"

"若是像肖四禄那样,他们会不会怪我?怪我没把他们的坟管好。"

二姨抚摸了一下肚子,就像在寻找答案,她说:"不会怪我们的,钉住了才会怪我们哩。"

滑坡后没几天,又一件让人不安的事情发生了。纸房所有的水井都干涸了,流不出水来了。东边的人以为西边的水井没有干,挑着水桶往西边去找水，西边的人以为东边有水，挑着水桶往东边来。满坝子都是挑水桶的人，他们一滴水也没有找到。

女儿塘一直被认为以某种方式与大海相连，从没有干涸过，现在也干了。井底的泥浆还是湿的，小逗号似的蚊子密密麻麻地趴在上面，正在汲取最后的水分。

梁书家屋后的竹林里有口井，一直是梁书家专用的。现在只有这口井还没有干，石壁上有麻线那么大一股水流出来。即使关系好的人，提着水壶去要也要说上半天好话。

梁书的女人骄傲地说："这叫老天有眼！那么多人恨我，巴不得我家天天倒大霉，可老天不恨我们，老天爱我们得很，这说明我们是好人！"

冉光福的女人去要，梁书的女人一滴水也没有给她，她说："张雨晴来要，梁宗国家的也来要，只有麻线那么大一股，你以为有好多？一天才接两桶水呀先人。我们自己也供应不上了。"

冉光福的女人讪笑道："那给我喝一口行不，我已经两天没有喝水了。"

梁书的女人说："干净水我已经用来洗衣服了，要喝只能喝用过的脏水了。"

冉四本洒毒水把她的"小娥"毒死了，为此她不但和肖家结下解不开的冤仇，还损失了一大笔钱。法院判决时，冉四本只赔了她那头牛的钱。梁书要冉四本赔肖四禄的安葬费，可法庭没答应。梁书为此耿耿于怀，他女人哪会把水给冉光福家的，渴死她才好哩。

冉光福的女人回到家，悻悻地说："成了金水银水了。"

冉光福说："哼，独食是吃不成的。"

当天晚上，不知什么人用雷管炸药把梁书家那口井炸掉了。出水的地方被炸了个大坑，再也没有水流出来了。梁书的女人站在坝子的一个十字路口，指桑骂槐地咒骂了整整一天。

往西出纸房，有一个大坝子叫灯影坝。灯影坝的后山有一个大岩洞叫响水洞，响水洞像打雷一样响，一大股水从里面喷出来，看上去只有水桶那么粗，可流淌在河沟里，竟然是一条七八尺宽的小河。纸房人要喝水，只能到灯影坝的响水洞去挑。纸房离响水洞二十里地，但再远也得去挑啊。不缺水的时候，觉得吃饱饭才是最重要的，水少喝点都可以，现在才发现没有水根本不行，渴起来和饿起来一样难受，甚至更难受。

夜里仍然不时下一阵雨，有时还很猛烈，可干枯的水井像老巫婆干瘪的乳房，就是没有水冒出来。地上全是土，没有一棵草，雨水落下来后黄汤四溢，水洼里的水还没来得及变清，就被松软的泥土汲走了。

我们必须每天去响水洞挑水。有劳力的人还好，上午一担下午一担，没有劳力的人挑一担天就黑了。去的时候浩浩荡荡，回来的时候却三五个一伙，脚步快的已经把水倒进水缸，脚步慢的还在半路上。

冉光福挑了一担水，眼看就要到家了，却摔了一跤，水泼到地上，水桶也摔破了。他伤心地哭了一场。他说："这是天要绝人，人要绝人还不怕，天要绝人，那就只有死路一条了。"冉四本被判刑后，他的头发一夜之间白了一半。话越来越多，力气越来越小，好久没有尖着假嗓唱歌了。

几天后，黄金公司在坝子里支起几百顶帐篷，同时下了一道命令，不管是山坡上的人还是山脚下的人，一律搬到安全地带的帐篷里去，在他们划定的范围内，一个人也不许留。

人可以住到帐篷里去，牲畜不能住进去呀。有人在帐篷外面钉一排树桩,把猪和鸡全部拴在这些树桩上。拴鸡很简单,用一根布带系在它们的腿上就行了。猪历来都是住在圈里的,觉得自己比其他牲畜高贵,用绳子拴它们的时候,它们像看见了杀猪刀一样尖叫。

打山匠谭拿摸养了一头白猪,在家里还好好的,打开圈门就"嗡嗡嗡"地往坝子里跑,打山匠还很高兴,说这条猪通人性。哪知它一见帐篷就害怕了,掉头往山上跑,打山匠追了整整一天也没抓住它,不禁火冒三丈,用猎枪把它打死了。他已经十年没有打猎了,纸房早就没什么猎物了,他没想到最后一次打猎,打死的是自己养的猪。

上面同时还下了一道命令,除了必要的锅瓢碗盏,其他平时用不着的东西一律不准搬进帐篷。这道命令没有起作用,有人搬来大床和米柜,觉得衣柜也应该搬来,衣服没地方放啊。吃饭的大桌子搬来了,还要搬一张小桌子放甑子。锄头铁耙子等农具搬下去了,还得把修理这些农具的斧头、锯子、凿子、做锄把和楔子的原木搬下去,虽然住的是帐篷,但不是去当老爷,安顿下来了还得去挖矿,劳动工具一件也不能丢。既然养有猪,就得搬煮猪食的大铁锅。既然有锅灶,就得搬柴火。粪桶这些东西,已经很久没有用了,可现在却非要用它们不可,那么多人住在一起,没个厕所,不用粪桶装屎尿不行。这么挑来挑去,什么都不能少,连烂行头也不能丢下。

我大伯娘抱了两个老南瓜,被工作人员看见,问她怎么把这个也搬来了。她理直气壮地说:"要吃啊,我的先人。"好像没有这两个南瓜就会饿死。

第二十四章

别人都搬到帐篷里去了，二姨却说她哪里也不去。

村干部来通知，分给我们的是93号帐篷。我准备用一块布帘子把中间隔开，二姨住里面，我住外面。可二姨说："你去吧，我哪里也不去。"我问她为什么不去，上面说了，对不搬的人将采取强制性措施。二姨说："你搬下去就行了，不要管我，有人问你就说我出远门了，不在家。"那些人又不是三岁的小孩，哪有这么简单就哄得住，但二姨那副认真的样子，说明她已经决定了，谁劝也没用。

自从被淋了一场大雨，二姨就天天抱热水袋。我暗想：肚子里那个小东西不怕热吗？肚子本来就像一个闷罐子，还要用热水袋烘烤，怎么受得了？

第二天来了两个乡干部，其中一个气势汹汹地说："你们怎么还不搬！要等别人用轿子来抬吗？"

我没有回答，但我心里很不高兴。他说这话之前我都是想搬的，我甚至想责备二姨太任性了，在这种时候怎么能像小姑娘一样任性呢？可他这么一说我反而想和他们对着干。我平时不抽烟，这时我点了一支，以示蔑视。我甚至想，要搬就搬进鱼多垛，别的地方哪里也不去。

二姨给他们倒茶。

"是不是有什么困难？有困难就说嘛。"来的人说。

二姨朝我努了一下嘴，"没什么困难，辛维早就想搬了，是我不想搬。我叫他一个人搬下去，我就不去了。"

"你为什么不去？"

"我不想。"

"为什么不想？"

"就不想。"

"空房子里不准留人，大喇叭天天喊，你又不是没听见。"说这话的人没有喝二姨倒给他的茶，连看也没有看一眼。我说：

"你凶什么？出了事又不要你们负责！"

这两个人走后，二姨叫我快搬，不要管她。我说，我要等他们用轿子来抬我。二姨说她昨晚上梦见父亲了，梦见他死了躺在棺材里，不一会儿却又活了过来。"梦见一个人死了就死了还好，梦见一个人死了又活过来不行，是个坏梦。"

"辛维，"二姨用意味深长的口吻叫我，"你想知道我为什么不搬吗？"

我摇摇头。

"我不好意思搬啊，那么多人住在一起……"她难为情地说，"你爸爸还没和我办酒就死了，没人晓得……当时办个酒就好了，哪怕只有一桌人，哪怕只有两三个人……你去把唐书秀叫来，看来只有这个办法了。"

唐书秀来了，她是二姨唯一的朋友，二姨和她密谋如何解脱窘境。唐书秀并不机灵，但她极为忠诚，从我家出去后，她见人就说，周福生是二婚，张培艺也是二婚，所以他们结婚的时候没办酒，只请了她和冉光银还有几个亲戚,本想等到生娃娃的时候办个满月酒,没料到又遇到滑山,看来又办不成了。

我觉得这是此地无银三百两。好在大家都在忙搬家,没有谁认真分析这些话。

当天晚上,唐书秀特地告诉二姨,不用担心了,现在大家都知道她和周福生办过酒了。二姨叫我赶紧去买一捆卫生纸回来,她说:

"我怕是要生了。提前了一个多月。一般只能提前几天,可我提前了一个多月。"

我想到没长大的毛桃子,没有成熟的时候硬邦邦的。还有南瓜,没成熟的时候轻轻划一下瓜皮上就流出水儿来。一个没成熟的婴儿大概也是这个样子吧?小家伙来得可真不是时候。

第二天中午,大喇叭比平时更刺耳地响起来,并且越来越近。我跑到院坝边,看见几个年轻人正抬着它,准备围着山坡绕一圈。喇叭里说,今天下午还没有搬的,明天将会被采取强制措施。接着宣读还没有搬的人的名单,有十来个,当他念第一个的时候,我的心就狂跳起来,可他念到第九个才念到我,我有种被公之于众并被当众指责的难堪。

这时二姨在屋子里大声叫唤起来,我忙跑进去问她怎么了。二姨一手扶着板壁,一手按着肚子,说没事,不舒服,呻唤几声好受一点。我说不搬不行,他们又在催了。二姨说:"你搬吧。"我在她面前时她一声不吭,好人一样跟我说话。可我转身走开,她又马上要死去一样地叫唤。我问她要不要找一个医生来,她说还早,现在还用不着。我明白了,她是叫给别人听的。

我把吃饭的睡觉的东西搬下去,别的都不要了。

在搬运东西的途中,看见那个借我锄头挖折耳根的姑娘背了个红十字药箱，穿了件白大褂。我感到全身发烫，连头发都在发烫，我的心和我的眼睛，已经烫得像要熔化了。我以为永远见不着她了，平时黄金公司的人也有亲属来探亲，可他们住个十天八天就回去了。她不但没走，还当起医生来了。她问我打预防针没有。我语无伦次地说，我没有听说啊。她告诉我，那么多人住在一起，又缺水，所以每个人都必须打预防针。她是志愿者，专门干这事。我放下扛在肩上的东西，不好意思地问："就在这儿打吗？"

"不在这儿打到哪儿打？难道还要找个板凳你坐起来？"

她虽然说的是责怪我的话，但她的笑容非常灿烂，我心里充满了快乐，身上却在发软。软得最厉害的是嘴唇，我想好的话都说不出来。搬东西都没出汗，放下东西后反而出汗了。

我手脚僵硬地脱裤子，心里想不要把屁股露得太多了。皮带还没解开，她大叫起来：

"你要干什么！"

我不知所措地看着她。她"扑哧"一声笑起来：

"打手臂，不是打屁股！"

她的脸红了，我的脸更红。

我挽起袖子，她一只手给我擦酒精，另一只手握我的手腕，我感觉到，这一握，几乎握住了我的幸福、思绪、梦想和誓言。我本能地抖了一下。她笑着说："不要怕，不痛的。"

我哪里是怕痛，是那只握住我手腕的手，是它在让我发抖。我已经十六岁了，从没有摸过女生的手，也没被哪个女生摸过。

我看到白大褂里面那件运动衫上的小字：××市卫生学校。在接下来的几天时间里，我无数次地想起这七个字，把它们当成她的名字来想。

针头拔出来后,她问我:"痛吗?"

"不痛!"我说。

"我说的嘛,你刚才怕成那个样子。"

说着笑嘻嘻地走了,给下一位打针去了。

我的心在哀叹,世界上很多东西都是这样,你没有想得到它,它像菩萨一样拈花微笑,你想要得到它,它就会像妖精一样让你感到痛楚。我没权把她灿烂的笑脸据为己有,但在嫉妒和自私的双重鞭打下,我为有那么多人来分享感到难受。

那几个抬大喇叭的人走过来,他们都比我小,有一个小家伙抱着录音机,大喇叭里威慑人的话就是从那里面冒出来的。他们兴高采烈,像小公鸡一样骄傲。

二姨的叫唤越来越长了,远远地听见那种声音,就像听见噩耗,让人一下就紧张起来,心脏怦怦跳。在屋子里听见这种声音,你会感觉周围的一切都在跟着痛,桌子、板凳、门槛、门把手、立在一旁的扫帚、锁和拴着红布条的钥匙,它们因为吸纳了这种痛而冰凉,而沉默寡言。在病人面前反倒好受一些,那种哀号给人热烘烘的感觉,让你脑袋发沉,什么主意也没有。

我告诉大伯娘,二姨快不行了,请她去看看。她问我二姨叫了多久了,我说中午就开始了。大伯娘说:"不要紧,让她叫,还早呢。"见我站着没动。她又说:"生孩子不是屙屎,不那么叫唤生不下来,尤其是生第一胎。"我失望地转身离开,半道上遇到冉光银,他说他回去叫唐书秀立即来。唐书秀也没有立即就来,而是过了两个多小时,天快黑了才来。

天黑以后,来了七八个娘儿们。她们早就听见二姨的叫声了,可她们白天太忙,没时间来看她。大伯娘也来了。她们从生孩子说到男女之间的事情，哈哈大笑。有一个娘儿们骄傲地说，别人生孩子都疼得死去活来哭爹喊娘，她丈夫出远门了，她自己把水缸里的水挑满，烧了一锅热水，孩子生下来，自己用煤油灯上烧红的剪刀剪断脐带，给自己煎了两个鸡蛋，还用热水把自己和孩子洗干净，然后才躺下坐月子。"痛什么呀，像屙泡硬屎一样！"她说。另一个娘儿们说，要不是政策不允许，准她放开肚子生，她一定会生下耗子那么大一堆。她那个肚子太好用了，孩子他爹吹口气都能怀上。大伯娘故意问："那他是不是天天用吹火筒给你吹气呀？"她们乐得房子都快飞起来。

到半夜，二姨再次号叫起来，陪她的人说什么也没用，她说不行了她快要死了。大伯娘叫她骂周福生，这样会好受一点。二姨果真骂起来，骂了一阵，没有因此好受些，她又像刚才那样叫唤起来。

我暗自发誓，如果我有结婚的一天，我决不会叫我爱的人吃这种苦。这么想着，我自然而然地想到"卫生学校"，如果她允许我爱她，就算搭上生命我也不会在乎。

二姨的叫声像波浪一样，"哎哟"地大叫一声，然后是快节奏的一连串"哎哟哎哟哎哟"。

我是这样想的：那个捣蛋鬼在里面不停地吹气，二姨的肚子就要爆炸了。砍掉一只手，砍掉一只脚，也许都没有那么痛。这种痛不是痛快地一刀剁掉，而是把手或脚放在砧凳上，用锤子一遍一遍地敲打。

天快亮的时候，二姨没有叫了，大概是已经睡着了。我披上衣服走出去，看了看天上的星星，纸房变化这么大，怕连星星也认不出来了吧？

我往玉米地走。有点什么事我总爱往玉米地走，有时是不知不觉，快到了才发现，我的双脚嗅着一种连我也不知道的气味把我带到了这里。天并不冷，可我还是感到前胸和后背发凉，就像在医院里等待化验结果的人。别人都说我像个老头,没有年轻人应有的朝气。我自己也常常有此感觉。只有被什么事弄得焦躁不安的时候,我才在强迫自己冷静的过程中看见,这一切都是因为过分敏感,使心里充满了嫉妒和怨怼,充满了自轻和自责,在生命的某些瞬间,陶醉在一种甜蜜的哭泣当中。

现在我又看见了:那个圆溜溜的肚皮曾使我想到性交方面的事情,在二姨痛苦的叫唤声中也往那方面想过,但这一切又和死去的父亲有关,和疼痛有关,和羞耻有关。我多么希望自己超脱于这些之上,像塔松一样伟岸,一样卓尔不群,或者回复到一颗玉米那么单纯,那么不谙世事。

我想,好吧,如果二姨能渡过难关,那就是老天给我改正的机会,如果她过不去,那就是老天对我的惩罚。

我看见几个人抬着一个人往坝子里走。我心里狂跳起来:天啦,二姨是不是不行了,要送医院?

我三步并作两步跑下去,看见他们把二姨抬进了93号帐篷。那是分给我的,我顿时轻松了许多。

从帐篷里出来的人叫我暂时不要进去,二姨已经生了,天亮后生的,生了一个不足月的男孩。几个女人嘻嘻哈哈地开着玩笑,说李国田的种子不如周福生的好。

大伯娘叮嘱我,二姨摸不得冷水,吹不得冷风,吃不得冷饭。凡是冷的东西都不能让她沾染,听起来她不是生了个孩子,而是从冬天的窟窿里钻出来。

帐篷里不能生火。我用砖头把帐篷拖地的裙边压住,借了几个热水袋放在床上,不到两个小时就给她换一次。开水灌进热水袋时,有一股难闻的胶味。

看见那个小东西的时候,我不无内疚地想,也许我一辈子也不会喜欢他,看上去既不是什么小男孩也不是小女孩,而是一个粉红色的大老鼠!

我没时间去挑水,可我家用水量比谁都大。

辛武用他的车去拉水来卖。他每天给我三桶水。他把车开到我"家"门口,拍打着车门,问我要不要水。我说要啊,怎么不要,煮饭的水都没有。他笑着跳下驾驶室,给我搬了两桶下来。我去帮忙,他挥了挥手,然后像少林武僧练功一样,一只手提一桶,毫不费劲地提进屋。他叫我只管用,不要节约,用多少他给多少。我没有水缸,否则他可以把我的水缸装满。

晚上他又送了一桶。我给他钱,他不要。他得意地说,他一个小时就跑一趟,比拉矿赚得还多。

帐篷里的娘儿们,这个那个,吃过晚饭就来看二姨。她们现在除了煮饭没别的事,来看二姨也是为了和更多的人聚在一起闲聊。帐篷里面太窄了,只能容两三个人,她们看看产妇,看看那个大耗子,然后到帐篷外面去聊。除了家长里短和男女之事,她们偶尔也为目前的处境发表一些奇思妙想。

"在这个布篷篷里还要住好久呀?"

"住到山坡滑下来为止。滑下来不动了我们再搬回去。"

"它要是不滑怎么办?"

"拉呀,我们这么多人,牵起绳子一拉不就滑下来了?"

她们走后,二姨悄悄问我,她们说她没有。我没有注意听,但我还是肯定地说:"没有哇,她们没有说你。"二姨担心她们议论她。

帐篷一家挨一家的,隔壁的人放个屁都听得清清楚楚,很多以前没暴露过的秘密都暴露出来了。有一天,王光路和女人正在干那事,栅栏里的猪突然哼起来。王光路说:"看嘛,天还没亮就唱起来了,叫你多喂一顿你就是不听。"女人说:"你以为它饿了?才不是,圈里冷,睡不着。"第二天,不少人便心领神会地互相打趣:你们听见猪唱歌了吗?好多人喜欢在雨声中干那事,雨打在帐篷上噼啪响,可以掩盖住他们喉咙里发出来的稀奇古怪的声音。春天雨水多,尤其是夜雨,一下就是两三个小时。在雨声的伴奏下,那些千奇百怪的声音只能用动物的声音来形容,有"叽咕叽咕"的蛙声,有窸窸窣窣的耗子声,有懒猪抒情似的哼叫,有大水牛的喘气声,有猫睡觉时整根喉管都在颤抖的声音,还有小猪吸奶的声音,穿山甲打洞的声音。

但这对十七八岁的人则是巨大的考验和折磨。一部分人因此沉溺于赌博,一部分像公鸡一样好斗,另外一些人则鬼头鬼脑地寻找干那事的机会,喜形于色的样子似乎颇有收获。

我哪里也去不了,我得照顾二姨。不知道是那个不足月的小家伙的力气太小,还是二姨的奶有问题,小家伙前两天吃的都是另一个产妇的奶。二姨的奶他吸不出来。这天晚上,二姨撩开衣服,露出胀得像气球一样的乳房,叫我"帮帮弟弟",说只有我用力把它吸出来,小家伙才有奶吃。我断然拒绝,二姨生气了,她流着泪说:"你要饿死他呀?"二姨的乳头又红又大,像一颗熟透的草莓。我怀着受刑般的痛苦,吸了好一阵,才把大乳房里的奶吸出来。我曾经臆想过女人的乳房,用手去抚摸或者亲吻它,但那是二姨之外的女人,是意淫中的女人,吸奶这样的活却叫我恶心。吸第二个的时候,猛地一用力,一大口奶喷进嘴来,没来得及吐掉就吞了下去。我跑到帐篷外面,把它连同胃里的所有东西都吐掉了。

为这事我更不喜欢那个小家伙了,也有点不喜欢二姨了。小家伙哭起来嘴唇是方的，捏着粉红色的小拳头，紧闭双眼。一旦含住奶头，立即就不哭了，"吱吱"地咂起来。我明白了，他哭不是伤心，不是生气，而是自以为是地表达他的要求。想到自己把什么事都压在心里，不禁有些羡慕。

"卫生学校"来了，我受宠若惊。但同时也为自己肚子里有奶而难为情，就像自己做了见不得人的事情。在这之前我已经听说她名叫桑红，纸房人都喜欢她。

仍旧背着那个红十字药箱。她来巡查，看有没有发热和拉肚子的病人。

桑红和我正好相反，很喜欢小孩。说二姨生的小弟弟非常漂亮。如果是别人说这话，我一定很不高兴，因为我怎么也看不出他漂亮，说这话的人不是瞎子，就是太虚伪。她这么说，我把它归因于她热情善良的天性。她一来就给二姨吃她带来的黄糖，吩咐我去半边街买猪脚，要买有七个眼的那种，这叫七眼蹄，产妇吃了奶水多。我回来时她正在用开水烫尿布，是我早上洗好了晾在铁丝上的。小家伙的大小便虽然不怎么臭，而且已经被我洗干净了，但毕竟是脏东西啊。她没有一丝一毫厌恶。她说必须这么消毒，否则小弟弟会生病。还告诉我，给他们用的碗筷要每天用开水烫一下。

她在别人家只待几分钟，在我家却待了一个多小时。我为这一个多小时激动了整整一天，我感觉自己老这么笑有点傻，可就是忍不住要笑。

辛武送水来的时候，问我是不是摔了一跤。我说没有哇。他说：

"你从来没有这么笑过，如果不是摔了一跤把笑神经摔坏了，你怎么会笑得这么开心。"

我说："给我支烟。"

辛武笑着递给我："你到底遇到了什么事？"

"什么事也没有。"

"你不会是为搬到香溪去高兴吧？"

"搬到香溪去？我没有听说啊。"

"我昨天才听说，我们这些人全都要搬到香溪去，纸房不能住人了。为这事我也很高兴，搬去后我就把这辆车卖了，买辆大客车来跑长途。跑广州，跑东莞。"

"这么多人全都搬去？"

"全都搬。以前香溪那些人看不起我们，把我们当乡下人，他们没想到，现在我们也是香溪人了。我们比他们有钱，等我们搬去，就不是他们看不起我们，而是我们看不起他们了。"

辛武越说越高兴，我听了不但没有像他一样高兴，反而有点笑不出来，我不想离开纸房，说不清为什么，反正就是不想离开。

"我和你一起去拉水！"我说。

"走呀。"

为了不让辛武的话破坏我的心情，我尽量去想和桑红有关的事情。不管什么事情，只要和她有关，想着想着我的心里就会充满快乐。而实际上，在我心里没有一件东西不是和她有关。白云从天上飘过，我想那就是桑红。看见一条小狗，我在心里喊：桑红、桑红、桑红。

很想把自己的感受和什么人说说，但想想，似乎没有这样一个人。辛武说起搬到香溪去便滔滔不绝。我想我的，他说他的，他知道我是个不爱吭声的人，还以为我在认真听，而实际上我一句也没听进去。

桑红走的时候大声说，有什么事可以去找她，她住在方山金矿，不远。我知道不远，我在方山放过牛，那时候还不知道纸房有金矿。

辛武终于发现我心不在焉，他突然问了一句：

"你总共会得多少钱,你算过吗?"

"没有,从来没有!"

眼看快乐的心情就要遭到破坏,我几乎是怀着一种奇怪的报复,叫辛武让开,让我来开车。辛武以为这是他的建议对我起了作用,他笑嘻嘻地停下车,说:

"好吧,我教你。"

他讲了一遍要领。

"不要看方向盘,要看前面的路!"

"好的。"

我松开离合器,一踩油门,车子"轰"的一声冲了出去。我没有料到会这么快,紧紧抱住方向盘,路太窄了,不敢打方向盘。辛武大叫起来:"刹车,快踩刹车!"

可我已经忘记哪里是刹车,踏在油门上的脚已经僵了,放不下来,脑子指挥不动它,就像无法指挥头发立起来,无法叫耳朵扇一扇。

汽车一头扎进马路下面的稻田里。

我的头撞在车顶上,两眼全是金星。

辛武跳下车,脸色煞白。

"你这个笨锤,怎么开的车呀?"

他大骂。

我一点也不害怕,只是感觉过程太快了,快得都来不及记得更清楚一点。

辛武摸了支烟,拿打火机的手抖个不停,他全身没有哪一处不在发抖,致使他半天没点着。我忍不住发笑。

"你笑啥子?"

我笑得更响了。

辛武有些生气，但仅一会儿，他也笑起来。

这时一股风吹来，一下灌进我的喉咙，险些没喘过气来，我连连咳嗽，连眼泪都咳出来了。我弯着腰，眼泪汪汪地看见不远处有一根移动的柱子，正觉得奇怪，辛武已经朝柱子跑去了。我也跑了过去。

这是一股龙卷风。龙卷风忽左忽右忽前忽后，眼看就要追上了，它却呼地一下跑开了。辛武最后不追了，像报喜一样叫帐篷里的人："快出来看呀，起龙柱了，起大龙柱了。"帐篷里的人并没一下子涌出来，而是先出来几个，待他们一喊，才全出来了，连正在煮饭的女人也丢下锅铲跑出来了，他们兴奋地张着大嘴。这里一根龙柱还没消失，另一根龙柱又拔地而起。梁书的女人正走在马路上，一股旋风突然把她围在风柱中间。尘土和树叶在她四周旋转，旋得她头昏眼花，巨大的气压使她无法呼吸，她绝望地号叫：

"啊咦，救命啊，先人哪，我要死啦！"

谁也没去救她，因为没人敢钻到旋风里面去。这股旋风只吹了两分钟就停了，消失得无影无踪，就像是有意和梁书的女人开个玩笑。梁书的女人半死不活地躺在那里，衣服被风卷跑了，她一动不动，直至梁书拿了一件衣服叫她穿上她才站起来。

道云老汉说："土地菩萨冒火了，是土地菩萨冒火了。"

第二十五章

即将搬到香溪的消息像春风一样抚弄着人们的脸。没有人不兴奋，凡是自己土地上的东西和土地本身，都要折合成钱发下来，包括房屋、祖坟、村道、竹林、果树。除此之外还有搬迁费、安家费。具体数字谁也不知道，但可以肯定是个大数。年轻人兴奋得脑袋发烫，恨不得这一天早日到来。只有为数不多的人忧心忡忡，他们说：

"听起来有好大一笔，但什么根基都没有了，要用那些钱过一辈子，恐怕也不容易哟。"

"遇到存得住财的还好，要是家里出个败家子，几下就给你败光了，到时候只能去讨饭。"

这些话像梦魇一样无力，每个人都在挖空心思如何让上面多赔一点，"反正是国家的钱，他们拿出来又不心疼。"他们兴高采烈地说。具体去做的时候却又是隐讳的、保密的，尽量不让别人知道。

很多人的聪明才智被空前地开发出来。有人深更半夜去开荒，把旱地边上的荒地浅浅地挖一遍，然后随便撒上什么种子，如果丈量土地的时候冒出芽芽，就非要人家把它算进耕地面积不可。有人砍来树，在木瓦房后面做一个偏房，以此增加住房的平方。还有的人悄悄栽树。

听说直径五厘米以上的都要折算成钱,尤其是果树,他们便到树林里挖野樱桃和板栗树,拳头那么粗的全都挖来栽起,也不管它是死是活,只要点数的时候还活着就行。

我对即将到手的巨款有种难以说清的滋味。凭我名下的几亩旱地和水田,无论我多么勤劳,种到八十岁也不一定能积攒那么多钱。但是,我总觉得这不仅仅是土地的问题,他们给了我这笔钱,就意味着把我熟悉的清风鸟影、星空朗月、绿荫碧水等东西也买去了,这些东西既可以说一钱不值,也可以说是无价之宝。我在这里,似乎并不是每时每刻都需要它们,可一旦失去它们,就再也找不回来了。但是,我必须承认,对钱一点不动心也是假话,要不然我就不会作这样的设想:将大部分钱存到银行,用少部分去干自己想干的事情。我发现我已经不能在同一时间思考同一件事情,无论我想什么,总是同时有别的事冒出来,脑子看似特别活跃,其实更像出了问题,很多神经搭错了线。当我梦见自己抱着一个气球飞到空中时,我一方面为广阔美丽的原野无比激动,同时却为气球漏气或者爆炸感到担忧。有时还会梦见自己和鲜花遍地的风景一起消失,自己变成了一个哑巴,所有的人离我而去,他们事不关己地把我忘记了,我感到窒息,像被活埋一样。有几个形象在梦里反复出现:道云老汉的背影;拍打着翅膀的鬼鹩哥;粉红色的花朵;裹满泥土的谷子。我没想过它们意味着什么,这些梦在醒来时只剩下模糊的印象,我想得多一点的,是到一个没有恐慌的地方去,和心爱的人在一起,远离这世界,平静安宁地生活。

类似的地方我仿佛找到过,可惜它只具有象征意义,而不是一个可以永久居留的地方。

我积攒了一些记忆。那次在母亲的坟前受到惊吓,法师做完法事后,二姨把我接到她家。严格来说,那是李国田家,二姨在这里并无家的感觉。那是一个大寨子,在竹林的包围中,一条小路沿着大冲沟绕来绕去。小桥全是用竹子搭的,有的竹子砍下来不久,还是青的。我不喜欢来这个地方,大寨子给人深不可测的感觉,它的阴冷和灰暗像老巫婆的胳肢窝,使人一进来就闻到一股子霉味,这气味不是让你闻一下就了事,它还会萦绕在你衣服的每一根纤维上,即使你离开已经很久了,这股气味还经久不衰,无论什么时候想起,鼻腔里都会冒出一股绿阴阴的气味。

二姨住的是厢房。屋子里的东西是阴柔的、零碎的:随便丢在柜子上的发夹,挂在柱子上只用过一两次甚至一次也没用过的绿纱巾;缝纫机的机头没放下去,看样子并不经常使用;衣柜关得紧紧的,拉手上缠着红毛线;大床上挂着蚊帐,也许一年四季都这么挂着。这一切都显示李国田好久没回来了。

"天越来越冷了。"二姨说,"怕是要下雪了。"

"你没有妈妈了,从今以后你把我当妈妈吧。"二姨轻声说。

二姨说完这两句话就把灯关了。屋子里的一切声息俱在,但给人的感觉却是无声无息,仿佛它们也进入临睡状态。

醒来时,我听见李国田的母亲在和鸡说话:"下雪喽,虫虫都钻到土里去喽,没吃的喽。"不一会又听见她在撒谷子:"不要抢的些,今天大家都吃自来食,都有一份。"雪亮的冷风从板壁缝钻进来,像不锈钢舌头一样冰凉,我把头缩进被窝,同时发现一个非常舒服的去处。在二姨的双腿之间,又柔软又暖和。可我刚把腿伸进去,二姨就把我的腿拨开了。她不是叫我把她当妈妈吗?我差不多是强行地,不顾一切地再次把腿伸向那里,二姨紧紧地夹住双腿,我觉得好玩,更加用力地往那里拱,二姨突然掀开被子给了我一巴掌。她没用什么力气,而且是打在脚上,但这一巴掌把我的心打碎了。我慢慢缩回惹事的脚,为了避免哭出声,我用被子紧紧地捂着脸。哭了一阵,东想西想,又睡着了,直到二姨叫我赶快吃了饭去上学。二姨的表情非常自然,好像什么事也没有发生。

走出寨子,我不想去上学了。我不愿去学校,更不想回家,只想像雪天里的动物一样找个地方藏起来。我吐了泡口水在手心,拔了根眉毛放在上面,闭上眼睛,"叭"地往眉毛上拍下去。这是一个古老的方法,当什么东西丢了,怎么找也找不到的时候,我们就让眉毛按照冥冥中的神示指引方向。睁开眼睛,眉毛朝大拇指方向奔,于是我在裤腿上揩干口水,来了个九十度的大转弯。

在我前方的山坡上有一棵空壳树,树脚有个两尺多高的树洞,小孩可以钻进去。

想到这个去处,我又激动又急迫,一路小跑,书包"啪哒啪哒"地拍着屁股。空壳树下面堆了十几捆玉米秸,树洞被严严实实地遮住了。这难不倒我,我搬不动玉米秸,但我可以用双手挖出一条隧道。我折断捆扎玉米秸的篾条,从松开的玉米秸中间开始掏,玉米叶又干又脆,轻轻一拨就断了。当我拨开身体那么大一个洞后,我就用屁股使劲往里撞,或者用脑袋往深处拱。忙碌了一阵,隧道挖成了。树洞里是温暖的,有一股地窖里才有的腥味,温暖而又绵长。树壁上的露珠仿佛凝固了,它们从没有反射过太阳的光辉。没坐多久,我有一种隔靴搔痒的感觉,心尖上痒酥酥的,但还有什么东西没归位。我把树洞里的露珠刷掉,然后铺上松软的玉米秸,最后把洞口封上。我不慌不忙地,像黄昏里回家的老人一样,慢三理四地这里摸摸,那里拍拍,然后才舒服地躺下去。但我的心不那么慢,它像江河决堤一样迅猛,我差不多就要控制不住自己了,身上突然一热,世界离我远去了,仿佛回到了妈妈的肚子里面。

空壳树已经消失了,就在那个冬天,不知是谁点燃了树下的秸秆,把大树烧死了。

二姨叫我也去做点什么,她虽然躺在床上,但没有什么事她不知道。那些多嘴而又好心的娘儿们来看她时,把聪明人做的事情当笑话讲给她听。我告诉她们:

"他们这是半夜起来补裤裆,已经来不及了。"

因为上面已经张贴了几十张告示,土地按分下户时的面积计算,房子按房产证上的数据计算,果树要移栽满三年的才能予以赔偿。这个告示他们不是没看见,而是不愿意相信,在贪欲的指使下怀着侥幸心理。他们说:

"管他的,不赔就算了。"

即便真的可以多赔点钱,我也没心思去做那些事情,我的心思已经被爱情占满了。我相信,桑红肯定不喜欢人贪婪到如此地步。

我有勇气到方山去找她,是弟弟给我的机会——你看,爱情的力量就是这么神奇,我居然亲切地称这个一直不大喜欢的小家伙为弟弟,不光是嘴上认他,心里也开始认可他了。当然,我得承认,小家伙的确长得漂亮。额头上的皱纹少了,粉红色的皮肤已经变成浅黄色,像煮熟的蛋白一样细嫩。

弟弟屙出来的大便不是稀软的蛋黄状,而是豆瓣状。二姨叫我去请桑红来看看。

桑红对这事的经验远远不如那些养过孩子的妇人多,但她很负责,按照那些妇女教她的方法,轻揉小家伙的肚皮,同时叫二姨减少喂奶的次数。

大伯娘来看二姨,提了三朵鸡枞菌。大伯娘叫我去摘几个西红柿,她要用鸡枞菌给二姨煮一碗面条。二姨说:"给桑红吃吧,她从来没吃过,我们都吃过的。"大伯娘夸张地说:"我倒想煮给她吃,可你看你们这屋子,灰巴狗舔的,人家城里面来的小姐,我怕她吃不下呀。"桑红笑了笑说:"大娘怕是舍不得吧。"大伯娘"哎哟"一声叫起来:"我有啥子舍不得的哟,只要你看得起,什么我都舍得。"桑红说:"算了吧,你采了那么多鸡枞菌,才拿三朵来,不是叫我们一些人吃,一些人吞口水?"大伯娘哈哈大笑,说:"好,我不晓得桑红在这里,也不晓得你喜欢,既然你这么喜欢,我全部拿来。"大伯娘这人,对人好的时候非常好,可她只要转过身,就要说你的坏话。她把二姨生的孩子叫"私娃","那个私娃,越来越像周福生了!"还有更恶毒的话:"周福生和张培艺才日了一回就把娃儿日出来了,你们说厉害不厉害?"这样的话用文字写出来,会让这些字跟着肮脏,在别的场合说到这些字,你会觉得别扭甚至不舒服。二姨听见了也不敢接嘴,一旦骂起架来,她绝不是大伯娘的对手。就连桑红也被她说过,她说她是"城里来的稀奇宝贝"。但当着你的面,她会把你夸得浑身舒服。

大伯娘把篮子提来,全都给我们。

没有比鸡枞菌更香的菌子了。还没煮好,香味就出来了,隔着帐篷都能闻到。桑红故意说:"哎呀,我的口水都要流出来了。"

我们都忍不住笑起来。

大伯娘说她去看周家的老坟,在坟后面的林子里找到的。

"辛维他爷爷死的时候,辛武他爸爸十五岁,福生才十岁,还脸都不会洗。我来的时候,辛维的爸爸也才十三岁,我可从没隔外过他呀。"

桑红不解地说:"大娘那么早就结婚了?"

"也不早,十八岁,那时候十八岁结婚已经不小了。辛维他妈妈,还是我找媒人去说的呢,不晓得培艺还记得不,别人家的媒人,第一次上门提的是一把干面,好一点有二十个鸡蛋,我们可是提了一块腊肉。我怕别人说我这个当嫂的给兄弟说媳妇舍不得。说来不怕老祖宗生气,他们硬是没尽到什么责任,撒手就走了。"

我听出大伯娘的弦外之音。爷爷奶奶死的时候,我父亲还小,完全是大伯张罗安葬的,现在每口坟八百块迁移费,从情理上讲我也有一份,我也是他的孙子,大伯和大伯娘如果不给我,人家会说闲话,给了我,心里又不甘。我说:

"伯娘,爷爷奶奶的迁葬费我不要,全部给你们。"

即使桑红不在,我也会表这个态。

大伯娘心里高兴,脸上却在生气:

"辛维你说些啥子?你以为我说这些是为了几百块钱呀。我不过是顺口说说,你大伯那时候吃了不少苦。至于迁葬费,辛武是他们的孙子,你也是他们的孙子,你们各占一半,这是你们应该得的。"

我笑了笑:

"伯娘,你说错了,我和辛武都不应该得,即使我爸爸还在,这钱他也不应该得,爷爷奶奶是大伯出钱出力安葬的,这钱别人都没资格,只有大伯才有资格。"

大伯娘满脸欣赏地看着我:

"辛维你长大了,懂事了,不过老人的钱,还是要分一份给你的。"

我心里想:你就不要虚伪了。

"我说了不要就不要,这事不用再说了。"

大伯娘走后,桑红意味深长地笑了笑:

"今天这鸡枞菌香是香,可也太贵了。"

我知道她要说什么,但我还是故意问:

"你说贵?又没要钱。"

"你不是一大方把迁葬费都送给她了吗?没后悔吧?"

我认真地说:"我一点也不后悔,我自己的搬迁费就是几十万,怎么可能去在乎这几百块钱!"

当"几十万"这几个字从我嘴里冒出来的时候,我不自觉地加强了它们,这是在向她炫耀:看,我可不是个穷光蛋。同时却又觉得,这不应该是我的本性,平时最看不起浅薄的人,现在自己却成了那样的人。我有股好好洗把脸的冲动,就像尴尬可以洗掉似的。

桑红临走的时候,我问她怎么知道大伯娘不止三朵鸡𭎂菌。

她得意地说:"我猜她不可能那么大方,只找到三朵把三朵都送给别人。"

"你真聪明。"我由衷地赞美道,"这种菌的土名叫三瓣菇,总是三窝三窝地长,找到了一窝,就一定还有另外两窝。"

"真的呀?"

"都这么说,是不是真的我也不知道。也有的人说是一窝只有三朵,所以叫三瓣菇。"

"多吗?山坡上。"

"不多,要运气好才能找到。你明天来吧,我带你去找。"

"好啊。"

她高兴地答应了。

第二天,我和桑红一大早就找鸡𭎂菌去了。

虽然目的是找鸡𭎂菌,可我走的是以前熟悉的山坡和小路,等到搬去香溪,有些地方就再也不会回来了。带着自己心爱的姑娘来和它们告别,心里既充满了甜蜜的温情,同时还有那么点儿恋恋不舍。

原以为只有某个角落或者某棵树下才能找到鸡枞菌，可完全出乎我的预料，漫山遍野到处都是。说漫山遍野不是夸张，而是多得到了让人难以置信的地步。不仅玉米地里有，荒坡上有，就连被踩硬的小路上也有。我从来没有见过这样的奇迹：它们从硬邦邦的路中间冒出来时，把坚硬的泥土挤破了，同时把自己也挤变形了，菌朵像残破的耳朵，菌杆粗壮弯曲。

刚开始我又惊又喜，可越到后面，越有种说不出的惊慌。虽然到处都是，但没有找到一朵好的，全都是正在腐烂或者已经烂成屎一样的东西。腐烂的菌子很香，老远就能闻到一股柔和的热乎乎的气味，漫山遍野响彻着甜丝丝的声音。

"要是能把这些气味收藏起来就好了。"桑红遗憾地说。她不时耸一下鼻子，深深地吸一口。我则感到担忧，担忧浓郁的气味里隐藏着我不知道的秘密。

好菌子是白色的，略带一点灰，腐烂后变黄了，黑色斑点从菌柄开始，最后却在菌盖上猛增。一旦开始腐烂，内部就有白色的小虫，它们在菌子内部出生，因这些菌子的生而生，因它们的死而死。

我很失望，怎么会一朵好的也找不到呢？如果空手而归，那就太遗憾了。我怕桑红失去兴趣，提议休息一会儿再到别的地方去找。我们背朝山坡面向纸房，这个面目全非的地方既不像乡村，也不像城市。四下里闪着刺眼的亮光，那是挖光了泥土的山坡。黄金公司已经恢复生产，他们增加了很多挖掘机，看上去比人山人海冷清，速度其实快多了。地质灾害不但没有让他们止步，反而加快了进度。白色的光秃秃的山显得矮小，有几分狰狞，像一个被打痛的小个子，准备伺机报复。稻田里郁郁葱葱的，但那不是水稻，而是像侵略者一样蛮横霸道的苦蒿，种水稻的时候它们可怜巴巴地长在田边地角，一旦荒芜下来，它们就以最快的速度占山为王，不把别的植物放在眼里。

坝子里那些帐篷，有蓝色的和白色的，人像蚂蚁一样，一会儿从这里出来，一会儿从那里进去，不是抱着一个南瓜就是扛着一块木头。纸房的土地里没有蚂蚁，但人们像蚂蚁一样活着。

桑红说她最喜欢的职业不是当给人打针的医生，而是给动物打针的医生。她特别强调：

"不是兽医，牛啊猪啊我不想管，我想管的是小猫小狗，是宠物医生。你知道什么是宠物吗？"

"我知道。"纸房没有人养宠物，但我知道什么是宠物。我从没想过我喜欢干什么，听她这么一说，我毫不犹豫地说：

"我喜欢种花，搬到香溪去后，我要买块地种花。"

她说："我也喜欢花，我喜欢成片的，要么一片白，要么一片红，我不喜欢杂七杂八的。"

"你喜欢什么花？"

"我最喜欢的是木槿。"

木槿？我没听说过更没见过，但我在心里发誓，我会搞清楚的。

"啊呀，下雨了？"

四周沙沙响，但这不是雨，而是泥沙。我极快地站起来，心里非常恼火。

在一块荒芜的玉米地边上，广线怪模怪样地看着我，有猥亵，也有惊诧和不解。

"喊了你那么多声都不答应，耳朵聋了？"

他撒下来的泥沙不仅落在我头上，还落在桑红头上，这使我气不打一处来。有桑红在，我不想说脏话。

"明明看见在山坡上，追了几面坡才追到你，一会儿东一会儿西的，还跑得飞快……我们要黄金公司补偿经济损失，这是申诉信，人家都签了，就剩你没签。你看你，害得我腿都跑酸了！快上来，签了我好带走。"

他很当回事地抖着那张纸，文化不高，却很认真地瞧着它。

有些人的土地在挖矿的时候已经被挖掉了，黄金公司当时赔了钱的，可现在他们觉得以前的标准太低了，要求重新补偿。他们请人写了一个情况报告，挨家挨户找人签字。他们说，签字的人越多，上面越重视。谁要是不签，到时候谁就没份。

"我不签。"

我冷冷地说。我本来就觉得他们的做法有点过分，在桑红面前，我更加觉得这种做法是卑鄙的，同时还隐约觉得，这似乎对不起桑红，虽然她不是黄金公司的人，但她爸爸是黄金公司的。我们怎能以满足自己的私欲向人家提这些无理要求呢？

广线愣了一下。

"为啥子不签？"

"不想签。"

"啊，我费尽心力来找你，你说不想签就不签？开什么国际玩笑！我是为你好，你不要不知好歹。"

"不要你多管闲事，说不签就不签。"

"我告诉你，如果你不签，到时候补贴下来你那份就是别人的。"

"随你的便。"

广线哼了一声："噫，厉害了，了不起了。还没搬到香溪去呢，就把自己当城里人了？搬到香溪去不也是农二哥吗？"

桑红说："你胡说什么呀？"我很难过，羞惭和愤怒把我充胀了。如果光是愤怒，我会毫不犹豫地捡起石头砸他，可加上羞惭，我就不知如何是好了。这样的怨恨我一辈子也不会忘,痛处被击中了,一把利剑刺穿了脆弱的盔甲,透过胸肋,深深地扎进了心窝。

广线走后,我和桑红都不说话,等候时间来征服我们的静默。

最后,还是桑红先开口。

"走吧,今天不找了,改天再来。"

"对不起……我……"

"没关系,回家吧!"

她说得很坚决,明显是不想听我解释。

第二十六章

和桑红分开后,我一个人走进老房子,去消解我心头的愤怒。这所房子其实不算老,是父亲二十三岁的时候修造的。我一旦搬走,就再也不会回来了,我心头不仅有将它遗弃的深深的惭愧,还有很多东西将同它一起消失而产生永远的遗憾,惭愧和遗憾构成了我对它双重的念想。桑红使我心头隐隐作痛,可我的悲伤远远不止于此。为什么珍贵的东西总是那么快地离我而去?难道作弄人的命运对我的考验还不够?我的痛苦和那个杀子飨神的里第国王(传说里第国王当太尔杀子飨神,被罚永久饥渴)一样:仰取果实,变为石头;俯饮河水,水即不见。

门扣上的锁被人敲掉了,不会是职业小偷,因为屋子里没什么值钱的东西,只有那些心怀偷盗和窥视欲的人才会用这种方式进来。刚推开门,一股浊重的霉味扑面而来,使我连打了几个喷嚏。虽然明明白白地知道这房子是我的,可我却有种进入别人房间的陌生感。时间同时背叛了我和这些房间。板凳和床我都不敢轻易坐上去,不是害怕上面的灰尘,而是害怕它们显露出来的冰凉和冷漠。

房子后面的果树也被人挖走了,留下十几个大坑。有两棵李树碗口那么粗，是我妈妈栽的，也被挖走了。毫无疑问，是被挖到别的房子后面栽起来了，是为了计算移民费的时候多弄几十块钱。这些贪得无厌的人真是可怜，一棵果树的赔款只有区区十元。看样子挖走好几天了。一棵碗口粗的果树连根拔起少说也有两百斤，为了十块钱一定把吃奶的力气都使出来了。当然，他们会尽量剔掉根上的泥土和一部分根须，挖去能不能栽活他们不管，只要能哄住理赔组那些人就行。

不过这太过分了，李子和桃子已经结果了，土坑周围掉了一地还没长大的果子。有一棵拳头粗的樱桃树，樱桃已经熟透了，偷树的人大概一颗也没吃，地上密密麻麻地铺了一层，踩在上面滑溜溜的，险些把我摔到坑里去。在这时候将它们移栽，它们必死无疑。赔偿下来，哪家不是几十万，可他们还是嫌少，还要在蚊子脚板上揩油。

我决定挨家挨户调查，发现后就用斧头把它砍掉。

门我没有再上锁，用麻绳随便拴了一下，不然风吹来吹去会把它撞坏。

在别人的房子后面转悠，有种鬼鬼祟祟的感觉。好在所有人都搬到帐篷里去了，我才没有那么多顾忌。

我把广线作为第一嫌疑人，这家伙那么贪，可能性最大。如果是他，他家别的果树也要遭殃了。这样做不太坦荡，但报复的快感让我欲罢不能。

广线家在半山坡上，我以前从没来过。屋后是一大片竹林，果树不多。当我看见一棵新栽的杏树，心怦怦地狂跳起来，稳操胜券的喜悦和痛快同时产生。但这棵杏树不是我的。我丢掉的每棵树我都认得。再往下面看，新栽的树有二十余棵，可没有一棵是我的。我还看见好几个土坑，从周围的落叶可以看出来，广线的果树也被人偷了。

再到王光路家，王国先家，梁宗贵家，我明白了，他们全都是强盗，你偷我的，我偷你的，偷来偷去，家里果树并没有增加，但大部分果树在搬来搬去的移栽中死掉了。他们不但没赚到一分钱，反而蚀财了。

这太好笑了。

我没有必要再查了，可从辛武家路过时，我几乎是被一种幸灾乐祸的心理指引，想看看辛武家被挖走了多少果树。不看则已，一看气又上来了。我的果树全部搬到这儿来了！

那棵樱桃树的叶子掉光了死了，桃树和李树却仍然活着。为了让人觉得这些果树已经长在这儿很多年了，树底下还煞费苦心地铺了一层苔藓。辛武不会干这事，他整天在卖水。大伯娘一个人也完不成这事，她没那么大的力气。要么是她和大伯一起干的，要么是大伯一个人干的。心里很气，但我举不起斧头。又不是这些树的错。还有，想到辛武每天给我送水，不要一分钱，那么多水，折算成钱比这些果树多得多。就让大伯和大伯娘多一份成功的感觉吧。

半路上碰到冉光银，我告诉他我的果树被偷了。他说他的一棵也没被偷，他知道有人干这种事，提前把它们全部砍掉了。

"偷吧，他们只能偷树桩。"

他得意地说。

我感到脚腕上凉悠悠的，就像有斧头晃过。我觉得他的做法更愚蠢，它们给他结过那么多果子啊，他砍的时候它们不委屈吗？

我走到一条小路上，这条路是去望牛坡的，因为挖矿修了条盘山公路，小路从那时起没有人走，逐渐被野草和荆棘封掉了。但再难走我也要走，我不喜欢走全是泥巴石头的公路，对这些即将湮灭的小路，有种难舍的情分，我不想将它们遗忘。我并非时刻想类似的事情，但每次走到路口，我的双脚都会主动替我做选择，仿佛它们是一对乖巧的小狗。

在一块草坪上，我被一片蘑菇震住了。草坪有两个足球场大，蘑菇一朵挨一朵，密密麻麻。第一下进入眼帘，还以为是一片野花。我不知道这些蘑菇的名字，它们和鸡枞菌完全不同，比较矮小，但肥硕健壮，菌盖以浅黄色为主，其次是白色，偶尔夹杂着几朵红色。我被震住的情形，就像一个从没见过鸡蛋的人突然置身于一堆鸡蛋中间。我摘了一朵，菌盖很脆，轻轻一碰就裂开了。

我蹑手蹑脚地退出来，喊冉光银来看看，这是什么蘑菇。

冉光银看见后，笑嘻嘻的，没法相信自己的眼睛。他说，如果菌朵吹得响，就证明没有毒，可以吃。他吹了一下，呜呜声像吹破口风琴。他重新选了一朵，吹了一首歌，高音上不去，转弯抹角处也没处理好，但的确像一首歌。吹完后嘿嘿笑。他嘿嘿笑不是高兴，仍然是惊讶。他的惊讶如同站在铺满钞票的马路上，既希望是真的，又担心是假的。这么多，如果是毒蘑菇，他的惊讶不会有这么大。

冉光银摘了三朵，他拿不准到底有没有毒。我一朵也没要。

没过多大一会，住在帐篷里的人都知道那片蘑菇了。冉光银想煮来尝一下，唐书秀说什么也不准他尝，他们的争吵声引来了七八个自以为有见解的人。有人说多放些蒜瓣能解毒，有人说如果蒜瓣变黑就有毒，如果颜色不变，尽管放心吃下去。冉光银的蘑菇汤已经煮好了，香气一缕一缕飘出来，撩得在场的人难以自持。广线尝了一口，煞有介事地闭着眼睛分辨了一会，然后又舀了一勺。唐书秀看出其他人也想尝，她怀着不安把各种各样的勺子分给大家，就是不给冉光银。蘑菇汤眨眼间就喝光了，全都嘿嘿笑，他们从没喝过这么鲜的蘑菇汤。

采蘑菇的队伍出发了，有的提竹篮，有的扛箩筐，有的背背篓，有的端脸盆，只要能装下蘑菇，随便拿起一个就出发了。他们的神态举止前所未有，说着以往的种种趣事，欢声笑语接连不断，亲如一家。既然蘑菇那么多，完全没必要争先恐后。连蘑菇的名字都不知道，因此谁也不会有贪心。

整个下午，帐篷村的人都沉浸在喜悦与和气当中。黄昏时分，蘑菇的香味像大雾一样弥漫在每一个角落。我也采了几十朵，还没来得及煮就被叫走了。李自强带话来，叫我给民俗学者打电话，他们在询问录音的事情。帐篷村没有电话，金矿倒是有，但我不好意思。我借了一辆自行车去香溪。我在电话里向民俗学者保证，只要有死人，我就抱着录音机去等道云老汉的哭声。

回到纸房，我才发现我的神救了我。那些吃蘑菇的人全都成了"哑巴"。我走进帐篷村，没听见说话声，正觉得奇怪，走到中间的开阔地，才看见人全都在这里，他们正像哑巴一样焦急地比画。其中几个人掐着脖子连带比画了半天，我才明白他们中毒了。也并非发不出一点声儿，只是说话太吃力了，声音从喉咙出来时像蛇吐芯子一样：咝、咝、咝。有人急得快发疯了，蹲在人群之外一把一把地捋着脖子，想把鸡嗉子似的喉咙捋顺溜；有人（主要是女人）抚着脸哭泣，把鼻涕眼泪甩出几丈远。估计有人已经在地上打过滚了，见打滚没用，只好爬起来。因为我看见有人浑身是泥。

我掉头去找李自强，他没住帐篷，而是住在黄金公司活动板房里。李自强不在家，他女人打开门时，屋子里雪亮的灯光一下扑在我脸上，刺得我什么也看不见。她说她也不知道他到哪里去了。"像个三脚猫，没几个时辰归屋。"她抱怨道。

找遍了所有的黄金公司，都说没有看见李村长。我正犹豫要不要去找桑红，李自强却自己从一个地方拱出来，他已经知道中毒的事了，因为黄金公司的人都知道了。他们嘻嘻哈哈谈论着这件事，那么多人同时成了哑巴,似乎的确好笑。从李自强呼出的大股酒味就知道他已经喝醉了。他问死人了没有。我说没有。他说,这么晚了,到哪里去找医生?只要不死人,叫他们挨一下吧,反正睡觉又不用说话。他突然哈哈一笑:

"说不定睡一觉就好了,连药都不用吃,你说是不是?哈哈哈。"

我忐忑不安地回到帐篷村,开阔地里一个人也没有,哑巴们已经在帐篷里睡着了,此起彼伏的鼾声打消了我对他们已死的担心。第二天我才听说,毒蘑菇不但使人失声,还让人头脑发昏,老是想睡觉。

钻进93号帐篷,我才开始清理我的感受。我去采蘑菇的时候,只有几个人还在那儿。被踩碎的蘑菇遍地都是,它们是还没长大的小蘑菇。如果像蚕食桑叶一样采,一半就够了。可整片蘑菇都被采过了,像被猪拱过了一样。我讨厌他们这么做,就像我讨厌雨后晒翘的泥皮被踩得乱七八糟。当我看见他们全都中毒时,心头掠过一丝喜悦,似乎早就盼望如此,希望出什么事整他们一下。我不知道是对此的悔过之心,还是看到他们的痛苦而产生了怜悯之情,或者两者都有,因此非找到李自强不可。我意识到一件事,我没有自己的神明,如果有的话,他应该告诉我怎么做。彻底明白这一点,是搬到香溪后的事情。

第二天早上,哑巴们的喉咙没昨天那么难受了,但仍然说不了话。有少数几个人想到去医院,其他人觉得这没什么大不了,忍上几天,会好的。他们平时生病就是这样的,除非痛得在地上打滚,否则决不上医院。

让人料想不到的是,他们的哑语进步神速,谁也没跟真正的哑巴学习过,可他们的哑语和真哑巴区别不大,就像他们当哑巴已经好多年。

还有一件让人料想不到的事。我看见道云老汉采了半竹篮毒蘑菇,他没搬家，他的房子已经滑到坡脚了，不可能再滑了。我以为他不知道帐篷村的人中毒了，叫他快把这些蘑菇丢掉，他说：

"我不是拿去吃的，我是拿去供坛神的。"

坛神不怕毒？心头冒出个疑问，但我没有说出来，道云老汉的事，别人无法操心。同时也觉得说出来就是对坛神的不敬。

广线拿着申诉报告来请二姨评理。他一边打手势，一边"咿咿""哇哇"地表示他多么委屈，为了大家的事，他吃了那么多苦。这个报告新增加了一条内容，哑巴们认为毒蘑菇跟黄金公司有关。不是有人像冉四本一样把毒水洒在蘑菇上，而是滑坡时浸泡池开裂，毒水淌到了山坡上。谁也不知道毒水是否到过生蘑菇的地方，但这笔账不算到黄金公司头上，还能算到谁的头上？虽然没人去医院，但医疗费必须赔。

二姨责怪我不应该和广线使气，"大家都签，你也签嘛，又不要你出头。"我没吭声，我讨厌这种千方百计钻隙觅缝地增加财富的勾当。我想起曾经读过的书上写农民的话：吃苦耐劳、朴实、善良、固执、保守。在我看来，这个写书的人要么偷懒，要么根本就不了解农民。他难道不知道他们还有另一面：在生存的重轭之下无师自通地学会偷奸耍滑，因为贪婪而敛财有方，因为固执和保守而不知不觉地学到了残忍。

好像是纸房出产黄金才使他们变成这样的。那么最大的可能是，这是藏在每个人身上的病毒，遇到不同的环境就会幻化孳生。

广线昨天变成哑巴之前，像女人一样到处说我坏话。他对一个乡下小子追求一个城里来的姑娘感到不满甚至愤慨，他说：

"不想想自己是什么人，那不是癞蛤蟆想吃天鹅肉吗？"

平常听见这种陈词滥调，会觉得说话的人太笨了，怎么就不晓得换一种说法。可一旦这话是针对你来的，你会发现它比其他说法更能打击你的心。它像一根弯曲的铁丝，一枚生锈的钉子，一块不光滑的篾片，一条冰凉的蛇。

"人家是大学生，他算什么呀，才读了个初中毕业，牛头不对马嘴嘛。"

我很奇怪，连我自己也觉得这些话不无道理。这些话二姨听说了，广线走后，她说：

"城里人是人，乡下人也是人，有什么不可以！"

说得理直气壮，可听起来却不是滋味，像在无理取闹。

几天后，帐篷村终于响起了说话声。刚开始像公鸭一样，但慢慢恢复了常态。他们说话时仍然加上比画，但这不是才几天就养成的习惯，而是他们发现，那些不能让第三个人知道的话，打哑语更方便。

这天辛武给了我几斤生板栗，是他舅舅送来的，就是那个想找十二只小老鼠泡药酒的舅舅。他的癫痫病没有好，但他已经有老婆了，是一个腿有毛病的姑娘。这个有病的舅舅见到谁都一脸和善地、小心翼翼地微笑，但谁也不敢欺负他。有一次他大哥因为什么事不讲理，他把他大哥房顶上的瓦全部掀了下来。瓦是他卖给大哥的，还没给钱，他爬上房顶时宣布，钱他不要了。辛武走后，二姨说：

"给桑红送去吧。"

"算了。"我说。

不仅是板栗，其他事也算了。

"你真的喜欢她？"

"什么喜欢不喜欢，我已经不去想这件事了。"

二姨叹了口气："早点搬到香溪去就好了。"

她的意思是搬到香溪后，我们就不再是农民了，就可以和人家平起平坐了。

帐篷不隔音，我和二姨把声音放得很小。外面突然响起脚步声，我们急忙装作在做各自的事，刚才什么也没有说。

居然是桑红。我以为她永远不会来了。笑盈盈的，好像鲜花正在她脸上绽放。天啦，我在心里痛苦地叫了一声。刚刚筑起的防护墙瞬间坍塌了。她穿了一件绿色的连衣裙，上身套了件红色的线衣，胸上缀着两根与裙子同色的飘带。每看她一眼，我的心跳都要加快一阵。她把几件旧衣服送给二姨，特意说明不是给二姨穿的，是给她拆来做尿片的。她明天要回去了，再上半学期的课，她就毕业了。

晚上，二姨用口袋装了一把干笋子，几斤绿豆，还有一些糯米和两只腊猪脚，叫我给桑红送去。

第二天，我走到方山黄金公司，却发现桑红和矿上的几个人正准备上车。我心里无比伤感，我多么想告诉她，我爱她。趁其他人进屋拿东西，我红着脸对她说："我会给你写信的。"她愣了一下，然后笑了。她说："好的，我等你的信。"我拿出视死如归的勇气小声说："我喜欢你！"我不管她是否听见，掉头就跑。

我有多么愚蠢，就有多么幸福。像一滴水融入大海，像鸟在空中滑翔。所有的形象，花草、田野、天空、山坡、竹林、空荡荡的木瓦房、发亮的黄土、小水塘里潋滟的水光；所有的声音，狗吠、猪哼以及呼唤孩子回家的声音；所有的气味，木材的烟火味、泥土的气味、露水的气味，它们化成唯一的音乐，在我胸中回旋。它们是那样和谐，是那样美妙神奇，它们拥抱着我，我也拥抱着它们。

我的第一个念头，是去道云老汉家，求他家的坛神保佑，不要让我的欢喜化成一场空。但是，只有那些肚子痛的小孩才去求坛神，这个神似乎只管小孩的肚子。

我仰头数天空飞过的鸟，双数代表爱，单数代表不爱。或者将石子踢到某个地方，以此证明成功与否。我知道结果不能说明任何问题，但似乎找到了可以相信的东西。我想得最多的是，如果被她拒绝，就一个人搬进鱼多垛，永远不要出来。

第二十七章

搬迁是陆续开始的,刚开始只有两家,第二天增加到十几家,最多的两天有四五十家。汽车上的木料和家具比两辆汽车重叠在一起还高,当它们驶出纸房的时候,歪过来一下又歪过去一下,有时候歪斜得就像要翻车了,走在马路上的人无不提心吊胆,汽车歪向一边,他们的身体不由自主地歪向另一边,同时脚指头使劲抓地,好像这样做可以帮汽车一把。

坝子里热闹非凡,洋溢着激动和兴奋,每个人嘴上都像装了一个小喇叭,哪家搬了,哪家还没搬,哪家搬迁时遇到好笑的事情,都是他们笑谈的内容。有人把猪崽抱在怀里,因为车厢里放不下,猪崽不老实,屙了他一怀的猪屎。还有一个人存放了十几年没舍得喝的女儿酒,卸车的时候把罐子打破了,气得他双脚直跳。这些事平时没什么好笑的,可现在他们却说了一遍又一遍,每说一遍都要哈哈大笑。其实这是一种集体性质的表演,他们哈哈大笑的同时,心里隐藏着一去不返的悲凉。这一搬,就再也不回来了,居住了几百年的热土就要变冷了。似乎正是为了驱赶这种悲凉,他们才故意高声大气地说话,才要在暗中互相鼓励,互相感染,用兴高采烈的气氛抹去内心深处的创伤。

香溪比纸房平坦多了。在一片平原当中，一条小河潺潺经过，依水而筑的房子不懈扩张，由最初的竹篱茅舍变成了车马喧哗的市镇。平原的边上是彼此相连的丘陵，那里面流出的水给人以神秘之感。平坦的大地上全是稻田，偶尔也有一两处枫树和竹林包围的房舍。

香溪河上有一座石拱桥，桥上有四座石狮子，于是叫狮子桥。从纸房来香溪就要经过这座桥，桥的这一头是七八户人家，另一头是医院和学校，再往前就是香溪镇那条好几公里长的大街。在桥的这一边，沿着公路两边修了两排房子，再把公路铺上水泥，就成了一条新街。这条新街既是香溪镇的一条街，又具有相对的独立性。上面把这里叫移民新村，可我们却习惯叫它新街。

新房子一模一样，两层楼，一楼是门面，二楼是家。修房子的钱我们自己出，但建筑公司是上面派定的。修成一模一样是为了大家不起分别心，指着门分配：这就是你家！好，你家就在这里了。住惯了单家独院的人还不清楚这里面有什么区别，或者说大部分人都是糊涂的。第一天分好，第二天就记不清哪一个门是自己的家了，看上去全都一模一样。两头的好办，是第几个门，从头上数过去就可以了。中间的就麻烦了，也知道自己是第几道门，可数着数着就糊涂了，老是数错，错上一次后，即使没数错也不敢肯定自己是不是又错了。

"哎呀，住这样的房子，把脑壳都搞昏了！"

有一个从农村出来的老干部，叫大家在各自的门口放一件自己熟悉的东西。这个方法很管用，很多人放的是锄头，这在城里人看来不可思议，所有的锄头不都是锄头吗？可纸房人一看就知道，哪把是自己的，哪把不是，不用细看，仅凭手掌多年摩挲出来的釉光就知道。不但知道自己的，还知道哪一把是别人的。谁种庄稼是好手，凭锄头就能看出来。这是一种奇怪的感觉，他们自己也说不出个一二三，但就像一家人，即便没看到身影，仅凭一声咳嗽也知道谁在那儿。

新家没有设计猪圈牛圈，很多人的猪和牛又不能立即卖掉，没有养猪和牛的人家也养有鸡，在潜意识里它们也是家里的一员，是不好随便丢弃的。于是一楼的门面就成了猪圈牛圈或者关鸡的地方。猪和牛关在一起，牛不大吭声，猪则几乎整天都在叫唤，就像一个受到虐待的人喋喋不休地发泄自己的不满。饿了要叫，听见电钻和电锯的声音也要叫。叫声此起彼伏，不知道的还以为这是牛马市场。

楼下同时还是堆放农具和杂物的地方。

搬家的时候，年纪越轻的人丢的东西越多，对那些似有用其实没有多大用的东西，他们要么一脚踢开，要么假装没看见，或者干脆用斧头把它敲烂。那些上了岁数的人恰恰相反，生怕落下什么东西，恨不得连蟑螂和跳蚤都一起带走。地基上凡是能搬动的都搬来了。有个老汉不仅搬来了所有的农具，还把磨盘和石碓窝也搬来了。磨盘是用来磨玉米的，已经快二十年没有用了。别人说他，到香溪后又不种苞谷，搬去干什么呀。他理直气壮地说："万一用得着呢，到时候到哪里去找哇，反正搬去丢在一边就行了，它又不问我要饭吃。"还有人搬来石水缸，准备把它放在厨房。虽然用上了自来水，可总有停水的时候，平时把水缸灌满，停个十天八天也不怕。哪知搬到香溪才知道一点用处也没有，一口水缸少说也有两吨重，再装上水，就有三吨了，虽然这是预制板，不再是以前的木楼板，可总是让人悬心，怕承受不起。新家厨房的面积很小，也就两口水缸的位置，承受得起也放不下呀。犁铧和钉耙之类的农具，虽然挖矿以后就没用了，但现在他们突然爱惜起它们来了，全都搬来放在楼底下，就像他们总有一天要把铺设了水泥的街道翻耕种上庄稼。

在那些既有年轻人也有老年人的移民家里，为搬这些东西吵的架比一辈子吵的还多。年轻人骂年老的老牛筋，年纪大的骂年轻人不知甘苦糟蹋圣贤。有个老汉为了一个潲涌桶气得喝了农药，喝下农药后眼泪汪汪地说："好了，这下没人管你们了，没人当你们的绊脚石了。"如果不是及时送到医院，为了这个潲水桶把命都搭上了。

不过，提起另外一件东西来，就不是可笑而是难堪了。

在纸房，不管身体好不好，上了五十岁就要给自己准备一副棺材，同时栽一根漆树，每年用这棵漆树割下的漆油一遍，到死的时候，棺材就会黑得发亮，埋在地下经年不腐。在纸房时棺材放在后屋檐，平时看不到。香溪的新房子前后都没有房檐，这可让人为难了。如果房顶是平的，放在上面也可以，可修房子的时候为了好看，做的是尖顶，盖的是琉璃瓦。一楼关了猪和牛不能放，客厅要安沙发不能放，卧室除了床没有多余的空间也不能放——如果能放他们并不忌讳天天睡在棺材旁。没办法，只好将就放在门面外没有房檐的阶沿上。这就等于放在大街上，纸房人并不以为奇，见惯不惊，那些没见惯的人见了，就像见到死人一样恐惧。两百来户人家，一半门前有棺材，成了香溪乃至全世界独一无二的风景。

镇里的干部认为有损形象，叫他们放到别的地方。胆小的抱歉笑笑："放哪儿啊？除非抱在怀里，可我抱不动啊。"胆大的龇着黄牙，不怀好意地问："是呀，是不雅观，那放到你家行不？"

这些土头土脑的富翁让他们哭笑不得，香溪镇上的老住户叫他们"挖山佬"。

但"挖山佬"并不想一味地土气下去。

以前在纸房住木瓦房，没听说过装修这个词，可搬进香溪后，却都在说这个词。就像以前问候"你吃了吗"一样，现在问的是"你家装修完了吗"。王光路和他女人到已经装修好的人家去看了看，回来后他女人见人就说："啊咦，进屋就要换鞋。客人走了，还要趴在地上用毛巾抹地板，我的天，这哪里是坐家呀，这是在当佣人！哈哈哈哈。"她还不习惯把那间最大的屋子叫客厅，也不习惯把房圈叫卧室，改不掉的习惯用语里又常常夹杂着新词，听起来怪怪的。

王光路参观回来后决定自己装修，他看不起那些装修工手艺，说他们太毛躁了。他置办了一套工具，心想自己装修完了还可以去给别人家干，打算下半辈子以此为生。他以前学的手艺和装修房子没有太大的关系，又没学过泥水工，他花了两个月时间，不但没达到自己想要的效果，有些地方还没法用。他没敢声张，晚上悄悄改，把雪白的墙壁砸开重来。

房子装好了，他女人也当起"佣人"来了，只不过抹地板的时候悄悄的，一旦有人敲门立即把毛巾之类的工具收起来，为自己所做的事感到脸红！如果被人发现，就打一串消解尴尬的哈哈。

冉光福说他不装修，把水泥地抹光就行了，墙壁用石灰刷白就行了："毕竟还是农二哥嘛，一脚水一脚泥的，整得那么堂皇干什么。"在别人都快装修好后，他却集各家所长，把他的家装得既漂亮又实用。

广线在卧室该装吸顶灯的地方装了一块镜子，他说木板房睡惯了，突然之间睡在这么漂亮的房子里，心里发虚，会觉得是在做梦，梦醒后房间里的东西会不翼而飞。装上镜子，睁开眼睛就能认出自己，这一切都是自己的，都是真的，不是在做梦，心头的石头才能落地。

听了装修工的花言巧语，大家都在暗地里争豪斗富。可并非装修得越漂亮心里就越舒服。从没有睡过墙壁这么雪白的房子，半夜醒来，会被白得发亮的墙壁吓一跳。拉上厚厚的窗帘也感觉房间还是太亮了，总是误以为白天到来了，可一看时间，啊呀，才半夜啊。半夜里一旦醒来就难以再入睡了，嘈杂的市声无论多么丰富，也不如鸡鸭猫狗的叫声悦耳。以前的板壁稀牙漏缝四壁通风，现在紧凑得蚊子都飞不进来，睡在床上感觉喉咙发紧，胸上像压了块石头。有人第一次蹲在便盆上"哎哟"叫唤半天，怎么也拉不出来，太干净了，比吃饭的碗还干净，觉得拉在里面简直是罪过。没办法，抓了把土撒在里面，这才把这件看似简单的事情办好。这一切像并不严重的病，不用药治也无药可治，只好自我解嘲：

"这叫山猪儿吃不惯细糠！"

还有一个不习惯是买菜。在纸房的时候，提着镰刀到菜园里去割就行了。现在则必须到菜市去买。怀着一种乡下人总爱吃亏的心理，哪怕买一角钱的葱也要讨价还价，就像他们不是几十万握在手的富翁，而是吃了上顿没有下顿的穷人。那些卖菜的人很讨厌这帮突然间冒出来的暴发户，尤其是上了点岁数的妇女，她们付完钱后不但非要额外拿走一点才甘心，还气冲冲的，为别人要了她的钱而耿耿于怀。

道云老汉对这一切漠不关心，他不愿离开纸房，他说他的房子已经滑过一次了，滑到底了，不可能再滑第二次。不搬的人得不到移民安置费，有一天女儿把他骗到香溪，女婿暗中带了一帮人把房子拆了。道云老汉知道后跑回纸房，房子已经变成一个空架子了，他抱住柱子伤心地哭了一场。他叫女儿女婿给他找个山洞，他活不了多少年，在山洞里度过余生就可以了。

"这多么好啊，死了又不要你们埋，等虫虫蚂蚁吃，埋到它们肚子里，活棺材，多好。"他说。

女婿觉得他这是阴阳怪气，是换着法子指责他不孝，他冷笑了一声："依老卖揣！"

女儿赶来,口是心非地责怪了女婿一通,然后劝父亲回香溪。

道云老汉说:"女,我还是不去的好,人老了,不知道爱好,邋里邋遢的,别把你们的房子搞脏了。"女儿说:"我们都不怕,你怕什么呀。"道云老汉苦笑着摇了摇头,有点害羞地说:"你们的房子布置得那么亮堂,还那么香,我晚上也睡不着呀。"其实是新装修的房子各种胶水和油漆发出的气味,道云老汉没闻过,以为是女儿女婿喷洒的香水。

女儿说:"爹,我就是怕你不习惯,才没给你换新的,你的床上全是你以前用的那些。你嫌屋子亮,把窗帘拉上就行了。"

道云老汉不说话,薄薄的嘴唇紧紧包住花瓣似的长牙,不时揩一把滚到脸上的眼泪,绝望而又伤心的样子。女婿已经忍不住要发火了,女儿把他推开,叫他"滚一边去"。

"爹,你有什么要求尽管说,凡是能做到的我一定按你说的做。房间是专门给你留的,你那天已经看到了,还有哪些地方不满意,你说呀。"

道云老汉摇摇头。

"爹,妈死了那么多年,你把我们盘大太不容易了,现在条件好了,哪能丢下你不管啊?爹。"

道云老汉望着女儿,就像在辨别这些话的真假。

"爹,你还是跟我们回去吧……"女儿哭了,"你不去,我们哪有脸见人呀。"

道云老汉还是不说话,默默地去收拾锅瓢碗盏和又黑又脏的老棉絮。他像拾荒的人一样,不管什么东西在他眼里都是宝贝,都往口袋里塞。

女儿女婿松了口气,以为他终于想通了。

道云老汉的女儿女婿去联系车，要把拆下来的木料运到香溪去，已经和一个家具厂联系好，不分好坏全部卖给他们。

当他们回到拆散的房子前，父亲却不见了，那个动不动就眼泪汪汪的人不见了，像气泡一样消失了。女儿跑到竹林外面大声呼喊：

"爹！"

"爹，你听见没有？你到哪里去了？"

除了满眼的黄土，没有爹的影子。她无端地有一种怀旧般的恐惧，就像她还是一个小姑娘的时候，去香溪赶场，和父亲一起去卖棕片，她盯着那个收棕片的人，回过头却不知道爹到哪儿去了。后来当然是爹找到了她，她正在哇哇大哭。但现在和小时候明显不同，父亲是有意的，是故意的，她不可能用哭声把他召唤回来。现在她是家长，父亲是个不听话的捣蛋鬼。

女婿说："他是不是到香溪去了？"他明知不是这么回事，但他还是把这句话说了出来："不要紧，又不是小孩，不会到处乱走的。"

女儿只好顺水推舟地说："那你马上回去，看看他回去没有，我再到处找找。"

她其实是怕男人生气。

他说："我还是和你一起找吧。"

他们不约而同地想到了山洞，他一定是躲到哪个山洞里去了，但他们找到天黑也没找到。纸房只有四个山洞，四个山洞他们都找了。

第二天，女儿女婿想请几个亲戚一起找，搬到香溪的纸房人听说后，不约而同地上门表示愿意出这份力。想到以前相处的日子，想到道云老汉的为人，心里有一块地方软软的，冒出了一些忧伤的情分。他们搬到香溪后没回来过，两个多月了，也想回来看看。

拆迁范围内的人全部搬走了，黄金公司将开采每一寸含金的土地，因此连那些不受滑坡威胁的人也搬走了。空空荡荡的村庄寂静而又荒凉，干打垒的草房还在，那是很多年前种烤烟的烘房。其他建筑能拆的都拆了，拆木瓦房的时候没要瓦片，卖不掉，"哗啦哗啦"地推下屋檐，摔成了碎片。就像侵略者即将到来，不得不坚壁清野，什么也不留给敌人。

老房子四周的竹林被砍了个精光，只剩下当年生的还没长叶子的嫩竹子。拳头那么大的树也被砍掉了，竹林和树不是自己砍掉的，是被邻村的人砍掉的，他们怀着一种强烈的嫉妒心把这些树砍回去当柴烧。大家都是农民，为什么单单纸房的人就搬到香溪去，还那么轻松就成了富翁，而他们还在山沟里受穷受苦。

除了道云老汉的女儿女婿，其他人一边在山上找，一边总是忍不住往自己的老屋基观望。看到被消拔掉的竹林和树木，都会骂上几句，好像这些东西仍然是他的，虽然家搬走了，但它们仍然应该好好长在那儿，他们在某一天还要回来和它们一起生活。爬到笔架山半腰时，广线看见有人在他老屋基后面砍芭蕉，他像打击侵略者一样，举着棍子向老家杀过去。砍芭蕉的人吓得拔腿就跑。广线赶到芭蕉树下，查看了一下已经砍倒的芭蕉，朝早就跑得没影的偷伐者破口大骂。当他们谈论类似的事时，又有一种莫名其妙的优越感，就像刚赶上车的人看那些已经赶不上的人。

半天时间很快就过去了，他们把搜索范围扩大，找遍了纸房附近的所有山洞，连没有倒塌的烤房也找了一遍，仍然不见道云老汉的踪迹。有人在一个洞口看见一堆鸟毛，开玩笑说，道云老汉长翅膀飞走了。随着寻找结果的无望，他们想，即便他没有长翅膀飞走，也像什么小动物一样打地洞钻到地底下去了。

道云老汉的女儿哭得很伤心。女婿担心别人说他，做出一副痛失亲人的样子:"他说他要去住山洞,我们以为他不过是说说气话,哪知我们没离开多大一会儿,他就不见了,不晓得的还以为我们待他不好!"

回到香溪后,女婿还请了一个能掐会算的瞎子来推算,看道云老汉还在不在人世。瞎子说:"他还在路上走,他要去他想去的地方。"

"是死是活呀?"

"你们不可能找到他了。"

冉光福女人听了这话,大声宣布:"我敢肯定,是仙家把他接走了。"

"你们别看他平时遇到什么事都哭,其实他是通仙的,"广线的女人说,"看长相就不是凡人。"

一个月后,道云老汉的女儿女婿把一张放大的照片挂在客厅,镜框上挂了块黑纱。照片是道云老汉年轻时拍的,嘴唇正努力地包住花瓣似的长牙,对不起人似的笑着。别人看见这照片,就知道这人不在人世了,早登仙界了。

可就在大家都认可这个事实的时候,道云老汉却被黄金公司的车送回来了。两个多月的变化并不大,花白的头发和胡子多少有点仙风道骨,其余部分则像一个肮脏的叫花子。衣服破成几大块,有如铩羽而归的老英雄。眼睛往哪儿看都要看上半天,就像目光太重了,他搬动起来很艰难。他嘟哝说:

"来干什么呀?连个放坛神的地方都没有了。"

第二十八章

香溪镇五天赶一场，赶场的人很多，大多是乡下人。住在镇上的人把从纸房搬来的人叫乡下人，把自己当作城里人，而镇上的人到了县里面，又被县城的人当作乡下人，县城的人在省城又被称为"县二"，县里来的农二哥。

新街店铺比较少，有些门面还关着猪和牛，但赶场的人也喜欢到这条街上来走走，仿佛是要看看纸房来的富翁们生活得怎么样。每次散场过后，街上都留下一片热烘烘的声音，经久不散。有些人兴高采烈地说着自己乡下的亲戚，对自己成为香溪人满足得有些心醉，对亲戚还在乡下则是充满了同情。可有时却又说漏嘴一般，说这些亲戚给自己增加了这样那样的麻烦，本不想答应的，可碍于情面不得不答应，一副受尽了折磨的样子。

有一个赶场天，我看见老乌梢了，是不经意间看见的。他提了个塑料编织袋，头发又脏又乱，牵了个四五岁的小女孩。小女孩扎着又短又细的羊角辫，拿了支冰棒，边走边东张西望，冰棒不时戳在脸上，把脸弄得脏兮兮的。我不动声色地看着他，如果他认出我，我就请他到家里去坐坐。可他像看一个陌生人一样极快地扫了我一眼，毫无表情地走过去了。过后我觉得自己做得不对，应该主动和他打招呼，说出自己是谁。可同时却又在想，这样做有什么必要，他已经不是他，我也已经不是我了。

过了这么多年，我才彻底弄清他哥麻贩子和我妈妈的关系。原来麻贩子和我妈早就好上了，但我外公嫌麻贩子家庭条件不好，不同意他们的婚事。我妈嫁到纸房后，麻贩子借收购麻为名，不时来看看她。麻贩子一直没结婚，我妈很内疚，他死了她才那么难过。

还有一个故人，我碰到的次数可就多了。我第一次在街上碰到李国田，我们没有打招呼，我们不是有什么仇，而是对这么多年没再打交道感到尴尬。我看了他一眼就立即收回目光，假装没有看见，而他好像没有认出我，至少没有立即认出我，脸上是那种和陌生人偶然相遇的互不侵犯的表情。

二姨特别怕碰到他。有一次二姨在一条小巷子里迎面碰到他，他没认出二姨，但二姨一眼就把他认出来了，她加快脚步，在和他擦肩而过时，不小心碰了他一下，把他夹在腋下的书碰掉了。二姨想逃跑，脚下却像生根似的。李国田捡起书，重新夹在腋下，什么事也没有发生似的走了。自始至终，二姨都不知道他是没认出她，还是假装不认识。二姨说："还是那么冷，现在我也是城里人，有什么好了不起的嘛。"

李国田和刘金桃没生孩子，李国田对这事本来不在乎，但他的父母在乎。老两口也搬到香溪来了，他们也是富翁，所以一点也没有把在香溪镇长大的刘金桃放在眼里，他们公开说，如果他们的儿媳妇还是张培艺，他们会出一笔钱让儿子修一栋比移民新村漂亮得多的房子。二姨想到这一点，便骄傲地亲那个还在吃奶的小家伙，好像他能给她撑腰。可无论遇到李国田还是刘金桃，她都底气不足，能躲就躲，不能躲就把脸掉向一边。

见到这些故人,都没有出乎我的预料,因为他们都是本地人。但另一个人是我始料未及的。这个人就是范光乾。他开了辆切诺基,刚在机电门市部停车我就认出他了。我不知道是不是应该和他打招呼,一方面我不敢肯定他是否还记得我,另一方面我也担心他是否还把我们的友谊放在心上。他站靠在车门上,我在微微的激动中祈盼他首先和我打招呼。也许正是这种祈盼的电波产生了作用,他无意中向我站立的地方扫了一眼,我立即笑了一下。他的脸在经历过小小的诧异后绽放出笑容:

"哈,周辛维,长成大人了!"

我的矜持顿时化为激动。

"我们全都搬到香溪来了。"

"我知道。"

我立即想到张雨晴,她在新街与旧街相接处开了个饭馆,早上卖米粉,中午和下午卖米饭。门口立了个白色灯箱,上面五个红色大字:雨晴随便炒。她给黄金公司当了几年厨娘,在厨艺方面学会了很多东西,现在有了更大的用武之地。纸房人都喜欢来张雨晴的店里坐坐,但很少有人掏钱吃饭,他们喜欢把这里当成聚会场所,尤其是二三十岁的年轻人。张雨晴经常以他们妨碍了生意为由,皱着眉头赶他们:"一分钱舍不得花,又要占位置,要说话到别的地方去说,我这里又不是茶馆。"被驱赶的人要么不客气地回敬她一句,要么当没听见,不予理睬。也许是厨房里各种香喷喷的气味吸多了,她比前几年又胖了一些,看上去更漂亮了。来香溪后衣着打扮光鲜多了,加上她那一口普通话,比香溪镇上的娘儿们更洋气。当她挺着高高的胸脯站在柜台后面,无所事事地发呆时,显露出的是富人常有的孤独和满桌山珍海味却无处下箸的无聊。

我很想把这些事告诉范光乾,想想觉得不妥,便只有傻站着。

"来,搞一支!"

他递了支烟给我,还先给我点上。

"我住在新街。"

"行,哪天到你家去。"

我这是刚从地里回来。房子装修完后,还剩下一笔钱,我用其中一半买了块地。这块地离镇上不远,种过大棚蔬菜。

我第一次看见这块地就喜欢上了,钢筋焊接的棚架已经生锈了,但看上去还很结实。缠绕在钢架上的塑料膜已经变成黑色的碎片,像纸一样又脆又薄。在盖上新的塑料膜之前,我是不会允许这些碎片挂在上面的,用了差不多半个月的时间,我才把它们彻底清除干净。本来想除掉钢架上的铁锈,让它们像新的时候一样光滑。据说要一种什么除锈油,还要用砂纸慢慢砂。除锈油香溪镇没有,只有遵义、贵阳的专卖店才有卖。这太麻烦了,只好作罢。

比起装饰一新的房子,我更喜欢塑料大棚,喜欢把这里当成自己的私密空间。盖上塑料膜后,大棚像宽敞的玻璃房子,虽然透明,但并不是什么都可以看得清清楚楚,无论是从里面往外面看,还是从外面往里面看,都只能看见近处的东西,这是因为塑料膜上笼罩着一层水汽。

对未来我有很多打算,但最重要的事情是种花。这事没有一个人能理解,他们觉得好笑,这是在香溪,不是在大城市,有谁会花钱买花呀?

"周辛维你是怎么想的哟,把这些花运到城里去,恐怕连运费都不够。"

"你这是拿钱打水漂呀。"

"哈哈,人家有的是钱,打水漂人家愿意。"

他们是从经济价值出发,而我却是从爱情出发。想到花开的时候就能见到桑红,想到桑红就能见到那么多花,我就无比兴奋。为了爱情我连生命都可以献上,花掉这点钱算得了什么!他们说我的时候我就傻笑,心里却像蜜一样甜。

二姨在楼下的门面开了一个杂货店。她现在无论什么时候都戴着一顶难看的帽子。从坐月子那天起就没脱下过,为了说明这个帽子多么重要,她总是龇着牙说:"脑壳顶顶一点都吹不得风,一吹太阳穴就像有两面锣在敲那样痛。"晚上睡觉也不取下来。

天气好的时候,她摆了一排板凳在商店外面,有人过路就叫他们坐。她自己也时常抱着孩子坐在外面,小家伙什么时候饿了就什么时候掀开衣服给吃奶,好像那不是女人的乳房,而是挂在胸脯上的两个盛奶容器。有好几次,小家伙咂其中一个,另外一个受了刺激,奶水像水枪一样喷射出来。二姨"啊咦"一声,叫我赶快给她拿条毛巾。如果别的娘儿们在场,就会半真半假地说:"用什么毛巾,给辛维吃了不就行了?多好的东西呀。"我拉下脸,不理她们,可她们从不放过我。

"咿呀你们看,还生气了呢,哈——哈。"

"假装的,我看是假装的。"其中一个用手捂着嘴窃笑,"要是晚上有个大咪咪给他抱起,说不定高兴得很。"

二姨没有笑,撇了一下嘴,责备道:"他呀,是个犟拐拐。"

她指的是有一天她把奶挤在碗里叫我喝,我不客气地说了两个字:"恶心!"

搬到香溪后,我们的关系不再像从前那样亲密了。我有时候很难受,感觉心里面有一块肉正在变硬。她在我眼里好像完全变了,无论是长相还是举手投足,都不再是我亲亲的二姨了。想到这一点,我更是无比惆怅：在我仅有的经历中，还没有哪一样东西失去后可以回来。她一心扑在小家伙的身上，无法顾念到我，但这绝不是我疏远她的主要原因。这种感情有点像种一棵玉米，当玉米只有手指那么高的时候，它是你的掌上明珠，当它和你膝盖一样高的时候，它是需要你呵护的小调皮，当它抽穗挂红缨的时候，它就会有一种和你共同生儿育女的神圣。当玉米被掰掉，只剩下玉米棵子的时候，互相之间疏远的时候就到了。不过，人一旦打比喻就无法说清真相，这个比喻也是如此。玉米慢慢长大是在慢慢变老，但二姨的变化不是变老，而是她努力向城里人学习时的变化。

天气冷了，二姨在店铺里烧了个铁炉子，炉子周围总是挂着一圈尿布。铁炉子的热量把尿布的气味、烟酒糖的气味一起往外面赶，不管什么时候从那里过，都有一股丝丝的腥味。有人很喜欢闻，常常站在柜台外面说着没多少意义的话。二姨对这样的生活很满意，学着镇上那些人，把要说成玩："有空来玩啊！"

这两个字在我们的心目中，前者是自然的，属于乡村的，后者是洋气的，属于城镇的。虽然这并无多少道理，但是当二姨那样说的时候，总是让人感到别扭。

即使地里没什么活，我也喜欢待在大棚里面。冬天到了，天气越来越冷，大棚里面一丝风也没有，比在家里还暖和。

我买了一辆电动摩托，每天骑着它下地。无论是耕地还是浇水施肥，全都是机械化，不了解的人一点也看不出我是个农民。我在大棚里放了一套工作服，干活的时候才换上，其余的时候是又干净又新潮的夹克或者运动服。在纸房的时候，我很少为穿什么衣服操心，来到香溪后，我越来越注意自己的仪表了。香溪街上的人议论我——大多是女人，她们说：

"别看他土里巴叽的，有钱得很。"

"虽然也是个挖山佬,但看上去不怎么'农'。"

"那么喜欢,把闺女嫁给他呀。"

这帮娘儿们哈哈大笑。

很多人,纸房人和香溪人,都认为我种花是件不可思议的事情。可我因为种花,成了镇上尽人皆知的人,他们都知道那个"种花的瓜娃",瓜娃就是傻瓜。渐渐地,缘于女人对花草的天生亲近,她们对我越来越有好感,她们说"瓜娃"这两个字的时候,不但没有一点讥诮,反而像是一个昵称。当我去商店买什么东西的时候,她们总是给我最大的优惠。我用笑脸报答她们,但我不好意思和她们说话,也无话好说。

只有道云老汉看出了我的心事。他对我种花一点也不欣赏,有一天来到地里,像被我干的蠢事逗乐了似的说:

"你真不简单,在这么好的地里鼓捣耍玩意。"

说完,怕我不高兴,又假咳了两声。

"你还记得我家那个坛神不?搬家那天,我抱着它躲在竹林里,明明就在他们面前,可他们就是看不见我。你有事求他没有哇?想求它的话你哪天来。"

我心里动了一下,但立即摇摇头:"我什么也不求。"

我暗想,我倒是想在神面前求求,可想求的不是道云老汉的坛神,而是高坐云端的看不见的神,因为只有坐在云端里的神才看得见桑红在干什么。

他东张西望了一阵,我以为他要说出什么惊人的秘密,等他确认不会有人听见我们的谈话后,他悄声问我,哪里有石灰卖?

我问他要石灰干什么。他笑了笑,得意地说:"过几天你就知道了。"

第二十九章

我当然知道哪里有石灰卖，香溪中学对面，有个人一年四季都在那儿烧石灰。那是一个从容不迫的男人，嘴上叼着烟，衣服干干净净，不慌不忙地敲着石头，不慌不忙地把石头往窑上码，码到两尺高后把煤点燃。没有人帮他，但石灰窑的高度每天都在增加，有时烟雾向他缭过来，他不慌不忙地转到另一边，直到把石灰窑码到十二尺高才停下来，这时下面的石头已经被烧成石灰。而时间呢，已经几个月过去了。

我以为道云老汉买石灰来刷墙壁，我说现在刷墙不用石灰，用涂料。道云老汉问什么叫涂料，我告诉他，涂料和石灰差不多。

道云老汉走后，我想起那个烧石灰的人，有一次他到学校来找李国田借书，借过什么书我记不得了，只记得他坐在冒烟的石灰窑上看书的情景，那副优雅的样子把我迷住了。从那时起，他成了我的偶像。希望自己长大后和他一样，专心致志地做一件简单的事情。

我的田埂上也放了一本书，书里写了一个整天敲打一只铁皮鼓的侏儒。但我很少在地里看，大多是在家里看。更多的时候，我坐在书旁边，看着远方的山脉，看着绿色的田野，看着尘土飞扬的马路，看着香溪镇杂乱无章的房子。很少有人迈上来我这儿的小路,有时远远地看见一个人踏上了这条路,会引起我一阵兴奋,但往往走到一半,他就拐到别的地方去了。我知道不会有人来。我没有怨言,也不觉得孤单。

道云老汉买石灰还真是为了刷墙。他把挂在客厅的他自己的"遗像"取下来,相框上的黑纱在他回来那天就摘掉了,但相片一直挂在那儿。相片取下后,他叮叮咚咚地砸开了,准备抠一个小壁橱,好把坛神供在那儿。来到香溪后,他一直为不知道把坛神供在哪儿发愁,当他无意中看到自己的相片时,觉得没有比供在客厅的墙上更合适的了。以前供在堂屋,可香溪的房子没有堂屋。他到另一个老汉家去串门,看见老汉家把天地君亲师位供在客厅正墙上,他大受启发。女儿女婿从外面回来时,他已经把墙上的瓷粉铲掉了,正在寻找砖缝,只有把砖缝里的灰浆掏掉,才能把砖取下来。

道云老汉的女婿先是惊讶,继而大怒,他控制着怒火问道云老汉:

"你干什么?"

道云老汉觉得自己做的事合情合理,所以并没被女婿生气的脸吓倒。他对女儿女婿说:

"放心,我已经把石灰买回来了,整好后糊上石灰就行了。"

女儿已经预感到冲突不可避免,但她被砸坏的墙和满地的灰气坏了。她大声说:

"爹呀,你要干什么都可以,可干什么也应该先说一声呀。"

道云老汉愣了一下,随即又笑了一下,以半是道歉半是委屈的腔调说:

"我本来不想来的,你们硬要我来。我说这不是我的家,你们硬说这就是我的家。看来还是我错了,我怎么能把这里当成我的家呢?我哪能在别人的家里敲敲打打?……"

女儿打断他的话,生气地说:

"爹,你扯到哪儿去!这里怎么不是你的家!"

道云老汉摇了摇头,女儿缓和下语气:

"爹,你到底想干什么?"

"我给坛神安个神位。"

女婿从道云老汉手里夺过手锤和錾子,拖过一条凳子跳上去,在道云老汉敲打过的地方雷子翻天地敲打起来。女儿号叫着,跳上凳子拉扯男人。男人挣脱她,怒吼道:

"别拦我,把房子砸垮算了!"

道云老汉尴尬地退到屋子中间,像并不知道自己错在哪儿的小学生一样害怕地说:

"你们不要吵了,我不供坛神了。"

女儿女婿已经吵开了,没听见他说什么。

道云老汉从自己的房间抱出坛神,从家里走了出来。女儿女婿停止争吵,才发现父亲已经离家出走。

道云老汉走出家门就哭开了:高祖的坟上呀长青的草哎,霸王那坟上呢垂柳的荫;历代的帝王都如此呀,全在荒郊呀做鬼魂。

刚开始,他哭得并不伤心,只是觉得心头难过,又没有别的办法排遣这种难过,当他一吟三叹哭开后,更大的难过一下袭上心头,万种悲情随着对帝王的浩叹倾吐出来,让人愁肠百结。

很多年前,香溪镇也有哭丧匠,不知从哪年起,哭丧匠消失了,丧事上要么放哀乐,要么把亡人的灵牌拿到庙里去超度。当他们看见道云老汉悲痛欲绝地哭过来时，既感到好奇，也感到难过，却又不好贸然上前劝慰，因为不知道究竟发生了什么事情。

道云老汉走在街道中间，走得非常慢，对呼啸而来的车辆置若罔闻。不知缘由的司机还以为这是一个疯子。道云老汉已经拐上去纸房的马路，这时女儿追了上来。女儿"扑通"一声跪下："爹，你回去吧，我错了。"道云老汉就像没看见一样，正在哭二十四孝的故事：文帝尝汤亲侍母，曾母咬指盼儿归。

新街上的纸房人也赶来了，男的女的几十个。他们劝他回去："老汉，锅碗瓢盆在一起，哪有不磕一下碰一下的呀？""家丑不可外扬，你倒好，到这大街上替他们宣扬。""道云大叔，小的些有什么不对，骂几句是可以的，打几下也是可以的，你不能像这样臊他们的皮呀。"

责备的话越狠，心头的难过越大。他们好久没听道云老汉哭丧了，也好久没去想那些难过的事了，这会嘴上劝着别人，自己心里却一阵阵狭窄起来。搬到香溪后，吃的住的都比以前好，可总觉得不熨帖，纸房这不好那不好，但那是弯刀对着瓢切菜——对路。

道云老汉停了下来，大家都以为他终于回心转意，他一句"孟宗哭竹冬生笋，目连救母上天堂"，又走开了。

有人劝道云老汉的女儿："细妹，让他去吧，让他去纸房住几天，住几天就好了。"有人立即反对："他回去住哪儿？顶块瓦也要有地方站哪。""是啊，纸房已经不是我们的了，不单地不是我们的了，连同地上的草呀树呀都不是我们的了。"有人责怪道云老汉的女儿："你们也是，自己的老人是干什么的又不是不晓得，坛神是他那一行的主神，一来就替他找个地方供好，哪会有今天这场热闹！"

道云老汉不管别人说什么，依旧哭他的，走他的，身边的世界已经荡然无存，沉浸在细数古人的美德和苦难当中，肝肠已碎，天光已老。

乡亲们发现这么陪下去没完没了,虽然心里替道云老汉和他女儿担忧,但终究不是自己家的事情,该说的话说完了,该表达的情意表过了,不少人还要去上班,说撤就撤,不一会就只剩下道云老汉和他女儿了。走到狮子桥,道云老汉的声音像电池耗尽的老唱机一样,终于停了下来。他默默地站了一会,对女儿说:

"女,你回去吧,我没事。"

"你要去哪儿呀?"

"你不要管我,反正我不会有事就行了。"

在得知即将搬到香溪时,很多人都在想,到了香溪后做什么啊?有什么事可做的啊?既没有土地,又不会什么手艺。可现在每个人都找到了事做,有人还找到了"工作"。在我们看来,种地养猪之类的事不能叫工作,和土地有关的事都不能叫工作。

广线和梁书他们在砖厂当工人,每天按时上下班,砖厂规模不大,机械化程度低,大部分活要靠体力。从窑里出砖和装车的时候,手上拿个铁弓子,叉下去提起来,一次四块。以前见别人干这事,觉得挺好玩,砖在铁弓子里怎么不掉呢?现在明白了,乐趣也没有了,这活又脏又累。平时主要是推板车,把挖掘机掘松的泥土用板车推到制砖机上,以前砖厂的人把干这活的人叫"黄泥巴司机"。刚进厂的,或者没有多少文化的人,全都是黄泥巴司机。女人们要轻松一些,把制砖机送出的泥砖一排一排地码好,或者坐在传送带上,一边把不合格的泥砖拨拉到地上,一边叽叽呱呱地说着家长里短。厂长是个又矮又胖的中年人,开了一辆大卡车为工地送砖,不常在厂里面。工作岗位由生产副厂长负责。这个副厂长的脸像没烧透的砖一样红,戴了两个很宽的金耳环，说话或摇头的时候都不动，好像不是为了戴着好看，而是为了在危难关头好叫吊车把她吊起来。虽然自己也是女人，可她对女工特别挑剔，看着顺眼的就去传送带拨废砖，看不顺眼的就去码砖坯。都是干惯了体力活的人，累一点不要紧，但被安排去干别人都不愿干的活，那就是被侮辱和歧视。有人一旦被调去码砖，就不想干了。可进厂的时候签了合同，辞职必须提前一个月申请，否则不退押金。副厂长是厂长的老婆，她说的话比厂长还管用。这让纸房的挖山佬们有苦难言：原以为有工作多好啊，按时上下班，时间到了就发工资，现在才知道这是吃受气饭，还不如当挖山佬自由。可当乡下亲戚来家时，却骄傲地大声说：对不起，我不能陪你了，我要去上班了，你不要走，我早点请假回来。可惜胳膊下没有夹公文包，否则就更骄傲了。

除了砖厂，还有水泥厂、酱油厂、毛刷厂、圆钉厂、印刷厂、饮料厂、食品厂、预制厂、酒厂、铁厂。刚进去的时候都是通过熟人介绍，好像有那么点关系就可以得到照顾，可一旦进去，就全靠自己的能耐，不但要会看事，还要经得起人与人之间不平等的搓磨。

冉光福仍旧当猪贩子。别人都是把猪买好了用车运回来，他则用一根竹响篙，"夸嗒、夸嗒"地慢慢赶，节约运费。快到香溪了，打电话叫女人去帮忙。他已经用上手机了，但没有几个人知道，藏在衣服里面，不到非用不可的时候不会拿出来。一次至少赶两头，有时候四头五头，这些在乡下生活的猪像乡下人一样没见过世面，在街上遇到长轮子的"巨兽"，会吓得转身就跑，大概是当成它们噩梦中的老虎或狮子了。这时候，方脸冉光福和他老婆就得和猪赛跑，边跑边安抚"哟、哟、哟"，有时还夹杂着呵斥和责骂，像在骂不听话的孩子。冉光福尽量不往街上走，围着小镇绕上半圈，只穿过一条街就可以把猪赶到屠宰场。这些吃混合饲料长大的猪才半岁就出栏了，只比一棵白菜生长的时间稍长一点，它们刚生下来就已经感受到了屠刀的冰凉。好像是为了表示对人的蔑视，有些猪一到街上就拉屎撒尿。冉光福怕别人说他，准备了一把塑料纸，把热喷喷的猪屎抓起来丢到街边的花台中间。

广线买下一个蜂窝煤厂，连他在内只有七个人。陈旧的机器撞击出的声音像在打雷。他既是老板也是工人，干起活来不知道累似的，不过他只对修机器和做蜂窝煤在行，要他推着板车去叫卖，则像舌头被割掉了一样，脸憋红了也叫不出口。整天和煤打交道，煤灰已经钻到他皮肤里面去了，不高兴的时候，像一个怒目黑金刚。

辛武则买了一台威风十足的大客车跑长途，三天一个来回。有个司机和他轮换开。他家的房子没有装修，他不准装，说等几年有钱了他要把它卖了，把家搬到遵义去，到那时再好好装修。就这样搬迁费也不够用来买车，有一半是他借的高利贷。刚开始我以为他会找我借钱，如果他向我借，我肯定会借给他，但如果借给他了，心里又有点儿担心，怕他一时半会儿还不起。没借给他，又觉得自己做了件不得体的事情。在这方面我有点看不起自己，但这无可救药。

辛武不但买了车，还找了个泼辣而又漂亮的女人给他卖票。从他第一天跑长途开始，无论从哪方面看，他都是你想象中的那种长途汽车司机。每次从家里出来，走到街上第一件事是点上一支烟。汽车发动后，把外衣披在靠椅上，戴上白手套，从车上跳下来，围着车子转一圈。那个卖票的女人既不是他亲戚，也不是他女朋友。她和辛武到底什么关系，这是新街上的人最关心的。辛武的回答要么拿腔拿调，要么顾左右而言他，问多了，他不耐烦地说："和你有什么相干，问三问四的。"

他每次从外面回来，全身上下全都皱巴巴的，衣服皱巴巴的，额头也皱巴巴的。不知道是高利贷的利息太高了，让他感到压力太大，还是非得这么皱巴巴的才能把车开走。有好几次，我不无冲动地去找他，准备主动借点钱给他，让他把高利贷挡一挡，我觉得完全有必要表明我是他最好的朋友和兄弟。可每次到他家，到最后我都打消了这个念头。

走进里面那间他的小屋，十有八九，他都是在睡觉。屋后的清光透过布满灰尘的玻璃窗照进来，那张长途汽车司机的脸埋在皱皱巴巴的被子里，睡得正香。屋子里有一股与众不同的气味，要准确地说，只能说这是长途汽车司机的气味。地上铺的是非常便宜的地板革，床前被烟头烧了几十个洞。

我注意到枕头旁边有一个女式皮包，可以想象那里面是不同的手递给他们的用来买车票的钱，每只手的气味都被保存在里面。平时这个包是那个卖票的女人在用，不知道是她自己放在这儿的，还是辛武不放心要她放在这儿的。大伯娘心里大概也有这种担忧，我进屋后不久，如果她没听见说话声，就会推门进来大声叫辛武起床，告诉他辛维来了。如果不这么想，也可以说她觉得这对我没有礼貌，要叫辛武起床陪我。

我尽量不去看那个包。他扭动身体，睁开眼睛，认出了我。"来了好久了？"我说刚来。他说："我还以为是我妈进来拿东西。"说这些话没有拿腔拿调，是我所熟悉的，至少和在纸房开小货车时没什么区别。我问他："生意怎么样？还可以吧？"长途汽车司机的腔调立即回来了，还有那张脸。他说："钱倒是赚了不少，要是不去赌，所有的账都还清了。"

半坐在床上，还没穿衣服，叫我把小方凳上的烟递给他，是很贵的高档烟。他说："一天两盒，我现在抽不惯别的烟，只能抽贵的。"别人知我不抽烟，不会递烟给我，辛武也知我不抽烟，可他抽的时候却总要给我一支。

我每次离开的时候，他都会热情地邀请我坐他的车到大城市去玩。每次我都会说现在没空，下次吧，下次再说。

还有一批人，一批老实巴交的人，对市镇生活喜欢不起来的人，他们把家安顿好后又到纸房挖矿去了，或者到黄金公司去做小工，十天半月回来一次。他们愿意去，黄金公司也需要他们。以前的房子已经被扒掉了，只好住黄金公司的临时工棚。他们回家的时候，脸上莫名其妙地有些害羞，那样子不像是回家，而像是穷人到富裕的亲戚家里做客。吃饭时一声不吭，像心有不甘的浪子，为情势所迫回到家里，不得不规规矩矩地吃饭。

他们不再像从前那样为鸡毛蒜皮的事争吵了，除了像梁书和肖美学那样太深的仇隙，一般的成见和矛盾早就消融了、化解了，见了面客客气气，像突然间新增加了什么知识或者文化。但客气的背后，又老是觉得少了什么。打招呼的用语和语气显得滑稽可笑，既想学市镇上的人洋气一点，自然一点，却又因为不知道为什么要这样做而难为情。他们不知道香溪人到了县城省城京城也会这样，还以为自己从纸房来，直接来自泥土才这样。有这种感受的主要是中年人，老年人像他们的年纪一样不可更改，坚持满口的纸房话。而年轻的一代则已经自如地成了市镇的一部分。

在纸房那样的山区，隔一条河或者一条山脊，口音和方言就有可能完全不同，从纸房搬来的老年人说起话来，常常让那些听不懂他们说话的人误以为他们来自遥远的地方。

道云老汉那天没去纸房，刚开始他的确想到的是纸房，听到"顶块瓦也要有站立的地方"这句话时，他惶惑了。直到走到狮子桥，他才想到一个去处。这个去处就是一直被他认为是鼓捣耍玩意的木槿花房。

道云老汉向我走来时失魂落魄，像年轻时被迫离家的浪子，现在终于回家了，可心有不甘。我中午回去时已经知道他和女婿的争吵，对他来找我并不意外。我知道他还没吃午饭，特地上街去给他买了一碗羊肉粉。回来时，他正捧着坛神唉声叹气。我一直以为坛神是一个坛子，实际上是一个八九寸高的陶人。没什么特别之处，长衣长袖，脸上因为做工粗糙看不出表情。我问他坛神是个什么人，他说他是三间大夫。我不知道三间大夫是谁，道云老汉也不知道。他把一块红布盖在坛神头上，然后才接过米粉。

他和我一起翻地，培垄沟，想着各自的心事，像一对沉默寡言的父子。他突然说："你今天应该去给我录音。"我说："我怎么知道你哪个时候哭呀，事先又没通知我。"他尴尬地说："是呀，你是不知道，连我自己都不知道。"我问他和哭丧有没有区别，他说：

"不大一样……不过也差不多。"

下午他女儿来接他，问能不能把坛神供在他的房间，她请木匠王光路做了一个小壁橱，想挂哪儿挂哪儿，用不着抠墙。他内疚地说：

"供在我房间好是好，可早上敲坏的墙壁怎么办呀？"

他的内疚是装出来的，和失手打坏东西的小孩的表情一个样。女儿叫他放心，墙壁改天请人来修补，再刷一遍漆，会像新的一样，什么也看不出来。

道云老汉说，等我种的花长出来后，他来摘几朵去供坛神，他说："坛神喜欢看，不喜欢吃。"

我说没问题，到时候我送来。那次他采毒蘑菇去供坛神，原来是给坛神看的，不是给坛神吃的。真是一尊怪神。

第三十章

种下木槿后我就给桑红写信，三天一封。除了写信就是等她的回信，可两个多月过去了，她一封也没有回。

刚开始，我想她一定是有什么原因不便回信，比如正在参加考试，或者信没能及时交到她手里。接下来，我怀疑某个不负责任的邮递员把我的信弄丢了。只有在某些瞬间，我意识到这是她变心了，不屑于给我回信，我的心脏怦怦地跳起来，某种浓稠、炽烈的东西沿着食道蹿上来，堵住了喉咙。我无法把它吐出来。我长时间地处于那种状态，备受折磨，喘不过气来。我拼命用其他想法把这种恶浊的心情压下去，实际上除了时间，其他方法是没有用的，但我还是像被不孝之子欺骗后的老人一样固执，尽量往好的方面想。

香溪邮局的人把来信装在一只箩筐里，让收信人自己去查找。最多的时候也只有十来封信，我不知道他们为什么要用这么一个大而无当的箩筐，少的时候只有两三封。其中一两封来了几个月了，都快成了无主信函。

我已经像毒瘾很深的人一样不能自拔了。哪怕信封上只有一个字和我的名字相同，我的心都要激动得怦怦跳，脸上发烧。有时甚至忍不住想把这样的信拆开看看，桑红是不是把我的名字写错了？

每天都去箩筐里翻找，刚开始还挺不好意思，做贼心虚似的，硬着头皮天天去，脸皮厚了，觉得自己有点像一个无赖。

在邮局查找来信的时候，柜台里面那两个穿绿衣服的人像主人一样打量我，心里不屑地嘀咕：一个城里姑娘怎么可能给农二哥写情书？其实他们什么也没有嘀咕，甚至根本没有注意我每天都来一次，可我总觉得他们清楚我在干什么。我甚至蛮横地想，应该给他们两耳光，我去找信的时候他们应该把头埋到柜台下面去。

据说以前邮递员是骑着自行车按照门牌号送信，后来写信的人少了，取消了这项服务，收信人必须自己来找，来晚了就扔掉了。

走在大街上，我感觉大脑里好像有一根弯曲的铁丝，它在发烫，在拼命忍受。不忍受就要断掉，就要崩溃。

大地上的花草比人更先感到春天的到来。天气依然寒冷，但木槿的生长速度明显加快，有些须根跑到外面来了，紧紧地抱着泥团，像棉线一样白。我觉得桑红光来看花是错误的，她应该一开始就来看看这些花是怎么生长的，鲜艳的花朵带给人的是激动，抱紧泥团的须根带给人的是敬畏。可想到桑红连信都不回，我就忍不住想拔掉它们。如果桑红不来，这是多么大的笑话？牛都会笑掉大牙。不管往好的方面想还是往坏的方面想，我都难以坚持下去，想着想着就动摇起来。有时候却又像一个白痴，心头没有恨，也没有爱，无所谓死，也无所谓活着。

我越来越容易失眠，天还没亮就醒了。绝望在啃我，在咬我，我的心越缩越小，小得像一颗子弹，我感觉自己正往什么地方嗖嗖飞去。

二姨的孩子常常在半夜里哭，也许有什么理由，可我觉得他纯粹是无理取闹。他的声音充斥在我的耳朵里，使我心乱如麻，恨不得掐死他。有时候我正在做什么事，他在学步车里看着我，无声地笑，有时候还会笑出声来。想到曾有过掐死他的念头，顿时惊慌。

有天晚上，我梦见了一只乌鸦，不知是在什么地方，二姨的孩子不去上学，我用棍子抽他，怎么打他也不去，还说不怕打，没打痛。我使出全身力气打，他反倒笑嘻嘻的。我把他的书包烧了，命令他马上走，他哭哭啼啼，不走近路，故意绕弯儿，我又要抽他，他说我刚才抽他把他抽吐了，我吃了一惊，一只乌鸦落在他头上，预示着他就要死了。我叫他不要死，他流着眼泪变成了乌鸦。

桑红啊，如果我做出什么反常的事，那都是因为你！你为什么不给我写信，哪怕一句话也行啊。一句话都不写，寄个空信封也行啊。不，千万不要这样，如果你已经决定永远不理我，那就像现在这样，什么也不要给我写，我什么也不想知道！

有两个地方是我想去的，一个是纸房，一个是桑红所在的城市。可纸房已经不是我心目中的纸房，心目中的纸房永远是最初那个，是我刚认识的那个。而如果去找桑红，找到了会怎么样？找不到又会怎么样？任何一个结果都让我感觉恐惧。

活到这分上，我不知道是幸运还是不幸。

刚开始，我三天写一封，后来四天一封，再后来一个星期甚至十天写一封。

每次写好信，我心里都像塞了一团乱麻。

二姨很晚才关店门。她喜欢在店里面干其他事情，比如吃饭、看电视、与来访的亲戚说话。她一度想在里面安张小床，因为我的摩托车没地方存放才作罢。她像小姑娘喜欢自己的闺房一样喜欢那里。有时她因为什么事上楼来，发现我没开电视，也没看书，而是一言不发地站在窗口。二姨觉得还是有必要和我谈谈。她说：

"生活越变越好了，没什么可以心焦的。"

我以为紧接着，她将说出更深刻的道理来，可她仅仅是困惑而已。"我发现你老是心事重重的，像个小老头一样，可你才二十岁呀。"她说。

"凡事都要想开点，想不开自己吃亏。"她说。

"不想看电视，去找别人玩玩也可以嘛。"她说。

她认为最好的生活就是看电视。

生完孩子后她的脑子就变了，搬到香溪后她的脑子又变了一次。

我从不过问二姨的经营情况，赚多赚少都是二姨的。有一天得知她放高利贷给一个鞋匠，我才暗自吃惊。这个鞋匠每次买好东西后都要在柜台外面站立半天，有一搭没一搭地和二姨说话。我不喜欢他，他说话的声音像公鸭和小母鸡。和二姨说话时，刚开始声音很高，像公鸭，突然一下又低下去，像小母鸡。听过后耳朵好半天不舒服。腰长肋巴稀，还留了一撮黄焦焦的翘胡子。只要看见我，他就要递烟给我，我不接他的烟，他就用怪怪的腔调说：

"习得好，习得好。"

有时候你觉得他是在赞扬你，有时候你觉得他是在讽刺你。反正让人不舒服，像掐了朵花插在你头上，让你傻不拉叽的。

我担心二姨把钱放出去收不回来，二姨说，不会的，鞋匠的生意好得很，他要再盘一个门面。

我本意是说鞋匠靠不住，她却说他生意很好。不管是否有意，一旦别人答非所问，我就不想和他再往下说了。

有些话你不想说就不说，撂在一边，要不了多久就会烟消云散。可另外一些话，一旦说不出口，它就会在心里凝结成团，越长越大，成为你身体的一部分。

前面说过,搬到香溪后,我和二姨说起话来就像两条蛇走路,各奔一方。

每当她新结识了街上某个娘儿们,掰道各自的家庭情况,她总是不失时机地补上一句:"我家辛维都二十岁了,有合适的姑娘麻烦你介绍一个,我会感谢你的。"有时候我也在场,如果那个娘儿们说"好的,要得,有合适的我一定帮忙",二姨就立即要我向这个开出空头支票的女人表示感谢。我硬着脖子,无法服从她的命令。她只好自己替我说感谢话,虚假地打着哈哈,然后责备我不懂礼貌。有个娘儿们还真当回事,说已经物色好姑娘了,要二姨转告我,约定时间去和姑娘见个面。我冷冷地说:"我不去。"二姨说:"怎么了?你不喜欢?"我说:"不去就是不去。"二姨惊讶而又生气:"连面都没见过,你就不喜欢?见见面再说呀,看看人家长得什么样。"我说我不想。二姨说:"什么不想?都这么大了,说定了,明天下午就去,我陪你。"我说:"到时候你自己去,我是不会去的。"二姨在背后不无忧虑地说:"这孩子怕是有自闭症。"

越是这样,她越是发急,把这事当成长辈的责任,非要办好不可。

这天下大雨,我哪里也没去。我把写给桑红的信装进信封,封好后正准备看电视,不知怎么跑出一个念头,突然想到把信封撕开,把信再读一遍:

……看来,我是不配收到你的来信了,就像我配不上你一样。我多么想把我的感受告诉那个配得上你的人,我羡慕他,也恨他,但最终我要祝他万事如意。

我为你种的花就要开了,看样子你不想看见它们了。我以前不知道这种花代表爱情,我是现在才知道的,但我不喜欢这种说法,这是你们城里人的说法。如果它们真能代表爱情,你怎么对它们无动于衷呢?如果你不来看它们,它们代表的就是孤独,代表的就是我。

求求你,收到我的信后给我写上两句,哪怕是骂我都行,哪怕是直截了当地说你根本就不喜欢我都行。不然我就要疯了。如果我真的疯了,也许你会高兴吧,因为从此再也收不到打扰你的来信了。

我不喜欢这种可怜巴巴的腔调,我应该理直气壮地告诉她:我爱你,你为什么不回信?你夺走了我的灵魂,夺走了我的梦想,你把我的生活毁了!好,我不再想你了,你去爱别人吧,你会后悔的!

可我一个字也不敢写。如果她真来一封信,叫我不要再写这些无聊的信,我会怎么样?这才是问题的关键!如果她真写那样的回信,我绝不可能去责备她,我只能选择去死或者从此浪迹天涯,反正得做一件出格的事情,必须是悲壮的、轰轰烈烈的,十有八九是拿生命大赌一场。

我的思绪收回来,目光收回来,我才发现我是在家里。

二姨和媒婆一起进来,媒婆上上下下地打量我,像裁缝看他的顾客,应该怎么裁剪,衣服才能合身。我看着窗外,她满意地笑了一下。

她们当着我的面说起另外一个姑娘。媒婆说,那个姑娘悄悄观察过我,觉得我哪方面的条件都不错,长相还过得去,可惜不爱说话。二姨说,话多有什么好,话说得再多也卖不了钱。

媒婆走后,二姨高兴地告诉我:

"条件好得很,是个幺姑娘,长得乖咪咪的,你没见过吧?她家有个酱油厂,如果这事成了,这个酱油厂今后就是你的。"

想到酱油厂,我立即想到翻造麸料的时候甩在墙壁上的鼻涕。在香溪上学时我去过酱油厂。李国田带我去河边玩，从酱油厂外面路过，我看见翻造麸料的人穿着黑色的高筒水靴，推着一个木耙子，像耕地一样，耕过去再倒过来。突然，他腾出一只手，把一团鼻涕甩在墙壁上。从那以后我就不吃酱油了，担心酱油里的咸味不是因为盐，而是来自某个人的鼻涕。

二姨说："如果姑娘的父母没什么意见，我就得准备头封礼书了，不知道香溪这边有什么规矩，纸房的规矩我倒是知道。"

真讨厌，我想，为什么不突然发生点什么叫她闭嘴。

我这么想的时候觉得自己也很讨厌，讨厌自己为什么不能摆脱这一切，爽快地拒绝或者接受岂不更好？我认定犹豫是一种无能的表现而不是为了深思熟虑。我的脾气越来越大，有一次鞋匠说到纸房人，认为他们中一些人没有品位，脱离不了乡下人的土气，买东西尽挑便宜的，吃东西图多，穿衣服讲究结实而不是式样，连走路的姿势也土，脚后跟先着地，"像这样"，他学了学。我不客气地顶了他一句："人家怎么走路关你什么事？"

鞋匠愣了一下，悻悻地说："我又没说你。你和你二姨都不土。"

我更加不客气地说："你懂个屁。"

第三十一章

第一批花骨朵打开了花瓣，大棚里一片耀眼的红光，半透明的塑料薄膜也被映红了。以粉红和紫色居多，其次是白色的，每朵花都是五瓣，每瓣花大部分是浅色的，紧托着花蕊的地方却像滴了五滴血，红得发紫。其他植物的花大多薄如蝉翼，弱不禁风，木槿花则像上等的绸缎一样有一种厚度，有一种雍容华贵和丰满，又细又密的皱褶还使它具有非同一般的韧性。

它们从没有直接承接过阳光雨露，但并不缺少阳光雨露所赋予的昂然生机。轻轻地抚摸花瓣，一股战栗传遍全身，一种既舒服又不过瘾的感觉。

花儿从枝头长出来，枝条上叶片的颜色比开花前淡了，仿佛正是因为它们奉献了自己的青春，花朵才如此出色。现在花朵需要太多的营养，新长出来的根以最快的速度在泥土浅层舒张，已经来不及往深部渗透，一不小心跑到了泥土外面，发现做了傻事，急忙一头扎了进去。

木槿的特性是喜冷怕热，爱阳忌阴，我把塑料薄膜的裙边掀起来通风，这样一来，晚风把醉人的花香传向四面八方。

最先跑来的是蜜蜂，它们从没闻到过这么香的花，可它们很快就迷惑了，木槿花没有可供它们采集的花粉，老实一点的发现上当后转身就飞走，顽皮一点的则不甘心地从这朵花飞到那朵花，像是非要弄清楚它们为什么没有花粉。

那些刚长出翅膀的小昆虫也来了，我怕它们伤害花儿，但又不能喷洒农药，娇嫩的花瓣沾了农药会长黑点。我做了一个特制喷头，让喷出来的水变成雾状，让水雾把昆虫掀翻，同时还把它们的翅膀浇湿，这样它们就只能在地上爬行，半天才能重新起飞。每天傍晚我都要放下塑料薄膜，又闷又潮的环境也让这些小东西极不适应。

最先跑来看花的是一个男人。

他在中街租了间小门面房刻章，有时还给一些老人画寿像。据说，他年轻时画过一位女生，女生在香溪中学上高中，他每次从教室外面路过都要看她一眼，有一天他把她画了下来，又有一天人们发现女生挺着大肚子。女生被学校开除了，而他被判了三年刑。刑满释放后，他依然干老本行，那个女生则不知去向。那个在马路边烧石灰的人不是他的弟弟就是他哥哥，他们家与众不同的优雅是山坡上孤零零的白杨。有时，也像一块并不怎么令人讨厌的绊脚石。

他走进大棚，向我点了点头，走到花丛中，蹲下来看了一阵。离开时向我微微一笑，什么也没有说。刹那间，我对他充满了敬意。

第二个来看花的人是道云老汉。当他从田埂上摇摇晃晃地走来，我远远地认出他时，感觉他仿佛刚从针眼里钻过来，因为他的身体是那么小，小得像一个不起眼的黑点。速度也很慢，走走停停，像找路回家的大蚂蚁。女儿女婿把坛神挂到了墙上后，他们之间的矛盾不但没有结束，反倒成了一种开始。女儿用液化气煮的饭菜他吃不惯，说是没有柴火的烟气气，不好吃。他想在自己的房间垒个土灶自己煮饭吃，女儿女婿不同意。有一天他买了个烧蜂窝煤的直桶炉，从家具厂要了几块废木头回来，用柴火熬了一锅带"烟气气"的稀饭。为了避免烟雾熏黑屋子，他特地把炉子放在街边。可第二天炉子就不见了。女儿女婿都说是被贪便宜的人顺手提走了，他不信，怀疑女婿把它拿到什么地方丢掉了。他的怀疑就是认定，每次说到别的事都会想到这个炉子，成了他鉴定女婿人品时必投的一票。女婿呢，痛恨他把人带到家里给坛神烧香，嫌来人踩脏了屋子，嫌烟雾熏黑了屋子，尤其嫌道云老汉说起坛神煞有介事的表情。他不时对虔诚的香客进行打击嘲讽，"你烧得太少了，下回扛一捆来，说不定你出门就能捡到金元宝。""它要是那么灵，它就不会叫这屋里的人每天为吃为喝奔波了。"谁都能听出来，这些冷嘲热讽全都是针对道云老汉的，道云老汉更是明白，他忍不住暗中祈愿，坛神应该给亵渎他的人一点惩罚，他觉得自己这样想是一种罪过，所以只敢在心里想，并不敢为此在坛神面前烧香。坛神的无动于衷让他觉得既好又不好。他看不惯女婿这样，女婿看不惯他那样，像两个死对头，无论对方说什么，心里首先冒出来的肯定是反义词。

道云老汉走进花棚，我才发现他把坛神抱来了。他不知道把坛神放哪儿才让它有在花丛中的感觉。最简单的是用绳子吊在棚架上，但这显然不行，会让人觉得神上吊了。我看出他的难处，用三根棍子绑了个三角叉，让坛神站在叉子里面，道云老汉像小孩一样笑开了。他对花不感兴趣，放好坛神后来帮我干活。但他什么也帮不上，修枝、上肥，这些都是技术活。他立了一会，到外面的田坝上转悠去了。回来时已经是下午了，他问坛神：

"我的神，看够没有哇？没看够明天再来。"

说着把坛神用红布包起来。他对我说:"香溪镇不兴哭丧,人一死就拉到遵义去了。"

我没工夫和他说话,我正忙着把塑料薄膜的裙边卷到棚顶上,用绳子拴起来。

道云老汉和神说着话,走了,走到大路上,碰到几个半大小子手持细竹枝,一抖嗡嗡响,把它说成宝剑,见到野草砍野草,见到小树砍小树。路边有一块大方桌那么大的地种了几棵玉米,他们对准玉米一侧,用力一挥,叶子"唰"的一声齐齐茬茬断掉了。道云老汉说:"乖的些,你们不要把苞谷吓坏了,吓坏了就长不出苞米了。"这些孩子没听懂他的话,但被他眼泪汪汪的样子吓得屁滚尿流。

接下来,在附近地里干活的农民也来看花,他们并非没有见过木槿花,但他们从没有见过这么多木槿花。

大多数人看一阵就走了,他们由衷赞叹这些花的确漂亮,但同时又摇着头,为它们一钱不值感到不可理解。

这天中午来了五个女人,有两个带着孩子。我最怕这样的女人,她们一来准没好事。可我不仅不想赶她们走,反而希望她们多待一会儿,我喜欢嗅她们带来的化妆品的香味。其中一个还是姑娘,头发染成酱红色,并带有斑纹,也许是染的时候还要深一些,只是褪成了现在这个样子。有两个长得很漂亮。一旦遇到漂亮女人,我就有种自卑感,不敢主动搭话,想到自己穿着满是泥土的衣服,在她们眼里不知是个什么样子,更加感到无地自容。

两个孩子一个三岁,一个五岁,是抱着的,一放下来就满地跑,那个大的干什么,那个小的就干什么。我生怕他们去摘花,便时刻注意他们。大的那个骑在钢管上,想攀到大棚上面去。小的那个依样画葫芦。不同的是大的那个撅着屁股真在用劲,小的那个反倒有自知之明，只是在那儿表演，"我上去喽，我上去喽"，人还在原地，可他想象自己已经爬上去了。大孩子的妈长得有点丑，脸圆圆的，满脸雀斑，最丑的地方是鼻子，又小又塌，像是匆忙之间长出来的。小小孩的妈妈正好相反，无一处不是恰到好处，有个词叫小家碧玉，大概说的就是她吧。另外两个没带孩子的，有点害羞，有点矜持，喜欢躲在别人后面。

"兄弟，"小家伙的妈妈讨喜地笑了笑，"这些花真漂亮，给我们一支吧？"她把鼻子凑在刚开的花朵上，深深地吸了一口，"啊呀，真香！"

我心里怦怦跳，我不想答应，却又不知道如何拒绝。

"多少钱一支，我们买！"红发姑娘说。她的口气让我顿生反感，好像我必须卖给她，不答应不行。她虽然是个姑娘，但没有那两个爱往后躲的女人漂亮，这使我在心理上轻视她。她说完那句话，我不以为意地瞪了她一眼。

最先开口那个女人说："看在我们是老乡的分上，便宜点，啊？"

小鼻子女人说："什么老乡，一条街上的，我们是邻居。"

"不卖！"我冷冷地说。

"不卖？你们听见了吗？他不卖，他种这些花不是卖的，是留下来自己吃的。哈哈哈。"

我看见那两个小家伙摘下花瓣往嘴里塞，气不打一处来。

"嗨，管好小孩！"

两个当妈的站在原地不动，不负责任地呵斥：

"嘿，那是吃得的吗？不要吃了。"

两个小家伙置若罔闻。

我说："这花可是打过农药的。"

这下两个当妈的慌了,急忙跑过去把孩子嘴里嚼碎的花瓣抠出来。两个小家伙像唱歌一样哭起来。

"哎呀,要不要送医院?"另外两个关切地问。

红头发责怪我:"你为什么不早说?把人闹死了你要负责!"

见她们惊慌失措的样子,我有些过意不去,但我不慌不忙,有意让她们再紧张一会儿。

"是他们自己吃的,我又没叫他们吃。"

"有水没有哇,快给他们漱漱口。"

"用不着,农药是去年打的,已经四五个月了。"

"今年没有打过吗?"

"没有。"

她们转忧为喜,庆贺胜利一样叫道:"没事了、没事了。"

红头发有些意味地看了我一眼。她说:"看上去木杵杵的,没想到还有几分幽默。这么多花,你不卖,是不是有别的用途?"

我没理她,而是去逗被妈妈牵着手走过来的小孩,这样就可以避免回答她的话。

"好吃吗?是苦的还是甜的?"

大概是我的表情很严肃,两个小家伙害怕地看着我。

红头发拿出十块钱,在我眼前晃了晃:"给我十块钱的,随你给多少支。"

两个漂亮女人中的一个也拿出十块钱:"我也要十块钱的。"

另外两个拿出五块钱。小鼻子女人只拿出两块钱,犹豫不决的样子,似乎根本就舍不得买什么花,只是同路来的都要买,自己才不得不买。

"没有剪刀,我怎么给你们呀?"

我说的既是真话也是假话，没有剪刀和镰刀，这是真话。但并非没有剪刀和镰刀就没有其他办法，主要是我不想卖。

"如果我有剪刀，是不是我想要好多就剪好多呀？"

红头发挑衅地问。

我横了横心，说："只要你有！"

红头发得意地笑了笑："帅哥，看见了吗？我没有剪刀，但我有这个。"

她手里拿着一把尖嘴钳。

"我爸爸叫我买的，还没来得及拿回家。"

另外几个女人捡了大便宜似的嘻嘻笑，那个漂亮女人把钱收拢来交给我。红头发剪了一支，没能一下剪断，尖嘴钳没有锋刃，把茎秆剪碎了，但木质纤维藕断丝连，她抓住枝条用力扯，我正要制止她别把根拔起来了，茎上的刺替我狠狠地惩罚了她一下，她的手被扎出血了，气恼地把夹钳丢在一边，哭丧着脸问谁带了创可贴。

那个给十块钱的漂亮女人说："帅哥，还是你来，你力气大些。"

尖嘴钳在我手里和剪刀没什么区别，突然一发力，一下就剪断了。我真是帅哥？我心想。不，这是给我戴高帽子，好让我多给她们几支。给十块的人我剪了二十支，另外两个十支，那个小鼻子女人，我只给了她两支。她很是不满。

她说："怎么她们那么多，我这么少呀？一块钱一支，也太贵了。"

我又给了她两支，都是开过头的，开到这种程度就没有香味了。她说：

"哼，比黄瓜还贵。"

其他几个吃吃笑。

她们离开后，我走到大棚的另一边，我不敢看那些剪断的枝条，做了违反意志的事情,像不小心吞下一根铁丝一样难受。我想这要怪桑红,如果她回信要来看它们,我一定会像保护自己的生命一样保护它们,没有她的片言只语,我动摇了,这有点可悲,像溺水的人放弃生还的希望一样可悲。

第二天,一窝蜂来了二十几个人,全是女的,有姑娘也有小媳妇。是那个红头发姑娘带来的,她准备了一把裁衣服用的大剪刀,没等我发话,她就自作主张地替我收钱,五角钱一支。

"这可是最好的花,拿回去插在瓶子里,满屋都是香的!"

她把大剪刀交给我,笑着说:"别把手指剪掉了,刚磨过的,锋利得很。"

我本想骂她多管闲事,可那么多女人看着我,其中还不乏引人注目的,我只好像傻子一样听从她的安排。

这天收了两百多块钱。

我没有感觉快乐。红头发说明天她还要带人来。从女人们叽叽喳喳的交谈中我听出来了,这个红头发家有个酱油厂。这使我非常别扭甚至有点生气,我对她一点感觉都没有,她却把自己当成了主人。我还知道了她的名字,可我不想说这个名字。不知为什么,要我叫刚认识的人的名字就像要我当着别人的面唱歌一样困难。只有混熟了,这种障碍才会消除。

第三天,红头发果然来了,不过没带人来,而是带了两个纸箱。她焦急地告诉我,她已经尽了最大的努力,但没人想要一朵木槿花。

"他们只顾吃和穿,根本就不懂什么叫浪漫,在香溪这种地方,种花赚钱是天方夜谭。你看怎么办?还有这么多,你种得太多了!"

"这有什么,我又不是种来卖的。"

我的声音并不低,但是对一个能干而又想嫁给你的人来说,还是

太温和了。她完全沉浸在自己的热心肠和权威之中,只看见我的嘴在动,没听见我在说什么。她提高声调向我宣布:

"不早点想办法不行。我已经和开早班车的王老六说好了,明天一早坐他的车,带两箱到市里面去看看,估计最多两角钱一支。有一种网套,套上去后所有的花看上去都是一样的,都像还没开的花骨朵。香溪买不到这种套套,我给大姐打了电话,叫她一定要想法给我买回来。你见过她,前天她和我一起来买过花。"

我本意是叫她别操心了,这些花卖不卖都没有关系,可我像吃错药一样,莫名其妙地问了一句:

"是哪一个?"

"她也买了十块钱,想起来了吗?"

"想起来了,她可比你漂亮多了。"我在心里说。

"今天去我家吃饭,等我姐把套套买回来,全家人一起装,这样快些。"

"我不去你家。"

"怎么了?"

"不怎么。"

"是不是不好意思?我告诉你,我妈和我姐都不同意我和你好,因为你是个乡巴佬。就我爸爸说你行。我现在还没拿定主意。见你种了这么多花,一点都不会卖,这太可惜了。我呀,别的事暂时不管,先帮你把花卖掉再说吧,就当做好事。"她解嘲道,"我是学雷锋来了。"

"不用了,你回去吧,我种的花不用卖。"

她冷笑一声:"哼,早就听说脾气古怪得很,果真是的!"

我还没找到恰当的话回答,她已经一头扎进花丛中,并大声吩咐道:"照密的地方剪,昨天剪过的地方就不要剪了。"

她的动作之快让人惊讶。

木槿是多年生木本植物,在香溪这样的地方,一年四季都可以开花,只要肥料充足,剪掉一拨后,要不了多久又可以剪第二拨。看样子她比我更懂行。

我斜靠在木马板凳上,什么也不想做。我的脑子被碾碎了,我想把它们拾起来重新整理好,可眼前这些具体的事情像麻醉药一样使我昏昏沉沉。在这种时候我宁愿自己是一条狗。

"你倒会享福,你看谁来了!"

我刚开始迷糊,刚开始觉得自己是一条狗,红头发用剪刀戳了一下我的腰。来了四个人,有两个我不认识,另外两个是二姨和鞋匠。他们手里拿着同样的剪刀。刹那间我明白了什么,可仔细一想,却又什么也不明白。后来我才知道,二姨背着我去了她家几次,她认为这一切都是为我好,所以用不着告诉我什么。

红头发迎上去:"爸爸,妈,你们怎么也来了?"

"你姐打电话来,她在花市联系好了,这些花有人全部订下了。"

"啊呀,太好了。"她回头看了我一眼,"真是傻子有傻福。"

鞋匠扛了几个压扁的纸箱,几乎是为了表功,他把纸箱放在我面前,叫我把它们整好。

二姨则意味深长地向我使眼色,暗示我和红头发的亲事成功了。

太过分了。他们为什么要这样对我,这不是我想要的。我脸色铁青,一言不发,一动不动。二姨小声告诫我:"不要挑三拣四了,那么能干,还有酱油厂。"

这比有人在你耳边用指甲刮铝锅、刮杉木板更难受。我头皮发麻,却又不得不听。

"我知道,你喜欢的是桑红,你一直在给她写信。你别痴心妄想了,人家是城里头的,还是卫校毕业的。你是什么人?不考虑别的,就考虑自己的条件,这也是不可能的事情。要不是运气好,从纸房搬到了香溪,像佳惠这样的姑娘瞥也不会瞥我们一眼。"

我像一个玻璃人,在遭受重创之后,现在从里到外,从上到下开始破碎。我听到了破碎的声音,它们从我身体内部传出来,直到指尖。

"你要主动点,有空就去找佳惠,不要像缩头乌龟一样出不得色。"

我无比惆怅地想,桑红啊桑红,你为什么这样对我,信也不给我回一封。

这天下午道云老汉又来了,他把坛神放在叉子上,没把披在神身上的红布拿开,他不能让坛神看见七零八落的枝头。盛开的花全都被剪走了,留下的是开败的和还没长大的。

第三十二章

我不在家的时候，鞋匠来得越来越勤了。

这天晚上，我到家时发现鞋匠的摩托停在商店外面，而商店已经关门了。二姨从没有这么早关过门，平时她要开到十二点钟。上楼梯的时候，我的心怦怦地跳起来，浑身发烫，我预感到二姨和鞋匠在屋子里做那种事，这使我既兴奋又别扭。

掏出钥匙将要开门的瞬间，我犹豫了下来。

两分钟后，我轻轻地开门。心里很想给他们来个下马威，可同时却又怕打扰他们似的。我没开灯，而是用手电，突然意识到这有点像捉奸，我又一次感到浑身发烫，并且发软。

走进我自己的房间，看见小弟弟在我的床上睡得正香。预感被证实了。身体还在发软，新增加的屈辱使我双腿发沉，什么也不想，脑子里却在嗡嗡作响。

和衣在床上躺了一阵，我跳起来，带上门走了。我恰到好处地表示了我的不满，门被甩得"砰"的一声。

唯一可去的地方是花棚。

夜空里繁星闪烁。我从来没有像今天这么讨厌过这些星星：地上的龌龊事啥也看不见，眨巴什么眼睛呀？去你妈的！木槿的香味也让我心烦，傻香傻香的。

盖大棚剩下一堆麦草，现在派上了用场。我把它们铺到三号和二号大棚之间的空地里当床，这是我曾经幻想过的事情，和桑红在木槿花丛里相拥而眠。躺下去后，胸前有些发冷，好像是因为遗憾，也好像是因为天气，我把双手抱在胸前，像隐士那样望着天空。我先想到我的头发会变成根，深入泥土，然后我的头和大地紧紧连在一起，最后身体的某个部位发芽……当我注视深邃的夜空时，不禁有些吃惊，天空比我平时所见深远得多，好像是我的身高使我与天空之间的距离被数万倍地放大了。看来只有躺着才知道天高地厚。以前以为星星就是最远的，可现在发现，在星星的背后，遥不可及的天幕远得连思绪都跟不上。如果盯住一颗星星看，这颗星星就会像子弹一样向我射来。我急忙闭上眼睛，额头上轰一下，就像真被子弹击中了。

这让人头晕目眩，我忙翻身跪在麦草上，闭上眼睛歇了一会儿才站起来。站起来后，天空一下子就变矮了。

有人来了，熄掉摩托的发动机后，站在那里东张西望，看身材就知道是一男一女。我正要问他们是什么人，来这里干什么。女的说话了。她说：

"哎呀，这么多花，我从没见到过。"

是张雨晴。她轻盈地跳进花棚，用悦耳的声音赞叹道。

我看不清她穿什么衣服，只听见她的鞋跟踩下又拔出的声音。这些声音留下的坑儿，就像给未知的种子准备的泥窝。我相信，不论什么种子掉进去，冒出来的植株都会又壮又绿。

"这是那个小孩种的？"

"是他，已经长大了。"

我听出来了，是范光乾，是那个我曾经无比崇拜的人。他似乎有点害怕，不大敢往大棚深处走。张雨晴转过身去，踮着脚摸了摸他的头发，在他脸上吻了一下，然后像幼儿园的老师牵着胆小又好奇的学生一样，把范光乾牵到了离我不远的地方。

我盘脚坐在麦草上，伪装成一袋化肥，身体里的化学反应既复杂又汹涌，但我没有动弹一下，像个猎人或者小偷，既无比激动又无比自卑。他们走的是另外一条垄沟，但他们带过的风扫在我发烫的脸上，我禁不住全身战栗。

他们走到大棚的深处，停了下来。我紧紧地闭着眼睛，可我的耳朵像世界上最精密的仪器一样灵敏，从他们一会儿轻柔一会儿急促的呼吸声中，我就知道，他们正像树枝上的鸟儿一样，互相磨蹭个没完。当鱼儿吃东西似的喋喋声突然停下时，我闭着的眼睛也感到大棚深处传来一道微弱的亮光，几乎是情不自禁地，我的眼睛一下睁开了。我想，爬出去吧，他们不会发现的。可我听什么人说过，他们在这种情况下突然受到惊吓，是要出人命的。我的脑子已经不够使了，无法作出正确的抉择。他们并没有全部脱光衣服，那道微光也许是我大脑眩晕的反应。但闭上眼睛，又总觉得那边有一道确实存在的光芒。后来，当他们肆无忌惮的咕噜声震得塑料棚也嗞嗞响时，我百般小心地钻到了花丛里面。花枝不时扎得我生疼，可这疼似乎正是我想要的，有一种解脱般的喜悦。她不时撒娇似的叫唤两声，高亢、尖利、清晰，就像一只捕食的鹰从高空俯冲下来。这让我有几分生气，我想我的花儿肯定不喜欢这样的叫声。花儿多安静啊。可每次听到她的叫声，我的耳朵都会竖起来，甚至想，也许花儿听了她的声音会开得更艳。

他们倒回来时，走的是中间的垄沟，我若不是已经躲进花垄中，他们美好的爱情就会变成巨大的丑闻，即便只有我们三个人知道。

张雨晴一只手提着高跟鞋，一只手和他十指交叉，不时仰起头要他的吻。走到那堆麦草前，他们停了下来，在草上坐拥成一堆散发着热气的黑影。

"范哥，就是哪天死了我也满足了。我天天想你，想得脑子里都生虫了。这些虫虫飞出去，找了这么久才把你找到，我真是太高兴了。"

范光乾没有说话，大概正吻着她什么地方。这一次，虽然他们离我更近，但我没有像刚才那样，有种坐在火堆上的感觉。我的脑子里全是和纸房相关的景象，竹林、松树、稻田、野草，它们像不懂礼貌的人一样，在我脑子里进进出出。我试图重温一些什么东西，可所有的东西都很乱，只停留片刻就被其他东西取而代之。当纸房的夜空出现在脑子里时，我仿佛看见张雨晴的身体横穿整个苍穹。我甚至觉得，我就是苍穹下的一切，是那片千疮百孔的大地。

范光乾摘了很多花瓣撒在张雨晴的身上。有几次，他险些抓到了我的头发，因为他总是把手伸向花瓣最多的地方。张雨晴一动不动，像死去了一样。

半小时后，她从地上爬起来，双手抚着胸，她不是害羞，而是舍不得那些花瓣。

"应该用这些花瓣给你做件衣服。"

"那我就天天穿给你看。"

他转到她背后，双手搂住她。她向后仰起头，说："你永远把我当你的女人好吗？你放心，我不会破坏你的家庭，我不和你家里的女人争，我只要你来香溪的时候把我当作你的女人就行了。我也不要求你天天来，只要一年半载来看我一次就可以了。"

"可以呀，我其实很想天天和你在一起，只是……"

她没让他说下去,她用嘴堵住他的嘴。

"这就够了,这就够了,别的我都不要。"

"今晚上的月亮这么好,我们对着月亮拜天地吧,我们对着月亮结为夫妻。"

"真的,你真的愿意和我结为夫妻?"

"当然是真的。"

她"呜"的一声哭起来,不好意思地说:"我太激动了,我不知道说什么好。好吧,我们对着月亮拜吧,只要你来香溪,我就是你老婆。"

他们走到大棚外面,对着月亮拜起来。月光照射在他们身上,像披了一层薄纱。

第二天早上,道云老汉又来了,我没准他把坛神抱进花棚。第二茬木槿花又盛开了,开得更整齐,但我不敢让坛神看见它们,因为这些花已经有了一种妖冶的丰姿。道云老汉不高兴,说又不是他想看,是坛神想看。我不便说穿,只好蛮横地赶他走,告诉他从今天起,谁都不准看。

我回家吃午饭时二姨看了我一眼,又看了一眼,知道她有话说,便有意不去看她。她叹了口气,说:"佳惠好几天没来了,你不能老让她来找你,你应该主动去找她。辛维,你们早点结婚吧,我早点给你们腾房子,只要找到合适的地方我就搬出去。"

我听出来,她这是要和鞋匠结婚了。这是她想要的事情,是她想结婚,可她却转弯抹角地把责任推到我头上。她以前可不是这样啊。这话让我很难过,原来她从来没有把这里当成她的家,没有把我当成亲亲的一家人。

"你想搬到鞋匠那里去？"

二姨点了点头："我知道你不喜欢他，可我这么大年纪了，还拖着一个鼻涕虫，别的人高攀不上啊。"

我觉得自己被背叛了，心里不禁发酸。想到平时对待二姨的态度，又忍不住有些后悔，觉得对不起二姨。但是，当我决定说点什么时，首先想到的是掩盖这些感情。我说："好吧，随你的便。"

我觉得有一种东西丢失了，但我不知道到底是什么东西。或许不止一种，而是很多种。我既说不出它们的名称，也不知道应该去哪儿寻找。有些是在纸房丢失的，有些是在香溪丢失的，有些是在吃喝拉撒中丢失的，有些是在梦中丢失的。

第三十三章

其实不只我一个人在寻找,我发现所有的人都在寻找。而且每个人心中都有一大堆永远找不回来的东西。当梁书在纸房被矿渣埋掉的消息传来时,我立即想到梁书并不是为了打工,为了赚几个血汗钱才去纸房干活,他其实是在寻找连他自己也不知道的东西。

搬到香溪后,梁书在再生塑料厂当了一阵清洗工,没过多久就到纸房挖矿去了。和他一起被埋掉的还有和他一起干活的两个外地人。这个黄金公司炼的是尾矿,就是把以前冶炼过的矿渣再提炼一遍。梁书他们用手推车搬运堆得像山一样高的尾矿,那天下午,被挖虚脚的尾矿肥胖病人一样向他们压了过来。他们被刨出来时,全身上下看上去好好的,那张惊恐不安的脸就像正在做噩梦。

消息是另外一个纸房人传回来的,他从纸房一路跑回来,跑到新街时,他蹲在那儿呜呜哭起来。屋子里的人像迎接战场上侥幸逃生的亲人一样迎接这个传递消息的人,他们问这问那,梁书怎么死的,问到后面和死者毫不相干,有哪些人在那里干活,某棵树还在不在,某口水井干没干。

梁书的女人踉踉跄跄,像喝醉酒的人一样。别人忙给她端了把椅子来。坐在椅子上,她抱着椅背呜呜哭起来。这个身材矮小的女人越来越胖了,她的屁股比小椅子大得多,有三分之一悬在空中,这不禁更加让人同情。

报信的人说,梁书原本打算今天回家的,都换好了衣服,可不知怎么搞的临时改变了主意,说干到下午再走,可还没到下午就出事了。

肖美学为了表示自己的宽宏大量,不再和死人计较,他用责备的口气说:

"搬都搬到香溪来了,何必又要跑回去挖矿?"

好几个人乜了他一眼。这家伙说话听上去就是不舒服,哪怕是同样的话,从别人嘴里说出来就是要好听一些。

由事故说到安葬,有人说埋在纸房好,有人说埋到香溪好。说埋纸房好的人是因为对那里充满了眷恋,说埋香溪好的人则强调今后上坟方便。梁书的女人拿不定主意,平时骂起人来像打机关枪,可遇到正事时什么主意都没有。

对第一个问题还没作出决断,第二个问题随着一辆小型双排座汽车又摆在众人面前。黄金公司把梁书的遗体送回来了。原因是纸房作为正在开采的矿区,不允许在纸房范围内土葬。香溪镇呢?也不允许土葬,两年前就改为火葬了。火葬,这对纸房人来说与活活烧死没什么区别。在香溪必须火化,这应该早有耳闻,可今天才知道似的。有人抱怨,早知道在香溪不能土葬,当初搬迁就应该选一个可以土葬的去处。有人心酸,搬家的时候哪个让你选呀,不是喊搬就搬?这下安逸喽。有人后悔,搬家的时候没提要求,这下怕是来不及了。有人耍横,谁叫我火化,我就烂在他屋里,在他屋里发臭。梁书的女人已经拿起她的常用武器,她抓住车门,不准任何人把尸体抬下来。埋在哪儿都行,就是不准火化。反正在她看来,那些狗屁规定不是事先就有的，而是因为梁书之死设置的。黄金公司派来的司机和办事员很恼火也很无奈，反复强调他们做不了主，跟他们提什么要求都没用，他们带来的只有公司的规定。

又一辆车开过来，是小轿车，镇政府的。车上的人伸出头问：

"黄金公司赔多少钱说了吗？"

梁书的女人没听见，其他人忙把这话转告她，她木然地摇摇头。

轿车里的人说："赔好多钱先讲好，不讲好不要把（死）人搬下来。"

说着递了张纸出来，车外面的人刚接住这张纸，轿车就匆忙开走了。这是坐这种车的办事的特点：在这条新街上不会多停一会儿，也不会稍微多聊上几句，生分得很。

纸上印的是"关于香溪镇殡葬管理的通告"。

梁书的女人平时和谁的关系都不好，现在谁也不帮她说话。她自己和黄金公司的办事员谈。她不知道底线是多少，她要五万，办事员叫她签字，她立即反悔了，说五万太少了，她要六万。办事员和她扯了半天，最后答应给五万八，叮嘱她一定保密，另外两个死者只赔了四万八，她要说出去，他的工作就没法做了。几个月后，有人说，黄金公司的底线是十二万。梁书的女人跑到纸房，一把扯住办事员的下裆，险些把那团东西扯下来。

我回到新街时，梁书的遗体已经被放进冰棺，冰棺放在他家门口。靠墙的临时香案下烧了一大堆钱纸，一排线香正在袅袅冒烟。死者脚下有一盏点煤油的长明灯，有人正在用纸板做灯罩，以免风把灯吹灭。街对面摆了两张桌子，礼金师已经做好了收礼的准备。

我感到双腿发软，仿佛有必要给死者下跪。我对梁书没什么好感，也没什么恶感,但他死了,躺在密不透风的冰棺里,这让我与他之间有一种出乎意料的、莫名其妙的关系,我为他感到难过,而他连接受这种难过都办不到了。我还是第一次见到这种冰棺,像一个长长的冰柜,只是上面多了一个玻璃罩子。以前在纸房,死人只能躺在又硬又窄的门板上。

按照纸房的风俗,死者的家人是不会邀请别人去他家的,村里人必须自己去,即使没什么事做,也应该到死者家里去,这里站站,那里站站,到晚上围成一圈唱孝歌。我想了想梁书在别人葬礼上的样子,脸上的严肃不是因为悲伤,而是因为不知道如何是好,现在在场的人也是这种表情。

我特别注意了一下,香溪镇上的人一个也没有,这给我一种我们生活在"彼岸"的感觉。

广线是这次丧事的总管,他叫我把家里的桌子板凳拿来,把椅子也拿来。我说好的,没问题。有人只愿意交出板凳,因为板凳粗笨,不值钱,舍不得把椅子拿来,怕搞脏了摇坏了。搬桌椅前,我从柜子下面找出两本牛皮纸账簿,两本账簿的封面上都是"吊者大悦",我一直不懂这四个字的意思,前来吊丧的人非常高兴?我妈死的时候,梁书送了十块钱。而父亲那本,梁书送了三十,前后相差四年,因为勘探公司来了,开始挖金矿了,收入增加了,礼金也跟着水涨船高。我找了一张面值五十元的,这在香溪不算高,也不算低。而我呢,算是还清了旧账。

我搬完凳子椅子,请礼金师把名字和金额写到账簿上,就再也没事做了。我宁愿做点什么事,空手站在那儿很不自在。冉光福看见我,向我跨近了一步,用只有我们两人能听见的声音不屑地说:

"梁书死了还挣回来几万块钱,别的人死了就死了,谁给你钱呀。

可她连买个大点的猪都舍不得,不晓得抠那点钱搞哪样。"

他说完后没等我回答,从我侧边穿了过去,帮另外两个人往茶水桶里倒开水。他那一把帮得多余,那两个人已经把水倒完了,他还煞有介事地抬着桶底。过了好一会我才知道,梁书的女人请冉光福去买猪,买了一头嫌大了,他只好重新买了一头小的。我不能完全相信他的话,梁书的女人舍不得没什么稀奇,他呢,还不是想买一头大点的多赚几个钱。他是这样的人,自己的利益没得到满足就会说别人不对。

梁书女人的娘家人来了,刚进新街就点燃鞭炮,这边帮忙的人忙奉上孝帕。来者有老有少,全都表情严肃,像是要先了解一下谁犯了错误。当他们走向礼金师时,几个纸房人好奇地跟了过去,看看他们会送多少钱。我一边为没有人关心梁书的死而难过,一边难过地想,如果死者是其他人,梁书也会和这些人一样。

就在这时,在闹哄哄的声音中,我听见微弱的哭声。循着声音找过去——其实不用找,凭哭诉的调子我就听出来了,是道云老汉在哭,他在家里哭,在坛神面前哭。刹那间,我的心一下安静下来,觉得不应该责备任何人,谁都不能主宰生死,他们没有错,死去的已经死了,没人能让他起死回生。何况老把悲哀纠结在心坎上,对自己和别人没有任何用处。广线拉出塑料水管冲洗街道,我跳过去抢了把扫帚,把水往前面赶,灰尘在水里打滚,它们似乎由衷地感谢水把它们带到别的地方,它们并不喜欢待在人来人往的大街上。

扫完街,我回家去拿录音机。既然道云老汉在哭坛神,他一定会来哭丧。我换上新电池,试了两遍录音效果,很不错。想到终于可以完成民俗专家的托付,心里既轻松又欣慰。二姨以为我还没送钱,找了一块被面出来,是埋我父亲时别人送的。这种被面似乎是专门用来送人的,从第一个人买来那天起,它就被送来送去,还是新的,但花色早就过时了。得知我已经去挂了名字，二姨埋怨道："你硬是大方，加上这块被面，送二十块钱就行了。"我暗自想：送什么被面，自己都不喜欢的东西，送给别人干什么？

回到葬礼上，我看见死者脚下有一台大录音机，正在放哀乐，我并不知道这叫哀乐，只觉得低沉的旋律让人心情沉重，让人想到大地的苍茫和生命的短暂。我有点冒火，担心道云老汉听见哀乐不来哭丧。他在纸房哭丧时，是在道士先生休息的间歇哭，他的哭诉让人心碎，但哭完后，道士继续超度亡灵，大家便又可以有说有笑。不像现在，哀乐一遍又一遍地重复，绵绵不绝，在场的人都感到了一种压迫，他们不再说笑打趣，甚至不敢大声说话。放哀乐的录音机是镇政府送来的，他们在灵床旁边的墙上贴了张公告：为了移风易俗，减轻丧主负担，丧事一律从简，一不准设道场，二停灵不准超过三天……有人说，好是好，就是没有"启道"，意思是气氛不对，让人觉得不像那么回事。哪怕是简单地做个道场，念念"地藏经"也好。奈何桥七寸宽来万丈高，没有天尊来救苦，哪能接度上天堂。在纸房时，不管是受穷还是受苦，奥义是不会变的，它不但不会变，还会像庄稼一样神秘地长出来。现在，样样都要依他们的，都要捏在人家手里，他们虽然没这么说，即使说也说这是为你们好，可就是让人心里安不了心胎！他们送了一个大花圈，纸带上写的是"梁书同志千古"。以前谁也没得过他们的花圈，还被称为梁书同志，这当然是一种让人激动的待遇。但谁都知道，问题不在这里。

道云老汉出现时，在场的人都松了口气，有人满怀希望和信任，甚至喜出望外地看着他。用对待那些有学问的人他们才会露出的钦佩和喜悦之情看着他。

广线给他端来一杯热茶，道云老汉忙双手接住。他是整个纸房最温顺、最有礼貌的人，来到香溪后，他常常站在街边面带微笑，仿佛为自己给人增添了什么麻烦而表示歉意。他端着茶杯走到灵前，看了看梁书睡着了似的脸，又走到一边看公告，看得很认真。他没上过学，但对文字特别敬重，哪怕是一条简单的标语，他也会品读半天。落日的余晖从他的后脑勺射过去，他那薄薄的耳朵像花瓣一样红。这时哀乐一下停了，磁带走到头了。没有人不觉得这是天意。大家都以为道云老汉马上要开始哭丧了。

我也是这么认为的，忙四处寻找独凳，以便把小录音机放在上面。可道云老汉没有坐在为他准备的放了垫子的椅子上，他转过身查看哪些人送了花圈。最后他坐到了摆酒席的桌子前。

我进屋找独凳时，看见梁书女人的嘴巴闭成一条线，紧皱着眉头，在为要不要请道云老汉哭丧而伤脑筋。有人说应该请，不做道场，连哭丧也不哭，太冷清了。有人说用不着请，等道云老汉哭了再说。梁书的女人犹豫不决，她担心政府罚款。她不识字，不知道公告上写了什么。从别人的介绍中，她觉得这和许多年前"破四旧"打倒"封资修"是一回事。但在别人眼里，她怕罚款不过是借口，舍不得哭丧钱才是真的。广线两次端着筛子走到她面前，如果她同意，就会把钱放在筛子里。可她就像没看见似的。

晚饭过后，大家在街中间围成一圈，中间的小方桌上放了一个木茶盘，里面装着土烟和香烟，桌子下面还有两瓶烧酒。酒碗倒扣在酒瓶上，谁想喝自己倒。冉光福敲了一阵鼓，唱了一折"薛刚反唐"，梁宗国紧跟着唱了一折"桃园三结义"。唱了一阵，背心开始发凉，冉光福喝了半碗酒，想替正在唱"目连救母"的冉海洲敲鼓。冉海洲不给，他喜欢自己敲自己唱。冉光福坐下，不一会突然站起来，大声说：

"广线,怎么还不开始哭丧呀!"

"什么?"广线在另外一边清点有多少人留下来吃夜宵,他停下来望着冉光福,"你问我什么?"

"我问你什么,这么晚了,怎么还不哭丧!这就是我要问的。"

广线走过来,觉得冉光福已经醉了,他想让他清醒一下,大声说:"道云老汉都走了,哪个哭,你会哭吗?你会哭的话你哭吧。"

冉光福似乎并没有醉:"走了?请都不请他,人家当然要走。你这个总管怎么当的?"

冉海洲没有停下来,不时乜冉光福一眼,还不时有意加大声音。可广线的声音一下就把所有的声音盖过去了。他说:

"请都不请,该我请吗?该我请我早就请了!"他委屈地笑了一下,"你们以为我不想把事办好?一会不准做道场,一会不准土葬,不准这样,不准那样。我的先人些,这哪里是当总管呀,简直是个受气包!"梁宗国想插话,缓和一下气氛。我大伯周福海抢了先,他说:"哭个丧怕啥子嘛,又不犯法。冷屁秋烟的,硬是寡心得很!"冉海洲说:"还是纸房好啊,那时候的老人,他们都知道自己会死,但从没害怕。年纪轻轻就把棺材准备好,不给儿女留负担,该闭眼睛的那天,把腿一伸,不像死,像搬到另外一栋木瓦房。"他从纸房搬来的棺材已经贱卖给家具厂了。广线说:"依我看,过几年我们全都搬回纸房就行了,他们把黄金取走了,总不会连那里的泥巴石头都取走吧。只要有泥巴,就能长出庄稼来,只要能长出庄稼,就可以在那里住家!"我大伯顶他一句:"长庄稼?毒泥巴种出来的庄稼也叫庄稼?"

我大伯抢过鼓,急风暴雨地猛敲一阵,"说这些做什么,说这些×都搁不住。唱孝歌!哪个唱?"冉光福清了清嗓子,用女声唱道:"无常一叹事难料,来到香溪又回神,不却三魂去,谁知遇难星,偶然一枕南柯梦,儿女嚎天唤不醒。无常二叹好忧愁,判案司官把簿勾,地府差来鬼,追唤不停留,杳然撒手归冥路,将身伴土丘。无常三叹好凄惶,金银拿不去,空手见阎王……"

年轻人早就走光了,唱到半夜,老年人也走光了,只剩下十几个五十来岁的人,在那儿击鼓哼唱。有时候像就要停了,但冷清不了多久,又唱起来。

我一句也不会唱,但守在那儿,直到天亮。夜风吹得脊椎骨发冷,有时冷噤一下,像原本有根尾巴,经不住冷,"叮当"一声,脱落了,不见了。

第三十四章

即便尾巴真的断掉了,这又有什么呢?只要还有一口气就得活下去,何况远远不止一口气。对有些人,如果给他一个加长的吹火筒,说不定他能把地球吹起来。

我这样说,并不意味着它和下面的事有关。恰恰相反,一点关系也没有。二姨要出嫁了。姑娘出嫁是在早上,女人改嫁则必须在下午或晚上。

二姨自己嫁自己,自己买菜煮饭。我感到过意不去,提议到雨晴饭店去包席,花不了多少钱。她说不是钱的问题,她煮了这顿饭,今后就不再给我煮饭了。

头天晚上,我们仍然在楼下的商店里吃晚饭,但吃好饭二姨就把店关了。我知道她有话要对我说,便假装看电视,等着她开口。她磨蹭了一阵,抱着小弟弟坐到我面前,让小弟弟看着我,二姨说:

"叫哥哥、叫哥哥。"

这个不足月就生下来的小家伙声音非常小,他看着手上的玩具,用小猫一样的声音叫道:

"多多。"

"大声点！"

"多多。"

声音稍大了一点，但如果不仔细听，什么也听不见。我没有答应。我答应不出来，又不是有什么事，答应一声不仅显得有点假，也有点傻。

二姨说："明天我们就要和哥哥分家了。"

这我早就预料到了，可我还是觉得突然，泪水在眼眶里打转。

"辛维，你一定不要忘记，你和弟弟是一个爸爸的，你们是亲兄弟。"

我点了点头。

我特别看了小家伙一眼，他的长相没有多少父亲的影子，更多的是二姨的。

"你不要心焦，我已经和佳惠说好了，你们早点结婚，她爸爸妈妈也同意了，明天把他们请过来，我再说说。"

"不要说，我不想结婚。"

在没有得到桑红的确切消息前，我不想考虑这方面的事情。

二姨说："这怎么行，我走了连给你煮饭的人都没有。"

她不明白，我也不想让她明白。我从卧室里拿了一万块钱出来，这是得知二姨的嫁期那天准备好的。

二姨的泪水一下滚出来了。

"辛维，我无家可去的时候，你收留了我，我哪里还能要你的钱。"

我再也忍不住了："二姨，我可是把你当妈妈的呀。"

我"呜"的一声哭起来。刹那间，像有千万条酸楚的虫子在啃啮着我，我的委屈，我的孤独，我的自卑，我的恐惧，全都涌上心头。

小家伙见我们哭了，愣了一下，也"哇"的一声哭起来。他的哭声比他说话的声音大多了。

客人中午就来了。最先到的是鞋匠,他穿了一套崭新的西装。二姨正在择菜,他问二姨要不要他帮忙。二姨冷冷地说不用。他把菜板放在灶台上,准备切肉。二姨大声说:"谁要你多管闲事了?走开!"他"嘿嘿"地干笑了两声。不一会儿广线和他女人也来了。广线的女人一来就和二姨一起做事,二姨不但没叫她走开,还和她有说有笑。我心里想,看来要离开这个家,她还是有些难受。那个自以为是的人和她的父母到齐,二姨请的客人就全部到齐了。他们给二姨的礼物是一床踏花被。二姨热情得有些夸张,好像踏花被是价值连城的东西。她吩咐我快给他们泡茶,还亲自把早上抹过一遍的椅子又抹了一遍。

为了避免手足无措,没事的时候我就逗弟弟玩,把他抱到街上去玩。可那个自以为是的人一来,这项权力就被她剥夺了。她伸出双手:"来,姐姐抱抱。"小家伙扭着身子就往她怀里钻。我再去要他,他把头伏在姐姐的身上,理都不理我。我心里想,她将来是个好母亲,是个很会带孩子的人。但这和我不相关,我从没想过自己有孩子,也没有想过除了桑红,还会有别的人能和我在一起生活。

大菜弄得差不多了,广线的女人把二姨从厨房赶出来,叫她洗个澡,换上新衣服。二姨洗完澡出来,眼睛红红的,她洗澡的时候又哭了。而我看到她穿着新衣服,心里也无比难受。

鞋匠请来接亲的双排座轻卡停在楼下,我们把东西搬到车上,二姨抱着弟弟坐在沙发上,失魂落魄的样子。我尽量不去看她。东西全部搬上车了,二姨还坐着不动。这时广线的女人把我叫到一边,小声告诉我,要我对二姨说一句祝福的话。我从没经历过,也没听别人说过,说什么呀,我一下就急了。广线的女人说她也不知道。她说:"你

快去问岳父岳母,他们岁数大,应该知道。"哪里是什么岳父岳母!刘佳惠正好从楼上下来,情急之下,我只有求她了:

"刘佳惠,快帮我问问!"

我第一次叫出了她的名字。

刘佳惠把她父亲叫过来,他告诉我:"辛维你这么说:诗云钟鼓乐之,易曰乾坤定矣。二姨你去吧,宜室宜家,你去吧。"

我走上楼,除了鞋匠,其他几个人都跟在我后面。走到二姨面前,我像背书一样对二姨说:

"二姨,诗云钟鼓乐之,易曰乾坤定矣。二姨你去吧,宜室宜家,你去吧。"

二姨的眼泪一下涌了出来:"辛维,二姨走了,你要顾念我和你弟弟呀。"

佳惠妈妈的眼圈也红了,她说:"他二姨,起身吧,今后不是还在香溪嘛,有事大家都能互相照应。"

二姨把弟弟交给佳惠。"辛维,你把我背出去吧。"她对我说。

我背起她,按照他们刚才吩咐我的,背着二姨一步一步从屋里退出去。二姨的眼泪滴在我的脖子上,热乎乎的。我的泪水滴在楼梯上。

所有的人都走后,屋子里空得像傻子的脑袋瓜,家具什么的啥也没少,可心里总是觉得缺少了什么东西。

佳惠第二天一早就来了,来帮我收拾屋子。她更加自以为是了,就像是这里的女主人。先收拾二姨的卧室,凡是二姨用过的东西,她都用口袋装起来,说什么时候给二姨送过去。旧东西收起来后,她还把柜子和床的位置调整了一下,这样一来,就不再是二姨住过的房间了。她搬不动床,叫我和她一起搬,我说搬它干什么,搬来搬去还不是一样?她说:

"你不懂!"

又说:"叫你搬就搬,不要多嘴。"

重新摆好后,她说:

"你以为我是吃多了呀?是唐书秀告诉我的,要是不重新摆过,二姨会老惦记这屋子,家里的东西让别人惦记,这是最不好的。"

我心里想,二姨又不是贼!

这个自以为是的人说:"我不是把二姨当贼,这是风俗习惯。就像昨天你背着她下楼,你知道为什么叫你背她吗?是为了叫她出去的时候,新鞋子上不沾一点灰,如果新鞋沾了灰,就会带走家里的财运。"

她是我二姨呀,让她带走一点财运有什么不好!何况沾点灰就把财运带走了?真是岂有此理。早知道,我非要她的新鞋沾满这屋里的灰不可。二姨穿的是一双她自己做的布鞋,底子是白布的,把她背下楼后,才换上鞋匠专门为她做的新皮鞋。

"二姨走的时候哭得那么伤心,你不知道为什么吧?还不是觉得你心狠,连灰都不让她沾一点,背起她就走。人家懂事的,应该把她牵到门口再背。"

天啦,要我有口难辩吗?是她自己叫我背的呀!

"虽然是她叫你背的,但那是客气话。那双白布鞋,是专门用来沾灰的,一粒灰也没沾,说明她硬气,你抠门。好在你二姨是第二次出嫁,又是晚上,黑乎乎的没人看见。如果是大白天,别人看见她的鞋那么干净,那她就太没面子了。"

哪来这么多狗屁风俗,这可太气人了。我提起扫帚就开始打扫,把垃圾装在口袋里。那个什么都知道的财迷问:

"你这是干什么?"

"我把灰给二姨送去!"我生气地说。

这个自以为是的人哈哈大笑,眼泪都笑出来了。

"人家逗你呢,你还信以为真了?哪有往别人家里送灰的,你送去吧,你二姨和二姨爹不赶你出来才怪。"

"逗我?你不是一来就又收东西又摆床吗?"

"我呀,"她一本正经地说,"我告诉你,我是既相信又不相信,我原来也不懂这些,都是别人告诉我的,反正屋子要收拾,又何必不信,你说是不是?"

说来说去她都是对的。她笑了一下,意味深长地说:"你呀,就是太老实了。"

我的屋子收拾起来简单,把乱七八糟的东西归整一下,然后打扫干净就可以了。这时鞋匠和二姨开车来搬商店里的货物,佳惠叫我去帮他们,她一个人在上面打扫。

二姨穿的是昨天那套衣服,但发式变了。以前是两条又短又粗的辫子,今天早上不但烫卷了,还铰短了许多,脸宽了,额头高了,脖子粗了。她以为这样一打扮,自己年轻了许多,可在我眼里,她老多了,一夜之间变成中年妇女了。她平时总是说:我老了,我老了。现在她真的老了。

佳惠下来看了一眼,叫二姨一会儿留下来吃饭,她一边收拾屋子一边煮饭。二姨说不用麻烦。佳惠说:"麻烦什么呀,饭菜都是昨天剩的,热一下就行了。"

佳惠上楼后,二姨不无醋意地说:"你看,我一走她就来了。"

女人就是这样,不管她以何种方式爱你,她都不允许别的女人用别的方式爱你。

刘佳惠自信而自然地把自己当成了女主人。在收拾我那间屋的时候,她把我用的书,给桑红写信的纸和笔,还有一个日记本,都整整齐齐摆在桌子上，那里面夹着几封最近给桑红写的还没写完的信。它们没有引起刘佳惠的好奇心。只有真正的女主人才不会有好奇心，她觉得这屋子里的一切都是她的，所以大可不必对每件东西都进行研究。

吃过晚饭，看着电视，我一会儿希望她早点走，一会儿又盼望她留下来。可这不是因为我爱她，而是因为那件事本身的吸引力，仅仅是一种冲动，一种二流感情。她抱怨她干了一天粗活，把手搞得那么粗糙。她要我摸一下，证实她说的是真话。我敷衍了事地摸了摸，没感觉有多粗糙，也没有桑红那双手给人柔弱无骨的感觉。我一眼就看出来了，这是她的策略，她还想要点别的东西。我张开手指，和她的手指叉在一起，她全身战栗了一下，我想笑，但我控制住了。我在等她要求我吻她，一旦接吻，下面的事就会顺理成章地发生。可这时她却像猜智力游戏一样要我回答她是什么时候爱上我的。我从没想过这个问题，因为本来就不存在，可她非要我回答不可。我毫无兴趣地胡说，故意往不可能的地方说，可越是这样她越是来劲，最后"咯咯"地笑起来，得意地揪了我一把：

"你呀，真是个傻瓜，对女人一点都不懂。"

我一语双关地说："你又不是女人。"

她的脸红了。

"我不是……你的女人吗？"

"还不是。"

"还不是？"

"还不是，还差一点点。"

她吃吃地笑起来，飞快地在我额头上啄了一下。

"是不是这样一点点？"

"不是。"

她把我的手拉到她的胸脯上。她像触电一样抖了一下：

"是这个吗?"

我没说话,那种二流感情已经变成一流冲动了,我想解开她的衣服,把手放进去。刚解开第一颗纽扣,她就把我的手挡开了。

"不行不行,我会忍不住的。"

"用不着忍。"

她从我的手里挣脱了。她说:"不行,还不到时候。"

她站在屋子中间整理好衣服,见我懒洋洋地躺在沙发上,她以为我生气了。

"反正早晚有一天都是你的嘛。"她故意嘟哝道。

我大度地挥了挥手。她严肃地说:

"要不,就摸一下?"

"不用了。"

她像为了社稷安危不得不做出牺牲的英雄一样,自己解开胸前的扣子,虚掩着怀站在我面前。

"来吧。"

"现在我不想摸了。"

她踢了我一脚:"哼,没想到有些人那么小气!"

我不是存心唱反调,而是身体里连二流冲动都没有了。我也不知道这是为什么。她虚情假意地说:"我走了。"我虚情假意地回答:"我送送你吧?"

"不用!"

她在门外站了一会儿。也许只要我拉开门,她就会向我扑过来,可我什么也没做,我没心没肺地寻找我想看的电视。直到听见她那辆摩托车的声音,我才后悔起来。这时要把她追回来仍然可以做到,但我还是什么也没有做。

第三十五章

人和自行车、铁环不同，自行车和铁环只有在运动中才不会倒下去，只有前方，虽然所有的前方都会变成后方。人呢，有时得回过头来，甚至停下来，看看自己的过去，才能看到活着的滋味儿。

李自强到香溪来了，搬家时他没搬到香溪，直接搬到县城去了，我们有两年没看见他了。

有一阵，传说李自强不敢在家睡觉，他做了一间铁房子，只敢在铁房子里睡。原因是他在县城修房子时，别人都不敢动的一片坟地，他亲自动手把它们刨平了。有一天李自强开车把一个妇人撞倒了，这个妇人的头发又密又长，一直披到脚后跟。她走在马路中间，任李自强怎么按喇叭也不让，李自强火了，本想下车去骂她一顿，不知为什么偏偏踩了一脚油门，一下就把妇人撞倒了。李自强急忙停车去看妇人是死是活，哪知妇人自己从车后面钻出来，就像什么事也没发生过，仍然不慌不忙地走着，李自强发现她前面的头发也很长，一直垂到脚背，并且完全遮住了面目。几天后李自强到饭店里请朋友吃饭，一个只有小板凳那么高的姑娘走到他面前，狠狠地盯着他，李自强从没见过这么矮小的孩子，觉得好玩，夹了颗花生米去喂她。没想到她却咬住他的筷子不松口。李自强把她抱起来，问她想吃什么东西，小姑娘吐掉筷子，跳到李自强的肩膀上，一口咬住他的脖子。李自强侧脸一看，小姑娘一张正在流脓的烂脸，连鼻子眼睛都分不清楚。他吓得大喊大叫，他知道自己撞鬼了，别人一出声，那个小矮人一下不见了。

从这以后，李自强不敢开车，不敢上饭店，也不敢在家里睡觉，他做了一所铁房子，只有在这个铁房子里他才不感到害怕。

这些谣传让充满怨气的纸房人好受多了，他们像播种机一样把它撒向四面八方，让它在人们的想象中茁壮成长，直到变成稀奇古怪的故事，最后却又因为太离谱而消失在风中。

纸房人的心已经平静下来，至少不像刚开始那样提到李自强就愤愤不平。可李自强有意要和大家作对似的，他回来了，以大老板的身份承包了香溪镇的环城公路。

这条环城公路十多公里，投资上千万。李自强把这活干完，钱不是多得像柞树叶，而是随便抽一捆都要把人砸死。

搬迁的时候对李自强意见最大的是冉光福，他有一棵板栗树，树干有小方桌那么粗。这棵大树枝叶繁茂，每到深秋，板栗球张开小嘴，秋风一吹，板栗就像冰雹一样掉下来。从树下路过的人，得小心额头被砸出青包。在纸房那样的地方，板栗是不值钱的，树林里除了野生板栗，还有司栗和钻栗子。李自强带人来进行理赔登记的时候，冉光福想叫李自强帮他说说，把这棵树算成果林。李自强说，一棵树怎么是林呢？独木不成林嘛。冉光福说："怎么不是林，枝丫遮盖的地足有一亩宽，你那三分地都算林，我这一亩地怎么不算林？"李自强种了三分地宽的苦丁茶，是按经济林赔的。李自强说："我说了不算，要说你自己和他们说。"冉光福在自己人面前能说会道，在多少有个官职的人面前，舌头就短了一截。他硬着头皮说了，人家回答他，你以为戴个斗盆腰就有箩筐粗呀？黄金公司拿出来的钱都是国家的，你少打国家财产的主意。冉光福知道李自强为什么不帮他，这都怪他那张嘴，他曾在很多场合说过，李自强在赔偿土地款的过程中吃了大家的钱。

得知李自强要来香溪修公路，冉光福说这是所有纸房人的耻辱。

"天啦，这个地方真是烂杆了，烂得要不得了，明明是个贪官污吏，还把那么大的工程包给他！"

"当官的些瞎了眼，老天爷也瞎了眼？莫非。"

他向所有纸房人发出呼吁：

"你们晓得的，占地的时候他就吃了不少，搬家的时候他又吃了我们一笔，我们不能让他白吃了，能写的拿起笔写呀，给省里面写信，给北京写信，只要他们看了其中一封，李自强的好日子就到头了！不会写的说也行，只要不是哑巴，只要见人就说，一旦被哪个清官听见了，只要他多个事，派手下的人下来查一查，李自强的好日子就到头了。"

最近他没贩猪，他正试着改行当杀猪匠。贩猪比卖猪肉辛苦得多，可贩两头猪还没有人家杀一头猪赚的钱多。

纸房人听了他的话，大多表示赞同。

"冤枉钱吃多了是不会清静的。"他们说。

"他不是经常撞鬼吗？人拿他没办法，鬼对他总有办法。"他们说。

几天后，环城公路开工了。工地上敲锣打鼓，鞭炮放了两个多小时，县长亲自主持开工典礼。新街上的人心里很不是滋味，他们不想去看热闹，却无法阻止那种热闹气氛扑面而来。全镇几万人都觉得这是好事，是值得庆贺的事，新街上几百个人的嫉妒和耻辱就算不上什么了。

与李自强有关的消息,是肖美学带来的。这个冬瓜脸不像别人那样讨厌李自强,也不怕别人说他不要脸,李自强来到香溪那天他就去见过他了。开工典礼结束后,肖美学站在新街上扯旗放炮,口水像大雨一样满天飞。

"崽耶,鞭炮渣渣都有几箩筐!恐怕。"

"还杀了他妈的一只红公鸡,把鸡血洒在工地上,抹在推土机上,烧了一大堆纸钱。"声音突然小下来,"我以为不烧香的。李自强的办公室立了一尊关公,那些人排成队给关公烧香。"

他本来还有很多新鲜事要告诉大家,可听众太少了,有些人想听也做出一副不想听的样子。这个没心没肺的冬瓜脸卖了一个关子:

"别人都喊他李总,你们猜我喊他什么?"

平时不大现身、眼睛耳朵越来越不济的道云老汉天真地问:

"他的铁房子背来了吗?"

"什么铁房子?"

"挡鬼的铁房子。"

"道云老汉,你自己去看看就知道了。他们本来想租河边刘家的房子,没谈拢,买来砖自己修了几间,两天时间就修好了,比搭茅草棚还快。"

道云老汉傻乎乎地笑了笑,笑完后却又习惯性地抹起眼睛。

几天后,新街上突然停了四辆新车,都是运土石方的自卸车。只停了一晚上,第二天就开到工地上去了。同时还有十来个人放弃干熟的工作,跑到工地上做小工去了。刚开始他们还一副不好意思的样子,像做了对不起大家的事情,可几天后,他们就自在起来了,不但主动说起工地上发生的故事,还嘻嘻哈哈地说些和李自强有关的笑话。冉光福气得要命，他站在街上大声说：

"狗日的些，一点骨气也没有，叛徒！都是他娘的叛徒！"

他学杀猪学了半个多月了，还是不敢下手，听见猪尖叫他就害怕。这天他在大街上发泄一通后，勇气倍增，走到屠宰行，他的师傅正在杀猪，压在案板上的猪委屈地尖叫，冉光福说："叫你妈的×，吃了睡睡了吃，该轮到你献肉了！"

从容地从师傅手里接过刀，白刀子进去，红刀子出来，猪血溅得他满脸都是，他抹了一把，立即像个吃人魔王。猪哼了几声，打了几个冷踢，留下一堆肉，骑着自己的魂飞走了。

冉光福的师傅赞叹道："会杀嘛，杀得好嘛。"

这个师傅比他年轻十多岁。

肖美学也买了一台自卸车，刚开始的时候雄心勃勃，像劳动模范一样勤快，第一个上工地，最后一个离开，别人一天运五十车，他运六十车。可几天后，他那辆浑身黄泥的卡车停在雨晴饭店门口的时间越来越长，有时甚至整天停在那里。但你又不能说他懒，他有的是事做，他只是分不清哪个更重要罢了。修公路的人在雨晴饭店订盒饭，这个送盒饭的人似乎非肖美学莫属，送了盒饭还要帮张雨晴买菜。在纸房人看来，肖美学这是毛毛狗追狐狸，一口肉也吃不到，只能闻个屁骚。

接连几个黄昏，天空呈现一片隐约可见的淡淡的桃红色，渐渐扩展，慢慢地却又是极快地消失了，在没有消失前它的速度是那么慢，一旦逝去，却快得像老人追忆青春。这样的好天气，是庄稼人最喜欢的。对住在市镇的人，则是一种无谓的重复。

以香溪河第一座桥为起点，从田坝里划出一条笔直的石灰线，紧贴着移民新村，向南划了一条弧形，直到香溪酒厂一带，香溪镇处在半个包围圈中。这就是修建中的环城大道。

最初几天，好多人都在心里嘀咕：那个让人讨厌的大富翁要回来显摆吧？"胡汉三又回来了。"可几天后，李自强并没有在新街上露面，有些人嘟哝，哼，有几个挖野坟的钱，把乡亲都忘了。冉光福说："他来不来与你们什么相干，你们以为他来了会喂你们几个热屁？他的热屁就那么好吃啊？"

肖美学说李自强去了一趟纸房，他想把祖坟迁到香溪来。纸房那个地方，今后每一寸土地都会被开采，迁移过一次的老坟终究仍旧要被挖掉。就连那些提炼过一次的尾矿现在都被再次翻出来提炼。随着回收技术的提高，说不定还会提炼三次甚至四次五次。最后留下的虽然还是黄土，但这是被剧毒的氰化钠浸泡过的黄土，想到老祖宗睡在连个蚊子也长不出来的土里面，心里很不是滋味儿。我们也这样想，可搬家的时候上面有规定，老坟赔了钱，今后无论什么情况都不准再搬迁。李自强这么做是因为他有钱，有钱就能干想干的事，这不禁让人心里发酸。广线说，狗日的，天下的好事让有钱人占尽了。

在广线的骂声中，那个有钱人来了。开了一辆蓝色三菱，刚开始没人认出他，他故意朝站在街边的几个人冲过来，吓得这些人屁滚尿流。李自强一歪屁股从车上下来，对满脸愠怒的人说："跑什么呀，又不是老虎，来来来，抽烟抽烟。"那人心里很生气，但伸手不打笑面人，把烟点上，那气就消了。

李自强并不像什么大老板，还是那张笋壳脸，和在纸房时没多大区别。穿了一件咖啡色夹克，这和其他人也没什么区别。但他身上散发出来的气息却又是陌生的，有一股来自城市的怪味，生诧诧的。

这个熟悉的陌生人开始一家一家地敲门拜访。并不是每个人都欢迎他，他也不是每个人都想拜访，可无论敲开哪一家的门，接待他的人都热情得有些夸张。

女人说："啊呀，李村长，这可比不得你们城里头呀，猫爬狗撵的，到处是灰，坐得下去不哇，怕是坐不下去的……"

男人说："嘿嘿，孬烟。"

如果家里有孩子，这个孩子十有八九还会不痛不痒地挨一巴掌："喊人呀？这是李表叔呀，才分开好久，你就认不得了……这娃儿太没用了，人都不晓得喊。"

这个熟悉的陌生人离开后，全家人仍然沉浸在激动当中。

"还是以前那个李自强啊，怎么就成了大老板了呢？"

"这叫人同命不同。"

冉光福正在清理猪毛，湿漉漉的猪毛平摊在肮脏的塑编口袋上，白多黑少的猪毛里还夹杂着薄如蝉翼的猪皮。屋子里一大股猪汗味。他没料到李自强会来，当他听见门外有人喊"杀猪匠"时，还以为是另外一个人。

"冉光福，生意还好吧？"

"我这哪能叫生意，你这样的大老板做的才是生意，是大生意。"

"来，抽烟！"

冉光福在衣襟上擦了两下湿手："我抽的烟太差了，不好意思敬你。"

冉光福叼上烟，准备把猪毛收起来。李自强忙说："你弄你的，我坐一会儿就走，好久没有看见大家了，来看看。"冉光福说："摆在这里可不好看啦。"嘴里这么说，手里却放下了。坐到李自强的对面，发现他正打量这间屋子，冉光福忍不住想：有什么了不起，当初要不是当了个村长，也和我差不多。发了不义之财，还要回来显摆，这不是成心来气人吗？你他娘的那些不义之财里面说不定还有我的一份呢。这个念头让他顿时觉得眼前这个人太可恶了，简直是十恶不赦。李自强突然问：

"你的手机号是多少？"

"手机？"

"肖美学说你有手机。你留个号码给我，我叫他们专门买你的肉——哈哈哈，不是你的肉，是你卖的猪肉。我们一天要吃掉半头猪。"

"啊啊，吃得了这么多？"

冉光福努力驱赶脑子里恶劣的情绪，但是在这瞬间脑子里仍然闪过一种模糊的、敌对的邪念，总觉得李自强是假惺惺的。

李自强拜访乡亲的时候，肖美学一直陪着他。不过与其说他像跟班，还不如说他更像糊涂虫，脸上堆满了对有权有势的人倾慕的笑容，这种笑是从肉里长出来的，把那些肉割开便能看到其发达的根系。后面还有十几家，李自强没上楼，站在楼下像领导那样挥手。他拜访乡亲的消息已经传到街尾巴上的最后一户人家，所以他们早早就歪在窗口看他什么时候上来。肖美学大声解释：

"太晚了，今天不来了，改天再来！"

当李自强钻进三菱吉普，大家都知道，李自强不会来了，他没有必要再来。

在纸房的时候，房舍依山而筑，这里几家那里几家，但这一点也不影响大家的交往，隔着竹林听见狗叫，就知道哪家来了亲戚；听见人家的母鸡叫，就知道生了多少个鸡蛋。搬到香溪后，大家住在一条街上，很多人成了真正的隔壁邻居，但隔壁人家里发生了什么事，最近在哪里干活，干活的地方效益好不好，如果不存心去打听，那么就不会知道。房间的格局全都一样，可你无法想象房间里的人怎么生活。

这天唐书秀在前面跑，冉光银在后面追。一个披头散发，大声喊救命；一个怒气冲冲，一言不发。唐书秀跑得跌跌撞撞，像喝醉了酒一样。冉光银紧追不舍，但他并不急于赶上去置唐书秀于死地，而是胸有成竹，步步紧逼，把她逼上死路，然后给她一下子。他手里提了把特大号洋铲。他们是从蜂窝煤厂跑出来的。

蜂窝煤厂在客车站后面，唐书秀一出来就往新街跑。在老街上，唐书秀跑得飞快，嘴里也没怎么叫喊。到了新街上，她的速度慢下来，这才开始惊慌地喊叫。而到了新街上，冉光银的速度却明显地加快了。在老街上那些不太熟悉的人面前，他不会做出格的事情。在自己人面前，那就不一样了。看那副气势汹汹的架势，仿佛新街的长度就是唐书秀生命的最后长度。

凡是在家里的人都跑出来，关切地问："啊咦，啥子嘛？这是。"

有女人惊呼："先人，快拦住他呀！"

旁边的男人怯生生地回答："哪个敢呀，毛生生的！"

女人只好自己问冉光银："光银，啥子大不了的事哇，非得做这么大的场面。"

冉光银不回答，特大号铲子在手里一前一后地摆动着。杀气腾腾不是体现在他的动作和那把铲子上，而是体现在那张僵硬的脸上。

唐书秀不时回头看一眼，这一眼像给她打了一针强心剂，慢下去的脚步又快起来。气喘吁吁，上气不接下气。

"哦咦，我要死在他手里了，我就要死在他手里了。"她自怨自艾地埋怨道。

冉光福这天正好没去贩猪，唐书秀见到他站在家门口，顿时像被疯狗追赶的人见到一棵大树。虽然两家平时没什么往来。

"大哥耶，救救我呀。"唐书秀哭了。

唐书秀要不这么叫一声，冉光福肯定不会管，但既然她叫了，他觉得自己不管不行。他安慰唐书秀："他敢！"

他让到一边，让唐书秀从楼梯口上去，然后自己堵在楼梯门口。等冉光银一过来，大喝一声：

"行了，打自己的婆娘，算什么好汉！"

这也许正是冉光银盼望的，如果没有人阻拦，他无论如何也要给唐书秀一铲子，他太生气了，可真要一铲子把唐书秀戳个半死，将来无疑又是要后悔的。心里虽然这么盼望，可脸上却绝不能表现出来，相反，他得做出一副谁也阻挡不住的样子。

"少管闲事！"他仰起头，冷冷地说。冉光福站的位置比他高。

"管闲事？这里是我家不是你家，难道你要到我家来行凶？"

冉光银哑口无言。其他人涌上来，有的劝有的拖，摘下他手里的铁铲，然后推着他回家。

在纸房的时候，冉光银和唐书秀从没吵过架，搬到香溪后，他们像锥子遇到钻一样。

冉光福的女人问唐书秀："书秀，啥子事嘛？你们这是。"

"大嫂，"唐书秀悲伤地喊了一声，然后泣不成声，"我不应该跑，应该让他打死我，死了还好受点。"

方脸冉光福严肃地皱着眉。按照纸房人的习惯，这种时候男人不应该听娘们唠叨，应该到一边去，去抽叶子烟，甚至去打牌赌钱。可冉光福想听听堂兄弟到底发生了什么事，冉光银从广线手里买蜂窝煤厂之前，广线本来先问的是冉光福，他也想要，儿子冉四本不久就要刑满释放，他想把这个蜂窝煤厂交给四本。他打定主意再少几千块钱就接手，哪知冉光银从半路杀出来，干干脆脆地以广线的喊价盘了下来。这事让他很不舒服，胸口像被马啃了一样难受。想到四本进班房就是因为冉光银，虽然四本做的是坏事，但冉光银不多管闲事，等到搬到香溪，不就万事大吉了吗？但这种恨只能藏在心里，不能表露在脸上。现在见冉光银和唐书秀鸡飞狗跳，心里的痛快就像终于看见讨厌的人成了倒霉蛋。不但痛快，心里还非常藐视：哼，老天有眼。不过越是这样，嘴上反倒无比热情和关心。

"书秀，从纸房搬到香溪，房子比以前亮堂，还有自己的蜂窝煤厂，日子比以前好多了，有什么过不去的呀？"

"大哥，要是没有蜂窝煤厂还好，随便做什么都行，这个蜂窝煤厂可把我坑苦了。每天打几千个蜂窝煤，一个赚两分钱，除了几个工人的工资，一分钱也没赚回来。他从来不去卖，开不了口，都是我去，嗓子都吼哑了才卖出去，他只晓得招呼他妈，像招呼没满月的奶娃一样，还不能说他，说他就像疯子一样发毛。"

冉光福仍然严肃地皱着眉，心里却幸灾乐祸，胸口那个被马啃过的地方此时像被心爱的女人用指甲轻轻掐过一遍一样舒服。

"哦咦，是这样子的嗦。"冉光福的女人毫不掩饰地，用嘲讽的口吻说，"买的时候生怕人家不卖给你们啦，急急慌慌的，抱起钱就往人家怀里砸。我还以为要砸出个金娃娃，哪知砸了个死娃娃出来。"

唐书秀由悲伤难过转而后悔不迭，为这个蜂窝煤厂人家没少怄气，自己这不是伸出脸让他们刮羞吗？她委屈地说："大嫂，都是他那火爆子脾气，想劝都来不及。"

冉光福问："你们打算怎么办，把这个死娃娃抱在怀里不放？"

唐书秀已经提高了警惕，用手背擦了擦脸，说："慢慢央吧，央到哪天算哪天。"

唐书秀走后，冉光福用手抹了一把脸：从额头开始，手巴掌逆时针旋转往下揪，最后停在鼻子和嘴上，像是要把那种舒服的感觉吸到肺里面去。

女人撇了一下嘴："人家两口子打架，你往家里引！硬是。"

"不能见死不救嘛。"

在纸房的时候，冉光银几乎每天都要把母亲背到屋子外面晒晒太阳，让她看看山坡，看看田坝，看看她想看又能看到的一切。来到香溪后，冉光银也试着这样做，他把她背到街上，让她看看街上的人，街上的车，街上的商店。不同的是他不能像从前那样把母亲放在那里，自己去干一阵活了再来接她。街上没有一个地方能放。在纸房的时候，别人看见他背着他妈，都赞许他精神好，有孝心。在香溪，人们看见一个老女人趴在一个年轻人的背上，投来的是好奇的目光。硬着头皮背了几次，他不背了，让母亲就待在家里。这样一来他心里又很难受，觉得对不起母亲。在蜂窝煤厂打蜂窝煤，他会突然放下手里的活，跑回家看母亲。他最担心的事情，是母亲的死。他总觉得母亲会在什么时候突然一下死去。想到母亲一个人在家里孤独地死去，他就受不了，就会眼眶湿润。他每天半夜都要爬起来，钻到母亲的房间去看她是不是还在呼吸。

蜂窝煤厂在亏损，他什么办法也没有，也没去想过办法，就像是在给别人打工，有没有效益，有多大的效益不是他应该管的事。唐书秀的办法也不多，但从没有停止过，她以女人的小气和苛刻管理蜂窝煤厂的五个工人，却总觉得自己对他们已经仁至义尽，已经好得不能再好，这些人却不愿在这里干，动不动就拍屁股离开。她以女人的勤劳去推销，总算卖了些出去，可远远不能遏制亏损。

来香溪之前，冉光银怎么孝敬他妈都行，她从没说过难听的话。

种地那几年，反正就那么多地，快点慢点都没关系。挖矿的时候，多挖一点少挖一点也没关系，那是干力气活，再勤快也多赚不了几个钱。加上冉光银有的是力气，无论是种地还是挖矿都没有落到别人后面。打蜂窝煤就不同了。把泥砖和砂煤铲进粉碎机，把发过酵的黄泥巴和煤粉铲进蜂窝煤机，这些活对冉光银来说同样不难。就连机器出了什么毛病，他也能自己检修。但是，要他把传送带输送出来的煤球卖出来，要他像唐书秀那样在大街上喊"蜂——窝——煤"，那就像要他在大街上脱掉裤子一样。他甚至愿意当众脱掉裤子也干不了卖蜂窝煤这件"丢人"的事情，在别人看来这太可笑了，可在他心里，却比押赴刑场执行枪决还难受。唐书秀喊"蜂窝煤"三个字的时候，前面两个字很快，后面一个字拉得很长，抑扬顿挫，婉转悠扬。但如果冉光银远远地听见了，他就绕道避开。唐书秀卖蜂窝煤的时候，他从不和她在一起，就像这会使他深受侮辱似的。

冉光银气得想要唐书秀的命，是由一车黄泥巴和一捧野草莓引起的。

往煤里加黄泥是为了增加砂煤的黏性，没加泥的蜂窝煤轻轻一碰就会散架。但香溪的黄泥是黄胶泥，粉碎机没法把它碎成细粉，从机器里出来后还有很多像绿豆那么大，这样的黄泥压出来的蜂窝煤非常难卖，其实没有掺多少，可蜂窝孔里全是黄泥，让人误以为里面至少有一半是黄泥巴。被制砖机挤压过的黄泥却不一样，干透后像酥饼一样脆，粉碎机轻而易举地把它碎成面粉，这样的黄泥掺在砂煤里看不出来，它们完全被煤染成了同样的颜色。

平时到砖厂要泥砖都是唐书秀的事，她要的是缺角的开裂的砖坯，这样的砖坯在砖厂一钱不值，只要说几句好话，人家随她捡，要多少捡多少。早上唐书秀要去卖煤，叫冉光银去砖厂要一车泥砖。冉光银拉着板车,却不往砖厂走,他不好意思向人家开口,他到山坡上去挖了一车。挖泥巴的时候看见地上有熟透的野草莓,他惊喜地摘来包在树叶里,要带回去给母亲。想到母亲已经很多年没有吃过野草莓,他激动得眼泪都要流下来了。回到蜂窝煤厂,唐书秀见他拉回来一车黄胶泥,顿时气不打一处来。冉光银得意地叫她看他采的野草莓,唐书秀冷笑一声,挑衅地把一块蜂窝煤砸在草莓上。冉光银脸色灰白,用很小的声音说:"这是我给妈摘的。"唐书秀看见他眼珠子钉住了,气越来越粗,她知道他马上要野性大发了,但她还是忍不住骂了一句:"你妈你妈,你心里只有你妈,你怎么不一辈子就和你妈过,娶什么女人!"冉光银不慌不忙地转身拿了把洋铲,就像要到地里干活。他越是这样,越是让人害怕。正在干活的工人也看出问题的严重性,他们着急地高喊:"唐老板,你快跑呀,不跑就来不及了!"唐书秀如梦初醒一般,害怕地说:"咦,他今天要我的命?"飞快地跑出蜂窝煤厂,同时泪如雨下……

那些劝解冉光银的人把他推推搡搡地劝回家,叫他好好休息,消消气,两口子吵架,没过不去的桥。他在门口站了好一会,才用钥匙打开门。他要把脸色上的风暴平息下来,以免母亲看见。电视机开着,但儿子已经在沙发上睡着了。母亲在厨房——她坐在板凳上炒菜。她的左腿一年前锯掉了,右腿看上去好好的,可从膝盖以下没有知觉,像一条多余的尾巴,使不上劲。冉光银什么也不要她做,可她一直坚持给他们煮饭。她坐在板凳上,看上去像个半大孩子。冉光银鼻子一酸,忙掉过头,轻手轻脚地退了两步,然后钻进里屋。关上门,才让泪水淌下来。巨大的悲伤压得他喘不过气来,他觉得自己对不起母亲,没让她好好地过上一天,同时还伴随着巨大的自卑和委屈。

第三十六章

　　修建环城大道本来和大多数人没什么关系，无论是香溪镇上的居民还是新街上的纸房人，至少暂时没有关系，可它却偏偏和我扯上了关系。

　　二姨结婚后，常常来叫我去她家吃饭，我知道她怕冷落我，可我不愿去，我不想看见鞋匠那副为了好好招待我而付出很多心血的样子。我对吃什么毫无兴趣，而鞋匠却正好相反，连一碟蘸水做得好不好都要喋喋不休半天。我不去，二姨就叫鞋匠给我送来，有时是一碗鸡汤，有时是一碗猪肝，有时是几个烤玉米。每次鞋匠都要用公鸭一样的声音说点什么，无论他说什么，我只是点点头或者摇摇头，最多笑笑。因为我不想和他说话，更不喜欢听他说话的声音。如果他的声音好听一点，也许我的态度会有所不同。

　　这天鞋匠提了个保温桶，他不是给我送东西来，而是来打酒，顺便和我说个事。在说正事之前，他先说他打酒是为了泡杨梅酒。他问我喝没喝过，我摇摇头，他以沙哑的嗓子打了个哈哈："这是最好喝的酒，我保证你尝一口就会喜欢。"

　　修建环城大道把他的厂房拆了。这房子不是他的，他是外地人，厂房是他租借的民房。他在这里把鞋子做好了，再摆到街上的门面上去卖。鞋匠并没有说厂房拆迁的事，我是后来才知道的，鞋匠用的是另外一种表达方式。

"等几天我就要搬过来了。设备都捆扎好了。"

他说，就像在说一件和我不相关的事情。

"这间门面虽然小了点，但只好将就了。"

我没吭声，因为我听不懂他在说什么。

"咦，老实说我还忘了，钥匙是在你这里还是在你二姨那里？"

我终于有所警觉。

"你说什么？"

"钥匙，楼下这间门面的钥匙。"

他大概以为用这种方式说话会让我感觉亲切一点，可我听了非常反感。我故意不说话，让他把话全部说完。这会让他感觉我不是他希望的那么软弱。

"我的厂房拆了，没租到好地方，只好搬到这里来。"

我还是不说话。他的脸上已经快挂不住了。

"反正楼下这间门面也空着。"他说。

如果是二姨来向我要，哪怕她说同样的话，用同样的口气，我也会答应她。我对这个鞋匠历来就没有好感，要我答应那可就太难了。

"会有用处的。"我说。

"你有用处？我没有听说呀！"

"我是说你不能马上搬来。"

"你不答应？"

"不是不答应，是我还没想好。"

我第一次发现，说些模棱两可的话，竟然可以让自己显得比对方更聪明一点。

"那你想一下。你二姨好久没来看你了,我叫她哪天来看你。"

叫二姨来要钥匙?他走了出去,我以为他走了,我对着电视骂了一句:"去你妈的!"

我听见门被撞得"砰"的一声,才知道他还在屋子里。我的声音不大,但他肯定听见了。我故意补了一句:"×电视,一点都不好看。"这几乎是多余的,他已经下楼了。我只是想,如果二姨问起我,我就说我骂的是电视。

我不想这样对二姨,我心里难受,我心想,如果她来了,她什么都不用说我也会主动叫他们搬进来。

可她没有来。

几天后我在街上碰到她,她在买菜,问家里有吃的没有,我说有的,她将一把毛豆分一半给我,叫我拿回去自己煮。我正要离开,她叫住我,用只有我和她能听见的声音说:

"你不应该骂他,他是你姨爹哩。"

我的脸唰地一下红了。

我多么希望手里这把毛豆能变成遮羞布,能把自己的脸遮住。

木槿花不能再等下去了,它们长虫了,深红色的小虫子,巴在深红色的嫩茎上,所以未能及时发现,有一天我无意中捋了一根枝条一把,看见手上全是血,我以为是自己的血,可手又不痛,再看,才发现全是小米粒那么大的虫子。它们把茎秆都变粗了。如果不重新移栽,逐渐老化的根茎长出的花会越来越小,品相会越来越难看。不过最关键的是,等待的心情正在变淡,对她的想念没有变,是能否把她等来的信念变了。

和以前一样，我每天都会想到桑红。看见漂亮的东西，我会想到她：要是能和她一起看就好了。听见悦耳的声音，我会想到她：要是她也能听见就好了。有点什么好吃的，虽然我不在乎吃，可我首先想到的还是她：要是能和她一起吃就好了。躺在床上，那就想得更多了。我很少去想怎么和她做那种事，我想得更多的是坐在一边，看着她安静地睡着的样子，她已经占据了我内心生活的大部分内容。

这些虫子是一夜之间冒出来的，是木槿花因为情绪不好长出来的，就像那些闷闷不乐的人让癌细胞钻了空子。我犹豫了一阵，要不要施药救救蔫头耷脑的花儿。但没有犹豫多久就把农药买来了，我不能让信念再往下滑了，一旦滑到底，就难以拾起来，一旦拾不起来，身与心都会土崩瓦解。

药水通过喷嘴喷射出来，一旦与阳光交织在一起，就会形成一道美丽的彩虹。想到这彩虹是毒药形成的，心里会莫名其妙地发毛。虫子的身上有一层白色的绒毛，这些绒毛太细了，细得连它们自己的颜色也没有一点改变。几乎分不清头和尾，非常仔细地观察，才发现头是粉红色的，比身体稍浅。这么小的脑袋里都装了些什么呢？头那么小，嘴就更小了，凭肉眼根本看不见嘴在哪里。药水被喷嘴挤压成雾状，也许正好和它们的嘴一样大。如果喷洒出去的是雨滴那么大的水珠，说不定根本就不起作用，因为它们吞不下去嘛。你不得不感慨，人真是太聪明了，只要针尖那么细小的一粒水雾就可以置它们于死地。

药水喷上去后，刚开始没什么反应，虫子仍然紧紧地附在茎秆上，过了差不多半个小时，它们才一团一团地往地上掉。看到它们可怜地扭动着小小的身子，我不禁怜悯起来，如果不是为了救木槿，我宁愿放它们一马，让它们平静地活过短暂的一生。

它们并没有啃啮茎秆，看上去长虫子的茎秆和其他茎秆没什么区别，唯一的区别是这些茎秆之上的叶子在枯萎，在发黄，花朵皱皱巴巴的，花瓣在发黑，它们的小嘴吸干了花儿的营养和水分。

虫子清理干净后，我把地上的枯叶收集起来烧掉了。收枯叶时趁机把草也锄了。这么一清理，大棚下面清爽多了。

暮色四合，我点了一支烟。我没有烟瘾，是因为孤独才想到抽烟，如果桑红叫我戒烟，我从此以后一支也会不抽。桑红现在来就好了，大棚下面这么干净，这么清凉，这么叫人不忍离去。我还能记得她手心的温度，她的笑容，她的声音，一旦记忆里冒出这些东西，我的身上就会不舒服，因为我的皮肤不能去感受它，不能直接去体验它，不能消解等待了千万年的饥渴。这样一来我就更想念她了。

镇上灯火辉煌，过往的汽车响着燥热的声音。在暗处看着远处的明亮，比在灯光下看着远处的暗影要舒服得多，后背会感到安全，反之则会因为黑暗的深不可测而恐惧。

没等来桑红，却把刘佳惠等来了。

"夜游神，果然在这里。"她嗔怪道，"你不怕野猫咬你吗？"

"我的肉是苦的，它们不喜欢吃。"我说的是实话，我等桑红把身上的肉等苦了。

刘佳惠笑嘻嘻地从我身后弯下腰，把温暖的、湿润的嘴压在我的嘴上。她的头发挠得我脖子发痒，呼出的气有一股湿漉漉的香味儿。

"嘿，你抽烟了！"

她并没有责怪我，而是觉得惊奇，她没有看见我抽过烟。

在一旁坐下后，她揽住我的肩，我以为她又要吻我，没料到她用另一只手拍了拍我的脸："你是在躲你二姨他们吧？"

"躲他们干什么？"

"他们不是想要你的门面吗？这事你做得对。他们搬进来容易，搬出去可不是那么容易的，亲亲的二姨，哪好开口呀。所以一开始就不能答应他们。"

她刚才那么主动地吻我，我以为她想我了，可她却说起什么门面。我把手放在她的乳房上，她没有拒绝，但也没有积极地回应，就像这不是她最敏感的地方似的。

我轻轻地搓揉，她呻吟了一声，把我的手拿开了。我要吻她，她也只允许我蜻蜓点水，吻一下必须立即放开，她还要用嘴说话。

"你有时候太无能了。想到这一点我都不知道我为什么还要喜欢你，今后要是成了家，有点什么事恐怕都要我出面。可你是个男人呀！"

我把她的手捏过来，放到我那已经竖起的旗杆上。我的意思是现在不要说这些，应该先办正事，这才是正事。没料到她生气地握着它摇了几下：

"你在听我说话吗？"

"在听呀。"

"听个屁，我刚才说啥子，你说！"

我心里三分不快陡然增加到了八分，剩下的两分几乎不再是为了欲望，而差不多仅仅是报复了。我把她推倒在地，准备叫她强行就范。她吃了一惊，不重不轻地给了我一耳光。我一下就清醒了。

"人家还是个姑娘，你以为姑娘对这事是可以随随便便的？"

我说："行了行了，现在就夸嗒夸嗒的，像个抱鸡婆，今后还不把人的耳朵磨起老茧！"这并不是我想说的话，可我一时找不到别的话说。我不想过重地伤害她。我想说的是，你让我难受了，你这个傻女人。没料到她认为"抱鸡婆"是个极其侮辱人的词，气得浑身发抖，她哭了。

她走了，我没有挽留她。

起风了。大棚上的麦草被吹得沙沙响。和人说的话比起来，这些沙沙声才是真话。

黑夜并不比刚才更黑，但这时我才发现所有的建筑在黑夜里都显得比白天高大。就连马路边的电杆也比平时雄伟得多。黑乎乎的酒厂则像传说中的城堡。

……在一个与世隔绝的地方，我拥有这样一座城堡，桑红是这个城堡的女主人，刘佳惠是一个很好的管家。二姨住上房，鞋匠住在离城门洞不远的小房子里……桑红的衣服是红色的，她走到哪里，哪里就会闪耀着一团红光。我们的卧室在城堡最深处，那里位置最高。白天，我将向所有的人发号施令。晚上，我愿意把这个权力交给桑红，连我自己也可以跪在她面前称她女王。我们将在天鹅绒铺就的地板上做爱，每一个动作都充满了柔情蜜意，我们一步一步地走向最后的顶峰……突然感到屁股底下湿漉漉的，虽然四周没有第二个人，但我还是感到难为情。当我发现这不是那个随着我的想象四处奔波的小弟弟流出的眼泪，而是大地的眼泪，是野草们举在头顶上的露水，我不禁释然而笑，还笑出了声音。

回到镇上时，几乎所有的店铺都关门了。大街上清静得像一个空巢。

走到雨晴饭店，我看见张雨晴正在门口摇扇子，刹那间不知从哪儿冒出一个念头，我把摩托车停在她面前，由于刹得太急，我向前纵了一下。张雨晴点了一下头，示意我进去。没料到肖美学在，他正一个人喝着啤酒，看样子已经快醉了。见我进去，他自作主张地从冰箱里拿了一瓶来给我打开。

我裤兜里有一个东西，是张雨晴的。她的发卡掉在花圃里了。如果肖美学不在，我就还给她。那次在大棚里她和范光乾做过那事后，我没来找过她，平时见面连话也不大说，好像我们之间隔了一张不便撕开的纸。

肖美学倒了杯啤酒递给张雨晴，叫她一起喝，她皱着眉把它放到一边，"今天不想喝。"她说。"不喝也得喝！"肖美学说，"你不喝我今晚上就不走了！"张雨晴拿起我的杯子，一口把杯子里的酒干了。"好哇，我的你不喝，你喝周辛维的。来，和我喝个交杯酒！"

我觉得肖美学有点过分。

张雨晴不在意地笑了笑，用我的杯子和肖美学喝了个交杯。她今晚心不在焉，头发随意地挽在脑后，脸上的肤色洁白而又细致。我感到她丰满的身体热烘烘的，有一股醉人的芬芳。我心里有点难受，她怎么能这样，她把范光乾忘了吗？她不是在月亮下发誓永远做他的女人吗？我说我不喝啤酒，要喝就喝白的。我发现肖美学快醉了，我想再灌他点白酒，把他彻底灌醉。张雨晴不给我酒，提起扫帚赶肖美学，叫他别在这儿喝了。肖美学悻悻地走了。我也准备走，张雨晴叫我再坐一会儿，她说："这个万难缠说不定还要来。"她重新给我开了两瓶啤酒，叫我慢慢喝。我把那个发卡拿出来。

"你掉的。"我说。

她的脸一下红了。

"你怎么知道是我的？"

我的脸也红了，比她更红。

我一口气喝掉一瓶。她把那个发卡藏起来。

"你种的花太漂亮了。"她说。

我没说话，又喝了一瓶。她还给自己也拿了个杯子。倒酒的时候，她看着啤酒泡问：

"那天晚上你在那里?"

"啊呀,你都看见了?你这个小坏蛋,你应该吭一声呀!"

"我又没看你们,我躺在垄沟里……我听到你们说话的声音……想站起来已经来不及了。"

她严厉地盯着我,皱起眉头,满脸通红,连小耳垂也红得透亮,她生气地狠狠瞪了我一眼:"嘿,瞧你说的,你都听见什么了?"

"我什么也没听见。"

"你这个背时鬼,半夜三更去那儿干什么!"

"我睡不着。对不起,我不该去那儿。如果知道你要去的话。"

她默默地看着我,含着笑,头发随意地绾在脑后,脸上的肤色洁白而细致。我又干了一杯,两杯就是一瓶。

"你喝慢点呀。"

她从冰箱里又取了一瓶,依然笑盈盈的。

"你每天给我一束花吧,我买。"

我点了点头。她端起杯子和我碰杯,我碰到她的手指,虽然只是瞬间的接触,但我感到了她的手指的温暖,我喝掉杯子里的酒。我觉得应该回家了。我刚站起来,她轻声说:"你就不能再陪我一会吗?"我其实并不想走,我在想要不要叫她喝个交杯酒。可这时肖美学又来了,我一下拿定了立即回家的决心。张雨晴挡在我前面,冲肖美学喊道:

"你可真不要脸!这么晚还跑到别人家来,你自己没有家吗?"

这话她好像是怒不可遏地喊出来的,但声音近乎耳语,除了我们,即便有人从门外路过也不会听见。肖美学躲开她,一步跨过去坐到椅子上,心平气和地大声说:

"这是你的家吗?这不是你的家,这是饭店,开店不怕肚大,怕我把饭店吃垮了吗?"

"你给我出去,我打烊了!"张雨晴愤怒地说,声音压得更低。

"打什么烊,拿酒来,又不是不开钱,来,先把钱给你。"

肖美学摸了一百块钱丢到桌子上。我感觉很不舒服,仿佛留在这里是可耻的。我叫张雨晴结账,我准备走了。她说:"你不要走,我不要你开钱,你帮我把那个人赶出去。"我想我没有权力赶什么人,我走了出去,张雨晴伸手想拉我,我没让她碰到我。她无比失望地看着我,走到门口,我的背心仍然感到那种失望吹出来的凉风。但我像已经拔起来的萝卜,一只傲慢而又脆弱的萝卜,它无法重新回到坑里去了。

回到家,我已经有些醉意了。自己觉得意识非常清醒,可骑摩托的速度快得惊人,都到家门口了,因为速度太快往前冲了十几米才停下来。

我进屋找衣服,准备洗个澡,冲掉身上的啤酒味和汗味。这时,我惊讶地发现床上的薄被子里躺着一个人。我本能地想找个什么东西当武器,这个人却一伸手把灯开了,然后跳起来紧紧抱住我,用滚烫的嘴找我的嘴。我还在目瞪口呆,刘佳惠已经把我脸上吻了个遍,然后放开我,坐在床上絮絮叨叨地埋怨起来,说她等了我这么久,让她一个人担惊受怕,她可是鼓起平生勇气才做出这个决定的。还说我这个人虽然有很多缺点,但想到我人不坏,基本上是个好人,所以管他三七二十一,这辈子就这么过了。我一动不动,突然想到肖美学去找张雨晴的目的,想到张雨晴和范光乾在花棚里立下的誓言,眼前这个人的话我一句也没听进去。她一边说一边叹了口长气,叫我抱紧她,好好吻吻她。

我抱着她，但一点也不想吻她。她紧紧地夹住我的双腿，我总是分心，把她的身体和我曾在花棚里看到的那个人作比较，太青涩太僵硬了。她哼了一声："刚才不是那么急吗？现在怎么反倒害怕了？"她把我的纳闷理解为害怕，我不禁想笑。她很紧张，每深入一步她都要颤抖一下。她的确还是个姑娘，但又并非什么都不懂，她抽搐着，慌乱又急迫，笨拙而又自以为是。我不再像今天下午那样对她的身体充满渴望，加上醉意越来越深，脑子里嗡嗡响，张雨晴和肖美学从我脑子里跑进跑出，我的耐心和韧劲，力量和激情都大打折扣，难以满足她火一般的要求。连试了几次都没能进去，她有些生气，但仍耐着性子开导我，叫我不要害怕，不要计较她今天下午说的那些话。"和自己喜欢的人做这事，有什么好怕的？"她说。我感觉马上得吐，她以为我想避开她，拼命抱住我不放，我正准备叫她让我去厕所，一张嘴，哇地一下吐了，一半吐到床上，一半吐到地上。她这才发现我喝醉了，她斥责道："好哇，你喝酒了？"我还没吐干净。她说："我才说你几句，你就去喝酒，你也太小气了！"

早上醒来，我的头很痛，像感冒了一样。这已经不是早上，而是快到中午了。我记得她最后到沙发上睡去了，是带着怀疑和鄙视的怨气离开的。

第三十七章

我正在洗澡，卫生间的门"咚咚"地响起来，是刘佳惠，她又回来了。我一直没问她，二姨什么时候把钥匙给了她。"出大事了，出大事了！"我一向不喜欢惊诧诧的人，可刘佳惠的语气还是让我有些紧张。我把门拉开，有意把裸体展示给她看，我不是没有能力开垦她、占有她、让她的秘密自豪地流血。佳惠没有理睬我，她对我的裸体视而不见。

"出大事了，张雨晴死了，是被人掐死的！"

这下轮到我对整个世界视而不见了。

"连衣服都没有穿，光溜溜的，死在屋子里。"

全身的血像洪水那样倒流，直冲头顶，撞得我发晕。我关上门，站到喷头下面，让水线掩饰我的不安。我记得昨晚上去了那里，去干了些什么，我一点也不记得了，好像和她做那事了，又好像没有做，但在梦中肯定做了。我记得一个雪白的身体，还记得我好像没有满足她而使她无比失望。但我绝没有掐死她，因为我没有必要掐死她。我害怕起来，担心警察来找我，担心自己被卷进去。我会不容辩驳地被枪毙吧？如果只能这样，那我宁愿什么也不说，让他们枪毙好了。另一个梦记得清楚些,快起床时,我梦见黄贡献了,他死后我从来没有梦见过他,可刚才梦见了。好像是在纸房的某个地方,黄贡献和几个人在拆房子,他和另外一个人摔了下来,两个人都受了重伤。我和辛武把黄贡献装在一只大撮箕里,黄贡献的身体像泥鳅一样滑,装进去又滑出来。我问辛武他是不是已经死了,辛武认真看了看,说还没有死,鼻子里还有气。难道这是预兆?据说梦见死人复活是最糟糕的事情。我是被这个梦吓醒的。

刘佳惠说完那几句话就清理房间去了。她收拾完房间后见我还没出来,她叫了起来:"洗了这么久了,洗了煮来吃呀?还不出来。"

厨房和卫生间是连在一起的。她正在替我弄中午饭。

虽然一直有水喷洒在身上,可我的喉咙像石头一样干。

佳惠给我弄的中午饭很简单,饭是她从街上买回来的一碗米粉,她另外给我煎了一个鸡蛋。她说她已经吃过了,就我一个人吃,所以没有重新炒菜。煎好鸡蛋,她大声说她要走了。这时我突然害怕起来,忙叫她等一下。我不能让她走,我总觉得她一走警察就会进来。

我很饿,几下就把粉吃了。她问我还有什么事,我说没什么事,就是不想她走。这让她很高兴。她又把她所知道的那个骇人听闻的故事讲述了一遍。

今天早上,张雨晴的婆婆带着张雨晴的孩子去学校报名,学校要看户口本,婆婆来找张雨晴要户口本,拍了半天没把门拍开。她问这个问那个,都说没看见。快到中午了,婆婆还没拿到户口本,喋喋不休的老人问黄贡献的弟弟怎么办,这个和嫂子不大说话的愣头青把门撬开,这才发现张雨晴光着身子躺在屋子中间。派出所的警察一会儿就到了,他们没把门关上,但不允许外人进去,在门口拉了一根代表法律的绳子。刚才他们已经把尸体运走了。

我一点也不想听，可我无法阻止那张喋喋不休的嘴。我搂着她，不停地去吻她的嘴，想叫它停下来。她的身体慢慢有了反应，当她说到"连衣服都没有穿，一定和男女问题有关"，终于不再说了，反过来吻我，我们的牙齿相碰，发出老鼠啃玉米的声音。当我隔着衣服把手放在她的乳房上，她发出一声短促的叫喊，合上眼睑，叫我把她抱到床上去。我抱起她，她问："抱得动吗？"我没说话，我感觉背上有风。我很想回头去看看风是从哪儿来的。她说："抱不动就算了。"我严肃地回答："怎么会抱不动？"她笑了笑。把她放到床上，预料不到的情况出现了，刚刚还挺得像根电杆，一下又变得和鞭子一样软。我感到背后有风，一股冷森森的风。她让我躺下去，然后久久地看着我。"你不会是有病吧？"她不安地问。我说没有，我没有病。她慢慢地舔着我的眼睑、面颊和嘴唇。那个东西慢慢地竖了起来，她让它进去，这次它没让她失望。她以为是她刚才那些动作治好了我的"病"，却不知道此时只要我躺在下面，背后感觉不到风，我的身体就会一切正常。当她把我换到上面时，我明显地感觉它的变化，因为背上又有风了。她在上面的时候，表情可真难看，就像在做一件她想做却又做不好的事情。我一动不动，任她自由发挥，她达到一次巅峰后，我完好无损，她又来了一次，我还是完好无损，当她达到第三次巅峰时，她趴在我身上哭了。她说："你真是个怪人，太怪了，我从没遇到过这样的人。"后面这句话说漏了嘴，可我并不在意。更不想追问她曾遇到过什么样的人。

张雨晴是被肖美学掐死的，据他后来交代，他不是有意要掐死她，他是掐着好玩，没想到把她掐死了。那天晚上，肖美学先在张雨晴那儿喝酒，喝完后到环城大道工地上打麻将，手气好得不得了，五抽一，他把四个人的钱全赢了。回家的时候已经是下半夜了。他摇摇晃晃走到雨晴饭店，想到今天手气那么好，便想试试张雨晴给不给他开门。以往这个时候，张雨晴已经关门了，他想好了，如果她不开门，他就把门砸开。她对别人都那么好，那么大方，唯独对他肖美学如此无情。苍天可鉴，他付出的可比他们都多啊。今晚上手气这么好，也许奇迹会发生。他在车上按了一阵喇叭，然后才去拍门。没料到门并没有关。他进去后看见周辛维在那儿，但他坐下后，周辛维就走了。张雨晴赶他走，他没走，自己开了一瓶酒喝起来，还叫张雨晴陪他喝。后来他们都喝醉了，他心想，今晚上由不得你了。他把她往里面的卧室推。刚开始她并没有反对，一边踉踉跄跄一边想把一个发卡戴到头上去。当他扒光她的衣服，她却突然清醒似的不答应。她嗷嗷叫着，叫他滚出去。肖美学扑上去抱住她。她的脸上满是鄙夷和不屑，说："如果你要强迫我，那你只有先掐死我。"肖美学有些害怕。他不知道怎样才能征服这个女人。笨嘴拙舌。他说："我不掐你，你掐我吧，我宁愿让你掐死。"张雨晴笑了一下，说："那好，是你自己让我掐的。"她用双手卡住他的脖子，他一动不动，虽然有些疼，喘不过气来，可他有意做出一副大义凛然的样子。当她放开他时，他咳了几声就没事了，她反而累得喘不过气来。这越发让他兴奋。她说："我掐不死你，还是你掐我吧。"她伸出脖子，说："来呀，你来掐呀。"他把她推倒在床上，没有先掐她，而是想把那个东西插进去。张雨晴拼命反抗，他发了狠，说老子掐死你，张雨晴冷冷地说："你掐吧，你不掐死我你就滚出去。"他把手掐在她的脖子上，她闭上眼睛，身体也不再扭动。他用力不大，他担心把她掐死了，掐了一下就放开了。她鄙夷地望了他一眼，用手推他，叫他快滚。肖美学再次掐住她的脖子，用下身狠狠地撞她，他看不见她的脸，只觉得这让她极度兴奋，似乎这正是她想要的，他的手不知不觉地加了把劲，而那下面终于进去了。

来到香溪后，肖美学交往过几个女人，可时间都不长。那是些专门以此为生的女人，她们知道从纸房搬来的都是有钱人，他们手里有大把大把的移民补偿费。刚开始肖美学感觉很幸福很满足，觉得自己没有老婆比那些有老婆的还好，比他们自由，那些有老婆的人一旦被家里人发现，就会闹得鸡犬不宁尽人皆知。他不同，今天这个明天那个，天天当新郎。直到被派出所抓过两次，罚了两次款，还到一个小诊所悄悄打了半个月青霉素，家里的钱也折腾得差不多了，这才停歇下来，重新回过头来巴结张雨晴。

肖美学没料到张雨晴这么"好玩"，他不知道掐了好久，只知道她在使劲扭动，这让他非常兴奋，觉得这个女人真有意思，不同寻常。他一鼓作气，没有停下来。他翻身躺了一会，感到口渴得要命，下床喝了半瓶啤酒，是张雨晴喝剩下的。他把赢得的钱拿出来，准备数给她看。在他看来，这是赢得女人青睐的手段之一。这时他才发觉不对劲。他拍她的脸，往她越来越凉的嘴里吹气，挠她的胳肢窝。摆弄了一个多小时，她没有活过来。他抱起她，准备把她送到医院去，抱到屋子中间却又改变了主意，他把她放到地上，收起自己的东西，跑了。

警察轻而易举地把肖美学锁定为犯罪嫌疑人，因为大家都知道他一直对张雨晴有想法，而且从这天起肖美学就失踪了，开着他那辆浑身是土的汽车跑了。

第三天下午，新街像被慢慢加温的粥一样沸腾起来，每个角落都在冒泡泡，三天来，这些泡泡就没有停过，只不过现在达到了顶点。肖美学被抓住了。他在一个加油站加油时，有人突然喊了他一声，"肖美学！"被捉住后他才知道这个警察怕弄错人，故意喊了一声，可他出于本能，答应得很干脆："嗨！"

肖美学这么快就被抓住了，不仅是新街上的人才那么兴奋，整个香溪镇都被感染了。所有的人都热衷于对肖美学的逃跑方式进行评判，他们觉得肖美学太笨了，如果换成自己，警察根本就抓不到。有人说应该往深山老林里跑，有人说应该往大城市跑。每个人都自以为是，像白天与黄昏之间的醉汉，总觉得自己的想法最好，自己远比别人聪明。对肖美学为什么掐死张雨晴、他老母亲面对如此打击会有怎样的反应等，却议论很少。

而我，并没有感到如释重负。我已经彻底清醒，在雨晴饭店的每一个细节都已经在脑子里再现了上千遍。如果我答应她留在那儿，肖美学不走我就不走，她是不会死的。我怎么也无法忘记她挽留我时的表情，那不是失望，而是一种绝望。像躲过一劫的老鼠，虽然捡回一条小命，可蜷缩在鼠洞深处想起猫的形象，全身会是什么样的感觉？会不会像花椒吃多了一样，麻酥酥的，有点儿舒服，却又不那么真实。我既庆幸又内疚，不管警察找不找我，我知道我其实是有罪的。

警察带肖美学指认犯罪现场的时候，刘佳惠非要拉上我去看热闹。我感到背后有风，所以不愿去，但她不允许我不去。她说："看看呀，去看看呀，你不陪我我怎么敢去。"

我们赶过去的时候警察和肖美学正从里面出来，由于他戴着笨重的脚镣手铐，所以走得很慢，警察不时扶他一把。头发剃过了，但不是光头，而是留了一厘米长的浅桩。那张冬瓜脸似乎更圆了，灰灰的，好像沾了一层什么东西，是死亡的尘埃吧？他看了我一眼，也许是看了我们所有人一眼，可我觉得他只看了我一个人。他不好意思地笑了一下，好像为自己的处境感到惭愧，也好像是迟钝得不知道为什么会落到这步田地。

刹那间，我的心情真是难以形容，身上发烫，眼里一片迷蒙。一股冷风穿透了我的后背，直达前胸。我的脸、我的嘴巴、我的喉咙都和平时大不一样，它们在某种不知名的刺激物的作用下，以它们自己的意志自行运作，我的意志对它们不起丝毫作用。我一边抑制不住地产生悲悯之情，希望这一切都是假的，是一个误会，张雨晴没有死，她到什么地方去找范光乾去了；一边却又理智地告诫自己，若是警察追问我那么晚了去干什么，我该怎么回答。

所有的围观者都在发抖。肖美学被押上警车后，他们为了掩饰心里的难受，莫名其妙地开起玩笑来。

冉光福说："他为什么笑？他笑什么？哈哈哈，他快死了，还笑！"

广线说："他笑你这个杀猪匠，只敢杀猪，不敢杀人。"

刘佳惠紧紧抓住我的手臂，指甲都陷到肉里去了，我没有提醒她，我需要这种痛，痛比不痛好，痛能使我的意志重新指挥我的身体，还能使我的头脑超乎寻常地清醒。

接连几天，我都看见肖美学的母亲在打布壳。她已经八十多岁了。她把面粉熬的糨糊刷在小方桌上，再把大小不一的布片拼贴上去。铺了一层后，刷一层糨糊，再铺第二层。打好的布壳晾在一根铁丝上，有一股甜丝丝的气味。这种布壳唯一的用途是做鞋底。搬到香溪后，没有一个人再去做什么布鞋了，虽然还有人穿，但那是在纸房的时候做的，一旦穿坏了，它们就在不知不觉间淡出纸房人的生活舞台了。

她不时抬手揉一下眼睛，但那不是因为伤心，而是因为浑浊的双眼被风吹出了眼泪。方桌旁边还有一堆待拆的旧衣服，已经拆好的衣服则装在一只箩筐里。从旧衣服上剪下来的纽扣装在一只土碗里，像年成不好时收获的某些果实。

冉光福的女人从后面上来，见我满脸疑惑地看着打布壳的老太婆。她向我使了一个眼色，然后小声说："她在给肖美学做鞋呀，她要做双新鞋给她儿子穿起上路。"

我"啊"了一声。

冉光福的女人快步走上去，大声说：

"大娘，打布壳啊？"

老太婆抬眼看着冉光福的女人，辨识了半天，然后摇了摇头：

"我昨天说过了，我没有头发。"她认错人了，有个收长头发的女人来找过她，不过也不是昨天，而是好几天以前的事了。

冉光福的女人打了个哈哈："大娘，我是冉光福家的呀。"

老太婆自信地说："我晓得你是冉光福家的，你不是要收头发吗？"

冉光福的女人叹了口气："我什么时候收过头发呀？大娘你糊涂了。"

做一双新鞋用得着那么多布壳吗？全部做出来，一家人穿十年也穿不完呀。不知为什么，我鼻子一酸，泪水盈满了眼眶。

第三十八章

我不再感到背后有风,是从借钱给李国田那天开始的。

施了三次药,木槿花的虫子少了,但它像中毒似的,一直没缓过劲来。没过多久,另一种虫子爬满了枝条,比上次更多,不光是茎秆变粗了,连叶子也变厚了。它们贴在红色的茎秆上,身体也是红色的,附着在叶子上,它们的身体则变成绿色。个头也比上次大,浑身发亮,肚子胀鼓鼓的,它们不吃花,只吃叶子和树皮。周围种蔬菜的人开始抱怨我,说如果不把这些虫及时杀死,不仅木槿会被它们吃掉,连他们种的蔬菜也将遭殃。这是一种繁殖力非常强的虫子,虫卵钻到地下,还会影响来年的收成。

这天赶场,街上人很多。我买好杀虫剂,正准备捆到摩托车后座上,突然听见有人喊我。抬头找了半天,看见李国田在人丛中挥手。他分开人群向我走来。

"我有个东西,想请你去看看。"他说。

他接过我手里的杀虫剂。

"你骑车吧,我走路。东西在我家里。"

人太多了,骑摩托并不比步行快多少。

到他家楼下后，我把车靠在路边等他。他已经搬家了，我只知道大概位置，却不清楚到底是哪个单元。他买了盒烟，掏了支出来给我。我没有火，他在身上找了一阵，也没有火，于是又回头去买火。

"我才开始学，还没学会。"他说。然后皱着眉头吸了一口。

抽烟还用学吗？又不是什么手艺，想抽立即就可以抽，不想抽立即就可以不抽。他这是无话找话说吧，我想。

他要我看的东西摆在客厅的地板上，我的第一印象是到了一个废品收购站，只不过品种比较单一，满屋都是成捆的废纸，除此之外没有别的东西。

李国田解开其中一捆，把它们铺在靠窗边的茶几上。那副神情就像艺术家展示他的得意之作，既有几分激动，也有几分矜持。可我什么也看不懂。纸上除几根电线似的直线，没有其他符号。架电线不需要制图呀。我想。李国田发现自己展示出来的东西没能达到预期的效果，没有让我啧啧称赞，忙把所有的图纸按顺序展开，还从屋里抱了摞书当镇纸。这下我看出了个大概。这是一架机器，那些电线是传送带。传送带两头都设计有转向传动轴，看样子头和尾都可以灵活地移动。两头都一样，分不出头和尾。与其说这是机器，还不如说是一架龙骨。如果这是他发明的机器，那也太简单了。

"知道这是什么吗？"

他自顾点上一支烟，抽烟的动作比刚才潇洒多了。我看出来了，他叫我来看他这些莫名其妙的东西，并不像他表面装出来的那样大方，那样若无其事，他是经过了好半天的权衡和犹豫才去找我的。

刹那间我想起和他住在一起的那些日子，那个风骚而刁蛮名叫刘金桃的女人。还有那个深奥的问题"水为什么会流"。我似乎找到了答案，水为什么会流？首先是因为时间在流，由彼时到此时，水才能从彼处到此处。如果时间静止,那么流水也会静止。时间能改变一切,所以流水能改变一切。

"你把它们连起来看就看出来了。"

"是砖厂用来传输砖头的吧?"

"你猜对了一半,也可以说差不多全猜对了。不过我才不会为砖厂多烧几块砖花这么多脑筋。这可是我用半年时间设计出来的。"他找了根教鞭。当学生时我一看见这东西就不自在,现在一点也不怕了。他用教鞭指给我看:"这是最关键的部位,是一个可以任意调节高度和方向的装置,你知道吗,传送带传送东西走直线非常简单,但要中途转弯那就麻烦了,所以你千万不要小看这个转向设计!"

为了让我加深印象,他像在讲台上讲课一样盯着我,接着却又原谅我的无知似的笑了一下:"我给这套装备取的名字叫'生态还原补缀及救赎系统',名字太长了,但每个字都不能少,首先是为了还原生态,可生态实际上是不可能还原的,所以只能叫补缀,补缀是为了救赎。"

我不懂补缀和救赎是什么意思,但并非一点也不懂。

"用上这套装置,纸房的生态系统就可以还原!"

我笑了一下。

"你不信?"

我又笑了一下。我的确不相信,但我不是笑这个。当我想到纸房复原成郁郁葱葱、遍地花开的样子,我像小孩得知大人即将给他买新衣服一样,忍不住笑了。

他皱着眉头说:"你还是老样子。"

这是指责还是赞赏,我没听出来。他说:

"也许你不知道,我以前对纸房并没什么感情,一到春天就湿浸浸的,这里一摊水那里一摊水,路上全是烂泥巴膏,走起路来'咕唧咕唧'的。夏天呢,又热得像蒸笼,到处都是苍蝇。没有哪一天日子好过。还有村里那些人,看上去老实巴交的,实际上狡猾得很,对针鼻子那么大点利益都不会放过。我甚至想过,地球上有没有这个地方都无所谓。倒是没有还好点。可是现在,我的想法完全变了。"他苦笑了一下,"大概是因为面目全非的原因吧,我越来越觉得那是世界上不可缺少的地方。我经常梦见坝子中间是一条宽敞的公路,有条高速公路修到那儿去了,两边的山坡上开满了大朵大朵的黄花。在现实当中遇到这样的情景,我不会那么激动,可是在梦中,我哭了,因为太美了,美得像我心里的一样。"

他的眼眶里已经含泪了。

"我设计这个机器,就是想把破坏得不成样子的纸房恢复到过去。原理很简单,这是一个循环装置,金矿挖起来后——你不能让他们不挖,把金矿从这条传送带输送到浸泡池,提炼过的黄土再用这条传送带输送到山坡上,从哪里挖起来的回填到哪里。纸房雨水多,只要有泥土,时间长了自然会长出植物来,先是野草、苔藓,然后是灌木、乔木。经过一百年,两百年,被挖掉的纸房也许就复原了……你说呢?"

我严肃地点了点头。感觉这还不能表达我的意思,我大声说:"好,太好了!"

他的眼睛发亮。

我第一次发现,那双眼睛是那么善良。

"我现在遇到了一点困难,"他诚恳地挠了一下后脑勺,"我必须做一个模型给黄金公司的人看,否则他们不会相信。"

我激动地说:"一定要让他们相信!"

"我没那么多钱来做模型,我和刘金桃离婚了,我什么都没要,全给她了。"

我打断他的话:"你要多少?"

"两万。没有两万,一万也行。"

"行,我借给你!"

我叫他一起去银行取钱。当他坐在摩托车后座上,把双手搭在我的肩膀上时,我愉快地想,我已经好久没有这么快意过了。

第三十九章

这一天剩余的时间,我是在恍恍惚惚中度过的。既有点激动,也有点不踏实,似乎还有出其不意的事情要发生。背心不再感觉有风,感觉有一团火。

要发生什么就早点发生吧。我想。

也许是我舍不得那两万块钱?好像是的。

也许是不相信李国田那套设备会起作用?好像也是。

想想啊,把那套设备用在生产中得花多少钱!还有,那些炼金子的人怎么在乎纸房最后变成什么样子,他们有什么必要使用它?!

夜晚到来后,这种不安仍在继续,看电视没兴趣,看书也没兴趣。我早就对冉光银借给我的那些武侠小说腻烦了。

我又开始想桑红了,如果桑红在我身边,我一定不会这么难受。这个无情的人把我想空了,想得没有一点重量了,生活中的一切欲望和激情正在离我远去。这是一种毒药,为了不使她把我彻底摧毁,我干起活来有一股狠劲。我买了一堆农药,药水喷洒上去,叶子上的虫不但没有死,反而像灰尘一样腾起来。它们已经长出了翅膀,翅膀是黑色的,飞行的速度很慢,但密密麻麻地挨在一起,足以挡住太阳的光辉。有的飞到没喷农药的叶子上,落下去时沙沙响。有的向我飞来,像敢死队一样,往我脸上撞,往我脖子里钻。用手随便薅一把,满手都是又细又薄的翅膀,像下雨一样纷纷扬扬,让人肉麻。有几只还钻进鼻孔里去了,害得我接连打了几个喷嚏。有些还粘在喷雾器的喷杆上,这根空心铁管可以把农药喷出去,却无法把农药喷到自己身上。它们小小的脑袋里似乎也装满了狡猾,这让人厌恶,同时也让人不寒而栗。

打完一号大棚,我失望了。大部分飞到二号和三号大棚,那边的颜色都变深了。

洒过农药的地方尸痕累累。总有来不及飞走的,也好像是因为脑瓜不那么灵,所以才丢掉了性命。

我完全是凭借农民的顽固继续干活,这种顽固是对付它们最有效的手段。当我把二号和三号大棚喷洒完,它们没法停留在木槿上,只能攀附在棚顶的麦草上。我跟踪追击,往麦草上喷。这活儿难度太大了,大棚比我高得多,我必须伸长手臂,再加上喷杆的长度,才勉强够得上棚顶。干不了多久,手臂就酸得像快断掉一样。有时候风向突然改变,把农药一股脑儿吹到我脸上。我感到自己已经吸进去不少药水了,只不过我是一条大虫,才没像它们那样很快死掉。

麦草上喷了一遍,我感觉头晕眼花,吸进去的药发生作用了。但我没感到死神在召唤,所以一点也不心慌。

歇了一会儿,正准备往木槿上再喷一遍,刘佳惠来了。她迎着夕阳走来,像在火上行走一样,一跳一跳的。我像那些怕老婆的人一样假装不耐烦地想:哎呀,女人一旦缠上你,就恨不得时时刻刻把你挂在衣襟上。其实心里是幸福的。她前天到市里面进货去了,肯定是放下东西就找我来了。

"周辛维，我问你个事。"

"好事还是坏事？"

"你借钱给李国田了？"

我心里咯噔了一下。她不是想我，是来和我吵架的。

"存折上还有多少钱？"

"不多了。"

"我帮你卖花的那些钱也借给他了？"

"借了。"

"真是气死我了。"她双手叉腰，却又突然放下，"这么大的事情你不和我商量。李国田是什么人你不知道？他和刘金桃已经离婚了，离婚的时候他把所有的财产都给刘金桃了，他现在穷得舔灰了，你借那么多钱给他，他八辈子也还不起。"

"他借钱是为了干正事。"

"正事？"她厉声道，"我干的不是正事？你怎么不把它借给我？你知道我这次干什么去了吗？我考察去了，准备再开一个服装店，想到你那里有一个门面，还有两万块钱，什么都是现成的。你倒好……真不知道怎么说你。"

"不知道就不说嘛。"

一只小虫子飞到我鼻尖上，弄得我很痒，我没去管它，我得矜持一点。

"好，周辛维，好，你这是存心气我。你知不知道，我为什么还要开服装店？这都是为了你！闷声不吭的，难道一辈子就种这些卖不出去的花？"

她真的很生气，眼泪也被气出来了。

可我也很生气，我不喜欢听别人的安排，更不喜欢被人指责，指责我种花。

"我不要你管!"我吼道。

我这是一举两得,把刘佳惠镇住了,把鼻尖上的虫也吓跑了。

刘佳惠盯着我,两道修饰得非常难看的眉毛挑了一下。真正的眉毛被拔掉了,画上去的眉毛里却又长出让人恶心的绒毛,稀稀拉拉,不成体统。她一生气,这些平时若有若无的绒毛"噌噌噌"地竖起来。我以为她会跳起来,甚至给我一耳光。可她没有,她一反常态地笑了一下,看了看大棚,看了看被小虫子害得无精打采的木槿,看了看背着喷雾器的我。

"好,我不管你,我再也不会管你了!你放心。"

刘佳惠走后,我心烦得要命,什么也不想干。

地上,叶子上,厚厚地铺了一层死虫子。但刚才飞走的虫子又飞回来了,爬在被风吹干的叶子和茎秆上,继续汲取木槿的水分和营养,残留的农药让它们行动迟缓,有些虫子爬几下就不动了,死了,无声地掉了下去。没长出翅膀的蚜虫则叮在茎秆上,头钻到里面去了,农药即使喷在它们身上也不起作用。

木槿花放弃了生的希望,沾上农药的地方全都变黑了,有些是整片整片地变黑,有些是布满了密密麻麻的小黑点。一丝绝望袭上心头。

我真想把塑料薄膜拿来把大棚盖上,往密封罐似的大棚里打农药,它们一个也逃不脱。但这样报复会更大程度地殃及木槿,花会变黑而死,叶子也将全部掉光。

太阳沉到山下面去了,我的心比太阳沉得更远:桑红,你看不到我为你种的木槿了。

我把剩下的农药倒掉了,我怕自己忍不住喝下它们。在这种念头还不强烈的时候把它们倒掉是最明智的选择。

回到新街，看见鞋匠和二姨正在往门面里搬东西。钥匙在我手里，他们显然是把锁撬坏了进去的。我有些吃惊，远远地停下摩托车。

鞋匠先看见我，他故意扛起一个大纸箱，用纸箱遮住他的脸。二姨正好相反，听见鞋匠小声报告后，立即放下东西迎上来，露出占领者虚伪的想与你和平共处的表情。

"辛维，你回来了，我正准备去找你哩。我把你的门面占了，连李国田那种人你都舍得借钱给他，我占间门面你不会生气吧？"

我清楚地听见心脏破碎的声音。

"李国田是你什么人，你对他那么大方？"

我没回答她，锁好摩托后就上楼了。

我刚进屋，二姨就跟了上来。

"辛维，我是你哪个你都忘了吧？我是你二姨呀。李国田以前怎么对我的？你没有忘记吧？你对他那么好，不是故意气我吗？你太让我伤心了……算了，不说这些了。我不是非要占你的门面不可，我是怕你给李国田，我不能让你把什么都给他，我得给你守住。你放心，你二姨不是死皮赖脸的人，哪天你要开店我就哪天搬出去。新街上的门面都是三百块钱一个月，房租我会按时给你的。"

我心乱如麻。她的声音在我耳朵边嗡嗡响，我一句也听不进去，给我留下的唯一印象是矫揉造作和自我标榜。

"还没吃饭吧？要不要我给你煮？"

有些人就是这样，把你伤害一番后再回头关心你，好像吃饭能解决一切问题。

我打定主意，只要二姨进厨房，我立即就出去。她没进厨房，大概看出此时任何山珍海味我也吃不下。她咕哝一句什么，下楼去了。

即便是在生气的情况下，我也在想念桑红。或者说，正是因为生气,我才更加想念她。如果此时她站在我面前,看着她的笑脸,我心里的气也许立即就会烟消云散。

没过多久,我听见二姨和刘佳惠吵起架来了。

天啦。我心想,她们是存心要我不得安宁吧?

她们本来是在为门面争吵,可不一会儿她们就像泼妇一样对骂起来。她们好的时候,不是好得像母女一样?二姨不是曾经说过刘佳惠是香溪最乖的姑娘?可现在她们骂得多难听,就像两个有深仇大恨的人。她们的语言非常贫乏,一个骂出一串什么,另一个人必定要重复前半串,一边重复一边修改后半串,往自己有利的方面发挥。

刘佳惠说:"不要脸,真是不要脸,嫁都嫁出去了,还跑回来抢门面,我从来没见过这么不要脸的人。"

二姨说:"我不要脸,我看你才不要脸,连门都还没过,就争起东西来了,你算什么东西,我家辛维不需要你这样的人当老婆!"

大概有好几个人在围观,劝她们有话好好说。

"少说几句,少说几句就没事了。"

刘佳惠跑上楼来。

"周辛维,你快给我把她赶走!门面我们自己要用,不能给她。快去!"

二姨也跑上来。

"辛维,你不要理她,现在就这么凶,今后过了门还得了。好姑娘多得是,我们不要这种恶鸡婆。"

刘佳惠指着我的脸。

"周辛维,你是要我还是要她,你自己说。"

我挡开她的手,给了她一耳光。

她夸张地转了一个圈,转回来时,那张细嫩的脸显出一个紫红色的手印。刘佳惠捂住脸上的痛处，狠狠地踢了我一脚："你这个没良心的乡巴佬，以前我可怜你，从现在起我再也不可怜你了，我们一刀两断！"

她到里屋的蚊帐上摘她的吊带背心，这是她和我睡觉的时候穿的。还有窗棂上一面红壳镜子。取下镜子，她还用它照了一下脸。

从我身边经过时，她想再踢我一脚，二姨拉了我一把，她没踢上，于是她向我狠狠地吐口水。

刘佳惠走了，二姨露出胜利者的笑容。但她同时又想表现出一个长辈的大度和关心。

"你追出去吧，给她赔个不是，要不然她真的不会来了。"

我想说，她不是要我，她要的是门面。可我说的是另外一句话。

"请你搬出去，要不然我会浇上汽油把它烧掉！我说到做到！"

二姨的脸红得像灯笼。她缓缓地说："好吧。"

她低眉顺眼的样子险些让我收回自己的话，可要一个人把刚做出的决定收回来，实在不是一件容易的事情。

不知过了多久，二姨在楼下喊我。

"辛维，我们搬走了，你来看看吧。"

鞋匠说："走吧，无情无义的，留给他做停尸房！"

我心如刀绞。我不在乎鞋匠的话，是二姨的声音让我难受。我不恨刘佳惠，不恨二姨，只是越来越不喜欢她们。

已经是深夜了吧？可这对我没有任何意义。刘佳惠的鞋尖把我的小腿踢破了，大概骨头也受伤了，我轻轻一动就疼得要命。但我也没有管它。肚子饿得咕咕叫，我也没有管它。我斜靠在沙发上，看着屋顶，什么也没看见，闭上眼睛，今天发生的事情便像潮水一样涌来。

客厅和卧室之间的墙上挂着两帧照片。我坐起来时一眼就看到它们。一个是我父亲,一个是母亲。是用他们身份证的底片冲扩的黑白照片,两个人都傻乎乎的,母亲满脸严肃,像正在生气,父亲则要笑不笑的样子。他们是那么年轻,才刚刚长大成人。我觉得有些滑稽,不禁笑了一下。可紧接着眼泪滚了下来。我感到他们的眼神在问我:

"儿子,心里不好受吧?"

我哭得肝肠寸断,直到把那套哭颂天地的颂词哭诉了一遍,心里才平静下来。

第四十章

我一大早就在门口碰到道云老汉，我以为他又和坛神来看花，我不耐烦地说，花都死完了。他说，现在才死？我以为早就死了，人无千日好，花无百日红嘛。他掏了半天，从裤兜里掏出一个皱巴巴的手绢包裹，仔细地解开缠绕在外面的麻绳，拿了一沓钱出来。他叫我把它们转交给李国田，说是他以前哭丧积攒下来的。我看了看，那种我好多年没见到的旧版纸币已经生霉了。

"我给他他不会要的，他看不起我这个干爹。"道云老汉难过地说。

"听说他在搞什么机器，他需要钱。"他解释说。

"叫他不用还，不要嫌少就行了。"

我很惭愧也很感动，刹那间对他充满敬意，我甚至想马上答应他，给他当徒弟，反正今后又用不着从事这个职业，把他的衣钵接过来，免得他死后当"游尸"。可仅仅这么想了一下，这个手艺的卑下和荒唐性立即占了上风，我克制住了冲动。

我去农技站，看有没有更有效的农药。农技站一位农技师告诉我，那种虫子不能用农药，只能把它们连同木槿一起烧掉。如果还要种木槿，还必须把土地翻耕两次，洒两遍六六粉。如果不种木槿，把它们全部拔掉，浇上煤油烧掉就行了。

从农技站出来我就买了一桶煤油。

四下里很静，我坐在大棚里那个木马上，看着那些虫子一点一点地啃食木槿。它们非常慢，叮在那儿像是一动不动，木槿好像也没有怨言，仍在苦巴巴地生长，苦巴巴地开花。它们好像已经达成一致意见，虫子是专门来吃木槿的，而木槿是专门给它们吃的。木槿将会死掉，木槿死了，虫子也将死掉。它们会同归于尽。

我不知道下一步种什么好，但木槿肯定不能再种了。我是为爱情才种它们的，可种下木槿并不能收获爱情。

白云朵朵很美，太阳从云朵下伸出的长须也很美，可它们消失得太快，我不禁暗自忧伤。脚上的伤口隐隐作痛，还有一点痒，大概是要化脓了。我什么也不想干。早上在农技站外面看见有人卖水煮的玉米棒子，晶莹洁白的玉米仁让人流口水，我买了三个。可我把它们搞忘了。现在肚子饿了，想起它们，不禁有些高兴。挂在车把手上，被太阳晒得温吞吞的，吃起来又冷又硬，味同嚼蜡。

一个戴草帽的老邮递员向我走来。刚开始我以为他是回家，我经常看见他从这条路上回家，他家在前面不远的村子里。他拐上小路，我才确信他是来找我的，因为这里除了我没有其他人。我的心怦怦地跳起来。啊，发生了那么多让人心烦的事，老天终于开始眷顾我了，一定是桑红的信来了。我激动得眼泪汪汪，嘴里剩下的玉米也有了甜味。

"周辛维！"

他老远就大声喊我。

"哎。"

我回答得也很大声。从没这么大声过。

他骑车的技术可以和杂技演员媲美，小路坑坑洼洼，窄的地方只有一本书那么宽，可他骑着叮当作响的绿色单车，极快地冲到我面前。

"你的包裹。"他说。

他拿出一个本子让我签字。

"周辛维是你吧？"

我笑了笑："是我呀。"

"我到你家去找过你，他们一说你是种木槿花那个人，我就想你肯定在这里。"

不是桑红的信，是范光乾给我寄来的书，十多本，全都和花卉种植有关。范光乾在信中说，要把花种好，一定多学习，每种花有每种花的习性，你不懂它们的习性就没法把它们种好。他叫我转告张雨晴，他要把手头的事办完了才能到香溪来。天啦，他不知道她已经死了。他连打她几十个电话她都没接，还以为她生气了。

有一股热乎乎的东西直冲头顶，眼睛里的东西似是而非。这些书和范光乾的信是从桑红所在的城市寄来的，但它们带来的是让人绝望的信息。我不知道绝望是如何产生的，反正我绝望到了极点，就像一个忧郁的人突然得知自己患上了绝症。

被风吹散的白云在蓝天上飘荡。太阳蒸烤着大地。灰色的云块从东边涌来。奔腾的乌云遮住了太阳。霎时间，一阵凉意，灰色的云影遮住了冒着热气的黄土。我感到背心一阵凉，这才想起应该拍一张照片，万一桑红来了呢，她什么也看不见了呀。但我立即决定：算了！

我把摩托车推远一点，然后把煤油和书提进大棚。

云彩遮住了一片片西瓜地，遮住了豆棚架，遮住了被暑热晒得蔫头耷脑的青草，遮住了田边地角的荆棘和滚烫的石板。斑鸠突然令人心烦地叫起来，它们的喉咙好像有个空心球儿，一叫起来就咕咕转动。远处还传来公鸡的叫声，突然间的凉爽使它想起应该给母鸡唱歌了。一直任虫子啃食的木槿也随风摇了摇身子。不一会儿，太阳从倾斜的云层后面钻出来，把耀眼的光芒泻向大地，灰云收起瓜地和豆棚架上的影子，向远处的山脉滚滚而去。

我从别人的豇豆棚里拔了根棍子，把大棚上面的麦草捅下来，把它们盖在木槿上。脑子里木木的，干着活儿，似乎要舒服一些。麦草被晒得又干又脆，轻轻一碰就腾起一股黑烟。

麦草铺好后，我把一桶煤油全部泼上去。盛煤油的塑料桶的口子太小了，很难泼均匀，又没有别的工具，有的地方浸到土里去了，有的地方连麦草也没淋湿。有些虫子以为又是农药，慌里慌张地飞起来，在空中打了几个旋儿，觉得和昨天的气味不一样，又一头扎了下来。为了彻底消灭它们，我还精心地制造了一个包围圈，在地垄的四周先铺一层麦草，洒上水，再铺一层干麦草，洒上煤油。这是为了增加烟雾。虫子的飞行速度非常慢，洒上煤油的麦草一旦燃起来，它们就无路可逃了。

干完这一切，我看见太阳已经落山了。

我并没有马上将麦草点燃。我想等天再暗一点。大棚上的麦草被掀下来后，天空变宽了。麦草覆盖下的木槿毫无生气，像个瘟疫病人。这些虫子，这些木槿，这些书，和所有我不喜欢的东西，它们即将死去。

火焰远比我预料的高，已经生锈的钢筋也被烧弯了，好在它们是互相连在一起的，否则一定会塌下来。麦草噼啪爆响，声音不大，但非常密，像黑夜里低声吟唱的歌。火光照亮了四周的瓜地和豇豆架，瓜叶和豇豆叶上的昆虫以为这是专门给它们举办的篝火晚会，怀着欢喜的心情飞来，还没来得及后悔就一头扎进火里去了。不过也许它们根本就不后悔，闯进光源的中心正是它们梦寐以求的，远比活着更重要。

火光渐渐小下去，麦草燃尽后，木槿又露了出来，仍旧保持原来的姿势，叶子还是叶子，甚至一部分花仍楚楚动人地立在枝头上。要走到它们面前才能看清是怎么回事：叶片已经被火烤伤，只不过是因为没有完全失水，才没有被点燃；花儿已经变黑，因为对突然到来的大火来不及作任何反应，才那么傻呆呆地直立着。它们，实际上，已经死了。我把范光乾给我的书也烧掉了，不知为什么，我似乎害怕书上那些美丽的图片。当它们在火里卷曲、变黑、化为灰烬，我觉得自己有些可耻和可悲，但我就是不想看见它们。

我的心情好像轻松多了，我不想看见的东西全都消失了。可同时心里又像灌满了水，沉重而又不着边际。大哭一场也许更好，可我挤不出一滴眼泪。大笑几声也行，可没有什么东西能让我发笑。火光把我的眼睛晃花了，在火光的照耀下，什么都看得清清楚楚，火光一旦熄灭，眼里立即一团漆黑。黑色的眼睛在黑夜里只有黑色的杂念和黑色的郁闷。

摩托车的车灯与熊熊燃烧的大火比起来，只相当于一只小小的萤火虫。我把车推到公路上，闭上眼睛休息了好一会儿才骑上去。

我知道自己情绪不好，提醒自己一定要开慢一点。这是条坑坑洼洼的黄泥巴公路，平时不用看马路，摩托车也能善解人意地从坑边绕过去。可今晚上有点不同，我越是小心翼翼地避让，摩托反倒越要往坑里栽，有好几次差点把我摔倒，心头的无名之火不知不觉地上来了。绝望、暴戾、扭曲，像一颗被钉歪的钉子。明知这样不行，却非要如此不可。也像塌方时滚下第一块石头，既已开始，就再也无法止住。

刚驶上平整的水泥路，一辆大卡车从后面追上来，我回头看了一眼，顿时吓了一跳，这个司机是肖美学！他不是已经被逮捕了吗？越狱逃出来了？我还没来得及想清楚，大卡车像一面墙一样向我横过来。没有叫喊，来不及叫喊，也没感到害怕，来不及感到害怕。

我和摩托车一起飞了起来。

第四十一章

我在一片白色亮光当中飘荡，并非什么也不知道，但也不是什么都知道，恍恍惚惚，既像梦又不像梦。

给我治病的医生有一股奇特的香味，不是从她的衣服里发出来的，是从她的身体上发出来的。她问我怎么样，有哪里不舒服。我告诉她，我没哪里不舒服。她没听见，把脸凑向我，天啦，这不是那个我日思夜想的人吗？我激动得脑袋发涨。她怎么到这儿来了？看错了吧？我看了又看，没错，她就是桑红。我记起来了，刚才闻到的香味我曾经闻到过，在纸房那个日落黄昏，在她答应给我写信的那个黄昏。

"桑红？"我叫了一声。

她笑了笑："叫我桑医生，我现在是医生。"

我的眼泪一下就滚了出来："桑红，真的是你？我昨天才收到你的信，你说你不来了。"

"可我来了。"

"太好了，我带你去看木槿花，我专门为你种的。"

"现在不行，你受伤了，等你伤好了再带我去。"

"一言为定！"

"一言为定！"

带着这种舒服感，我沉入到昏睡当中。

再次醒来，大约是第二天的下午了。我先是感觉胸闷，气进不去，也出不来。然后感觉腰部什么地方火辣辣的，还有额头，也一阵一阵地刺痛。我想看看我到底怎么了，可眼睛里除了白色还是白色。过了差不多半分钟，我才明白眼睛上蒙着一层白纱布。随着意识的清醒，全部的疼痛也一起醒过来。真正的疼是无法用语言描述的，你可以使用任何比喻，可没有一句是准确的，它们只能勉强说明其中很小很小的一个方面。我感觉腰以下的骨头全部松开了，它们不仅是痛，还有一种碎裂得不成样子的难受。肚子里正在发烧，里面的水大概已经烧干了，我感到口渴得要命。而背心和后脑勺则在淌水，汗水把床单浸湿了。我听见有人在小声说话，大概是怕吵醒我，这反而让我更难受。任何一种声音都让我感到是一种痛，而不是别的。我想叫桑红给我一点水，我以为这是一件很容易的事情，哪知连试几次，声音都被卡住了，我突然用力，声音冲出去了，但它像茅草一样割得我喉咙又痒又痛。

立即有人跑到床边来。

"辛维，你醒了？"

我没听出是谁的声音，但绝不是桑红。

"请桑红给我倒杯水。"

我又说了一遍。我不想喝别人倒的水。

"桑红？桑红是谁？你等一下，我去问问医生，看你能不能喝水。"

这下我听出来了，是唐书秀。

旁边还有一个人，一直没说话，会是谁呢？

不一会儿，医生来了，从脚步声我就判断出是个男的。桑红呢？

下班了？招呼都不和我打一个就走了？

医生说，现在还不能喝水，但可以把头上的纱布解开，把包伤口的纱布剪小一点就可以了。

"桑医生呢？"我问了一句。

"我们这里没有姓桑的，只有受伤的。"

我没理会这个动作粗鲁的人的调侃。

"她叫桑红，我刚才看见她了，她应该是新来的。"

我听见他们互相询问，都不知道桑红是谁。

"你眼睛一直是蒙上的，你看见谁了？"

冉光银替我找台阶似的说："他刚才一定是做梦了。"

怎么可能是梦，我看得清清楚楚明明白白，还提醒自己，要搞清楚这是不是在做梦。我不光听到了她的声音，还闻到了她的气味，要知道，在梦中梦见声音和颜色不难，梦见气味是非常少见的。

蒙在眼睛上的纱布解开了，过了好一会儿我才适应过来。屋子里并不是一片白色，至少不是只有白色。门窗和柜子是猪肝色的，椅子和桌子则是黄色的。我刚才没有看见这些颜色。

随着夜晚的到来，疼痛进一步加剧了。疼痛是一种液体，我的每个细胞都浸泡在这种液体当中。当医生来给我量体温时，我忍不住用祈祷般的声音哀求他。

"医生，有毒药没有啊，请你给我打一针，帮帮忙，让我痛快点死吧。我不想活了，活着太难受了。你拿张纸来我签个字，不会要你负责，是我自己要求的。我求求你，让我死吧。我会感谢你的。"

"安静点。"这个长着蒜头鼻子的人不耐烦地说。

"我实在顶不住了。"

"你应该安静下来，一切都会好的，都会和过去一样。"

不知怎么搞的,我忍不住破口大骂起来。

"好个屁,我好不了啦,你当的是什么×医生,连病人最简单的要求都不能满足,我不要你把我医活,我要你把我医死!"

医生也火了:"吼什么吼,想死呀,撞车的时候怎么不再加把劲。现在才想死,已经来不及了!"

冉光银忙向医生赔不是,请他给我打一针止痛针,他打了,可他说:

"打什么打,痛死他狗日的。"

疼痛减轻后,我对冉光银说:

"对不起,我实在是太难受了。"

"我知道,这两天是最痛的,过了这两天就好了。"

"我真的想死,我说的是真的。"

"不要这样,你会好的。"

我觉得冉光银没真正领会我的意思,但我不想说了。他和我父亲一起挖过矿,我受伤后主要是他和他老婆照管我。

第二天,那个撞我的司机来了,一来就跪在地上,痛哭流涕地叫我原谅他,他刚买的车,欠了十多万,但昨晚上他把我送到医院后立即去借了一万块钱来交了住院费。他说他上有老下有小,求我不要逼他,容他慢慢挣钱来养我。这时我才知道,我将有可能永远站不起来,他把我的脊椎骨撞断了。我不知道对他说什么好,我既不恨他,也不想埋怨他。因为我记得撞我的人是肖美学。可他把我的沉默当成对他的不满。

"要不是还有一家人指望我,我真想死了算了。"他伤心地说。

这话让冉光银很不高兴,差点和他吵起来。冉光银叫他不要在这里叫苦连天,快去筹集住院费才是正事。他其实是想叫他不要说到死这个字,他怕这引起我的联想。

肇事司机离开后,冉光银愤愤地骂了一句:"他娘的,他以为他的眼泪可以卖钱!"

我告诉冉光银,当卡车向我冲上来的时候,我看见开车的人是肖美学,而不是刚才这个婆婆妈妈的家伙。冉光银阴郁地看着我,好像我又在说胡话。

"真的,我看得清清楚楚。他是不是从牢里逃出来了?"我说。

"你还不知道?"

"知道什么?"

"肖美学已经被枪毙了!"

"什么时候?"

"昨天!"

"那么我前天看见他的时候,他还没有死?"

"你的眼睛花了,那不是他。"

刘佳惠来了,她的爸爸妈妈也一起来了。他们给我买了一大堆东西。刘佳惠叫其他人都出去,她有话对我说。别人出去后,她伏在我身上号啕大哭,她说是她害了我,她提出和我一刀两断,所以我要自杀。但同时她也为自己辩解,当时我把她打痛了,她说的是气话,她不是真的要和我分手。她说:

"如果我要和你分手,我根本就不会和你二姨吵架。"

我告诉她我不是自杀,我是被别人撞了。

"辛维,你知道我为什么不嫌弃你吗?是你太善良了,不管什么事,你都宁愿自己承担,很多时候我不喜欢你像这样,可这又是我最喜欢你的地方。"

她说着,眼泪又流下来了。这让我感到内疚,我不应该那么粗暴地对她。我无法爱上她,于是更加觉得对不起她。

佳惠还没走,二姨就进来了。我出车祸后,她就时刻守着我,她的眼睛都哭肿了。她告诉佳惠,门面的事,她是被鞋匠唆使才做出那种傻事。她说:"也不全怪他,是我自己撞鬼了,脑筋被鬼怂起,糊涂了。"

她和佳惠越说越亲近,最后两人抱在一起痛哭。我也哭了,觉得自己受的伤值得,能使她们消除误会和隔阂,伤痛减轻了许多。

出乎我的预料,所有纸房人都到医院来看望我。即使那些以前没什么来往的人也来了。有的送东西,有的送钱。有好多娘儿们,还忍不住哭了。但不一会儿他们就说起其他见闻,越说越远,声音越来越大,最后被医生赶了出去。

最让我感动的是道云老汉也来了。他给我买了四个苹果,还是那种难吃的僵巴苹果。他说:"乖,你受的罪太大了,可怜哪。"

说完这句话,他哭了。

虽然我说不周全,但我知道这样一个道理,可怜是一种有损尊严的感情,既有损于可怜者,也有损于被可怜的人。然而,我仍然希望从别人那里得到同情。一直以来,我觉得自己的心气比别人高,尤其是纸房人,当他们对别人表示同情时,我总觉得所有的同情一钱不值。我躺到了病床上,我才知道,所有的同情都是珍贵的。

道云老汉哭完了,我想起一个他曾经问过我的问题。我问他:"脑水到底是什么样的水?"

他没听懂我的话。我告诉他:"我问你蚂蚁为什么跑了,你说和人的脑水有关。"

"你还记得呀?人的脑水不是别的水,是一种叫'想'的水,有好多种'想',连佛祖都说不清。猪呀鸡呀没有这种水,所以即便当着一头猪的面把另一头杀了,那头猪也不会害怕,照吃照睡。牛就不一样,牛看见别的牛死会哭的。但牛的'想'没法和人比,人的'想'能生出各种各样的东西来。"

"这和蚂蚁逃跑有什么相关?"

"人的'想'一动,天和地就跟着动,蚂蚁害怕了。"

他展开枯瘦的双臂,像抱着一个球,也像抱着宇宙,那么上下挥了两下才放下去。

第四十二章

我在医院住了半年才出院。出院后什么事也不能做，连路也走不稳，头重脚轻，腿骨里像少了什么东西。过了两个多月，双脚和大地终于达成默契，不用拄棍子了。但出现了一个无法解释的现象，我不能上街，只要走到大街上，就感觉天上有瓦蓝色的东西掉下来，严重的时候会让我感觉天旋地转头晕眼花，像坐在磨盘上转了八十圈。开始我以为是眼睛有问题，眼里的伤还没好，到镇里面的医院检查了，到市里面的医院也检查了，医生说我的眼睛好好的，一点毛病也没有。

我又想也许是久不上街的缘故，只要多上街去走走，时间长了就能调整过来。可只要走到街上，尤其是走到热闹的地方，那种瓦蓝色的东西就会掉下来，它们在头顶上空炸开，"哐当"一声，瓦蓝色的碎块叮叮当当地向我飞来。我知道它们不会像弹片那样钻进我身体，不会使我流血，但它们使我害怕，使我恶心，连续爆炸几次我就会呕吐。朝新街的另一头，往有庄稼的地方走，无论走多远天上都没有掉下那种瓦蓝色的东西。我把我的病说给别人听，有人听了哈哈大笑，说我出了车祸后变痴了，有人则再三追问，要我仔细讲给他听，就像他是医生，能诊断我的疾病。这样的人并不是真关心我的病，而是好奇，听完后往往摇摇头，说，奇怪，没听说过有人得过这种病呀。我发现我在讲述中总是不由自主地夸大难受的程度，就像为了博得别人同情似的，就像那些长期生病的人一样。我暗暗谴责自己，下次可别这样，你并不需要别人同情。可下次再遇到这样的人，还是控制不了那种夸大其辞的情绪，身不由己，仿佛是一种惯性。这也是一种病，我想。

李国田经常来看我，他说我这是城市综合征，生这种病的人不能住在城市里。香溪也算城市？我问他。他说，香溪是正在生长的城市。有一天，李国田匆匆忙忙地来了，一看就知道出什么事了。他把胸前的衣服拉开，他的胸口被烫了个疤，是道云老汉给他烫的。

李国田听说道云老汉不行了，快死了，忙把我转给他的那笔钱凑齐了去还他，他不想欠死人的钱。几十年了，李国田从没叫过道云老汉干爹，道云老汉来到香溪后，他们也从没见过面。可李国田去还钱的时候，躺在炉子边奄奄一息的道云老汉拼尽全身力气站起来，从炉子里拿出一个东西向李国田杵来，当时就把他的胸部烙伤了。道云老汉拿着烧红的火戳子哈哈大笑，在笑声中没接上气，高高兴兴就死了。道云老汉的女婿说，那本来是为周辛维准备的，每天都烧在炉子里，大概是人已经糊涂了，认错人了。火戳子是他家祖传下来的。

"我又不是他徒弟。"李国田沮丧地说。

"我也不是他的徒弟呀。"我说。

"我根本就没注意到那个火戳子。"

"这只能怪你。"我故意说，"你要是一到就大声喊他干爹，他就不会把你当成我了。"

李国田苦笑道："我要是喊得出来，我早就喊了。"

"其实他人不坏，只是当了哭丧匠，别人都看不起他。"

"我晓得。"李国田说,"他的话很多都是对的。"

对道云老汉的死,我谈不上伤心,但心里多少有点遗憾。他哭颂鬼神的颂词我还是应该学过来,他这一死,就再也没有人知道了。民俗学家交给我的任务没法完成了。

我问李国田的模型进展如何,他说他没做了,"没必要了,山坡上的泥土被取走后,露出成片的高耸耸的石头。有关部门准备等金矿开采完后在纸房搞旅游开发,他们吹嘘说纸房将是世界上面积最大的石林。还要把鱼多垛连成片,在鱼多垛搞探险旅游"。

"这么说,纸房要从这个世界上彻底消失了?"

"是的。"

"就算不搞石林,他们也不可能把黄土填回去,我设计的装置耗电量太大,他们是不愿出这个钱的。"

李国田叹了口气。他专门为我搞了些小发明,他在我屋子里牵了很多铁丝,铁丝上装有滑轮,把常用的东西吊在滑轮上。我需要什么东西,只要一拉滑轮上的麻绳,那个东西就滑到我面前。为了方便我看电视,他把一个转椅稍微改装了一下,用旧洗衣机上拆下来的电机作动力,在我的床头装了两个电源开关,我只要一按开关,电视机就能自动升降。电机的速度非常快,开关只能轻轻点一下就松开,否则电视机会在惯性的作用下飞出去。时间长了,我非常娴熟地掌握了其中的窍门,但看电视是最容易让我厌烦的一件事,当电视不合我心意时,我故意让它上升又下降。有一天突发奇想,电源开关一个升一个降,两个同时按住会怎么样?我同时按下去,只听见"砰"的一声,电机冒了一股白烟。

我最喜欢的是他给我装了一面反光镜,形状和汽车上的倒车镜差不多,但要大几十倍。他改装了一个壁式电风扇,把风叶去掉,把座子装在窗棂上,再把反光镜装上去。只要拉一下开关,反光镜就开始旋转,旋转到我需要的角度,再一拉开关,镜子停下来。这时我便可以看见街上来来往往的行人、远处的车辆,还可以看到天上的云彩。镜子里的人和景物缩小了好多,但比面对面看上去更清晰。

李国田劝我学个手艺,有手艺的人不会寂寞,可我对手艺不感兴趣,我只喜欢看镜子,看镜子里的人如何度过他们的一天。

镜子里出现最多的是在砖厂和水泥厂上班的人,以前我从没想过他们的生活有没有意思,如果要我回答,我肯定会说太没意思了,因为那样的生活太平常太简单了。可现在,我觉得他们是天下最幸福的人。他们头上的尘土都让我羡慕得要命。有一天下午,我看见唢呐匠梁宗国从家里出来,胳肢窝里夹着唢呐走到广线的烟酒店,他把唢呐立在柜台上,打了一碗酒,一边和什么人说话,一边用三个指头夹住酒碗喝酒。每喝一口,都像喝毒药一样难受,鼻子眼睛皱到一堆。不知他们说了些什么,只见梁宗国哈哈大笑。酒喝干后,他拿起唢呐吹着迎新娘的曲调走了。梁宗国喝酒的时候,我不知不觉地淌着口水,他笑的时候,我也忍不住笑,他吹起唢呐,我不由自主地跟着哼。

我能看见街上的人走来走去,却听不见他们的声音,像在看一部无声电影。我告诉李国田,如果把某些片段组合起来,是可以当电影看的,名字就叫"幸福一条街"。有一个孕妇,不知她从哪儿来,只见她往后仰着身子,就像要仰面跌倒。她慢慢地划着罗圈腿,脸上神采飞扬,仿佛世界上的幸福都装到她肚子里了。有个小孩叼了根雪糕边走边吃,一会儿小跑一会儿蹦蹦跳跳,雪糕一下掉了,他很沮丧,但他只犹豫了片刻就把它捡起来在衣服上擦了两下,放进嘴里,幸福又回来了。每天下午,王光路都要趿着两片布鞋在街上溜达。还有冉光福,走起路来总是匆匆忙忙,有人和他说话他才停下来。

385

在一个秋风沉醉的深夜，我拄着双拐到新街上转了一圈。虽然不是满月，但月光明亮。路灯熄了，睡得最晚的人也已进入梦乡。望着月亮，欲说还休，甚至什么也不去想，更没必要说，月光到达的地方都是故乡。

去年，也是一个月朗星稀的晚上，我去了一趟纸房。以前从香溪到纸房，步行要四个小时，骑上我那辆速度并不快的轻便摩托，只用三十七分钟就到了。

出乎我的预料，和我记忆中的纸房一模一样，而不是想象中的变得认不出来。月光下的山坡、大路、稻田，一切依然如故。刹那间，我觉得黄金公司花那么多钱让我们搬家真是不值得。马路边的稻田里甚至还有庄稼。这事我听说过，是响水洞那些人干的。没有精耕细种，把地翻过来，撒上豆种，平时根本不用管，到黄豆成熟的时候来拔回去就行了。中途如果被黄金公司占用了，他们也不计较。种的是神仙庄稼。

想到老屋基去看看，走了一半便停下了。不知为什么，心里突然有点害怕。像小时候到一片不熟悉的树林去一样害怕。

月光下的土地太安静了。静得像死了一样。

回到马路上，我在路边的石头上坐下来。已经是老半夜了，月亮偏西了。野草举着沉重的露水，用手左薅一把右薅一把，是可以洗手的，虽然用双手去捧并不能捧起一点水来。很想离开，却又不想动弹。

脑子里想着搬家以前的事，小时候的事，这时身轻如燕，忘了身在何处，突然一下惊醒，自己就在纸房，于是，刚刚还栩栩如生近在咫尺的事突然一下变得遥远，变得模糊不清。就像被身体的所在吓跑了。几双绿莹莹的眼睛吓了我一跳，我从没见过狼，可我立即想到自己遇到了狼。当我"呼"地一下站起来，才发现是四条狗，一条老狗，两条半大的,一条小的,只有成年猫那么大。我的全身已经吓得发软。这是哪家养的?不会是黄金公司的,他们养的都是大狼狗,拴起来养。那么它们是纸房人养的,人搬到香溪,却把狗抛弃了。我的心软下来,也不那么害怕了,对它们被遗弃的命运感到同情。可它们并不因此对我友好一点,它们提防着我的一举一动,最小的那只不时挑衅地跑上前,向我汪汪叫几声,然后又退回去。我也不得不提防着,监视着。我手里什么东西也没有,如果它们一拥而上,我肯定对付不过来。刚才坐过的那块石头,有脸盆那么大,我悄悄用脚试探,希望能踢一块下来。这是徒劳,大概是对我把它坐在屁股底下有意见。摩托车上有一把链子锁,可以当防身武器,可它离我太远了,而且还不清楚是挂在上面的,还是锁上了。如果是锁上了,这些无家可归的野狗是不会给我开锁时间的。小狗又跑上来,这个小崽子也许独自见到南瓜时也会屁滚尿流,可身后有了这么多帮凶,它便以为自己大显身手的时候到了。我以为它叫几声又会退回去,可这时突然跑出一块灰云,一下把月光遮住了,小狗被吓了一跳,它恐慌地叫了一声,回头就跑。这下坏了,后面那几只大狗被激怒了,它们汪汪大叫着向我冲过来。我下意识地在地上抓了一把,旁边两条狗刹住了前腿,中间的那条狗却一头撞在我的膝盖上。我大叫一声推了它一把,然后急忙往摩托车那边跑。我和摩托之间相距二三十米,我跑几步就得回头吓唬一下四脚恶魔。它们向我进攻的时候,脊背上像装了弹簧,可以突然一下拉长,也可以缩短。当我反冲锋的时候,它们把身体弓成一个大黑球,原地打个滚儿,然后逃跑。我的脚跟和裤腿是它们集中精力攻击的目标。终于跑到摩托车面前,谢天谢地,一下就把发动机打叫了。幸好这是电喷车。它们见我多了一个帮手,不敢再贸然进攻了,站成一排龇猁地示威。我按了两声喇叭,生气地骂起来:"狗日的些,来呀!"

不知是摩托车声还是我的叫骂声起了作用，它们的叫声变了，不再是那种凶巴巴的吠叫，而是一种试探性的、愿意和解交流的声音。

"你们的爹是哪个？是不是冉光福？"

"汪、汪、汪。"

"广线？肖美学？梁宗国？"

"汪汪汪汪。"

我突然意识到，乡下的狗，是能听懂主人名字的。于是我开始点名。两条半大狗和那条小狗不吱声了，它们严肃地看着浑身肮脏的大狗。无论我说到谁的名字，这条狗都汪汪叫上两声，但我无法分清它的回答是肯定还是否定。

我还没把所有人的名字念完，不知出于什么原因，好像是不耐烦听下去，它们顺着田埂向鱼多垛方向跑了。

纸房在晨曦中醒来，和几个小时前所看见的月光下的纸房完全不同。山坡已经面目全非，大型挖掘机已经把很多地方掏空了。我离广线家老屋基最近，旁边王光路家的屋基还在，但悬在半空，因为广线家的屋基被挖掉了，地势突降几十米，现在是一片白生生的石头。广线曾在那里吃饭、睡觉、放屁，现在什么也找不到了。我想去鱼多垛，可我没有水牛，不敢贸然进去。我夹起摩托，像逃跑一样，以极快的速度离开了纸房。

从那以后，我再也没回去过。我曾经想过，等我身体恢复了，回到纸房去，把搬走的泥土重新搬到山上去，撒上野草籽，种上树，引来各种昆虫和蚂蚁。此时此刻，站在如水的月光下，这种愿望更加强烈。

回屋子里，我和衣躺在床上，眼睛盯着窗外的镜子，镜子里空空荡荡，不知为什么，我的眼泪突然滚了出来。我强烈地怀念起道云老汉。李国田说,他死后,坛神不见了,谁也不知道他把它藏在什么地方,家里人把每个角落都找遍了也没找到。他的女儿女婿平时不信坛神,但坛神不见了,他们担心它躲在家里某个地方捣乱作祟,想把它找出来敲碎丢出去。李国田还说,道云老汉说的三闾大夫,是古代一个叫屈原的诗人。屈原的故事我知道一些,但哭丧匠们把他奉为师祖,我就不明白其中的原因了。哭丧是一遍遍问天,人生为什么那么苦又那么短:渺隔阴阳泉路远,几度思乡不回来。

想到道云老汉曾经教给我的三百多句,我试了一下,仍然记得清清楚楚。

刚开始,我默默吟唱,道云老汉哀悯的哭腔在耳边回旋,不知何时,我改用悲声哭诉,于是胸腔里有一条悲伤的河在奔涌,我第一次体验到什么叫"蝴蝶梦中家万里,望乡台上泪双流"。虽然悲伤成河,但并不难过,就像孤独地航行在无边无际的大海里,但你并不害怕,因为你心里明白有人会在岸边接引。这甚至不是什么悲伤,而是一种最高境界的快意。我感到身轻如燕,可以在生界和灵界自由翱翔,这仿佛是灵魂的故乡。

哭完后,我望着镜子,镜子里的月光如粉一般落下。坛神会不会自己走了呢?道云老汉不能再供养它,这世上就再也没人会供养它了。它是道云老汉的神,同时道云老汉也是它的神。我要是把搬走的泥土都挑到山上去,我就是那些山坡的神,就像它们理所当然也是我的神一样。这时,我看见镜子里的如粉的月光变成了蚂蚁。它们走走停停,这里嗅一下那里嗅一下,像在草原上放牧的山羊。我不知道它们是不是从纸房逃走的那些蚂蚁,它们那股自在劲,就像它们小小的脑袋完全明白世间所有的事情。